U0783590

# 叙事研究

主　　编　傅修延
执行主编　唐伟胜
书名题字　宁一中

## Narrative Studies 3

第**3**辑

上海外语教育出版社
外教社　SHANGHAI FOREIGN LANGUAGE EDUCATION PRESS

**图书在版编目(CIP)数据**

叙事研究.第 3 辑/傅修延主编.—上海:上海外语教育出版社,2021
ISBN 978－7－5446－6694－7

Ⅰ.①叙… Ⅱ.①傅… Ⅲ.①叙述学—文集 Ⅳ.①I045－53

中国版本图书馆 CIP 数据核字(2021)第 027548 号

**出版发行:** 上海外语教育出版社
　　　　　　(上海外国语大学内)　邮编:200083
**电　　话:** 021-65425300(总机)
**电子邮箱:** bookinfo@sflep.com.cn
**网　　址:** http://www.sflep.com
**责任编辑:** 田慧肖

**印　　刷:** 上海华教印务有限公司
**开　　本:** 635×965　1/16　印张 19　字数 311千字
**版　　次:** 2021 年 6 月第 1 版　2021 年 6 月第 1 次印刷

**书　　号:** ISBN 978-7-5446-6694-7
**定　　价:** 60.00 元

本版图书如有印装质量问题,可向本社调换
质量服务热线: 4008-213-263　电子邮箱: editorial@sflep.com

中国中外文艺理论学会叙事学分会会刊

# 编委会

# 目　录

## 中国叙事传统

## 叙事学新论

## 叙事文本解读

海 外 来 稿

# Experiencing Objects

Marie-Laure Ryan

While the study of the mode of descriptions of objects and of their strategic role adopts the perspective of the author, who controls the discourse ( or whatever medium serves as signifier ) and designs the *fabula*, another approach adopts the perspective of characters by focusing on how they experience objects. The dual roles of material things as cogs in the plot and as focus of experience can either converge or be kept separate. The roles converge when the characters' relation to objects determines their actions and consequently the plot; they are kept separate, when the role of objects is a matter of randomness and does not inspire reflection. For instance, an object inadvertently left on a crime scene that leads to the identification of a killer fulfills a strategic function, but is not necessarily a focus of reflection beyond the establishment by the detective of its connection to the murder. Conversely, characters can fleetingly reflect on an object, without significant consequences for their behavior, as in stream-of-consciousness narratives where mental life takes precedence over physical action and the pursuit of goals. In this chapter I will discuss four narratives which foreground the subjective experience of objects, with variable consequences for their strategic role in the plot: in some of them the encounter with objects is a decisive event in the character's life; in others reflecting on objects is a routine activity. All of my examples are first-person narratives in which the experiencing character is the narrator himself.

## I Invasive objects: Karl Ove Knausgaard's *My Struggle*

Karl Ove Knausgaard's monumental *My Struggle* is perhaps the most talked-about literary event of the 2010s. Blurring the boundaries between autobiography and fiction, this 3600 page "novel" (as it is categorized), written in as little as 36 months, chronicles in minute detail the life of a narrator who shares the name of the author, and it turns real people into literary characters. Reading *My Struggle* is a lot like watching somebody's life on a Web cam that runs twenty-four hours a day: nothing is too trivial to be denied narrative attention. Marta Figlerowitz (2018) has labelled Knausgaard's opus a "novel of infinite storage," drawing a comparison with how social media, enabled by the huge storage power of today's computers, allow people to record and share an endless stream of visual, audio and textual self-representations. Novelist Zadie Smith claimed to be addicted to *My Struggle* like crack; critic James Wood writes "There is something ceaselessly compelling about Knausgaard's book: even when I was bored, I was interested" because "the banality is so extreme that it turns into its opposite, and becomes distinctive." On the other end of the spectrum, critic William Deresiewicz is repelled by what he perceives as the book's lack of literariness: "The prose consists, for the most part, of a flat record of superficial detail, unenlivened by the touch of literary art: by simile or metaphor, syntactic complexity or linguistic compression, the development of symbols or elaboration of structures — by beauty, density or form." He concludes: "How depressing to suppose that just as modernism culminated in Joyce, Proust and Woolf, the literature of our own time has been leading up to … Knausgaard."

These contrasting opinions are all inspired by the writer's insistence on the trivial and the repetitive. As an important part of everyday life, objects play an important role in Knausgaard's ambition to raise the ordinary into meaningful narrative material. Here I propose to discuss, first, how familiar objects impact Knausgaard's imagination, basing my analysis on books 1

( 2009 ) and 6 ( 2018 ); and second, how in an episode that forms the cornerstone of the entire project, objects proliferate and turn into repulsive garbage: the episode of Book 1 that deals with the death of the narrator's father.

While *My Struggle* is full of things, the most salient aspect of their narrative representation is the lack of descriptions. Describing an object for its own sake singles it out among all the things that fill the storyworld, but in *My Struggle*, no object really stands out from the background of ordinary life. The writing device that fascinates certain readers, and repels others, is the evocation of objects, not as inherently deserving of interest, but as instruments for the performance of the most repetitive activities:

> I heated a pan of water on the stove, poured it, steaming, over a tea bag in a cup, watched for a while as the color was released and spread in slow spirals through the water until it was a golden tint everywhere, and I took the cup and carried it unto the veranda. ( 2009: 435 )

> I lifted [ John, the narrator's one-and-a-half-year-old son ] up, then took the last items from the cart, inserted my card into the card reader, keyed in my PIN number, confirmed the amount when it appeared on the display, removed my card, and slid it back into my pocket. ( 2018: 133 )

> "OK," I said, and put my card into the reader. I entered my PIN, which was no longer 0000, but nearly as easy to remember, since it consisted of the four figures in the top right corner of the key pad, 2536, took two bags [ the assistant in the store ] handed me across the counter, waited for the message to appear on the display telling me the transaction was accepted, pulled out my card, put it in its little wallet, and slid it into my back pocket again as the assistant tore off the receipt and handed it to me. ( 2018: 339 ).

It takes no extensive act of imagination for the reader to visualize these scenarios, because we are all familiar with the scripts of making tea, or of paying for purchases with a credit card. We could easily fill in blanks in those passages, except that they are so detailed that there are virtually no blanks to fill. This effortless mental simulation, which contrasts with the difficulty of immersing oneself in totally unfamiliar storyworlds, is arguably the reason why so many readers are addicted to *My Struggle*. Knausgaard turns upside down Viktor Shklovsky's conception of literary art as defamiliarization. Shklovsky writes:

> The purpose of art is to impart the sensation of things as they are perceived and not as they are known. The technique of art is to make objects "unfamiliar," to make forms difficult, to increase the difficulty and the length of perception because the process of perception is an aesthetic end in itself and must be prolonged. (18)

We do not perceive the credit card anew when Knausgaard describes its insertion in the reader; we rather project on it what we already know about credit cards. The novelty resides in deautomazing our routine activities, in turning what we do all the time into narrative content, and in so doing, in describing the world from a much closer distance than standard narrative practice. Is this after all a form of defamiliarization? Then it is not achieved through rhetorical devices such as metaphor that alter perception by weaving connections with other things, but through plain reference. In contrast to Proust — to whom he is often, but mistakenly compared, unless the comparison serves to highlight the differences — Knausgaard deliberately avoids metaphors, because they project an illusionary beauty on ordinary things:

> When I started writing I'd been trying to achieve [ a style similar to Peter Handke's], if not dry, then raw, in the sense of unrefined, direct, without metaphor or other linguistic decoration. The latter would add beauty to the language, and in a description of reality, especially the reality I was trying to describe, that would be deceitful. Beauty is a problem in that it imparts a kind of hope. As a stylistic device in literature, a particular filter through which the world is viewed, beauty lends hope to the hopeless, worth to the worthless, meaning to the meaningless. (2018: 175)

Another reason for Knausgaard's avoidance of metaphors is that they represent an attempt to capture something in which we (or at least he) no longer believe: metaphors are an attempt to capture the essence of things, the elusive "thing in itself," but we can "strip down reality, layer by layer, and never reach its core, for what the last layer covers over is the most unreal of all, the greatest fiction of them, the true nature of things" (2018: 1012). If there is a truth of things, it lies no deeper than in their "being there," in being available to perception and in some cases to action, and simple mention goes further in capturing this truth than the most elaborate literary evocation.

There is no risk of metaphorical embellishment in another strategy of object representation that plays an important role in *My Struggle*: the list, or enumeration. In a list, objects stand by themselves, largely divorced from human pursuits, and their evocation is reduced to being named. A striking example of list is an over two-page (2018: 315 – 317) enumeration, in Book 6, that duplicates in its endless accumulation of items the logorrhea of *My Struggle* as a whole. The list begins with all the kinds of businesses the narrator encounters in a drive through Malmö ("Hotels with flags flapping their entrance, sports shops, furniture shops, lamp shops, carpet shops, eyewear shops, bookshops, computer shops, auction houses, kitchenware dealers"). From generic things ("Musical instrument shops, computer game shops, bus card kiosks, radio, TV, and hi-fi dealers, sausage stands, falafel bars, suitcase and bag shops"), the text moves to brand names, proclaiming the "differences between a pair of McGordon jeans from Dressman and a pair of Acne jeans, or a pair of Tommy Hilfiger jeans and pair of Cheap Monday jeans, Ben Sherman's or Levi's, Lee or J. Lindberg, Tiger or Boss, Sand or Peak Performance, Por or Feuk" (2018: 315 – 316). But while these differences matter for most people, they do not for Karl Ove, as he writes in Book 1, brand names had meaning when he was a child, but now this meaning has been lost: "A pair of Le Coq soccer boots was just a pair of soccer boots. If I felt anything when I held a pair now it was just a hangover from my childhood, nothing else, nothing in itself" (2009: 362). Though keenly aware that "everything had its own significance, that was what culture was" (2018: 83), the narrator never tries to expand on the cultural meaning of particular things: the device of the list flattens all differences, by subsuming things under a common denominator. The use of brand names, widespread in *My Struggle*, creates a reality effect that renders description superfluous, since globalization has turned brand names into a *lingua franca*, and most readers will be able to imagine the products that they brand. Or at least, this is the assumption.

Lists are generally open-ended, but some of Knausgaard's lists provide an exhaustive inventory of the contents of a closed space, and they are consequently limited in length: "The storeroom on the other side was full of tricycles, bikes with training wheels, buckets and spades, balls and hockey sticks, as well as a miscellany of plastic toys that at the end of the day lay strewn across the entire area" (2018: 106). As representatives of the generic class "children's toys," these objects matter not because of their individual existence (the list mentions bikes, rather than specific bikes) but because of their accumulation and invasive materiality. Lengthy passages in books 1 and 6 describe the transplanted Norwegian Karl Ove's life in Malmö, Sweden, as a married man and father of three children under 6. As a stay-at-home father, he assumes an important role in taking care of the children while desperately trying to find time to write. Taking care of the children means constantly dealing with the countless things that they need: diapers, toys, food, clothes, strollers, and so on. The content of the storeroom stands for the proliferation of things that comes with having children, and through this proliferation, for the conflict between modern, responsible parenthood and creative self-fulfillment.

The association of domestic life with material accumulation is more fully developed in an extraordinary enumeration that occupies over two pages. It begins innocuously, with the sun coming out in the early morning and illuminating the kitchen where Karl Ove is watching baby John. "Everything became visible in its light" (2018: 273). Then comes a list of all the objects that fill the kitchen (or that fill the narrator's mind), following a trail of associations that leads from the dirtiness near him ("the bits of food on the floor, the trail of coffee stains ..., the globules of fat that specked the surface of the sausage water") to the pile of dishes and food wrappings in the sink and on the counters, to the "crumbs and other detritus that pointed to where the children sat," to the shelves on the walls filled with useless things that the children collected over the years and that they do not want any more, thought they would be upset if the things were thrown away. Examples of this junk include: "sweet dispensers in the shape of princesses or Disney figures, little boxes full of beads, bead boards, sticks of glue, toy cars ... and some marbles that Vanja [the oldest child, age 5 or 6] had wanted when we were in Venice the previous summer" (2018: 274). The shelves serve as endstations for things that are no longer wanted: "once something was put there it was put out of circulation and stayed there. We had a number of such places where the lives of objects came to a sudden end" (ibid.). Here the life of objects is equated with movement, which comes from use, and with their ability to create disorder, since movement means displacement; but when they are stored away and put out of sight, their agency does not end, because they fill the apartment and reduce the living space of the family. In a desperate effort to stop mountains of stuff from growing, Linda, Karl Ove's wife, brings home "organizers and storage boxes," where objects are sorted out and put in a proper place, "but these systems would collapse after only a few days and everything would be chaotic again" (2018: 274). By turning order into chaos, the life of objects demonstrates the second law of thermodynamics, which states that closed systems evolve toward maximum entropy. Linda's organizers are an external intervention that can only stop the process temporarily.

Disorder approaches maximal entropy in the episode of Book 1 where Karl Ove narrates his visit to the house where his father has recently died. Book 1 is entirely devoted to the relations between Karl Ove and his father, an authoritarian and irritable schoolteacher who divorced Karl Ove's mother when his son was 16, fathered another child with a girlfriend, left teaching for various temporary jobs, moved in with his mother, and drank himself to death. In Book 6, Karl Ove succinctly captures his conflicting relations to his father: "I was so happy when [my parents] got divorced. I was so happy to get rid of him. I hated him, and I feared him, and loved him" (2018: 1039). One day in 1999 — ten years before Knausgaard began writing *My Struggle* — Karl Ove receives a phone call from his brother Yngve telling him that their grandmother has just found their father dead in a chair in her house in Kristiansand, where Karl Ove and Yngve spent part of their childhood. The two brothers travel to Kristiansand to take care of the funeral. First, they stop by the mortuary to make arrangements (without seeing the body, which is still in the hospital morgue), then they go to the house. They know that when their father moved in, he dismissed the home help that had been arranged by their uncle, Gunnar (their father's brother), to take care of the grandmother, who could no longer look after herself. Then the father barricaded himself in the house with his mother, and he remained inside until the day he died. On one occasion, he broke a leg, and Gunnar found him lying on the floor, "surrounded by plates of leftovers, bottles of beer and spirits that [the grandmother] had brought him from his abundant stockpile" (2009: 242). Though they should know what to expect, knowing is not experiencing, and nothing could prepare the brothers for the repulsive spectacle inside the house, not even the obvious neglect of the garden outside the house.

The descriptions of the discovery follow a recurrent pattern: opening the door; screaming in horror, as the spectacle comes into view; entering the room and surveying the mess:

> Yngve pressed down the handle and pushed in the door.
>
> "Oh, Christ," he said.
>
> I clambered up the stairs, and as I followed him through the doorway into the vestibule I had to turn away. The smell inside was unbearable. It stank of mold and piss.
>
> Yngve stood in the hall surveying the scene. The blue wall-to-wall carpet was covered with dark stains. The open built-in wardrobe was full of loose bottles and bags of them. Clothes had been tossed all over the place. More bottles, cloth hangers, shoes, unopened letters, advertising brochures, and plastic bags were strewn over the floor. (2009: 286)

Or, later: "The door to Grandma's room was ajar, and for some reason I went over, opened it, and peeped in. Oh no." This followed by an enumeration of the things in the room, then comes an evaluation: "What a pile of shit that was. Shit, shit, shit, fuck, cunt." (2009: 319 – 320). In this episode, the device of the list simulates live perception, each item added to the list corresponding to an object noticed by a roving eye. The same kinds of objects are found in every room, with only minor variations:

> Empty bottles were strewn halfway up the staircase, five, six, maybe, but the closer we got to the second floor landing the more there were. Even the landing outside the

door was almost totally covered with bottles and bags of bottles and every step of the staircase that continued up to the third floor, where my grandparents' bedroom had been, was full, apart from a few centimeters in the middle to put your feet. Most were plastic 1.5 liters bottles and vodka bottles, but there were a few wine bottles as well. (2009: 286 – 287)

The difficulty of finding empty spots to put one's feet demonstrates the shrinking of vital space that comes with an accumulation of things. When the brothers finally make their way into the kitchen despite the obstructions, they find a different kind of thing: the grandmother, who shares the smell and general decrepitude of the house, and has therefore become part of the stuff that fills it:

Yngve opened the door and we went into the living room. There were bottles on top of the piano and bags full of them below. The kitchen door was open. That was always where [ the grandmother ] sat, as indeed she was doing today, by the table, eyes downcast and a smoking cigarette in her hand ... The dress she was wearing was discolored with stains and hung off her scrawny body ... She stank of urine. (2009: 287)

The grandmother suffers from dementia and seems to have no awareness of what is going on. Her status of half human, half object is a source of great discomfort for Karl Ove: "I did not want to sit there alone with Grandma" (2009: 399). It is only when the brothers allow her to drink some vodka that, paradoxically (if one thinks of the role of alcohol in filling the house with bottles and depriving the father of his humanity), she regains some of her mental faculties and turns into a lively storyteller.

The pathos of the episode rests on a double relation between humans and objects: the father's relation to the trash vs. the narrator's. On one hand the text represents Karl Ove's experience of the squalor of the house, but this squalor is made particularly unbearable by what it tells about the person of the father, about the circumstances of the last months of his life, and about his self-inflicted death. The father's relation to objects is a passive indifference to their life-destroying accumulation, while the son's relation is an active attempt to undo the consequences of the father's passivity. After Karl Ove witnesses a summer rain that refreshes the landscape, a thought suddenly strikes him: he and Yngve will clean the house and hold the wake there. Cleaning takes on the meaning of a rite of purification that erases the past, and brings a new beginning:

> We should clean every damn centimeter of every damn room, throw out everything he had ruined, recover everything that had been left and use it, restore the entire house, and then gather everyone there. He might have ruined everything but we would restore it ... Of course it was possible. All we had to do is clean. Clean, clean, clean. (2009: 307)

The Herculean task of getting rid of the accumulation is meant to exorcise the ghost of the father from the house, and from the life of his sons; but it is easier to remove bottles and scrub the dirt than to erase a ghostly presence. The narrator is not sure whether or not his father is really dead: the body has been removed, he has not yet seen it in the mortuary, and the grandmother cannot give a consistent account of the death. When Karl Ove hears steps, he is persuaded that his father is returning; but it turns out to be Gunnar, his uncle, who is presented as a supportive character ready to help in the cleaning. Neither dead nor alive, the father shares the hybridity of the undead (or zombies), those terrifying creatures of popular culture.[①] Hybridity also explains the narrator's fear of the grandmother, who is both object and human (like the things in the house, she needs cleaning), as well as his fear as a child of the objects of the bathroom, which he describes first as "beings," that is, as live creatures ["The toilet seat looked like a being, and the sink, and the bath, and the garbage bag, that greedy stomach on the floor" (2009: 318)], and then as "dead non-beings." Death normally turns beings into non-beings; but the former being, far from being erased, survives in a dead non-being.

> So, the deadness of these non-beings combined with the deadness of the two of them, of my father and his father [who had died in the same house]. So how could I keep this feeling at arm's length? Oh, all I had to do was clean. Scour and scrub and rub and wipe. See how each tile became clean and shiny. Imagine that all that had been destroyed here would be restored. All. Everything. And that I would never, never ever ever, end up where he had ended up. (2009: 319)

Karl Ove's fear of the father is a fear of becoming like him; this risk exists as long as the father hovers between being dead and being alive, which means as long as his ghost haunts the house. The frantic cleaning activity is not enough to kill the ghost; in order to dispel the father's threatening hybridity, his death must be verified and explained. But even when Karl Ove and Yngve view their father's body in the mortuary, enough questions remain about the cause of death that Karl Ove cannot achieve peace of mind. Why is there blood on his face while there was none in the room where he died? It takes a second visit to the mortuary for Karl Ove to convince himself that his father is really dead, though the exact circumstances of the death are never elucidated. Book 1 ends with this passage:

> This time I was prepared for what awaited me, and his body — the skin must have darkened even further in the course of the previous twenty-four hours — aroused none of the feelings that had distressed me before. Now I saw his lifeless state. And that there were no longer any difference between what had once been my father and the table he was lying on, or the floor on which the table stood, or the wall socket beneath the window, or the cable running to the lamp beside him. For humans are merely one form among many, which the world produces over and over again, not only in everything that lives but also in everything that does not live, drawn in sand, stone, and water. And death, which I have always regarded as the greatest dimension of life, dark, compelling, was no more than a pipe that springs a leak, a branch that cracks in the wind, a jacket that slips off a clothes hanger and falls to the floor. (2009: 441)

The father's threatening hybridity is resolved with the recognition that his dead body is, after all, only an object among others. By becoming pure object, the dead body represents the opposite of the "dead non-beings" that scare the young Karl Ove. Death not only turns the living into objects, it also affects inanimate objects, and in so doing, it erases difference between the human and the non-human. This realization of the unity of all beings resolves the conflict that sustains the narrative arc of Book 1 and brings temporary peace of mind, but Karl Ove's struggle will continue for another five volumes, and his relation to his father will never cease to obsess him.

In Book 6, the father returns with a vengeance in the person of Gunnar.

As already noted, the Gunnar of Book 1 is depicted as a friendly figure who helps in the cleaning of the house. Book 6 reveals an entirely different side of his character. The narrative begins when Karl Ove, having just concluded the first few volumes of *My Struggle*, sends the manuscript to the people who appear in it for their approval. Some of them — his brother Yngve, his ex-wife Tonje — express some hurt feelings but give him the green light. But Gunnar's reaction is devastating. He accuses Karl Ove of having misrepresented the truth and of bringing shame to the Knausgaard's family. He claims that the father had spent only a short time with the grandmother, eight weeks or so, before he died of a heart attack, that "the place had been a bit untidy, there were a few bottles lying around" but that was "nothing alarming, not in the slightest, nothing that couldn't be cleared away in a morning or two" (2018: 167). Gunnar sues Karl Ove, requesting that the name of the father be removed from the book. The incident unleashes in Karl Ove doubts about the ethics of the project. What gives him the right to turn his family and friends into literary characters? "The right of literature? That means I am saying that literature is more important than the life of the individual. And not only that, I'm saying my literature is more important than [my father's] life" (2018: 117). He also doubts the veracity of his account: "Could I simply have assumed as much, and then allowed the unconfirmed assumption to morph into certainty, subsequently elevating it to absolute truth when I started writing about it ten years later? It was not only possible, it was likely" (2018: 170). "The only thing I knew was that the sight that met Yngve and me when we entered the house back then had been dreadful ... I must have exaggerated. Unreliable, again" (2018: 171).

Toward the end of Book 6, the narrator convinces himself that his version of the facts is the true one, because medical records show that the father has lived with his mother much longer than Gunnar claims. The realization that he is right emboldens Karl Ove to ignore Gunnar's lawsuit and to name his father: "The story about him, Kai Åge Knausgaard, is the story about me, Karl Ove Knausgaard. I have told it. I have exaggerated, I have embellished, I have omitted, and there is a lot I haven't understood. But it isn't him I have described; it is my image of him. It's finished now"

（2018：1039）. This confession exorcises the ghost of the father: for the remaining 113 pages of the book, Karl Ove's concern moves away from his father and from Gunnar, and turns toward his wife, whose personal struggle as a writer and a mother, as well as with mental illness has so far been overlooked.

Yet the moral ambiguity of the project remains, because it hovers between two narrative genres characterized by different contracts with the reader: the novel is governed by a fictional contract, and autobiography by a factual one. Novels are based on invention, and ask readers to make-believe, while autobiographies are based on facts, and ask readers to believe. By labeling his text a novel, Knausgaard gives himself license to invent, but rather than relying on his imagination to make up characters, he uses real people with identifiable names. In *My Struggle*, Knausgaard breaks the fictional contract by emphasizing the text's reliance on personal experience and by making his characters too easily identifiable, which means that he invades their privacy, but he also breaks the factual contract by taking no responsibility for the literal truth of the narrative, for he could not report in such detail events that happened several years earlier. Knausgaard's awareness of the ethical duplicity of his project — exposed at length in Book 6 — turns the writing of *My Struggle* into a personal struggle: "This novel has hurt everyone around me, it has hurt me, and in a few years, when they are old enough to read it, it will hurt my children." Yet Karl Ove justifies his project with a rather self-serving claim: "If I had made it more painful, it would have been truer" (2018：1007). Inflicting pain on others is an inevitable consequence of authenticity, but Karl Ove wants his reader to believe that he has sacrificed some truth in order to limit pain.

## II Amazing technological objects: Nicholson Baker's *The Mezzanine*

The relative flatness of Knausgaard's objects — they impress his narrator more through their proliferation than through their individual features —

comes into sharp relief if we compare their role and mode of evocation in *My Struggle* with how objects are experienced and described by Howie, the narrator of *The Mezzanine*, a short novel ( 135 pp. ) by Nicholson Baker, published in 1986. Like Karl Ove, Howie is obsessed with the trivial and the everyday, but the comparison stops there, because in contrast to Knausgaard, who limits himself to referring to familiar objects, Baker relentlessly pursues, and achieves, a powerful effect of defamiliarization. This effect concerns not only how readers come to see objects they thought they knew very well, it also affects what readers expect of narrative, for *The Mezzanine* works very hard at turning upside down standard conceptions of narrativity. ( Or, to put this differently, it works very hard at creating an anti-narrative. ) We expect of narrative to subordinate objects to characters and description to action, but here it is the other way around. Howie only mentions spending a night with his girlfriend because he wants to talk about earplugs, which he used in her apartment, and all he tells us about his father and mother is what they teach him about the handling of objects: how to tie shoelaces, how to ride an escalator, or how to use door handles to store ties. We expect of narratives dramatic events with lasting emotional consequences for the protagonist, but when Howie mentions that his watch "had been stolen by threat of force a week earlier" ( 1986: 53 ), he only does so in order to explain why he needs to read other people's watches in the subway. If there is a plot, it can be summarized as a sequence of routine or incidental events that repeat themselves every day, with minor variations: riding the escalator down at lunchtime from an office located on the mezzanine of a large commercial building where the narrator works, buying some food and shoelaces to replace broken ones, eating lunch while reading a paperback on a bench in the sun; and riding the escalator back to the office. But this parody of plot is not only presented in a highly non-chronological order ( in the first chapter Howie is ready to ride the escalator up, rather than down ) and, possibly, with some inconsistencies ( on his return to the office he still has the milk that he drank during lunch time in one of the last chapters, but maybe he drank only half of it ), it is steadily interrupted by lengthy footnotes that prevent any kind of linear development and narrative suspense.

Commenting on this novel, his first, Baker wrote later: "The only thing I *like* are the clogs ... I wanted my first novel to be a veritable infarct of narrative cloggers; the trick being to feel your way through each clog by blowing it up until its obstructiveness finally revealed not blank mass but unlooked for seepage-points of passage" (Baker 1991: 72; qtd. in Chambers 767). Yet for all of its anti-narrative posturing, *The Mezzanine* succeeds at a crucial narrative feat, that of creating a fictional mind so unique and memorable, with its opinionated views, exaggerations, irony, verbosity, in-your-face attitude, and above all flights of imagination, that it will inspire many readers to ask, when encountering certain objects in real life, "what would Howie say." By teaching us how to see things that we normally take for granted, Howie's mind lives beyond the confines of the book.

I will take a close look at the escalator that connects the mezzanine to the lobby, because as a catalyst of Howie's cogitations, it demonstrates the many facets of his mental activity and it reflects the many themes of the novel. The text opens with a description of the escalator that is easy for the reader to follow. Howie is about to return to his office, at the end of his lunch hour, and he looks up: "The escalators rose toward the mezzanine, where my office was. They were the free-standing kind: a pair of integral signs swooping upwards between the two floors they served without struts or piers to bear any intermediate weight" (1986: 3). The only metaphor that infiltrates this description enhances the reader's mental visualization, because it brings together a familiar representation, that of escalators, with a slightly more specialized one, but nevertheless accessible to anybody with basic math knowledge, that of the symbol for integration. Moreover, the sentence focuses on what is common to many escalators. But the next sentence breaks the frame of general knowledge:

> On sunny days like this one, a temporary, steeper escalator of daylight, formed by intersections of the lobby's towering volumes of marble and glass, met the real escalators just above their middle point, spreading into a needy area of shine where it fell against their brushed-steel side-panels, and adding long glossy highlights to each of the black rubber handrails which wavered slightly as the handrails slid on their tracks, like the radians of black luster that ride the undulating outer edge of a LP. (1986: 3)

While we can easily imagine the literal escalator, the metaphorical escalator of daylight blurs our mental representation, because it refers to a very particular and localized light phenomenon that is very difficult to evoke in language. I can imagine *that* the light coming from the glass walls of the mezzanine forms a second, metaphorical escalator, but I cannot really visualize it. Rather than facilitating the activity of mental imaging, the reference to the pattern of light on a revolving LP ( music recording on a vinyl disk, an object already obsolescent in 1986) takes readers even further away from the light phenomenon that the description was supposed to capture. This straying away from its point of departure is typical of the use of metaphor in *The Mezzanine*. Refusing to subordinate the vehicle to the tenor, metaphor for Howie is not the embellishment of things that Knausgaard rejects, it is language gone wild, as this description of popcorn demonstrates:

> [As I jaywalked across several streets] I felt like an exploding popcorn myself: a dry open bicuspid of American grain dropped into a lucid gold liquid pressed from less fortunate brother kernels, subjected to heat, and suddenly allowed to flourish outward in an instantaneous detonation of weightless reversal; an asteroid of Styrofoam, much larger but seemingly of less mass than before, composed of exfoliations that in bursting beyond their outer carapace were nonetheless guided into paisleys and baobabs and related white Fibonaccia ... ( 1986: 106)

Even a knowledge of Fibonacci's numbers does not tell the reader what white Fibonaccia may be, though the metaphor, like that of the integral sign, betrays the technical/mathematical inspiration of Howie's imagination.

But let's return to the escalator, that masterpiece of mechanical engineering. From his childhood on, Howie has been fascinated with technical objects made of many moving parts that work together to fulfill a narrowly definable practical task, especially when the task is to transport objects: airplane luggage-handling systems, supermarket checkout conveyor belts, milk-bottling machines, Olympic luge and bobsled tracks, the hanger-management systems at the dry cleaner's, and the barbecue chicken display at a Woolworth's ( 1986: 35 − 36). The functioning of these systems is described with both lavish metaphors and a keen attention to the coordination of parts, such as those of the airport luggage system: "overlapping new moons of hard rubber that allowed the moving track to turn a corner, neatly drawing its freight of compressed clothing [ = suitcases ] with it" ( 1986: 35). The escalator takes pride of place in the list, because it is the only system that transports people rather than objects: " The escalator shared qualities with all of these systems, with one difference: it was the only one that I could get on and ride" ( 1986: 36).

The design of the escalator arouses Howie's " mechanical enthusiasm" ( 1986: 36) because of the way three-dimensional steps emerge from, and disappear into a two-dimensional surface: " Grooved surfaces slid out from underneath the lobby floor and with an almost botanical gradualness segmented themselves into separate steps" ( 1986: 59). It is not until Howie sees subway escalators being taken apart for repairs that he understand the mechanical principle behind the rise of the steps: they are not solid blocks, like the steps of a regular staircase, but triangular shapes that fold and unfold: " and the triangular shape of the steps finally became clear: before that, the subsiding of what I believed to be a rectangular block into a two-dimensional surface at the end, like the folding up of a travel alarm clock, seemed impossibly complicated" ( 1986: 64 ). This attention to design also explains Howie's fascination for much simpler objects than the escalator: for instance for the humble milk carton, whose top unfolds into something else, thus implementing " the radiant idea" that if " you tore apart one of the triangular eaves of the carton, pushing its wingflaps back" ( 1986: 42 ), you would produce a pourer much more efficient than the circular opening of a glass bottle. Not content to reverse-engineer objects to find out how they work, Howie's mechanical imagination leads him to propose improvements for objects whose performance he finds unsatisfactory. When a supermarket cashier is slowed down because she needs to open a recalcitrant coin roll, the know-it-all Howie observes: " What we needed here was some kind of pull tab, extending the length of the roll, similar to the thread in the Band-Aid wrapper, except functional" ( 1986: 118, note 1 ). The dysfunctionality of Band-Aids is described in a passage in which the narrator complains about " pulling on the red thread that is supposed to butterfly a Band-Aid and having it wrest free from the wrapper without tearing it" ( 1986: 13 ).

Growing up is a matter of mastering the skills required to use the objects necessary to an independent life, and it is the duty of parents to impart to their children the mastery of these skills. When the narrator was a child, his mother would take him and his sister to the department store and teach him how to "approach the escalator with care" (1986: 36), for it was a new technology, and new technologies are usually considered to be dangerous. The mother's advice connects the two most prominent objects in *The Mezzanine*: the escalator, and shoelaces. Shoelaces are important for two reasons: the purpose of the narrator's trip at lunchtime is to buy new shoelaces to replace broken ones; and learning how to tie his own shoelaces constitutes for him one of the important steps in the process of growing up.

> One of the things my mother taught me when I was little ... was always to be sure to retie my sneakers before I used the system of vertical transport. The loose shoelace, I was told, could become caught in the crack between two steps, and I imagined the results: the steps begin to flatten themselves for their Trophinian redescent, hauling Struwwelpeter[2] with them, threshing him, shoe, leg, torso, and finally head through the metal lines at the top of the circuit, and then streamrolling him still further in the hard-to-picture flat journey in the underside of the stairs. (1986: 64)

As a teenager, however, Howie realizes that this danger is inexistent, and he will ride escalators with deliberately loose shoe laces. Another of the mother's advice is not to jam a piece of chewing gum "between one curved riser and the grooved stair below" (1986: 36). Why would the young Howie do this? "I wanted to see the gum crushed with the dwarfing force of a large, steady machine, the way garbage trucks forced paper cartons to crumple into each other" (1986: 36). But maybe he was also trying, in a scientific spirit, to find out what would happen to him if his shoelaces were caught between the steps, the crushing of the chewing gum demonstrating how the system would maim his body. Another way to avoid the danger presented by the escalator is to develop a proper algorithm for stepping on it:

> Without having to look down, I was able to time the moment I took the step that put me in contact with the moving grooves of the escalator so that my foot landed not on a crack between two steps, but on the middle of one of them; and even though just about everyone my age had mastered this skill, I still felt proud of myself, just as I

was proud of being able to tie my shoes without looking. (1986: 64)

Later in life, Howie will wonder for what exact purpose escalators were designed, and what is the proper way to use them. Escalators, obviously, are meant to transport people up and down from floor to floor, sparing them physical effort. But how should they be ridden? Howie used to believe that they were supposed to accelerate movement, and that passengers should therefore try to climb the steps to beat the time it would take to use regular stairs. In an ironic tribute to the wisdom of industrial giants, those great benefactors of mankind[3], Howie writes:

> Otis, Montgomery, and Westinghouse had not meant for you to falter after a step or two on their machines and finally halt, arriving at the top later than you would had you briskly mounted a fixed, unelectrified flight. They would never have devoted fortunes of development money and man-years of mechanical ingenuity in order to construct a machine possessing all the external characteristics of a regular set of stairs, including individual steps, a practicable grade, and a shiny banister, just so that healthy people like me could stand in a state of suspended animation, our eyes in test patterns of vacancy, until we were deposited on the upper level. (1986: 100)

Yet, Howie laments, "*people refused to see this*" (1986: 101, italics original). He was often exasperated by people who simply stood on the steps, blocking the way and preventing him from climbing. But after taking the job on the mezzanine and riding the escalator four times daily, enjoying the effortless ride, he cares less and less about "the original intent of the invention" (1986: 101), and he finally realizes, through pure logical deduction, that the lazy riders are the ones who truly understand the purpose of the designers: "clearly the engineers had made the risers of the steps too tall, and the height weakened the functional correspondence between these stairs and their home counterparts, so that riders failed to feel innately that they were expected to climb" (1986: 103).

Nothing however limits object users to the original intent of designers. It is a well-known fact in the history of technology that people discover unpredicted uses that dramatically change the cultural impact of inventions: the telephone was invented to improve on the telegraph, which was meant to send urgent short messages, and it ended up being used for lengthy conversations; the computer was invented to clarify philosophical questions about the foundations of mathematics, and it became first an improved calculator, and then a means of entertainment and of social communication. By expanding the use of objects, people take advantage of their affordances, a concept developed by the psychologist J. J. Gibson to designate the possibilities of action that inhere in things and environments. It is difficult to use escalators for another purpose other than commuting between floors, but the maintenance man of the office building finds an inventive way to take advantage of the fact that the handrail is moving in the same direction as the steps: standing at the bottom of the steps, he polishes the handrail " by leaning motionlessly on a white cotton rag, *using* the technology, but using it so casually that [ he ] appeared as if [ he ] were lounging on [ his ] Camaros on a beach" ( 1986: 63, italics original; I substituted a singular for a plural referring to maintenance men in general ). The image of the maintenance man doing his job without moving impresses Howie so deeply that it recurs in the very last sentence of the novel: "I looked down the great silver glacier in the lobby. The maintenance man was at the bottom. I waved at him. He held up his white rag for a second, then put it back down on the rubber handrail" ( 1986: 135 ). This is not the only exploitation of affordances in *The Mezzanine*. Howie's creative mind is as interested in repurposing objects, or in observing instances of repurposing, as in finding how they work:

> Nobody could have predicted that maintenance men would polish escalator handrails standing still, or that students would discover that you can flip pats of pre-portioned butter so they stick to the wall, or that tradesmen would discover than they could conveniently store pencils behind their ears, or later that they would gradually *stop* storing pencils behind their ears, or that windshield wipers could serve as handy places to leave advertisement flyers. An unpretentious technical invention — the straw, the sugar packet, the pencil, the windshield wiper — has been ornamented by a mute folklore of behavioral inventions, unregistered, unpatented, adopted and fine-tuned without comment or thought. ( 1986: 95 )

Howie's personal repurposing discoveries include using a bag to hide pornographic magazines ( 1986: 4, note 1 ); putting a manila folder on the sun visor of his car to extend its reach ( 1986: 37 ); and using the paper towels in the dispenser in the rest room for many other purposes than drying hands ( 1986 : 90 ) .

One way to repurpose objects is to use them not for practical purposes but for ludic activities. Howie's imaginativeness reveals itself in the creation of private games and rituals, one of which uses the escalator as a playfield :

> Since nobody was on the escalators, I could have played a superstitious game I often played during escalator rides, the object of which was to ride all the way to the top before anyone else stepped onto the escalator behind me or above me. While maintaining the outward appearance of boredom, gliding slowly along the long hypotenuse, I would inside be experiencing a state of near hysterical excitement ... the premise, which I believed more and more strongly as I approached the end of the ride, being that if someone got on either escalator before I finished my ride, he or she would short out the circuit, electrocuting me. ( 1986 : 59 − 60 )

But on this particular day, there will be no game, because, as Howie approaches the bottom of the escalator, he sees his colleague Bob Leary at the top, who would inevitably cross his path in the middle of the ride.

Another of the narrator's private games consists of touching things as he walks, such as running his fingers on the top of mailboxes, slapping his fist against the steel support of traffic lights ( 1986 : 8 ) , or resting his hand on the rail of the escalator, to compare its speed to the speed of the steps ( the handrail is slower ). Touch, a relatively neglected sense in literary descriptions, plays an important role in *The Mezzanine*, but except for an episode where Howie takes off his shoe and feels the patterns on both his socks and the carpet ( 1986 : 7 ) , it is usually not as sensuous apprehension of the texture of things. In Howie's private game, touching things is the game goal, an autotelic activity. But since Howie is mostly interested in practical objects, which must be handled in a specific way to perform their function, his attention to touch is primarily an attention to procedural manipulation and ergonomic design. He compares two methods for putting on socks in terms of efficiency ( 1986 : 12 ) , he elaborates on the various ways to hold a coffee cup or to fold paper bag, and he is highly appreciative of algorithmic beauty, such as the elegance of the gesture with which his mother turns a T-shirt inside out ( 1986 : 52 ) . Procedural memory allows us to operate technological objects almost automatically, but we regain an awareness of our gestures, as well as of the object, in the case of malfunction. Howie is very sensitive to the corporeal disturbance caused by recalcitrant objects, or by objects that need refilling, whether it is a shoelace breaking, a stapler running out of staples (1986: 14), or the "shock and grief" of drawing on a piece of Scotch tape in a dispenser and reaching the end of the roll (1986: 13).

Just as the escalator takes riders smoothly from one floor to the next, Howie's imagination wanders freely from one topic to the next, in a mental journey that substitutes for a *bona fide* narrative plot made of non-repetitive physical actions. One thing, or one thought, leads to another: this is what Ross Chambers calls "the escalator principle." He regards the escalator as "a metaphor of metaphor" (1986: 773), though the associations prompted by the contraption are more a matter of mental *dérive* (drifting) than of metaphor, since metaphors are supposed to lead back to the object that functions as tenor. Not only does the escalator ride suggest the incessant movement of the mind, it also provides a point of departure for a chain of analogies that connect objects in the most unexpected fashion. This point of departure is the grooves on the steps that make the escalator perfectly safe, even for teenagers who ride it with loose shoelaces, because, in another brilliant design decision, "they mesh perfectly with the teeth of the metal comb-like plates at the top and bottom, making it impossible for stray objects such as coins or shoelace-ends, to get caught in the gap between the moving steps and the fixed floor" (1986: 65, note 1). The grooves on the steps remind the narrator of the grooves on the underside of a blue whale, then of the grooves of a rake, of corduroy pants, and finally of two kinds of objects that demonstrate the unbridled nature of Howie's imagination: the grooves of LP records (of which the reader gets an early preview, as the quote of p. 3 shows), and the grooves created by skates on ice. A music record transports the narrator into an exotic landscape and a thrilling narrative that contrasts sharply with the dull routine of office life:

> you rode the last grooves as if on a rickshaw through a crowded Eastern capital of
> the music, and then all at once, at dusk, you left the gates of the city and stepped
> into a waiting boat that pulled you swiftly out onto the bleak and purple waters of the

lagoon, toward the flat island in the middle ... ( 1986: 68; the adventure lasts another 9 lines)

As for the grooves of the skates, they contain vast landscapes reminiscent of the vistas that Jack discovers on the leaves of a plant in the fairy tale *Jack and the Beanstalk*: "If explorers were lowered into a highly magnified groove left by a speed skater's blade" ( 1986: 65) , they would find the whole world of Howie's childhood. Through a change of scale, an object of limited size can hold the infinitely large world of the imagination.

The ride on the escalator is not only a ride from work to freedom and back, it is also a ride down ( or up) memory lane. Memories of "when I was little" pepper the text like a leitmotiv, and many of them concern the escalator:

> So my pleasure in riding the escalator that afternoon [ Howie writes several years later, after quitting the job on the mezzanine and taking a new one ] was partly a pleasure of indistinct memories and associations — and not only memories of my father's ( and my own) world of mechanical enthusiasm, but memories also of my mother taking my sister and me to the department store and teaching us to approach the escalator with care. ( 1986: 36)

Howie's insistence on "when I was little" expresses regret for the growing up that landed him with the company on the mezzanine at age 23. He provides a list of the "significant advances" in his life, and one of them is described as a passage into adulthood: "putting on deodorant after I was fully dressed" ( 1986: 16 ). This apparently trivial gesture acquires the importance of a coming of age because the shirt and the deodorant mark Howie's entrance into the world of corporate life, where you must dress properly, be accepted by your co-workers, and adjust your behavior to certain professional standards, though we never learn what exactly Howie does for the company ( nor in fact does he seem to know how his time in the office contributes to the company's profits). Becoming a man means accepting the mediocrity of office life: "I was the sort of person whose biggest discoveries were likely to be tricks of applying toiletries while fully dressed. I was a man, but not the magnitude of man I had hoped I might be" ( 1986: 54 ). Yet despite the contrast between grown-up life and memories of "when I was little," Howie rejects the idea that he suffers from nostalgia, because he still experiences the same pleasure as the child he used to be when riding the escalator:

> Thus, the 'when I was little' nostalgia was misleading: it turned something that I was taking seriously as an adult into something soupier, less precise, more falsely exotic, than it really was. Why should we need lots of nostalgia to license any pleasure taken in the discoveries that we carry over from childhood, when it is now so clearly an adult pleasure? (1986: 39)

Then he adds: "I decided that from now on I wouldn't get that faraway look when describing things that excited me, regardless of whether they had first been childhood enthusiasms or not" (1986: 39). The adult's pleasures may equal the child's in intensity, but they do not have to be the same: this is why Howie can be as excited about the functioning of office objects such as staplers or electric hand dryers as his younger self was with boats, cars and trains, or with object transportation systems.

Three passages demonstrate that Howie's relation to objects is just as fresh and inventive as "when [he] was little." As a justification for playing his private game of touching the top of mailboxes, he writes: "Because I liked other people to see me as a guy in a tie yet carefree and casual enough to be doing what kids do when they drag a stick over the black uprights of a cast iron fence" (1986: 8). This desire to be taken as a kid by other people, despite his grown-up appearance, suggests that Howie is not as immune to nostalgia for "when he was little" as he wants to be.[④] The continuity between the child's and the adult's objects of fascination comes through in the last chapter of the novel, when Howie, at the end of his ride up the escalator, catches sight of "a cigarette butt rolling and hopping against the comb plate where the grooves disappeared" (1986: 135). He steps onto the mezzanine and turns to watch it for a few seconds, thinking of how, when he was little, he loved to watch the rotations of cans when they were caught at the end of the supermarket conveyor belt. If being free from nostalgia means to "no longer be completely dependent on thoughts [he] first had in his childhood to furnish the feedstock for [his] comparisons and analogies" (1986: 47), then indeed, he doesn't achieve freedom from childhood memories — much to the reader's delight. The third episode that demonstrates the survival of the child's capacity for wonderment, which can be seen as aesthetic appreciation, occurs several years after Howie has left the job on the mezzanine and is now driving his own car rather than taking the subway. He is stuck on the freeway behind a garbage truck that blocks his view, and as he begins to study it, it looks more and more like a painting: " organic shapes of rust had been painted with more green, and the rust, still active, had continued to grow under its new coat, so that there was a combination of the freshness of recent paint and the hidden weatheredness of rust. The whole thing looked crisply beautiful" ( 1986: 38 ). As he changes lanes to pass, he remembers " that when I was little I used to be very interested in the fact that anything, no matter how rough, rusted, dirty, or otherwise discredited it was, looked good if you set it down on a stretch of white cloth, or any kind of white background" ( 1986: 38 ). This, of course, is the " museum principle" that inspired Dadaists and Surrealists like Marcel Duchamp or Pablo Picasso to put ordinary objects, such as urinals or bicycle handlebars, on a pedestal in a museum, and to present them as artworks. David Ciccoricco regards the white-cloth-effect as a *mise-en-abyme* of the novel as a whole: " In a reflexive vein, the authorial practice of setting ' trivial' things against the clean white backdrop of the *printed page* allows readers to see familiar things anew" ( 1986: 157, italics original).

The idea that no object is too trivial for aesthetic appreciation, scientific questioning and analogical connection to other objects is inspired to Howie by a sentence he reads in the paperback he carries to his lunch break, which happens to be Marcus Aurelius' *Meditations*, a rather esoteric and little read classic[5] about which Howie wonders how the Penguin company can make money publishing it. The sentence reads: " Manifestly, no condition of life could be so well adapted for the practice of philosophy as this in which chance finds you today" ( 1986: 124). In spite of a style that Howie finds awkward and archaic, the sentence hits the nail by referring to Howie's here and now situation: what he is doing when he reflects on the function of the grooves of the escalator, or on why his shoelaces broke two days apart from each other, or on the difference between paper straws and plastic ones for drinking milk from a carton, is simply philosophy. For philosophy doesn't have to be about the transcendental, the timeless, the absolute and the abstract: *The Mezzanine* develops what Ross Chambers (790) calls a "philosophy of the contingent."

## III Fetishized Objects: Orhan Pamuk's *The Museum of Innocence*

The most common narrative strategy for humanizing objects rest on a metaphoric relation: some human properties are projected on material things, such as the ability to speak, think, or experience emotions. An example of the metaphorical strategy is Proust describing the objects in his sea-side hotel as foreign and hostile to him (2009: 667), as opposed to the familiar objects of his own room, which he experiences as extensions of himself. An alternative way to humanize objects relies on a metonymic relation between specific objects and the people who own them, touch them, make them, use them or love them. This type of relation underlies such cultural phenomena as the cult of relics, the collection of memorabilia, and erotic fetishism. In all these cases, objects are not valued for what they are, but for their connections to a specific individual: a holy man or woman whose spiritual power is transmitted to an object in the case of relics, a celebrity or a sports hero whose belongings represent cultural capital in the case of memorabilia, and a loved person whose body can be vicariously possessed through the objects that touched it in the case of erotic fetishism. I will illustrate this phenomenon through a reading of *The Museum of Innocence* (2009) by Orhan Pamuk.

The plot of *Museum* takes place in Istanbul between 1975 and 2007. It is set in motion by an object heavily loaded with cultural, and therefore human connotations. The hero and narrator is Kemal, a member of the Istanbul upper class who is engaged to Sibel, a heavily Westernized young woman who also belongs to the high society. One day she notices in a shop window a handbag with the prestigious brand name Jenny Colon[6] and she expresses her admiration for it. The next day Kemal goes to the store and buys it for her. The salesgirl is a young woman of stunning beauty named Füsun who is a poor and distant relative of Kemal. Later, when Kemal offers the bag to Sibel, she discovers by looking at the way the label is stitched to the leather that it is not a genuine Jenny Colon but an imitation. Even though the fake bag differs from a genuine Jenny Colon in an almost imperceptible way, Sibel cannot possibly keep it, because the value of the bag does not reside in its usefulness or appearance, but in its connection to the brand name Jenny Colon. This dependency of the value of objects on an external connection, rather than on their intrinsic properties, makes them highly susceptible to counterfeit. Sibel urges Kemal to return the bag, and when he goes back to the store, he falls in love with Füsun, a passion that will determine the course of his entire life. The bag fulfills three different roles, depending on the point of view: for Sibel, it should be (but is not) a status symbol, a cultural signifier of wealth and good taste; for Kemal and Füsun, it is an instrument of fate that randomly brings them together; for the author, it is a strategic tool that motivates the plot, and for the reader, it is all of the above.

Thanks to the encounter occasioned by the bag, Kemal and Füsun engage for a short time in a passionate sexual relation, but after Kemal's formal engagement to Sibel, Füsun disappears and Kemal is heartbroken. A few months later, during which Kemal's strange behavior leads Sibel to break the engagement, Füsun renews contact with him. She is now married to Feridun, a fat boy and aspiring movie screenwriter whom she married without love because according to the moral code of traditional Turkish society, by giving up her virginity she has compromised her marriage prospects. For eight years, Kemal visits Füsun four times a week for supper in her parents' house, where she still lives with her husband, and he spends his evenings watching TV with the family. He also steals various objects from the house, because they bear the imprint of Füsun's presence and release memories of their lovemaking.

After eight years of this routine, Füsun gets a divorce from Feridun and she agrees to marry Kemal on condition that he take her to Paris. During the trip they renew their physical relation, but the next day Füsun drives Kemal's car into a plane tree, killing herself and seriously wounding Kemal. The text is ambiguous as to whether it is an accident or a suicide. After Füsun's death, Kemal continues to collect objects, and when his apartment is filled from floor to ceiling with things, he creates a museum that both displays the collection, and serves as a mausoleum to Füsun ( for mausoleum is the etymological meaning of museum.) At this point reality blends with fiction and makes the novel *The Museum of Innocence* unique within contemporary literature, for the museum really exists, and it is a significant Istanbul attraction mentioned in tourist guides.⑦

Over more than a decade, Pamuk was a passionate collector of objects that he found in antique and junk stores near the location of the museum: not rare antiques, nor typically Turkish artefacts, but mostly mass-produced objects that document daily life in Istanbul in the mid-twentieth century. As a writer who had earlier in life aspired to be a visual artist, what could Pamuk do with his collection, gathered over more than a decade? One possibility was to exhibit the objects in a museum, commemorating the now vanished lifestyle that they embody, and bringing to the fore their "thingness," their three-dimensional materiality; another possibility was to turn them into language by incorporating them into the plot of a novel. Pamuk choose to do both: he created a real museum that displays the objects, and he wrote a novel about the creation of the museum. His original goal was to write an "encyclopedic novel" told in the form of a catalog, where "I would describe an object to the reader as if I were presenting it to a museum visitor and then move on to describe the memories that this object evoked in my protagonist" (2012: 17). But he soon abandoned the idea because "words are one thing, objects another" (2012: 18). Pamuk had in mind a catalog where the objects would be represented by words, not by pictures; and he despaired of conveying the presence of objects through verbal descriptions; there are indeed many objects in the novel, but virtually no descriptions. The alternative to a purely verbal catalog was to keep words and objects separate but connected: the words in the novel, the objects in the museum, and the bridge between them in a catalog titled *The Innocence of Objects* (2012) that describes the displays in the museum and connects them to the novel.

While the fictional and the real museum exist in different worlds, there is significant overlap between them and frequent interplay between the discourses that describe them. Many times in the novel Kemal mentions objects that play a role in the plot and then says: "I exhibit it here." The deictic here refers at the same time to the imaginary space of the storyworld, and to the real space of the museum, since one can see a similar object in one of the displays. This double reference can be naturalized by imagining that Kemal is a guide offering to the reader a tour of his museum. The novel also contains a map to the actual museum and a free ticket. In a reverse movement from the real to the fictional, the catalog, which is as a whole a non-fictional account of how and why Pamuk created the museum, contains many passages lifted (rather than openly quoted) from the novel, it refers to Kemal and Füsun as if they really existed and it contains a literary map of Pamuk's Istanbul (box 31) that shows the settings of events not just from *The Museum of Innocence* but from several of his other novels. The fiction contains true information about the real-life museum, and the catalog contains fictional statements about the characters in the novel.

Kemal's relation to objects, which leads to his decision to create a museum, develops in three stages. It begins with an attempt to conjure Füsun's presence through the objects that have touched her body. He retreats regularly to the apartment where he used to make love to her, and he tries to pick up her scent in the sheets or the trace of her hand in the objects that she has left: "One palliative for this new wave of pain, I discovered, was to seize an object of our common memories that bore her essence; to put it into my mouth and taste it brought some relief" (2009: 156). He picks up a butt of cigarette smoked by Füsun, and is tempted to light it, imagining that by doing so he would become her, but then he realizes "that if [he] did so there would be nothing left of the relic" (2009: 156). Kemal can't have the imagined presence of Füsun and the objects that represent her at the same time; but he is quite content with the objects: "I sometimes convinced myself that I was slowly growing accustomed to her absence, but there was no truth to it, none at all. It was simply that I was growing more adept at distracting myself with the happiness that I found in objects" (2009: 157). Kemal is an unreliable narrator, and his claims do not necessarily represent an accurate diagnosis of his feelings: the happiness he finds in objects is not a "distraction" from a more important love, but a love in its own right, a self-rewarding passion. The second stage of Kemal's relation to objects occurs when he steals objects during his visits to Füsun. It begins with barrettes, combs, perfume bottles and cigarette butts, all things that bear an intimate relation to Füsun's body; then he steals ordinary household items such as salt shakers and coffee cups; he replaces the stolen items with new ones, or with money, but then he steals the replacements. Objects become "trophies" (2009: 373) and bringing them home become the goal of the visits, though Kemal does not admit so much. In the third stage of his obsession with objects, the fetishist lover turns into a compulsive collector of objects of the same kind: he religiously picks up Füsun's cigarette stubs, and after eight years, he has collected 4213 of them. He also manages to steal numerous examples of the China dogs that sit on top of the TV, creating a unique collection of a kind of item that symbolizes an important turning point in middle-class culture — the moment when television replaced radio and became the center of domestic life. After Füsun's death, Kemal continues his gathering of mementos that represent Turkish everyday life in the seventies and eighties by getting objects from other obsessive collectors. To find room for his growing collection, he buys the family house of Füsun and he sends her mother to live elsewhere. The museum that displays Kemal's mementos is much more than a mausoleum to Füsun, it is also a tribute to the passion that led to the creation of many small, private museums around the world: the passion of collecting for its own sake. To explain the displays of the museum, Kemal asks his friend Orhan Pamuk to write his life story, because individual objects can only represent isolated atoms of present moments, and it takes the line of a narrative plot to turn a series of moments into time. Orhan accepts, but on the condition that he write it in the first person, pretending to be Kemal, so that the narrative which the fictional counterpart of Orhan Pamuk intends to write ends up — as in Proust — to be the narrative we have just read.[8] In the end, the museum plays the same role for Kemal as the writing of a novel does for the narrator of Proust: the museum gives meaning to Kemal's life, a life that most people consider wasted. ( By mismanaging the company he inherited from his father, he squanders the family fortune.) To parody Proust, the museum recaptures the lost time.

The evolution of Kemal's relation to objects is captured in a passage in which he describes two types of collectors: "1. The Proud ones, those pleased to show their collections to the world ( they predominate in the West). 2. The Bashful Ones, who hide away all they have accumulated ( an unmodern disposition )" ( 2009: 503 ). The Bashful collectors are the hoarders who fill their house with objects of all kinds, and who end up running out of space because they cannot part with any object, for fear of parting with memories. Pamuk calls hoarding an innocent mania that affects basically good people ( 2009: 523 ), but their passion can be self-destructive:

> In December 1996, a lone hoarder ( "collector" would be the wrong word) named Necdet Adsiz, who lived in Tophane, a mere seven minutes from [ Füsun's family's] house, was crushed to death beneath the accumulated piles of paper and odd objects in his little house, not to be discovered, let alone mourned, until four months later, when in summer the stench coming from his house became unbearable. ( 2009: 507 ) [9]

In contrast to the hoarders, who let space be invaded by things, the Proud collectors who create museums are able to design spaces that display their treasures in an optimal way. Their museums are not accumulations of objects, but livable spaces. When Kemal decides to turn his collection into a museum, he evolves from Bashful to Proud collector: "No longer an oddball embarrassed by the things he has hoarded, I was gradually awakening to the pride of a collector" ( 2009: 496). Kemal's ideal is a museum created by the French painter Gustave Moreau which not only contained all of his paintings but became "a house of memories, a ' sentimental museum' in which every object shimmered with meaning" ( 2009: 497 ). Moreau loved his house-museum so much that he made it into his home and spent the rest of his life surrounded by the memories attached to the collected objects. Kemal, similarly, wants to both open his museum to visitor and live in it: on the upper floor of the real museum one can see his fictional bedroom, where according to the novel he told his story to Pamuk. But his selfishness comes through when in order to open his public/private memory palace, he sends Füsun's mother to live elsewhere, denying her a chance to live surrounded by her own memories.

From Kemal's point of view, the language of objects evolves through the novel, until it blends with Pamuk's conception. At the beginning, as we have seen, the stolen objects convey Füsun's presence to Kemal, through the metonymic mechanism of fetishism; then they give rise to obsessive collecting, as they pile up, eating space, in Kemal's apartment, where, ironically, his mother used to store unwanted things. After Füsun's death, objects are perceived as the guardians of memories, but these memories extend far beyond the story of Kemal's love for Füsun, to encompass the whole of life in Istanbul. Kemal presents two conceptions of the relation of the (fictional) museum to his lifestory: on one hand, he creates the museum to tell the story of his love, and he gathers additional objects to complete the story; on the other hand, he views his lifestory as a plot created to connect the objects in his collection. In the first interpretation the lifestory comes first; in the second one, the museum comes first. This double movement from museum to story and from story to museum merges with the vision of the real-life Pamuk, who writes the novel to give meaning to the museum, and who uses the museum as inspiration for the novel.

Though Kemal and Pamuk both create museums with the objects they have collected over the years, their reasons for doing so are quite different. While Kemal's main objective is to tell the story of his love for Füsun, Pamuk seeks to liberate objects from the temporal flow of narrative and to let them speak for themselves. Of box 14, which exhibits a seemingly random collection of disparate objects, Pamuk writes: "I am particularly fond of this box, which, despite all my sketching and designs, has been so receptive to the whims of uncalculated beauty" (2012: 100). And about box 9, which accompanies a chapter that tells about Füsun and Kemal making love on a metal bed in a room full of junk, Pamuk writes: "As they gradually found their place in the museum, the objects began to talk among themselves, singing a different tune and moving beyond what was described in the novel"

( 2012: 83). This talk, of course, is metaphorical: it means that in arranging objects in the boxes, Pamuk must listen to their sensory properties, rather than subordinating them to his own narrative goals, by treating them as illustrations. He is fully conscious of the conflict inherent to his museum project: "Our museum has been built on the contradictory desires to tell the stories of objects [ or one could say tell a story with objects ] and to demonstrate their innocence" ( 2012: 141). The concept of the innocence of objects expresses their insistence on being themselves, their independence from human-made stories, and their resistance to serve as mere instruments to human goals.

## IV Alien Objects: Jean-Paul Sartre's *La Nausée*

For Pamuk, freeing objects from their human connections and letting them talk among themselves is a joyful operation, because it reveals an unexpected beauty — the beauty inherent to their combinations — and also because it enables him to experience the "innocence" of their mode of being. In my last example, *La Nausée* ( *Nausea* ) by Jean-Paul Sartre, the realization by the hero and narrator of the fundamentally non-human nature of objects leads on the contrary to anguish and disgust. The novel has been thoroughly scrutinized as an expression of the sense of the absurd that underlies existentialist philosophy, but here I want to take a closer look at the role of objects in producing this experience. My reading will consist largely of quotations, because the first-person narrator, Antoine Roquentin, can describe his experience better than anybody else.

Roquentin is a historian who spends a couple of years in Bouville, a dreary town in the north of France ( the name translates as mud city or bovine city), in order to do research for a book. He has been suffering of late from a strange sense of anguish, which he calls nausea. The main symptom of this condition is a feeling of estrangement from ordinary objects, and he decides to write a diary in order to understand how he felt before and after toward objects: "I must tell how I see this table, this street, the people, my packet of tobacco, since *those* are the things that have changed. I must determine the exact extent of this change" (1964: 1). Roquentin tries to explain away his fear of objects by enumerating their sensory properties, but to no avail:

> Everywhere, now, there are objects like this glass of beer on this table there. When I see it, I feel like saying: "Enough." I realize quite well that I have gone too far ... I have been *avoiding* looking at this glass of beer for half an hour. I look above, below, right and left, but I don't want to see it. [ This is followed by a description of how all the other people in the pub would see the glass: levelled on the edges, with a handle, a little coat of arms and the words "Spartenbrau" written on it.] I know all that, but I know there is something else. Almost nothing. But I can't explain what I see. To anyone. There: I am quietly slipping into the water's depths, towards fear. (1964: 8)

The sense of estrangement does not reside in the appearance of things, but in something else; yet Roquentin cannot identify this something else, because, as he will write later, "things are entirely what they appear to be — and behind them ... there is nothing" (1964: 96). If we take the verb *to be* to denote existence, there is something behind things that is nothing, and this nothing has a substance that the mind cannot grasp.

Before the onset of nausea, Roquentin had a positive relation to objects, a relation in which the pleasure of touching and manipulating them played an important part:

> I very much like to pick up chestnuts, old rags and especially papers. It is pleasant to me to pick them up, to close my hand on them; with a little encouragement I would carry them to my mouth the way children do. ... It is good to pick up all that. Sometimes I simply feel them, looking at them closely; other times I tear them to hear their drawn-out crackling, or, if they are damp, I light them, not without difficulty; then I wipe my muddy hands on a wall or tree trunk. (1964: 10)

In this early relation, objects submit themselves passively to the touch of Roquentin; but one day, a piece of paper that he sees in a puddle resists his desire to pick it up: "I bent down, already rejoicing at the touch of this pulp, fresh and tender, which I should roll in my fingers into greyish balls. ... I was unable" (1964: 10). What happened? Objects should be harmless and submissive; but now they seem to have a will of their own. Playing on the two senses of "to touch" — physical and mental, which are also conveyed by the French original — Roquentin writes: "Objects should not *touch* because they are not alive. You use them, put them back in place, you live among them: they are useful, nothing more. But they touch me, it is unbearable. I am afraid of being in contact with them as though they were living beasts" (1964: 10). The fear that objects inspire comes from the fact that they are deprived in Roquentin's mind of their practical function. According to Heidegger (as discussed in Harman 2018), the usefulness of object, which subordinates them to human will, makes them invisible to us, but once they are no longer reduced to an instrumental role, they become active and visible, which also means alien and fearsome. As Harman observes (1964: 41), knowledge about objects is knowledge about either what they are made of or about what they do; when "what they do" is bracketed off, there is no way of naming them, since language identifies things by their function, and language loses their hold on them. This is what happens in a passage where Roquentin looks at a seat as a pure thing:

> The thing I am sitting on, leaning my hand on, is called a seat. They made it purposely for people to sit on, they took leather, spring and cloth, they went to work with the idea of making a seat, and when they were finished, *that* was what they had made … .I murmur: "It's a seat," a little like an exorcism. But the word stays on my lips: it refuses to go and put itself on the thing. It stays what it is, with its red plush, thousands of little paws in the air, all still, little dead paws. This enormous belly turned upward, bleeding, inflated — bloated with all its dead paws, this belly floating in this car [this is a translation error: the French original says boîte, i.e. box], in this grey sky, is not a seat. It could just as well be a dead donkey tossed about in the water. (1964: 125)

Roquentin's attempts to capture through language the reason for his fear of things remain unsuccessful, until he has a shattering, definitive revelation while watching the root of a chestnut tree in a public park:

> So, I was in the park just now. The roots of the chestnut tree were sunk in the ground just under my bench. I couldn't remember it was a root anymore. The words had vanished and with them the significance of things, their methods of use, and the feeble points of reference which men have traced at their surface. I was sitting,

叙
事
研
究

第
3
辑

stooping, head bowed, alone in front of this black knotty mass, entirely beastly, which frightened me. Then I had this vision. It left me breathless. Never, until these last few days, had I understood the meaning of 'existence.'... And then all of a sudden, there it was, clear as day: existence had suddenly unveiled itself. It had lost the harmless look of an abstract category: it was the very paste of things; this root was kneaded into existence. (1964: 125 – 126)

The revelation of the existence of the root is nothing short of an epiphany. According to the Cambridge dictionary, an epiphany is "a moment when you suddenly feel that you understand, or suddenly become conscious of, something that is very important to you." As a literary device, epiphany designates the moment when a small, everyday experience leads to a life-changing realization which affects the rest of the story. It is significant that the inspiration of Roquentin's epiphany is not a manufactured object serving a practical function, but a natural object whose existence cannot be attributed to any human purpose. By displaying its raw existence, the chestnut tree root reveals the non-human, alien nature of objects. Since language is a fundamentally human faculty, the revelation caused by the root transcends the power of language, and there is consequently no attempt to capture through words the nature of existence. But even though he cannot say what existence is, Roquentin remains able to analyze what it means to be aware of it. Existence is a property shared by all things and it does not differentiate them; everything is made of the same material substance, and Roquentin himself is no more than an existent among others. The revelation of this common existence does not lead to a sense of communion with all the things that share the same ontological status, but rather to isolation from other existents. "We were a heap of living creatures, irritated, embarrassed at ourselves, we hadn't the slightest reason to be there, none of us, each of us, confused, vaguely alarmed, felt in the way in relation to the others. *In the way*: it was the only relation I could establish between these trees, these gates, these stones" (1964: 128). *In the way* is an approximative translation of the French original "de trop", which means excessive and superfluous, and plays a central role in Sartre's philosophy. The individual existence of Roquentin is not part of a global, intelligent design, but rather, an unnecessary thing thrown together by chance with other things. This feeling, which is known as the absurd in existentialist philosophy, stands in sharp contrast to the vision of a network of inextricably connected things that characterizes contemporary environmental thought. Existence for Roquentin is a burden, a sin, and the world suffers from an excess of existence: not only is he "de trop", but so is every other thing with respect to each other.

The nauseous experience of existence and the sense of disconnection between the mind and the environment makes it all the more surprising when, at the end of Roquentin's visit, objects are humanized and his relation to the garden suddenly changes: "I got up and went out. Once at the gate, I turned back. Then the garden smiled at me. I leaned against the gate and watched for a long time. The smile of the trees, of the laurel, *meant* something: that was the real secret of existence" (1964: 135). Roquentin feels that things are conspiring to tell him something, and yet he cannot figure out the message: "That little sense annoyed me. I could not understand it, even if I could have stayed leaning against the gate for a century. I had learned all I could know about existence. I left, I went back to the hotel, and I wrote" (1964: 135). Are objects starting to talk, and is this another epiphany? Is the smile of the garden the real secret of existence, and does it negate the experience of the absurd, or is it a temptation that should be resisted?

The novel concludes with Roquentin deciding to "redeem" his existence by writing a book which, as an object of beauty, will create another form of existence, or even be "above existence" and which will contrast with the murky sensation of nausea by telling a story "beautiful and hard as steel" (1964: 178). This ending has raised a heated controversy among critics (Keefe 1988). Is Roquentin's decision to devote himself to literature an authentic response to his experience of existence, or is it a flight from what he has learned from the root of the chestnut tree? I think the ending is both serious and ironic. On one hand, it is undeniable that writing represented for Sartre a rescue from the experience of the absurd and from the drug-induced visions of mud and viscosity that plagued him; it is not without reason that many years later he titled his autobiography *Les Mots* (*The Words*). On the other hand, Roquentin devoting himself to writing a novel should be understood in an intertextual context, for *La Nausée* is not only an existentialist manifesto, it is also a parody of Proust's great novel, *A la Recherche du temps perdu*. The two texts can be summarized by the same formula: after many warning signs, a hero/narrator who seems to be wasting his life has a life-changing experience, after which he decides to redeem himself by writing a novel which could be the one we have just read. (Critics have debated this last point for Sartre, but the Proust parallelism make it a more satisfactory reading.) Moreover, *La Nausée* develops two of the major themes of Proust: homosexuality, about which Proust and Sartre had different views (Gorman 2006) and music, which both authors saw as a sublime artistic experience that lifts the listener above ordinary life. But the parodic intent of *La Nausée* manifests itself in the contrasting nature of the life-changing event and in the attitude of the narrator toward time: whereas this event allows the Proustian narrator to recapture the past and to make it into the substance of his future book, Roquentin's conception of time is exclusively centered on the present moment, isolating him from both a past with which he has broken, and from an uncertain future. Whereas the Proustian epiphany gives meaning to the narrator's life, Roquentin's experience is the revelation of the absurdity of life and of the disconnectedness of all existences. Whereas a "smiling garden" would be very compatible with Proust's metaphor-based conception of literary art, it is in *La Nausée* an illusion that negates the singularity of Roquentin's experience of existence. And finally, in contrast to Proust, who devotes a substantial part of the novel to the description of what the future book will be like, Roquentin devotes only a few lines to the artwork he anticipates: one gets the impression of a hasty decision that underscores the artificiality — and therefore, the parodic nature — of the ending.

## Conclusion

In this essay I have concentrated on the experiential dimension of objects as focus of the narratorial character's thoughts, as opposed to their strategic role in determining the course of the plot. But the experiential and strategic function are not mutually exclusive, since attention to objects can lead to acts of consciousness and decisions that affect the life of characters. In this conclusion, I propose to return to the strategic role of objects in the four narratives I have discussed, and to compare their agency.

In *My Struggle* the episode of the father's death must be distinguished from the detailed reports of the largely meaningless actions that fill the narrator's life, such as sliding a credit card in a reader to pay for groceries. In these routine events, objects are fully subordinated to the narrator's goals and attract no particular interest. Yet their agency manifests itself in the entropic proliferation of things that comes with domestic life, and in the need to sacrifice personal time in order to keep living space liveable. In the father's death episode, the invasive nature of objects reaches a climax and destroys living space; moreover, objects acquire a signifying dimension, as they reveal the squalid conditions in which the father spent the end of his life and reflect on his failure as a human being. It is this disturbing message of objects that both Karl Ove and Gunnar try to suppress, Karl Ove through a thorough cleaning of the house meant to erase a painful past, and Gunnar by contesting the existence of the signs ( there were "only a few bottles" ) and by trying to prevent the publication of Karl Ove's book.

In *The Mezzanine*, the narrator's experiences of objects do not really affect the plot, for the simple reason that instead of creating a narrative arc made of unusual events leading from conflict to resolution — the standard conception of plot — the novel consists of a series of meditations that could be expanded *ad infinitum* by making the narrator reflect on ever new objects. Even the discovery of how to put on deodorant without removing his shirt and tie is not really a break in Howie's life, despite his claim that it represents a passage into adulthood and mediocrity, because he maintains throughout the narrative the curiosity, inventiveness and freshness of vision of when he was little. Meanwhile, the agency of objects asserts itself whenever their use or manipulation does not correspond to the intent of their designers, whether by breaking down, requiring maintenance, disrupting the procedural memory of their user, presenting unplanned flaws, or on the contrary, offering unforeseen affordances.

Through the designer bag that leads to the encounter between Kemal and Füsun, *The Museum of Innocence* opens with a particularly striking case of object as a cog in the plot. The importance of the bag suggests that the agency of objects is not just a matter of internal, material properties, but can also be bestowed upon them by cultural factors such as fashion. If we read the novel as the story of the changing relations of Kemal to objects, from the excessive humanization inherent to fetishism to an appreciation of their autonomy, then the experience of objects determines a global narrative arc.

*La Nausée* presents the most dramatic case of object agency. By brutally displaying its non-human nature and confronting Roquentin with the mystery of existence, the root in the garden creates an epiphany that will forever change Roquentin's life. His experience of objects stands in sharp contrasts to the conception that underlies the creation of the Museum of Innocence. Whereas being displayed in the museum invites visitors to view objects as works of art, Roquentin is totally insensitive to their aesthetic dimensions. Whereas the museum celebrates the diversity of objects, even within a common class such as porcelain dogs, for Roquentin diversity is only a superficial appearance that hides their common participation in the obscure materiality of existence: "But why, I thought, so many existences, since they all look alike" (1964: 133). And finally, while objects "talk among themselves" when properly arranged in the displays of the museum, for Roquentin objects are "de trop" with respect to each other, as well as with respect to human existence.

In addition to illustrating several ways of experiencing individual things, this article has illustrated three possible attitudes toward gathering objects. The first two involve deliberate actions and they can be described by active verbs: collecting and hoarding.

Collecting is a discriminating activity. Only certain kinds of objects are considered worth collecting, and they usually represent valuable assets. The most discriminating collectors focus on a certain type of objects, such as porcelain dogs, but each new acquisition must be at the same time similar and different: similar because it belongs to the group, and different, because it should add something new to the collection, rather than duplicating an existing member. A collection of hundred different porcelain dogs is infinitely more valuable than a collection of hundred dogs representing three mass-produced models. Collecting is considered a healthy or even admirable activity, as Kemal's praise of creators of small museums suggests, because it requires dedication, creates value, and preserves cultural heritage.

In contrast to collectors, hoarders are undiscriminating in their gathering, and do not know the difference between valuable and valueless things. They collect because they are "addicted to stuff" (Herring 76), but unlike successful collectors they are not interested in showing their things to others, and usually they do not have enough space to display them. Hoarding is considered a pathological condition, a disease that leads to anti-social behavior such as retreating from the world in an overfilled house. As the example from Pamuk — which has real-life equivalents — hoarders can be a danger to themselves. A TV series that ran in the United States from March 2010 to April 2014 was significantly titled *Hoarders: Buried Alive*, and it featured well-meaning social workers and "organizers" trying to cure hoarders by "liberating" them from their possessions.[10] The popularity of Marie Kondo's books on organizing bears testimony to this association of hoarding with unhealthy living.

By creating a museum to display the objects they have gathered over the years, both the real world Orhan Pamuk and the fictional Kemal Basmacı evolve from hoarder to collector, and Kemal redeems himself in the process. But hoarding can also be seen as a "perversion of collecting," as Scott Herring describes it (64), and when collecting becomes obsessive and indiscriminating, the evolution goes in the opposite direction. The end stage in this evolution is represented by the accumulation of bottles and garbage that Karl Ove's father lets happen in *My Struggle*. While hoarders are overly attached to things, regarding them as extensions of themselves and therefore refusing to part with them,[11] victims of accumulation are blind to the stuff that invades their living space and see no distinctions between kinds objects. When they finally become aware of the accumulation, this recognition leads to repulsion, and the only way to deal with it is to throw everything away. The alternative is to surrender to the mounting garbage. It is difficult to name this third relation to objects because it is due to neglect and not to deliberate action, as are collecting and to a lesser extent hoarding. In this final stage of material invasion, agency completely shifts from humans to objects.

**Notes:**

① As represented in the TV series *The Walking Dead*.

② Struwwelpeter is a German collection of scary children stories by Heinrich Hoffmann about the terrible things that happen to misbehaving children.

③ Other ironic tributes to the magnanimity of companies include: "The paper towels [ in Howie's office ] were the best ... it was an honor to use them" ( 87 ) and "We came to work everyday and were treated like popes — a new manila envelope for every task; expensive courier services; taxi vouchers; trips to three-day fifteen-hundred dollar conferences to keep us up to date in our fields" ( 92 ).

④ See Ciccoricco ( 2015 ) for a detailed analysis of nostalgia in *The Mezzanine*.

⑤ Written in Greek by a Roman emperor, Marcus Aurelius' *Meditations* falls neither into classic Greek nor Latin literature. This may explain why the work is rarely read.

⑥ Pamuk borrowed the name Jenny Colon from the actress with whom French poet Gérard de Nerval was in love.

⑦ For instance in the *Lonely Planet* guide to Turkey.

⑧ Narratologically, the situation can be analyzed as follows: the author is the real Orhan Pamuk; on the main diegetic level the narrator is the fictional Orhan Pamuk, and on the second diegetic level, the narrator is Kemal telling about his life. The main diegetic level appears at the end of the novel, from p. 516 on, when the fictional Orhan Pamuk tells in his own name about falling in love with Füsun at Kemal's engagement with Sibel, and then about Kemal's death. This level can be analyzed as Pamuk ( the real one ) pretending to be Orhan, his counterpart in the fictional world. Though the reader does not realize it ( or realizes only at the end ), most of the novel is an embedded narrative told by Pamuk pretending to be Orhan pretending to be Kemal. In other words, for most of the novel the reader wrongly believes to be on the main diegetic level, and interprets it as Pamuk pretending to be Kemal.

⑨ Whether Pamuk's example is fictional or real, a similar, real-life case is that of the Collyer brothers of Harlem, both of whom were found dead in their house in 1947 among tons of collected items. One of them was crushed by the collapse of a tunnel built through the junk. See Herring, chapter 1.

⑩ Herring disagrees with this diagnosis of hoarding as disease; he regards hoarding as material deviance and as a refusal to conform to cultural norms of order, cleanliness and efficiency; hoarding should therefore be accepted in the name of tolerance for diversity.

⑪ An example of this identification with objects is the reaction of the grandmother in *My Struggle*, when Gunnar and Karl Ove want to haul away her urine-soaked sofa. " ' Are you crazy! ' she said. 'Why are you getting rid of it? You can't just get rid of my sofa.' " (2009: 365). Clearly she sees the sofa not as an object but as part of herself.

**Works Cited**

Baker, Nicholson. *The Mezzanine*. New York: Grove Press, 1986.

---. *U and I: A True Story*. New York: Vintage, 1991.

Chambers, Ross. "Meditation and the Escalator Principle (On Nicholson Baker's *The Mezzanine*)." *Modern Fiction Studies* 40.4 (1994): 765 – 806.

Ciccoricco, David. "Great Escalations in a Novel of the Everyday." In *Refiguring Minds in Narrative Media*. Lincoln: U of Nebraska P, 2015. 127 – 160.

Deresiewicz, William. "Why Has *My Struggle* Been Anointed a Literary Masterpiece?" https://www. thenation. com/article/archive/why-has-my-struggle-been-anointed-literary-masterpiece/2010.

Figlerowitz, Marta. "The Novel of Infinite Storage." *Poetics Today* 39. 1 (February 2018): 201 – 219.

Gibson, James J. *The Ecological Approach to Visual Perception*. Boston: Houghton Mifflin, 1979.

Gorman, Shawn. "Sartre on Proust: Involuntary Memoirs." *L'Esprit Créateur* 46. 4 (2006): 56 – 68.

Harman, Graham. *Object-Oriented Ontology: A New Theory of Everything*. London: Penguin, 2018.

Herring, Scott. *The Hoarders: Material Deviance in Modern American Culture*. Chicago: The U of Chicago P, 2014.

Keefe, Terry. "The Ending of *La Nausée*." In *Critical Essays on Jean-Paul Sartre*. Ed. Robert Wilcocks. Boston: G. K. Hall, 1988. 182 – 201.

Knausgaard, Karl Ove. *My Struggle*, Book 1. Trans. Don Bartlett. New York: Farrar, Straus and Giroux, 2009.

---. *My Struggle*, Book 6. Trans. Don Bartlett and Martin Aitken. New York: Archipelago Books, 2018.

Pamuk, Orhan. *The Museum of Innocence*. Trans. Maureen Freely. New York: Vintage Books, 2009.

---. *The Innocence of Objects*. Trans. Ekin Oklap. New York: Abrams, 2012.

Proust, Marcel. *A La recherche du temps perdu*, vol I. Paris: Gallimard (Bibliothèque de la Pléïade), 1954.

Sartre, Jean-Paul. *La Nausée*. Paris: Gallimard, 1938. English translation used: *Nausea*. Trans. Lloyd Alexander. New Directions Paperback, 1964.

Shklovsky, Viktor. "Art as Technique." In *Literary Theory: An Anthology*. Ed. Julie Rivkin and Michael Ryan. Oxford: Blackwell 1998. 17 – 23.

Wood, James. "Total Recall: Karl Ove Knausgaard's *My Struggle*." *The New Yorker*, August 6, 2012. https://www.newyorker.com/magazine/2012/08/13/total-recall.

About the author: Marie-Laure Ryan is an independent scholar based in Colorado, working currently in the areas of narrative theory, media theory, and representations of space. In 2017 she received the lifetime achievement award from the International Society for the Study of Narrative.

# 判断、进程及修辞叙事体验①

[美] 詹姆斯·费伦/文　唐伟胜/译

批评家们喜欢重申戏剧依赖于冲突这一无趣的观点。但事实并非如此。戏剧依赖于舞台表演和现场观众之间的相互参与。

戴维·黑尔，《卫报》，2005 年 7 月 16 日

"价值"一词与"判断"一词密不可分。

热拉尔·热奈特，《什么是美学价值?》

## 判断、参与及作为修辞的叙事

第一次读故事(或者有人给我们读故事)时，我们就知道故事通常都有好人，比如灰姑娘和王子；还有坏人，比如灰姑娘的继母和继姐、继妹，而且故事本身就会表明哪些人物是哪类人。例如，在《灰姑娘》(Cinderella)的某个版本中，叙述者在第一页告诉我们，灰姑娘这个年轻女孩"善良无与伦比，性情讨人喜欢，这些都是她从母亲那里继承而来的，她母亲是世上最好的人"，而她的继母是"我们见过的最自负和最傲慢的女人"。用戴维·黑尔(David Hare)在第一条题词中的话来描述这里叙述者评论所产生的效果，我们可以这样说：这一对比性描述(以及我们知道我们正在读一个童话故事)隐含了某种冲突，在叙事引入这个冲突的本质之前，我们已经站在了灰姑娘一方。我们站在灰姑娘一方是因为——借用热拉尔·热奈特(Gérard Genette)在第二条题词中的话，我们对灰姑娘做出了肯定性的判断，并对她的继母做出了否定性的判断——我们欣赏她的性格特点但并不欣赏她继母的性格特征。随着《灰姑娘》故事在第

一段后继续进行,这个故事不仅强化了这些最初的判断,而且还依靠这些判断来影响我们对灰姑娘逃离继母虐待的期待和渴望。当成为更高级的读者并遇到更为复杂的叙事时,我们会遇到不足以用"好人"或"坏人"这类简单的标签来说明的人物,但却会继续对他们做出伦理判断,而且还会对讲述这些人物的作者和叙述者做出伦理判断。本书的一个主要论点是,这些判断对于我们参与这些复杂叙事至关重要,就像对"灰姑娘"的判断对于我们参与这个童话一样重要。

再以林·拉德纳(Ring Lardner)的《理发》("Haircut")中的一段为例。在这段中,拉德纳的叙述者是理发师维迪(Whitey),他对镇外来的新顾客讲述关于吉姆·肯德尔(Jim Kendall)和他妻子的一些事情:

> 我说过,她本来想和吉姆离婚,只是她明白没法养活自己和孩子,所以总想着哪天吉姆能改掉坏习惯,每周给她不只两三块钱。
>
> 有那么一段时间,吉姆在哪儿打工,她就去哪儿,让他们把工资给她,但她这么干了一两次后,吉姆把大部分工钱预支出来,这样就断了她的路。然后他满镇逢人就讲他是如何比老婆狡猾。他这人可真逗![②]

这里突出的不仅是我们对吉姆做出的判断比维迪做出的更负面(我们认识到吉姆的自私和吝啬,维迪认为他就是一个有趣的骗子),而且我们同样对维迪做出了负面判断(尽管他自己本身并没有那么吝啬和自私,但他在道德上太迟钝了,没有意识到吉姆的吝啬和自私)。然而,在对人物和叙述者做出负面判断的同时,我们又认可隐含的林·拉德纳的道德观,因为感觉是他在引导我们做出那些判断。此外,拉德纳只使用维迪的话语传达这些判断,对这个技巧我们也会默默认可。这样,参与《理发》类似于参与《灰姑娘》,但又比参与《灰姑娘》更为复杂。我们认为肯德尔残忍,因而具有危险性,维迪则是愚蠢,因而可能也很危险,而拉德纳则是一个我们希望与之继续合作的技巧娴熟的作家。

当然,我们可以继续沿着复杂叙事的梯子往上爬,去看看其他一些例子。在这些例子中,读者对人物的道德区分和相应的参与比在《理发》中对人物的区分和参与更为微妙——有些叙事甚至没有给我们提供足够的信号去做出明确而坚定的道德区分。在本书后面,我会继续爬那架梯子,但是现在我想停在拉德纳的梯级上,因为它的高度足以让我列出本书的三个命题。命题一:作为叙事读者,我们对人物和讲述者(包括叙述者和作者)所做的判断对体验和理解叙事形式至关重要。我所说的形式,是指对叙事成分、技巧和结构的特殊安排,使之服务于一系列的读者参与

（readerly engagements），并对隐含读者产生某种最终效果[3]。命题二：叙事形式又是在阅读和反应叙事的时间过程中被体验的。因此，为了解释对形式的那种体验，我们需要聚焦于"叙事进程"（narrative progression），即从"起始"到"中段"到"结束"支配叙事运动的"文本动力"（textual dynamics）和"读者动力"（readerly dynamics）两者的综合。"读者动力"就是我迄今为止一直称作的"我们的参与"，它产生于文本动力，又影响文本动力。命题三：作为叙事体验的关键要素，叙事判断和叙事进程负责解释该体验的各种成分，尤其是形式、伦理和美学之间的显著相互关系，即使当判断和进程不能全部解释我们想获知的关于伦理和美学的一切。

我们可以在更宽泛的叙事修辞方法中去理解以上三个命题，而叙事修辞方法可以概括为五个主要原则[4]。第一，叙事可以完全被理解为一种修辞行为，即某人在某个场合出于某种或某些意图向别人讲述发生了某事。在虚构叙事中，修辞情景是双重的：叙述者出于自身意图向受述者讲故事，而作者则出于自身意图既把这个故事传达给他的读者，又把叙述者讲故事的过程传达给他的读者。正如我在《活着为了讲述》（*Living to Tell about It*）中所认为的那样，认识到这种双重交流情景（一个文本中不止一个讲述者，不止一个读者，不止一个意图）的影响是对人物叙事进行修辞理解的基础。（在非虚构叙事中，叙事情景的双重维度将取决于作者在多大程度上表明她与讲故事的"我"的不同和相似之处。）在小说《理发》中，拉德纳把维迪向新顾客讲述吉姆的恶作剧及其"意外"死亡作为一种方法，向隐含读者传达一个不同的故事。虽然维迪讲述吉姆的恶作剧和不幸结局的意图是让顾客开心，但拉德纳的意图是揭示一个令人毛骨悚然的后果，因为维迪和他所代表的那个群体无法认识吉姆之残忍，以及斯泰尔医生（Doc Stair）和保罗·迪克森（Paul Dickson）独自或者一起所做的判决之粗暴。

第二，这种方法假定在作者主体、文本现象（包括文本关系）和读者反应中存在一个循环关系（或者反馈回路）。换言之，为了对叙事做出阐释，这种方法假定文本是由作者设计的，以便以特定的方式影响读者；这些设计通过文本的词汇、技巧、结构、形式和文本间的对话关系，以及读者用来理解它们的文类和规约传递出来；读者反应取决于、也因此指引了由文本和互文现象所创造的设计。同时，读者反应还可检测这些设计的效力。

第三，这种方法的读者反应概念背后的读者模型由彼得·拉比诺维茨（Peter Rabinowitz）提出，我稍做修正（Rabinowitz 1977；Phelan 1996；

135—153）。这个模型区分四种读者位置："有血有肉的读者或者真实读者"（the flesh-and-blood or actual reader）；"作者的读者"（the authorial audience），即作者的理想读者或者我在上文所说的隐含读者；"叙事的读者"（the narrative audience），即有血有肉的读者在叙事世界中承担的观察者位置；"受述者"（the narratee），即叙述者说话的对象。这种模型认为"有血有肉的读者/真实读者"试图进入"作者的读者"位置，因而，当我提到"我们"读者对叙事文本的反应时，我所指的是"作者的读者"的活动。在《理发》中，我作为"有血有肉的读者"是不同于维迪理发店椅子上的顾客这一"受述者"的，但是，我同时处于"叙事的读者"和"作者的读者"的位置。"叙事的读者"相信维迪、顾客和其他人物的真实存在（因而"叙事的读者"位于观察维迪给顾客讲述故事的位置）。维迪的话语整体上逻辑混乱，"作者的读者"则通过他的话语识别出拉德纳的言下之意。"有血有肉的读者"这一概念使得修辞方法发现具体读者之间的差异可能导致他们做出不同的反应和阐释，而"作者的读者"概念则使得修辞方法考虑读者分享阅读叙事体验的方式。实际上，有时候，修辞理论家会利用"有血有肉的读者"之间的差异来发现进程建构中的困难，即指出文本动力中阐释分歧的来源。

从方法论上讲，作者、文本和读者之间的反馈回路意味着修辞批评家可以从修辞三角的任何一点开始阐释分析，但分析必须考虑每个点如何同时影响其他两个点并仅受影响。在《理发》中，我们可以从文本将吉姆的行为与维迪的判断（"他满镇逢人就讲他是如何比老婆狡猾。他这人可真逗！"）进行并置开始分析，以便注意到这两者之间的不协调。从那里开始，拉德纳只需迈出一小步，便成为这一不协调的设计者，读者也只需迈出一小步，便对吉姆、维迪和拉德纳本人做出评价。或者，我们可以从我们的整体感觉开始，即吉姆和维迪都不是一个令人钦佩的角色，然后返回到文本中寻找那种效果的来源，然后把这些来源转移到他们的设计者那里。抑或我们可以从拉德纳的主体性开始，关注他对叙述者和主人公的清晰判断，然后转向他借以传达那些判断的文本现象（尽管他在叙事中并没有给自己安排一个代言人），最后考虑这些判断如何影响读者对吉姆的行为和维迪的报道做出反应。

第四，读者将产生三种兴趣和反应，每种反应都与特定的叙事成分（即模仿成分、主题成分和合成成分）相关。对模仿成分的反应涉及读者将人物当成可能的人（这里的"可能"指的是假设层面或概念层面上的"可能"），将叙事世界当成我们自己的世界；对模仿成分的反应包括我们不断演化的判断和情感，我们的欲望、希望、期望、满足和失望。对主题成分的反应涉及人物的意识形态功能以及叙事所要处理的文化、意识形态、哲学或伦理问题。对合成成分的反应涉及读者将人物以及整个叙事看作人工建构物。读者到底对哪些成分相对更感兴趣因叙事而异，取决于叙事进程的性质。有些叙事受模仿方面的兴趣主导，有些受主题方面的兴趣主导，另外一些则受合成方面的兴趣主导，但是进程中的发展可以在这些兴趣中产生新的关系。此外，叙事也完全可以让这些兴趣中的两个乃至三个都变得很重要。尽管如此，我们还是可以提出几条一般规律。在大多数现实主义叙事中，读者对合成成分有一种心照不宣的认识，尽管叙事关注的是模仿和主题成分。但是，正如自《堂吉诃德》（*Don Quixote*）以来的元小说所告诉我们的那样，心照不宣的认识总是可以转化为明确的东西。此外，在一开始就凸显合成成分的元小说中，模仿成分通常会退居幕后。在《理发》中，我们的主要兴趣在于模仿和主题成分，合成成分则位于幕后。这个故事让人不寒而栗是因为我们对吉姆、维迪和其他人做出判断，就仿佛他们是真实存在的人一样，而且我们认识到拉德纳同样也想让我们把他们看作 20 世纪 20 年代美国小镇居民的代表。如上所述，这篇故事的美学效果取决于拉德纳突出模仿成分的能力（即维迪给顾客讲故事，而且讲得毫无技巧，且道德上显得迟钝），同时又暗暗地使用故事中的细节，合成构建了一篇艺术高超、主题鲜明的叙事。

第五，这种方法假设，讲述故事这一修辞行为意味着从作者到读者的多层次交流，涉及读者的智力、情感和价值（包括道德和美学价值），并且这些层次相互作用。在《理发》中，我们在维迪交流的背后揣摩拉德纳的心思，然后我们对人物做出判断并且与他们进行情感交流；同时，我们对拉德纳的精心设计做出回应。同样，我在这本书中的主要论点之一就是，为了激活我们的多层次反应，并理解形式、伦理和审美间的相互关系，判断是至关重要的。为了进一步说明这些论点，我提出以下关于叙事判断的七个命题。

## 叙事判断：七个命题

命题一：（迄今为止对我的论点的一次概括和拓展）叙事判断是叙事形式、叙事伦理、叙事审美的交叉点。

为了进一步证明这个命题，我需要借助对"叙事性"（narrativity）的一种修辞理解,这种理解与叙事的修辞定义(即某人在某个场合出于某种目的为另一个人讲述发生了某事)和"叙事进程"紧密相关。从这个角度来说,叙事性是一个双层现象,既包括人物、事件和讲述的动力,又包括读者反应的动力。"某人讲述发生了某事"这一短语处于第一层次:叙事涉及对一系列相关事件的报道,在这些事件中人物和/或他们所处的情况发生了某种变化。正如我在其他地方所论述的(Phelan 1989),对那种变化的报道通常是通过引入、复杂化和(部分或整体地)解决人物内心、两个人物之间或多个人物之间的(全部或部分)不稳定情况而得以前进。这些来自不稳定因素的动力可能伴随来自讲述中紧张因素的动力,即作者、叙述者和读者之间的不稳定关系,而这两种动力间的相互作用(比如在采用不可靠叙述的叙事中)可能会极大地影响我们对"发生了某事"的理解。

在第二层次,即读者反应动力(用定义中的术语,即"另一个人"这一角色),叙事性鼓励两大主要活动:观察和判断。"作者的读者"认为人物既不同于他们自己,也不同于隐含作者,并对人物及其所处情景和所做选择进行阐释判断和伦理判断。读者的这一观察者角色使其判断角色成为可能,而特定的判断对我们的情感反应和对未来事件的期待都是不可或缺的。简言之,正如有一个事件的进程一样,也存在一个读者对这些事件的反应进程,这一进程根植于观察和判断的双重活动中。因而,从修辞的角度来说,叙事性涉及这两种变化的相互作用:人物经历的变化以及读者在对人物变化不断做出反应的过程中经历的变化。

现在,我们离开抽象的理论话语,转而看看它在实践中的效果,我们不妨考虑以下两个短篇叙事相对的"叙事性"。

### 深红色的蜡烛

詹姆斯·费伦

一个在弥留之际的男人对长期守候在病床旁的妻子说了下面这番话。

"我就要永远离开你了。希望你知道我非常爱你。在我的书桌里你会找到一根深红色的蜡烛,这根蜡烛曾蒙受过主教的祝祷而成为圣物。无论走到哪里,也无论你做什么,你若能一直带着这根蜡烛作为我们爱情的见证,我就会感到十分欣慰。"妻子感谢他,并向他保证,一定会那样做,因为她也很爱他,在他死后,她兑现了自己的承诺。

### 深红色的蜡烛

安布罗斯·比尔斯

一个在弥留之际的男人把他的妻子叫到床边,对她说:

> "我要永远离开你了;给我关于你的感情和忠诚的最后一个证据。根据我们神圣的宗教,一个已婚男人试图进入天国之门时,必须发誓自己从未受到任何下贱女人的玷污。在我书桌里你会找到一根深红色的蜡烛,这根蜡烛曾蒙受过主教的祝祷而成为圣物,具有一种独特的神秘意义。你向我发誓,只要蜡烛在世,你就不会再婚。"女人发了誓,男人也死了。在葬礼上,女人站在棺材前部,手上拿着一根点燃的深红色蜡烛,直到它燃为灰烬。(Bierce 1946)

这两个版本的《深红色的蜡烛》都符合叙事的修辞定义,因为两者都包括一个讲述者和一个听众,一个由不稳定因素、复杂化和解决冲突关系组成的进程(两个丈夫都寻求妻子的承诺,妻子都做出承诺,并且都按照自己的方式履行了承诺),以及读者的一系列不断发展的反应。但是,比尔斯(Bierce)版本的叙事性程度更高一些,原因有两点,但通常只有第一个原因引起了人们的众多关注:(1)比尔斯的版本引入了一个更具实质性的不稳定因素,并且解决得也更具新意;(2)比尔斯的版本再现并邀请了两种更具实质性的判断:一种是由人物做出的判断,另一种是由读者做出的判断。此外,我最基本的主张还有这些:第一,我们是综合不稳定因素模式和一系列判断来体验故事的;第二,对于更高叙事性而言,读者所作的判断至少与人物所做的判断同等重要。

换言之,为确定比尔斯的版本和我的版本的差异,我们不能仅仅依靠由不稳定因素本身造成的叙事进程是在场还是缺席。为了更好地确定两个版本的差异,我们需要注意:不稳定因素所引起的叙事进程伴随着叙事判断,而那些叙事判断反过来又极大地影响了我们对叙事的情感参与、伦理参与以及审美参与。这一点将我带入我的第二个命题。

命题二:读者主要做出三种类型的叙事判断,每一种类型的叙事判断都可能会影响其他两种类型的叙事判断,或者与它们相重合。这三种叙事判断是:对行动(action)或叙事其他因子所做出的阐释判断;对人物或行动的道德价值所做出的伦理判断;对叙事及其组成部分之艺术质量所做出的审美判断。

这一命题有两个推论。推论1:一个事件可能会引发多个叙事判断;推论2:由于人物的行动包括人物自身做出的判断,读者经常会对人物做出的判断进行判断。

例如,在比尔斯版的《深红色的蜡烛》中,这个男人最初的请求是基于他用自己的方式进行阐释的一个所谓的宗教原则,并且我们对那个阐释做出的判断将会影响我们对他所做的伦理判断。他对这一原则进行阐释意在说明,他是否让一个不忠诚的女人玷污自身这一考验并不是他生前的行为,而是在他死后他妻子的做法。我们不仅判断他的阐释站不住脚,而且读完小说后回想,我们还可以合理怀疑他妻子是否也做出了类似的判断,因此自由地做出了她在小说结尾做的事情。此外,我们可以看到这个丈夫的阐释符合他的伦理角色,即认为妻子的角色就是生前死后都要服务他。

丈夫和妻子还对妻子誓言中所包含的义务的性质做出了不同的阐释判断,并且这些阐释判断和伦理判断重合。实际上,他们的阐释判断就是关于妻子的誓言所带来的伦理责任。丈夫认为妻子的承诺会约束她不改嫁。妻子却钻了承诺语言的空子,这样她可以在葬礼上兑现承诺的字面意义,然后摆脱这一承诺。我们读者需要对人物的判断做出阐释判断,也就是说,我们需要决定妻子对其誓言的阐释是否合理。

由于人物的阐释判断和伦理判断重合,读者的阐释判断也可以和伦理判断重合,这一点也不奇怪。实际上,一种判断的力量是可能决定另一种判断的力量的。例如,如果我们说妻子发现了她的承诺中有一个合理的漏洞,我们就可能倾向于认为妻子在伦理上是正当履行那个承诺。同样,如果我们认为妻子的阐释判断是站不住脚的,我们就可能倾向于认为她违背承诺是不对的。然而,既然我们可以区分法律和伦理,我们至少也可以在某种程度上将阐释判断和伦理判断区分开来:我们可能会认定妻子的阐释判断是站不住脚的,因为她知道丈夫不会把她在葬礼上点燃蜡烛的做法视为她履行了承诺。但是,我们也可能对她的行为做出肯定的伦理判断,因为我们认为丈夫的行为是不道德的,即他出于自私的目的曲解原则并坚持要求妻子做出承诺,而妻子的行为是一种合理的反应。

我们对这些伦理问题做出的决定将会对我们的审美判断,即我们对叙事质量的评价,产生影响。实际上,比尔斯版的《深红色的蜡烛》和我那个版本的《深红色的蜡烛》在审美方面的差异主要在于我版本中的伦理判断相对苍白无力。我将在命题六中转向审美判断这个论题;现在我想对伦理判断做进一步说明。

**命题三:具体的叙事文本或清晰或暗暗地建立自己的伦理标准,以此来引导读者做出特定的伦理判断。因此,就修辞伦理而言,叙事判断是由内而外,而不是由外而内做出的。正因为如此,伦理判断与审美判断密切相关。**

换言之,不管修辞理论家多么钦佩亚里士多德、康德、列维纳斯或任何其他思想家所阐述的伦理,他都不会将预先存在的伦理体系运用到叙事作品中来进行伦理批评;相反,修辞理论家试图重构作为叙事作品之基础的伦理原则。当然,修辞理论家确实给文本带来了价值观,但他或她仍然乐于接受这些价值观受到阅读体验的挑战甚至否定。[5]因此,更常见的是,叙事判断是通过将作为叙事作品之基础的伦理原则运用到人物(或叙述者)的特定行为而发挥作用的。有时潜在的伦理原则将是连贯和系统的,但在其他方面,它们可能是临时的和非系统的,而在另外一些方面,它们可能是不一致的。

在《活着为了讲述》中,我提出了四种"伦理取位"(ethical position):第一种涉及"被讲述对象的伦理"(the ethics of the told),即人物与人物之间的关系;第二种和第三种涉及"讲述行为的伦理"(the ethics of the telling),即叙述者与人物、叙述任务、读者之间以及隐含读者与这些事物之间的关系;第四种涉及"有血有肉的读者"对前三种伦理取位的反应。在本书中,我想阐明我在《活着为了讲述》中没有明确的一种伦理关系——修辞目的的伦理,即整个叙事行为的伦理维度。在这里,我将重点介绍叙事如何引导我们判断人物之间的关系。在讨论第四个命题时,我将关注其他伦理关系。

比尔斯通过他的文体选择、对叙述者的使用和对叙事进程的操纵揭示了自己潜在的伦理原则。这些文体选择表明,与我那个故事版本中的相关人物的言语进行比较,他的故事版本中丈夫的行为违背了爱情、慷慨、正义等基本价值观。仅以一个突出的对比为例,比尔斯的人物并没有提出要求,而是发出了命令。他把他的妻子"叫"到他的床边,并发出了一系列的附加命令:"给我最后一个证据""发誓你不会再婚"。他这番话的伦理潜文本是"由于我比你尊贵并且我的命运更加重要,你应该按照我命令的去做,不管这对你有何个人影响"。正如上所述,这一潜文本在丈夫引用的对宗教原则的阐释中也同样显而易见。所有这些语言的要素都被无疑象征男性性具的深红色的蜡烛所加强。因此,我们暗暗地、自动地对丈夫做出否定性的伦理判断。

比尔斯对这一进程进行了操纵,因此,直到读到最后一句话,我们才对这个女人做出重要的阐释判断或者伦理判断,即当叙述者对她在葬礼上的行为进行简单报道时,不仅以这种意想不到的方式促进了不稳定因素的解决,而且也促使我们对她同时做出阐释判断和伦理判断,并对整个叙事做出审美判断。当我们读到"女人站在棺材前部,手上拿着一根点燃的深红色蜡烛,直到它燃为灰烬"时,我们同时承认并赞同她对自己的承诺做出的出乎意料的阐释和伦理判断。这些反应的同时性给了故事结尾很强的冲击力,成为我们对故事做出肯定性审美判断的重要原因。换言之,考虑到我们对丈夫的伦理判断,我们赞同妻子在发现漏洞并迅速而戏剧性地采取行动时的洞察力和价值观;此外我们发现对她的判断和行动的突然揭示在审美上是令人满意的。我们可能会也可能不会认为这个漏洞在技术上是站得住脚的——也就是说,无论她是在合法的意义上履行承诺,还是仅仅为了自己的目的而操纵承诺——但我们对丈夫所做的否定性道德判断允许我们不回答这个问题而不削弱故事效果。

在丈夫的葬礼上,女人摆脱承诺的举动显然也是在评论她对这一承诺的看法(不管她认为丈夫对这一原则的解释是否站得住脚),并且,我们被邀请去推断婚姻本身。事实上,最后一句话中的推论太多了,以至于我们不得不从妻子对承诺的操纵转向比尔斯对叙事的操纵,而这一转向把我带入第四个命题。

**命题四:叙事中的伦理判断不仅包括我们对人物和人物行为的判断,而且也包括我们对故事讲述行为本身的伦理的判断,尤其是隐含作者之于叙述者、人物、读者之间的关系所涉及的伦理。**

这一命题强调了上述观点,即叙事伦理不仅包括"被讲述对象的伦理",也包括"讲述行为的伦理",还包括修辞目的的伦理。在探求"讲述行为的伦理"时,我们要再次辨别作者潜在的伦理原则并将它们用于具体的讲述技巧的分析。就《深红色的蜡烛》来说,我们可从比尔斯与叙述者的关系开始分析。尽管叙述者通常具有三个主要功能,即报道、阐释和评价(详见 Phelan 2005),但是比尔斯却将他的叙述者的功能仅局限于报道这个单一的功能上,并让他的读者通过叙事进程和文体选择来对阐释和评价做出推断。这些推断包括蜡烛的象征意义,这种意义超越了其阳具的外观和其具有的宗教意义的悠久传统。因此,妻子在葬礼上燃烧蜡烛的行为加强了她的行为的颠覆性和喜剧性。

正如围绕着最后一句话所突然出现的一系列推断所表明的那样,这一叙述技巧既直截了当(叙述者的报道可靠又高效率)又深藏不露:叙述者既没有为妻子的举动做铺垫,也不揭示她的内心活动。这种限制叙述(restricted narration)技巧对比尔斯与他的人物以及读者之间的伦理关系具有影响。他让人物为自己说话和行动,而且,他假定通过我们的推断活动,我们可以和他站在同一立场上,对其叙事的阐释、伦理和审美的维度感到满意。这一假设将我带入第五个命题。

**命题五：个体读者需要评价具体叙事作品的伦理标准和目的，而他们的评价方式会不尽相同。**

这一命题的重点是修辞伦理涉及两个步骤：重构（reconstruction）和评价（evaluation）。换言之，修辞伦理要试图辨别相关的潜在伦理原则，并将之运用于人物的具体行为和具体的讲述技巧的分析，从而最终决定整个叙事目的的伦理。在完成重构这一步后，修辞伦理走向评价这一步。比尔斯对人物刻画和进程的处理，强调丈夫的自私和妻子对她的承诺的巧妙处理，可能会赢得一些读者的完全赞同，但是，也会让其他读者对他处理丈夫的方式产生不安。对于包括我在内的这些读者来说，问题不在于比尔斯对他自己创作的人物可能不公平，而在于他喜悦于揭露丈夫最终的徒劳无功，这种喜悦差不多就是在津津乐道死亡带来的无能（impotence），我发现这在情感上令人恐惧，在伦理上也难以服人。同时，我会发现其他读者可能不会这样评价比尔斯的潜在伦理立场，这种差异提供了一个进行富有成效的伦理对话的机会，即韦恩·布思所说的共导（coduction）——为什么我这样评价而你会那样评价呢？——而不是让我来证明你的评价有误的机会。

**命题六：正如修辞伦理是由内而外做出的一样，修辞美学也是由内而外做出的。修辞伦理涉及重构和评价两个步骤，修辞美学同样也涉及这两个步骤。**

由内而外的修辞审美指的是对一部作品的叙事任务的本质加以辨别，并分析该作品执行这一任务的技巧。正如修辞伦理不以具体的伦理系统或一系列大量的被认可的伦理价值为分析标准一样，修辞审美也不以各种被预先认可的审美原则为分析基准，而是旨在理解具体作品建构的审美原则（有时候也包括作品对占主导地位的审美原则的明显偏离）以及这些原则的具体执行情况，然后对叙事作品的整体审美效果进行评价。这种评价涉及一个"相对成功"的概念，它根植于审美目标：即最终实现的不仅与任务的具体执行有关，而且与作者为任务本身设定的界限有关。在《深红色的蜡烛》中，比尔斯设定的界限比他在《鹰河桥事件》（"An Occurrence at Owl Creek Bridge"）中要低，也比莫里森在《宠儿》（Beloved）中设置的界限要低些。然而，即使修辞伦理和修辞审美相互区别，但他们同样也相互作用。因此，我不再对《深红色的蜡烛》的审美效果做进一步评论，而先提出我的第七个也即最后一个命题。

**命题七：个体读者的伦理判断和审美判断在很大程度上是相互影响的，即使这两种判断之间有着明显的区别，而且不完全相互依赖。**

我们已经看到，比尔斯引导我们的阐释判断、伦理判断和审美判断在他的故事结尾彼此重合并相互强化。但是，我想强调的是，我们对故事讲述所做的伦理判断会影响我们的审美判断，反之亦然——即使这两种判断之间有着明显的区别。在我对《深红色的蜡烛》的总体反应中，我发现比尔斯似乎对丈夫的徒劳无功感到喜悦，我对此所做的伦理判断削弱了我对叙事作品的肯定性的审美判断。与此类似，审美判断也可以影响伦理判断。例如，如果比尔斯采用一个介入型叙述者对人物加以明显的伦理判断，那么他不仅会带来一种审美方面的缺陷，使我们难以享受推断这些判断的阅读乐趣，而且这种缺陷还会对他讲述行为的伦理产生否定性判断，因为这个技巧会传达他对读者的不信任感。

然而，仅仅关注叙事伦理和叙事审美相互依存的关系，还不足以解释这两个叙事判断的所有方面。如果我们发现我们在对人物或叙述者做伦理判断时的价值观有问题，但叙事采用的技巧却很高超，那么我们就会认为该叙事的美学高于其伦理。同样，一个良好的价值体系和伦理意图可能被表达得淋漓尽致，也可被表达得差强人意，这个差异将极大地影响我们对叙事作品的总体体验。此外，具体的叙事作品所传达的价值体系可以相对简单，但是也会因为其高超的叙事技巧而取得绝佳的伦理成效和审美成效。我认为这种情况在桑德拉·希斯内罗丝（Sandra Cisneros）的《喊女溪》（"Woman Hollering Creek"）中普遍存在。

将第六、七两个命题综合起来，我得出的结论是：就伦理和美学而言，《深红色的蜡烛》取得的成就并不大，其内在价值大约也就相当于用来阐明我的理论的价值。它的价值结构合理又简单：它依靠一套传统的、被广泛认可的价值观，并强化这些价值观，而不是探求或者挑战它们。它的叙事任务同样简单：旨在建构一个涉及专横霸道的丈夫和看起来顺从的妻子的令人愉快的逆转叙事——尽管这个任务的具体实施显示了比尔斯高超的叙事技巧。虽然这个故事在其短小的篇幅中包含了许多令人满意的读者活动（readerly activities），但它的野心却不够大，因此，在其出版一百多年后，我们有足够的权威认为它的意义也不大。尽管如此，比尔斯高超的叙事技巧，即能够将如此多的读者活动融入如此短小的篇幅，表明他在此获得的成就哪怕只是平平，对本书很多（甚至是大多数）读者来说也是难以企及的。

## 叙事进程：开端、中段和结尾

现在我把对叙事判断的这些命题同我对叙事进程的观点联系起来。在这一部分,我将描述一个用来分析进程的修辞模式,并简要说明如何将这一模式运用到伊迪斯·华顿(Edith Wharton)的《罗马热》("Roman Fever")中。在第四章中,在我考虑华顿使用"惊讶结局"(a surprise ending)的伦理和审美时,我将详细分析华顿的这个短篇小说中的判断和进程。我在这里所提出的叙事进程的模式力求足够具体,以用来分析具体的叙事作品,但也要足够灵活,以分析各种各样的叙事进程。该模式的设计并不是为了预测(或规定)进程必须如何进行,而是为了给我们提供工具来分析进程是如何进行的。但是,有一个重要的假设值得一开始就申明:尽管进程的要素是我们体验叙事的重要组成部分,但它们本身是受叙事总体目的所支配的。好,现在让我们转向这一模式,从"开端"(beginnings)开始吧。

就叙事的"开端"而言,先前的叙事理论大都强调文本方面,而忽略了读者方面。亚里士多德以其极为出色的逻辑方式告诉我们"开端"就是"指不必继承他者,但要接受其他存在或后来者承继的部分"。继普罗普(Vladimir Propp)(1928/1968)之后,结构主义理论家们把叙事的"开端"看作对"缺乏"(lack)的引入。爱玛·卡法莱诺斯(Emma Kafalenos)在分析叙事中的因果关系时将第一步视为对不平衡(disequilibrium)的引入(2006)。心理分析批评家如彼得·布鲁克斯(Peter Brooks)认为"开端"是由人类的叙事欲望引发的(1984)。在我此前关于叙事进程的著作中,我认为"开端"能通过引入人物之间的不稳定关系(即不稳定因素)或隐含作者与隐含读者之间,或叙述者与隐含读者之间的不稳定关系(即紧张因素)而产生叙事进程(1989)。"局部不稳定因素"(local instabilities)指的是其结果不能代表进程的完整性的那些因素;"全局不稳定因素"(global instabilities)指的是那些为进程提供主要路径并且必须得以解决才能获得叙事完整性的因素。(当然,并非所有叙事都在这一意义上寻求完整性。)例如,《傲慢与偏见》(Pride and Prejudice)第一章就使用了"局部不稳定因素"——班内特夫妇之间关于班内特先生是否要去拜访内瑟菲尔德庄园的新租户宾利先生的对话,尽管对话传达了"全局不稳定因素",即有钱的单身汉来了。彼德·拉宾诺维茨（Peter Rabinowitz）是一位强调叙事开端读者方面的理论家，但他关心的不是识别出我们所说的"开端"，而是指出在阅读之前，我们就已经拥有了规约性的"注意规则"（Rules of Notice），这个规则标志了文本的初始特征，包括标题、题词、第一句话、第一段，他认为这些特征值得特别重视（1998：47—75）。以上这些不同的观点有许多共通点，表明"开端"不仅启动叙事，而且给叙事一个特定的方向。

的确，"开端"不仅仅是引发行动，当我们更仔细地考察读者动力时，这一点就更加明显。"出场"（exposition）里的元素很重要，因为它们会影响我们理解叙事世界，从而影响我们理解叙事行动的意义和结果，包括我们一开始如何确定叙事的文类归属，以及确定后所带来的期待。此外，在一个扩大的"开端"概念中，我们应该考虑叙事话语以及与之相关的读者动力。有时，叙事向前运动是由叙事话语中产生的紧张因素所引起的，但即使向前运动主要是由不稳定因素所引起，我们对叙事话语的处理也是我们进入叙事世界的一个重要组成部分。

考虑到这些因素，我提出以下叙事"开端"的概念[⑥]。首先我要对"起始"（opening）和"开端"（beginning）做出区分。我将"起始"作为一个普通的、具有包容性的术语，用来指叙事最初几页和第一章（或者其他最初部分），包括"前辅文"（the front matter）在内。"开端"则是一个技术性的精确术语，指的是由以下四个方面确定的一个"叙事段位"（a segment of a narrative）。前两个方面关注叙事"关于什么"和文本动力，后两个方面则关注"作者的读者"的活动，即我所称的读者动力。

（1）**"出场"**（*exposition*）：指包括前辅文在内的所有提供叙事信息的东西，包括人物（特征的罗列、过去的经历等）、场景（时间和地点）、事件等。除了"题名页"（title page），前辅文可能包括诸如插图（见《奥兰多》）、题词（见《宠儿》）、序曲（见《米德尔马契》）、告知（见《哈克贝利·费恩历险记》）以及作者或编者写的导语（见小约翰·雷为《洛丽塔》写的导语）等内容。"出场"当然不局限于出现在"起始"部分，它可以出现在叙事中的任何地方；作为"开端"的一部分，"出场"包括所有先于"启动"（launch）或紧随其后又与之直接相关的内容。[⑦]华顿的故事开端相当轻松，因为她的"出场"装载了很多东西。例如，第一段就完全变成"出场"，引入主要人物以及她们见面的时间和地点：

> 两个成熟但保养精致的中年美国女人从他们正在吃饭的桌子边穿过,走向罗马餐厅高耸的露台,斜靠在栏杆上,互相看了彼此一眼,然后又用同样心不在焉但又充满善意的肯定的表情朝下看了下过了张扬辉煌的罗马宫殿和广场。(3)

这一段强调两个女人之间的相似之处,强化了其"出场"特征:叙述者正在描述一个稳定情景,而非不稳定情景。如此装载这个"出场",意味着华顿后面可以让叙述者主要报道这两个美国女人(阿利达·斯莱德和格雷丝·安斯利)之间的对话,使叙事向前推进。在小说开始强调这两个女人在这一时空的相似性,华顿也为随后揭示她们之间的不同而产生的戏剧化效果做好了铺垫。

(2)**"启动"**(*launch*):指叙事中第一个"全局不稳定因素"或"全局紧张因素"的揭示。叙事中的这一刻标志着"开端"和"中段"的界限。"启动"发生的时间可早可晚,但是,我将这一界限设置在第一个"全局不稳定因素"或"全局紧张因素"上,因为只有那时叙事才确立了自己清晰的方向。这种辨别"启动"的方法同时也意味着,对首次阅读某叙事的读者来说,他对"启动"的首次辨别是暂时性的,会在随后的进程中加以确认或否定。首次辨别的暂时性有助于我们认识到,作者可能在"启动"这里玩花样,有时候甚至还会提供"错误的开始"。我在第五章讨论海明威的《一个干净、明亮的地方》("A Clean, Well-Lighted Place")时,会再回来讨论这一点。在《罗马热》中,"启动"完成在第一部分的结尾,当时格雷丝想:"总的来说,阿利达过得很悲惨,生活充满失败和错误;安斯利夫人总是对她深感难过……"格雷丝的想法完成了"启动",因为它确立了一个"全局紧张因素",即为什么格雷丝如此看待阿利达,同时也因为它与阿利达的想法形成了对照,后者认为自己高格雷丝一筹,格雷丝不过是一个保守、传统、"无用的人"。华顿随后通过叙述者的评价强调了这一"启动":"因此,这两个女人都在设想彼此,每个人都是通过自己的小望远镜的错误的一端设想对方。"这样,在第一段的最后,我们既有了一个人物之间的重要不稳定因素,即彼此都觉得自己高过对方,又有了一个全局紧张因素,即彼此的过去及其对彼此现在的判断产生的影响。

(3)**"发起"**(*initiation*):指隐含作者与叙述者之间,以及"有血有肉的读者"与"作者的读者"之间的初次修辞交流。拉宾诺维茨的"注意规则"(1998:47—75)与读者体验"发起"尤其相关。例如,华顿《罗马热》的第一段给我们引入了一个形式上的叙述者,她与两个人物都保持着情感距离,小说第一部分最后,叙述者通过"她的小望远镜"来评价这两个女人,强化了这个距离。随着我们从"开端"不断前进,我们发现与格雷丝相比,叙述者更乐意为我们提供关于阿利达的内心活动;"发起"的这一要素使通过揭示格雷丝的想法来完成"启动"这个做法格外引人注目。更普遍地说,这一"发起"也让作者的读者在某种程度上与人物保持距离,并且鼓励我们更靠近作为故事设计者的隐含的华顿。

（4）**"进入"**（*entrance*）：指在"启动"的最后,"有血有肉的读者"从文本外部移向"作者的读者"的具体位置,这个移动是多层次的,包括认知的、情感的和伦理的。当"进入"完成后,"作者的读者"通常已经做出了许多重要的阐释判断、伦理判断和审美判断,并且这些判断会影响"进入"的最重要的因素,即"作者的读者"对整个叙事的方向和意图做出的或显或隐的假设,我称之为"组装"（*configuration*）。当然,"组装"的假设会在叙事的"中段"或"结尾"处被修正。在《罗马热》中,我们意识到即将到来的人物之间的冲突,期待这种冲突将会令人痛苦,但却不知道其后果如何。像《罗马热》这样提供"惊讶结局"的叙事,故意让我们朝一个方向"组装",但到最后却向我们揭示,有一个不同的方向和意图一直在引导着进程。

这一"开端"概念意味着不同叙事的"开端"的长短可能差异很大,因为有些"开端"可能有更多的"出场",有些可能花更长时间来确立第一个全局不稳定因素或张力因素。此外,这一"开端"概念很自然地导致相似的"中段"和"结尾"概念,每个概念都有四个方面,其中两个方面涉及文本动力,另外两个方面则涉及读者动力。

叙事"中段"包括以下四个方面：

（5）**"出场"**（*exposition*）：还是指与叙事相关的信息（如章节标题）、场景、人物和事件等。在《罗马热》中,"中段"部分的"出场"主要聚焦于场景,即将到来的夜晚如何影响人物对罗马的看法,以及格雷丝编织毛线的动作。两种"出场"都影响我们对该叙事对话动力的理解。

（6）**"航行"**（*voyage*）：指"全局不稳定因素"和/或"全局紧张因素"的发展。有时候,最初"全局不稳定因素"或"全局紧张因素"会被复杂化,如《罗马热》;有时候,如很多流浪汉叙事,"全局不稳定因素"会保持原样,没有多大变化,或者只是在人物应对一系列"局部不稳定因素"时稍微被复杂化。在第四章中我们将看到,在华顿的小说中,随着关于过去的紧张因素慢慢解决,人物之间的冲突在叙事的现在时刻逐渐升级。

（7）**"互动"**（*interaction*）：指隐含作者、叙述者和读者之间的持续交流。这些交流极大地影响我们对人物、事件以及我们与叙述者和隐含作者的关系所做出的反应。在《罗马热》中，叙述者继续保持她与人物的情感距离，并且又回到只提供阿达的内心活动。我们信任叙述者，同时也意识到她没有和盘托出，然后我们继续站在隐含作者一边，遵循她在故事中所建立的推断，一步步读下去。

（8）**"中间组装"**（*intermediate configuration*）：指作者的读者对叙事整体发展的不断演变的反应。在这一阶段，我们对整体"组装"所做的最初假设将会得到更加全面的发展，但是这一发展可能会在很大程度上确认或修正我们在"进入"时形成的假设。尽管"中间组装"可能会随着中段的每个新句子的出现而发生变化，但有时候文本动力和读者动力会合力让某个"组装"（或者这个组装的关键因素）很长时间保持不变（例如，在《远大前程》中，作者让我们在很长一段时间内相信皮普的恩人是哈维沙姆小姐），有时这些动力会特别强调不断演变的"组装"的某个形式。在《罗马热》中，当阿利达拿自己伪造了德尔芬的字条来打击格雷丝时，我们就得到这样一种强调，我们推断现在是在重复过去：阿利达是主动发起攻击的人，而格雷丝是受害者。

叙事"结尾"包括如下四个方面：

（9）**"出场/收尾"**（*exposition/closure*）：当关于叙事、人物或者行动的信息中有信号标志叙事即将接近尾声（不论不稳定因素和紧张因素的状态如何），这个信号就变成收尾的工具。在《罗马热》中，叙述者告诉我们，格雷丝说出最后一句话之后，她"开始走到斯莱德夫人前面，朝楼梯走去"，这就明确表示了叙事即将"收尾"，因为那个举动标志对话的结束。在围绕人物旅行而建构的叙事中，收尾是通过人物到达指定目的地来标志的。正如"开端"可能包括诸如题词（epigraphs）和作者注释（authors' notes）之类的副文本，"结尾"也可以包括尾声（epilogues）、后记（afterwords）、附录（appendixes）等。

（10）**"抵达"**（*arrival*）：指"全局不稳定因素"和"全局紧张因素"全部或部分得到解决。格雷丝的最后一句话"我得到了芭芭拉"成为华顿小说的"抵达"，因为它既解决了关于之前25年所发生的事情这一紧张因素，又解决了格雷丝和阿利达的对话所揭示并被复杂化的两人之间的关系这一不稳定因素。当然，这种"抵达"促使我们对事件的理解进行"重新组装"。关于"重新组装"，我会在第四章详细讨论。

（11）**"道别"**（*farewell*）：指隐含作者、叙述者、读者之间最后的交流。"道别"时叙述者也许直接对受述者发言，也许不直接对受述者发言，但这最后的交流通常都会影响读者对整个叙事的反应。虽然从"开端"到"中段"叙述者和华顿的立场都没有变过，但是由于他们相信我们可以推断出"组装"的意义和结果，因此我们很可能会觉得最后几句话反而拉近了我们和他们的距离。

（12）**"完成"**（*completion*）：指读者对整个叙事不断演变的反应的终结。这些反应包括我们对整个叙事所做出的伦理判断和审美判断。我将在第四章中较为详细地讨论《罗马热》中的"完成"，因为在更详细地考察它的进程后我才能将其解释得更清楚。

另一个办法是通过行列来呈现这个模式，从左到右，我们可以看到文本动力的两个方面和读者动力的两个方面是如何发展的。

| 开　端 | 中　段 | 结　尾 |
| --- | --- | --- |
| 出场 | 出场 | 出场/收尾 |
| 启动 | 航行 | 抵达 |
| 发起 | 互动 | 告别 |
| 进入 | 中间组装 | 完成 |

叙事进程的 12 个方面为追踪文本动力和读者动力提供了路径，但是它们不会为任何单独叙事进程的具体路径提供任何具体的预测，也不会为任何"开端""中段"和"结尾"设定限制。该模式不预测、不限制是因为修辞方法认为，特定进程的具体方面本身是由叙事的总体意图决定的。因此，我对具体叙事作品的分析不是为了证明它们的"开端""中段"和"结尾"代表所有叙事作品，而是为了表明这些叙事对进程各方面的处理方式是如何服务于其具体意图的。

### 抒情叙事和画像叙事中的进程和判断

在本书的第一部分，我将力图证明，关注判断和进程有助于发现并解决一系列叙事文本中阐释方面的重要问题。但是，为了拓展修辞叙事理论的研究范围和有用性，在本书第二部分，我将讨论杂糅形式给我们的不同体验,具体来说就是"抒情叙事"和我所谓的"画像叙事",前者糅合了叙事成分和抒情成分,后者则糅合了叙事成分和人物素描的成分。为了更充分地解释这些杂糅形式,我会对"抒情性"(lyricality)[8]和"画像性"(portraiture)进行修辞分析,这些分析对应我在本引言第一部分对"叙事性"进行的修辞分析。

就"抒情性"而言,我首先给抒情诗下一个修辞定义,该定义识别两种抒情诗的模式:(1)某人在某个场合出于某种意图告诉别人(甚至是他或她自己)某事存在(一个情景、一种情感、一种知觉、一种态度、一种信念);(2)某人在某个场合告诉别人(甚至他或她自己)他或她对某事的思考;换句话说,在这种模式中,抒情诗记录的是说话者的想法。此外,在这两种抒情诗中,与其说作者的读者是处于观察者的位置并做出判断,不如说是处于参与者的位置。尽管我们认识到说话者与我们不同,却不理会这个差异,而是转而与说话者融合,更准确地说,我们转而全部采纳说话者的视角,而不是在体验差异和评价之后才惴惴不安地抵达说话者的视角。"抒情性"的这一要素同样也取决于隐含作者和诗歌中的"我"的距离的消失。此外,抒情诗的标准时态是现在时。因此,与"叙事性"相比,"抒情性"在说话者的变化(无论是否存在)这一问题上是沉默不语的,其重点不是人物或事件,而是思想、态度、信念、情感和具体境况。此外,读者反应的动力来源于采纳说话者的视角而不做出判断。抒情诗的双重运动是:文本方面,更充分地揭示说话者的处境和视角;读者方面,更深入地理解和参与所揭示的内容。

我所称的"画像性"位于"叙事性"与"抒情性"的中间位置,它是一种修辞设计,邀请作者的读者理解叙事所揭示出的性格。"画像性"在一类戏剧独白中最常出现(虽然并不是仅出现在这类戏剧独白中),因此我就利用这类戏剧独白来解释其主要原则。在这类戏剧独白中,某人告诉别人在该修辞场合下说话者认为相关的东西;随着说话者话语向前推进,作者渐渐向其读者揭示说话者的性格本质。换句话说,这种形式的双重运动包含一个双重逻辑:说话者的讲述沿戏剧情景的逻辑向前推进,而作者对说话者讲述的建构也向前推进,但其目的是让其读者慢慢加深对说话者的认识和理解。因此,"画像性"对变化和静止都保持沉默,因为其关键点既不在事件,也不在情景,而在人物。但是,不管讲述了什么,隐含作者与说话者都是分离的,说话者与作者的读者也是分离的。此外,由于读者一直处于观察者位置,这个位置通常涉及对人物做出判断;然而,这个判断不会导致我们产生对文本进程来说十分重要的期待和希望,而是成为我们逐渐了解人物的一部分。在某种意义上,"画像性"的目的是激发读者的反应,就像勃朗宁的公爵对潘多尔夫兄弟所画的公爵夫人的画像产生的反应一样:"看上去就好像她还活着。"

这种描述"画像性"让我们认识到戏剧独白仅仅是"画像性"产生的一种方式。"画像性"同样也可以通过一个非人物的叙述者对一个没有刻画的受叙者的讲述得以实现(这个未经刻画的受叙者不是戏剧情景中的一部分),前提是作者设计了那个讲述来揭示一个我们从外部观察的人物。

理论上或实践上,我们都没有任何理由在任何具体文本中将事件、人物、态度/思想/信念、变化和读者活动之间的关系限定在"叙事性""抒情性"和"图像性"的范围之内。实际上,一个多世纪以来,作家们一直都在把这三种模式的要素结合起来,以创造限定在任何模式内都无法取得的效果。迄今为止,叙事理论,包括修辞理论在内,都仅仅是刚开始来解释这些杂糅形式。本书第二部分专门讨论一些非常有效的杂糅试验中的判断和进程,我希望这不仅能够促进我们理解那些文本,也能够促进我们理解这些令人着迷的形式。

这里提出的关于判断和进程的观点,可用来发现和解决在一系列虚构叙事作品中阐释方面的重要问题。利用这里勾勒的原则来分析多种多样的叙事,既表明叙事修辞理论的力量,又可发展该理论的新方面,比如对叙事性的解释、伦理与美学的关系、画像叙事中的杂糅文类等。更普遍地说,关注叙事判断和叙事进程可以多方面帮助我们理解修辞观念下的形式、伦理和审美之间的联系和区别。

## 注解【Notes】

① 本文译自詹姆斯·费伦(James Phelan)的《体验小说:判断、进程与修辞叙事理论》(*Experiencing Fiction: Judgments, Progressions, and the Rhetorical Theory of Narrative*, 2007)一书,系该书的引言,原书由美国俄亥俄州立大学出版社(The Ohio State University Press)出版。本文翻译借鉴了申丹和尚必武的相关译文,特此感谢。——译注

② 此处采用丁洁云、唐伟胜的译文,详见林·拉德纳:《理发(上)》,丁洁云、唐伟胜译,《英语世界》,2014年第9期,第4—11页。——译注

③ 我这里所说的"readerly"其意思不同于罗兰·巴特(Barthes 1974)对"能引人阅读的

文本"（"readerly"［lisible］texts）和"能引人写作的文本"（"writerly"［scriptible］
texts）所做的区分。巴特用"readerly"指意义看起来比较固定和传统的文本,用
"writerly"指意义比较开放的文本。我用"readerly"仅指读者的各种活动。在接下来
的部分,我会经常讨论"叙事进程"的主要要素之一"读者动力"（readerly dynamics）。

④ 以下讨论部分取材于我上一本书即《活着为了讲述》的《绪论》部分,其中还介绍了我
所说的"冗余讲述"（redundant telling）,即讲述听众已经知道的事件和信息。熟悉那
篇文章的读者将会发现以下一些新段落就是"冗余讲述"的例证。在《活着为了讲
述》中,我还就"隐含作者"（implied author）概念的作用展开了讨论（38—39）。我认
为这个概念很适合修辞性方法,并且我已考虑将其重新定义为"实际作者的标准化
（streamlined）形象,是实际作者的能力、个性、态度、信仰、价值和其他特征在具体文
本创造中的真实或非真实的表现"（45）。在《体验小说》中,我提到"作者"以及我所讨
论的作品的那些作者的姓氏时,都是指用这种方式定义的隐含作者。如果我想指的作
者是历史意义上的人,我会用"有血有肉的作者"（flesh-and-blood author）这个术语。

⑤ 我承认还有其他进行伦理批评的有效方法,包括由外而内做出的伦理批评。这种
批评的有效性取决于伦理批评所依据的伦理系统的可靠性和这一系统带给叙事作
品的技巧和情感。

⑥ 这里关于"开端"的论述修正并拓展了我为《小说百科全书》（*The Encyclopedia of
the Novel*）提供的关于"开端和结尾"词条的简短论述。

⑦ 参见斯滕伯格（1978）,他对"出场"与叙事对时间的处理之间的关系所做的解释令
人印象深刻。斯滕伯格用"故事"（fabula）与"情节"（sjuzhet）之间的区别,即按顺
时秩序排列的事件与叙事文本中这些事件的秩序和其表现方式之间的区别,将"出
场"视为"故事"的第一部分（14）。他认为"出场"的功能在于为读者提供对"理解
叙事的虚构世界中所发之事必不可少的一般的或具体的先例"（1）。斯滕伯格对"出
场"的理解启发了我对"出场"的理解,但是我在这里对此现象的兴趣是不同的（并且
也是更有限的）:我想解释说明"出场"在我称为"开端"的"情节"那部分中的作用。

⑧ 我认为自己对"抒情性"和"画像性"的看法在很大程度上受到了拉尔夫·雷德
（Ralph Rader）的影响。他的文章《戏剧独白和相关的抒情形式》（"The Dramatic
Monologue and Related Lyric Forms"）为思考隐含作者即诗歌中的"我"和（作者
的）读者之间的关系提供了一个非常有见地的方法。关于其他有关抒情与叙事的
优秀作品,请参见弗里德曼（Friedman）和格拉奇（Gerlach）（1989,2004）和杜布罗
（Dubrow）（2000,2006）。弗里德曼试图在这两种形式和性别之间建立联系。格拉
奇则试图发现短篇小说、散文体诗和抒情诗之间的异同。杜布罗指出了抒情概念
具有争议性的本质,并指出了在特定历史语境下理解这一模式的价值。我特别感
谢与杜布罗关于抒情和叙事交叉点的对话。

## 引用文献【Works Cited】

Barthes, Roland. *S/Z*. Trans. Richard Miller. New York: Hill and Wang, 1974.

Bierce, Ambrose. "An Occurrence at Owl Creek Bridge." In *The Collected Writings of Ambrose Bierce*. New York: The Citadel Press, 1946.

Brooks, Peter. *Reading for the Plot: Design and Intention in Narrative*. New York: Knopf, 1984.

Dubrow, Heather. "The Interplay of Narrative and Lyric: Competition, Cooperation, and the Case of the Anticipatory Amalgam." *Narrative* 14 (2006): 254 - 271.

———. "Lyric Forms." In *Cambridge Companion to English Literature, 1500 - 1600*. Ed. Arthur Kinney. New York: Cambridge UP, 2000. 78 - 99.

Friedman, Susan. "Lyric Subversion of Narrative in Women's Writing: Elizabeth Barrett Browning and Virginia Woolf." In *Reading Narrative: Form Ethics, Ideology*. Ed. James Phelan. Columbus: The Ohio State UP. 162 - 185.

Gerlach, John. "The Margins of Narrative: The Very Short Story, the Prose Poem, and the Lyric." In *Short Story Theory at a Crossroads*. Ed. Susan Lohafer and Jo Ellyn Clarey. Baton Rouge: Louisiana State UP, 1989. 74 - 84.

———. "Narrative, Lyric, and Plot in Chris Offutt's 'Out in the Woods.'" In *The Art of Brevity: Excursions in Short Fiction Theory and Analysis*. Ed. Per Winther, Jakob Lothe, and Hans H. Skei. Columbia, SC: U of South Carolina P, 2004. 44 - 56.

Kafalenos, Emma. *Narrative Causalities*. Columbus: The Ohio State UP, 2006.

Phelan, James. *Reading People, Reading Plots: Character, Progression, and the Interpretation of Narrative*. Chicago: The U of Chicago P, 1989.

———. *Narrative as Rhetoric: Technique, Audiences, Ethics, Ideology*. Columbus: The Ohio State UP, 1996.

———. *Living to Tell about It: A Rhetoric and Ethics of Character Narration*. Ithaca: Cornell UP, 2005.

Propp, Vladimir. *Morphology of the Folktale*. Trans. Laurence Scott. Austin: U of Texas P, 1968.

Rabinowitz, Peter J. *Before Reading: Narrative Conventions and the Politics of Interpretation*. Columbus: The Ohio State UP, 1998. Originally published 1987.

———. "Truth in Fiction: A Reexamination of Audiences." *Critical Inquiry* 4 (1977): 121 - 141.

Rader, Ralph W. "The Dramatic Monologue and Related Lyric Forms." *Critical Inquiry* 3 (1976): 131 - 151.

作者简介：詹姆斯·费伦(James Phelan)，俄亥俄州立大学杰出教授。

译者简介：唐伟胜，江西师范大学外国语学院教授、博士生导师。

约　　稿

# 诵读与叙事体验

傅修延

**内容提要**：人类通过语音相互沟通的漫长历史导致早期读者仍然保持着对听觉渠道的"路径依赖"。诵读不止让作品中的文字发出声来，更重要的是让读者通过声音来理解作者的意图与作品的意义。一些作家之所以热衷于诵读表演，是希望以这种形式来传播作品的声音形态，让书写中被省略的信息在诵读中得到恢复和还原。中西阅读的一大区别，在于国人对偏僻的汉字大多略知其义（从字形上猜）而不知其音，使用拼音文字的西方人则几乎能念出每一个单词，却又不一定都明白这些单词的意义。汉字的以形夺人造成了视读对诵读的干扰，因此才有前人对诵读和背诵的大力提倡。默读（内心诵读）作用于读者自己的内心或曰内耳——之所以在大脑中再现"声音的系列"，主要是为了体察文学作品的声音之美。齐读作为汇众声于一体的集体诵读，能使参与者获得一种与群体同在的共时性体验。诵读的本质是把文字转化为声音，这对视听失衡的当代感官文化来说是一种有益的补偿。

**关键词**：诵读；声音；叙事体验

阅读按出声与否可分为诵读与视读。视读又被阅读专家称为速读，一目数行的阅读方式更适合快节奏的现代社会，而耗时较多的诵读似乎正逐渐从人们的日常生活中淡出——如今即便在学校里也不大听见书声琅琅，过去常用的"念书"一词也已被"看书"所取代。然而前人早就指出语言是声音的符号："夫声之来也与天地同始，未有文字以前，先有是声，依声以造字，而声寓文字之内"（王筠 50）。文学作品既以语言文字为媒介，其生产与消费自然离不开声音，也就是说许多作品是为"听"而创作出来的,光"看"不"听"无异于买椟还珠,有违文学的本意与初衷。还须指出,"听"与"听懂"之间还是有区别的,诵读不止让作品中的文字发出声来,更重要的是让读者通过声音来理解作者的意图与作品的意义。此外还有人习惯性地认为诵读只适用于讲求音律的诗歌,实际上许多小说也要通过"听"才能充分理解,长期被用作欧美大学教材的《文学理论》就说:"即使在小说中,语音的层面仍旧是产生意义的必不可少的先决条件"(韦勒克、沃伦 166)。有必要指出,就在许多人耽溺于"读图时代"的视觉盛宴时,"耳朵经济"却在悄无声息地发动自己的逆袭——"听书"(即听人诵读)已经成为当前一种重要的文学消费方式,这种消费方式的长处是可与散步、上下班和做家务等并行不悖,一些失眠症患者更依靠"听书"度过漫漫长夜。[①]面对现实生活中这种初露端倪的"听觉转向",我们需要从感官文化的角度去重新思考诵读的意义。

## 一、诵读与理解

阅读始于文字的发明,对今人来说,阅读文字是一个可以与听觉无关的过程,因为仅凭视读便能达到获取信息的目的。但是由于人类通过语音相互交流的历史过于长久,早期读者仍然保持着对听觉渠道的"路径依赖",即需要发出声来才能理解文字的意义。马歇尔·麦克鲁汉说:"在古代和中世纪,阅读必然是大声朗诵"(126)。如此阅读放在今天可能会被当作对公共秩序的干扰,当时的社会却表现出对这种习惯的容忍:"不管是公元前 7 世纪时到亚述巴尼拔国王的图书馆去找资料的亚述(Assyria)学者、到亚历山大里亚与珀迦马(Pergamum)的图书馆去翻阅卷轴的人,或是到迦太基与罗马的图书馆去寻找所要典籍的奥古斯丁,这些人肯定都是在隆隆嘈杂声中阅读"(曼古埃尔 53)。印刷业兴起之后,耗时较多的诵读无法应对铺天盖地而来的文字材料,视读逐渐成为消费各类读物的主要方式。但在用眼睛快速摄入大量信息的同时,人们也在咽下囫囵吞枣的苦果——由于咀嚼消化的不充分,一些有意义的信息往往与读者失之交臂。这种情况下再来看诵读,便会发现其速度固然不如视读,对理解作品却有两方面的帮助:一是放慢速度后可以更为从容地琢磨文字意义,二是读出的声音有利于激发听觉想象。读书是为了获取知识和体验,如果不能理解,读得再多再快也无济于事。

那么诵读是怎样帮助理解的呢？这需要用具体的作品来说明问题。按照《汉书·艺文志》中"不歌而诵谓之赋"的说法,辞赋应该是最适合诵读的中国文学体裁,然而诵读《上林赋》之类的作品对今天的读者来说构成很大的挑战,这不光是因为其中使用了许多生僻的汉字,还因为一般人不大明白使用这些汉字的意图。以其中的"荡荡乎八川分流"一节为例,司马相如这样形容灏、浐、泾、渭、酆、镐、潦、潏八条水道的奔腾流淌:"赴隘狭之口,触穹石,激堆埼,沸乎暴怒,汹涌彭湃。滭弗宓汩,偪侧泌瀄。横流逆折,转腾潎洌,滂濞沆溉……逾波趋浥,涖涖下濑。批岩冲拥,奔扬滞沛。临坻注壑,瀺灂霣坠,沈沈隐隐,砰磅訇礚,潏潏淈淈,湁潗鼎沸"(司马相如 123—124)。郭绍虞先生用陈澧《东塾读书记》中"声象乎意"的观点提醒人们,阅读这节文字需要仔细揣摩文字的发音方式,否则便难以体会"昔人用字之妙":

> 这一节文连用了好几个双唇阻的破裂声,如"暴",如"澎湃",如"滭沸"(音毕拨),如"宓"(音密),如"偪",如"泌"(音笔),如"潎"(音撇),这一些字的发声状态,都是口腔鼻腔同时闭塞,阻遏气流,然后骤然间解除口阻,使气由口透出,所以才成为破裂声。这正像灏、浐八川之赴隘狭之口,触穹石,激堆埼,受到阻碍,而成为一种沸乎暴怒的情形。(134)

他还说晋人郭璞的《江赋》中也存在类似的情况,其中有些字是唇音,有些字是喉音或舌根音:

> 在这些声象中虽是形容水流漂疾击涌之貌,而同时也有电光闪烁之象,所谓"溿流雷响而电激"者,也可于声象中求之了。一方面可象水势相戾之貌,一方面可象水波相击相涌之声,而一方面再可兼含比喻之义,所谓雷响电激者也可体会出来。这即是声象乎意的作用,而同时也可看出文人善于运用这些语词的技巧。(郭绍虞 135)

引文中两度出现的"声象"概念值得关注。作者提到的三个方面——"一方面可象……之貌""一方面可象……之声"和"一方面再可兼含比喻之义",归纳出了这一概念的具体内涵与功能,简而言之就是"象貌""象声"和"比喻"。"象声"即较易理解的以声拟声,"象貌"和"比喻"则是通过声音描摹来传达对事物的印象与感觉。"声象"与《原始思维》一书中提到的"声音图画"(德文为 Lautbilder)有点类似,列维-布留尔发现原始民族擅长用各种各样的声音来传达自己的感知,其中最重要的是对动作的刻画,如埃维人的动词"zo"(走)可以与"bia bia""ka kà"和"pla pla"之类的声音分别搭配,以对应形形色色的走路姿态(158—159)。需要说明的是,"bia bia"之类并非拟声词,它们传递的只是说话人对这些步态的声音印象;同理,引文中的"水势相戾之貌"和"水流漂疾击涌之貌",也是指诵读过程中被字词唤起的水流印象。这种情况就像我们说"(某人的)脸唰地一下白了",这"唰地一下"只发生于说话人和听者的想象之中,脸色突变其实并不会真的发出声音来。

读书须有重点,诵读时最应关注的是那些声学特征鲜明的词汇。就某种程度而言,诵读可以说是一种语音摹拟——通过恰当地处理此类词语的发音,达到体会、理解和传递"声象"之目的。就像引文所说的那样,诵读《上林赋》时如果不突出"暴""澎湃""滭沸""宓""湢""泌""㴔"等词语的破裂声,便无法用语音来摹拟八川之水在溢陕之口遇阻时"沸乎暴怒"的情形。"声象乎意"之说当然不能推广到所有的汉字(刘师培《原字音篇》似有这种倾向),但当某些声学特征明显的词语被用于形容和比喻时,就有从声义相关角度推敲的必要了。古代诗文中多见叠音的使用,比较典型的为《诗经·豳风·鸱鸮》中的"予羽谯谯,予尾翛翛。予室翘翘,风雨所漂摇。予唯音哓哓"和《古诗十九首》中的"青青河畔草,郁郁园中柳。盈盈楼上女,皎皎当窗牖"等。此类朗朗上口的表达已经成为一种不容忽视的文学传统,所以《文心雕龙·物色》会用"灼灼状桃花之鲜,依依尽杨柳之貌,杲杲为出日之容,瀌瀌拟雨雪之状,喈喈逐黄鸟之声,喓喓学草虫之韵"来做归纳。我们知道在语音沟通中,重复意味着强调,叠音作为一种重复自然也是为了加深印象,不仅如此,"灼灼""依依""杲杲""瀌瀌""喈喈"和"喓喓"等叠音还有更细的功能区分:"逐……之声""学……之韵"指的是拟声,"状……之鲜""尽……之貌""为……之容"和"拟……之状"则是摹拟情状和样貌。对情状和样貌的摹拟不像拟声那样直接,主要是通过声音的重复来刺激想象和共鸣,诵读就此而言是从语音角度实现作者希望施加的刺激,在此过程中达到对作品更为完整的理解——所谓理解常常是指获得了更为丰富和细腻的体验,不一定都是接收到了某些特别具体的信息。

西方文学作品中也有类似的"声象"。艾伦·退特用细读法分析了《神曲·地狱篇》第五章中的一节文字,那是但丁寄予深切同情的女子弗兰齐斯卡在自报家门:"我诞生的城市坐落在海边,/那里波河流下来,/同它的追逐者平静地同流。"读过《神曲》的人都知道,弗兰齐斯卡因为未能克制住自己的情欲,而与情人保罗一道在地狱中遭受风刑的折磨,退特从这三行简单的诗句中读出了与风和风声相关的弦外之音——表面上看她只是向但丁描述自己的故乡,实际上却是把自己与故乡的波河"溶化为一体":

> 巧妙地转移一下焦点,我们就会把被追逐的波河看作地狱中的弗兰齐斯卡;追逐的支流则构成追逐的情欲之风的新的视觉形象。进而再看一眼,就会发现更多的东西:支流就象风那样立即追逐而且同被追逐者合成一体。这就是说,弗兰齐斯卡已完全和她的罪孽同化了,她就是罪孽。因为我相信这种说法,在《地狱篇》中被打下地狱的人是罪孽的完全化身,就是这种罪孽把他们投入地狱的。波河的支流不仅借视觉形象比作情欲之风,而且在声音上也有同感。(退特123)

声音上的"同感"缘于嘶嘶作响的"咝音"在诗行中点据了主导地位,这些以 s 开头的"咝音摹拟了风的嘶鸣":

> 弗兰齐斯卡因风声平息下来而感到高兴,因而我们能听到她的声音……当风已减弱,我们在寂静中,第一次听到飒飒风声应和着波河的潺潺流水。波河于是既有视觉形象又有听觉形象。因为弗兰齐斯卡就是她的罪孽,而她的罪孽就体现在这一形象中,我们可以说这是一种既能听到又能看见的罪恶。(退特124)

退特是英美新批评的代表性人物之一,这个流派的批评家喜欢以自己心目中的范本来说明其文本理念,这节文字因此被退特挑选出来作为展示自己思想的样板。他的分析让我们看到,被支流追逐的波河与生前被情欲驱使、死后被狂风吹袭的弗兰齐斯卡,从视觉上说保持着同构关系,而字里行间的"飒飒风声"又把整节诗串联成浑然一气的听觉形象,"咝音"成了但丁凭吊弗兰齐斯卡时的音乐伴奏。由此可见,诵读这节诗时如果不突出相关单词的"咝音",弗兰齐斯卡在风中飘荡的形象就得不到生动的再现。与此相似,在诵读柳永的《雨霖铃》时,我们也应明白其中的仄韵和频繁出现的齿音,全是为了唤起萧瑟凄凉的离别情绪;李清照《声声慢》中的"寻寻觅觅,冷冷清清,凄凄惨惨戚戚",也是用大量齿上音来传达寡居生活的凄清惨戚之情。

说到诵读与理解的关系,国人可能都会想到《曾国藩家书》中影响甚大的一段话:"《四书》《诗》《书》《易经》《左传》诸经、《昭明文选》、李杜韩苏之诗、韩欧曾王之文,非高声朗诵则不能得其雄伟之概,非密咏恬吟则不能探其深远之韵"(曾国藩45)。这里的"高声朗诵"无疑是诵读,而"密咏恬吟"则为不一定能被他人听到的轻声念读——这种阅读方式无疑也属诵读,因为再微弱的声音也是声音,发声与否是区别诵读与视读的关键所在。曾国藩的"密咏恬吟"有可能是受了前朝大儒沈德潜的影响,后者在《说诗晬语》中用了这四个字:"诗以声为用者也,其微妙在抑扬抗坠之间,读者静气按节,密咏恬吟,觉前人声中难写、响外别传之妙,一齐俱出。朱子云:'讽咏以昌之,涵濡以体之。'真得读诗趣味"(沈德潜 10)。沈德潜的"密咏恬吟"是就诗歌而言,曾国藩所说的诵读对象却不仅指《诗经》与"李杜韩苏之诗",也包括了《四书》《左传》和"韩欧曾王之文"——散文的声音特征虽然不像韵文那样明显,但这并不意味着它们只适合视读,其"雄伟之概"与"深远之韵"同样需要通过声音渠道去探求。这里还要对曾国藩和沈德潜的观点做点补充:诵读之所以重要,从源头上说是因为与创作关系密切,说白了就是作者常常用发声的形式进行自己的创作,因此读者也应该用这样的方式来再现作品的声音形态,否则便很容易辜负作者的一片苦心。

## 二、诵读与创作

诵读与创作的关系此前未引起学界重视,需要对这个问题做专门讨论。作者当众诵读自己的作品不算稀奇,但可能没有人比查尔斯·狄更斯诵读得更多,他这方面的经历有助于我们认识诵读与创作的内在关系。狄更斯一生创作过大量作品,但一般人可能不知道,他光是在美国就举办过 76 场诵读表演,在英国本土的巡回演出更是不计其数,有时主办方要出动警察来维持剧场的秩序。他在伦敦诵读《雾都孤儿》的一个恐怖片段时,"台下打扮得花枝招展的女士们一个个面如土色,瑟瑟发抖。次日,一位老朋友写便条告诉他说:这场朗诵,是一桩'极其动人而又极其可怕的事',他还告诉狄更斯,在狄更斯朗诵到最恐怖的关头,他几乎难以自持;如果当场有人尖叫起来,他也会不由自主地跟着喊叫"(张玲 151)。

一位才华盖世、享有国际声誉的作家,为什么会把自己宝贵的人生时光用于面向公众的诵读,这是一个困惑过许多文学史家的问题。有人说这是因为狄更斯已经意识到自己的创作在走下坡路,为避免粗制滥造才将自己的精力投向不那么耗费脑力的诵读表演,更何况这样做还能得到不菲的收入。然而事实是狄更斯在诵读活动进行得如火如荼之时,仍然写出了《远大前程》和《我们共同的朋友》这样两部高质量的长篇,前者还被学界视为其代表作,因此江郎才尽之说不大站得住脚。笔者的看法是,狄更斯遇上了一个印刷业和报刊业蓬勃兴起的时代,其初试啼声之作《匹克威克外传》便是在期刊上配图连载,这种诉诸文字的大众传播为他带来了巨大的声誉,也为其后一系列小说的出版铺平了道路,然而作为史无前例的完全靠鬻文为生的故事讲述人,他还是希望通过自己的诵读来传播作品的声音形态。人类对故事的消费从"听"开始,即便是今天还有许多人觉得读故事不如听故事来得过瘾,如果说小说在作者心目中有文字和声音两种版本,那么他本人的表演就是传播小说的"声音版"——这在他心中或许还是"正版"甚至是"原版",[2] 要不然无法解释他后来明知这种表演有损健康仍乐此不疲。

除了让读者亲耳听到自己原汁原味的讲述之外,狄更斯当众诵读还有直接获得听众反馈的动机。使用"声音版"这一表述并非空穴来风,狄更斯会为表演专门编辑"诵读书",即作品的副本。"诵读书"的页边有他做的种种记号,提醒表演时应该使用何种语气以及做何种强调。更重要的是,他像《坎特伯雷故事集》的作者乔叟和《吝啬鬼》的作者莫里哀一样会"根据在观众中产生的效果而修改段落"。[3] 这让我们想起汉语中"老妪能解"这一成语的来历——"白乐天每作诗,令一老妪解之。问曰:解否? 妪曰:解。则录之;不解,则又复易之"(彭乘 15)。英国小说家塞缪尔·巴特勒把诵读的好处说得非常清楚——读给自己听不如读给别人听,只有借助别人的耳朵才能察觉问题所在:"我总是很想将自己所写的东西朗读给某个人听,而且常常也是这么做;几乎任何人都可以,但他不得聪明到让我害怕。在我自己以为——念给自己听时——是没问题的段落,一经朗读出来,我便会立刻察觉到弱点"(曼古埃尔 315)。由于创作和接受方面都有需要,诵读活动在使用拼音文字的国家里相当流行,因此也涌现出了像俄罗斯的阿·费·皮谢姆斯基和美国的 I. A. 瑞恰慈那样的诵读高手。前者的诵读据说可媲美戏剧表演,后者"能够象诵读但丁和莎士比亚诗篇一样朗读电话簿,听众为之倾倒"(杨自伍 4),[4] 这些对不熟悉朗诵艺术的人来说是难以想象的。

诵读从逻辑上说只会发生在作品完成之后,但有些作家喜欢口授,他们从一开始就特别在意作品的声音形态,这就使得诵读介入了创作——小说创作变成了对口头讲述的笔头记录。以下是一位亲历者对果戈理口授场景的回忆:

尼古拉·瓦西里耶维奇[按,即果戈理]把笔记本放在面前,全神贯注;他开始有节奏、庄严地口授起来,他口述得那么有感情,有表现力,因此《死魂灵》第一卷的每一章都在我的记忆里留下特殊的韵味。这就象是经过深思熟虑之后有规律地产生的平静的灵感一样。尼古拉·瓦西里耶维奇耐心地等待我写完最后一个字,然后,他又以同样专心致志的声调开始念下一个长句子。当念到波留希金的花园一段时,他口授的"夸张"达到登峰造极的地步,同时又不失其一贯的朴实。果戈理甚至离开扶手椅,一边口授,一边做着高傲和命令的手势。(艾亨鲍姆 188)

引文最后用"夸张""朴实"和"高傲"等形容的语气、姿态和手势等,在文字稿中肯定都无法保留下来,可以看出当语音变为文字时,许多有价值的伴随信息如语气词之类也同时消失了。[⑤]罗兰·巴特因此说这是对声音的"阉割":"书写文字比起口语在用字遣词方面可要经济得多,有时还经常省略连词,这在声音来讲简直不可接受,活像被阉割一般"(巴特 3)。如此看来,狄更斯等人的诵读,从本质上说是作者的一种"反阉割"行为——许多在书写中被省略的声音信息,在诵读中又得到恢复和还原。

还须提到,果戈理的诵读艺术也像狄更斯一样受到同时代人的高度赞扬:

果戈理朗读得精采极了:不仅每个字都能听得清楚,而且他还时常变换声调,使朗读不显得单调,并能让听众领悟到其中最细微的含义。我记得,他是怎样用阴沉而沙哑的声音开始朗读的:"为什么没完没了地描写贫困……于是我们又来到了穷乡僻壤,又碰上一个偏僻的角落。"念完这句话,果戈理仰起头来,甩了一下头发,接着用昂扬的声音大声朗读道:"可这又是怎样的穷乡僻壤和偏僻的角落啊!"接着便是对坚捷特尼科夫的村庄的绝妙描写。听果戈理的朗读,我们感觉这好象是按照规则的格律写成的……使我极为震惊的是语言的非凡和谐。我马上看出来,果戈理如何巧妙地使用了他细致地搜集到的各种花草的当地名称。他有时加进一个音节响亮的词,这只是为了增加语言的和谐。(艾亨鲍姆 187)

果戈理诵读的成功,表面上看是由于能够娴熟地把握这门艺术——如变换声调语气以及采用各种各样的姿势等,但更重要的原因还在于作品的声音形态本身:小说的"声音版"要是不够铿锵悦耳,诵读者再有本事也无法让听众感到"语言的非凡和谐"。引文中的"细致地搜集……名称"与"加进一个音节响亮的词"等告诉我们,果戈理为强化作品的声音效果是如何煞费苦心。构成作品的词语中人名最为重要,它们不但出现频率高,其读音亦关乎作品题旨。果戈理为此"到处搜寻人的名字,以便使人名都有典型色彩。他在报纸的启事栏找到人物的名字(《死魂灵》第一卷里乞乞科夫的名字就是在一家门口找到的。从前房子没有门牌号数，而是在一块牌子上写着房主人的名字）；在着手写《死魂灵》第二卷时，他在驿站的登记簿上找到贝特里歇夫将军的名字，后来他告诉一个朋友说，这个名字使他想起这位将军的侧影和白胡子"（189—190）。

在构思《外套》这部小说时，果戈理几经踌躇为主人公选择了"巴什马奇金"这个名字，此名不但有较强的声音表现力，还与俄语中鞋子的发音"有些渊源"——俄语中的"鞋"读作"巴什马克"，叙述者因此打趣地说叫这个名字的人"都穿长统靴子，每年只换两、三次鞋掌"：

> 这个官员姓巴什马奇金。从这个字眼可以看出，这姓氏跟"鞋"有些渊源；然而，它是什么时候，何年何月，怎么从"鞋"这个词儿演变而成的，则无从查考了。他的父亲、祖父、甚至内弟乃至巴什马奇金一家人都穿长统靴子，每年只换两、三次鞋掌。他的名字叫阿卡基·阿卡基耶维奇。读者或许会觉得这名字有些古怪，是挖空心思想出来的，但是可以肯定地说，这决不是刻意想出来的，而是客观情势所使然，无论如何不能起别的名字，只能是这么个叫法。（果戈理345—346）

鞋子和小说的标题"外套"都属服饰范畴，通过"巴什马奇金"这个与服饰有关联的人名，果戈理成功地混淆了人物与其衣物之间的界限，制造出了"人穿什么就变成什么"（We are what we wear.）的滑稽印象。鞋子是踩在脚下被践踏和被忽略之物，巴什马奇金最终也是被人弃若敝屣，这个名字的发音时时都在暗示人物的命运，因此巴什马奇金想用新外套来改变形象的企图注定不能成功。了解到这些信息，我们也就懂得了引文中所说的"（这个人物）无论如何不能起别的名字，只能是这么个叫法"。果戈理善于利用词语的声义相关性做文章，俄罗斯文学批评家对《外套》等作品的语言风格极为赞赏，可惜不懂俄语的中国读者无缘体会到这一点，说得极端一些，我们从中文译本中读到的还不能说是真正的果戈理。

无独有偶，就像果戈理在一家房屋的门口找到"乞乞科夫"这个名字一样，巴尔扎克也曾在大马路上为人物之名寻寻觅觅。据戈日朗回忆，巴尔扎克应《巴黎杂志》之约写好了一部中篇小说，但他花了六个月时间仍未为人物找到合适的名字，这是因为他对人物姓名的要求也极其苛刻。他曾绞尽脑汁想出过比《皇家年鉴》里所有的姓氏还要多的姓名，但没有一个听起来像这部小说的主人公，于是戈日朗建议他到大街上去读店铺招牌上的人名，两人在巴黎城里转了大半天，最终在一扇歪歪斜斜的门上发现了巴尔扎克梦寐以求的名字——"Z. 马卡"。在后来以这个名字为

标题发表的小说中,巴尔扎克用了很长一段文字来描述"Z. 马卡"给人留下的印象:

> 马卡! 你不妨把这个由两个音节组成的姓氏对自己多念几遍: 你不是在其中感到了一种不祥的涵义吗? 你难道不觉得负有这个姓名的人一定终生坎坷、遭受种种折磨吗? 不管这个名字多么奇怪,多么不近人情,可是它必定传给世世代代: 这个名字的结构很好,又很容易上口;它有着显赫的姓氏的那种一目了然的特点……
>
> 你在 Z 这个字母的形状上没有看出那受压抑的姿态吗? 它的形状不是正好描绘出痛苦一生的偶然的、变幻无常的曲曲折折吗? 是怎样一阵风吹在这个字母上面呢? 在它被采用的每一种语言里,它领头的差不多才五十个字……马卡! 你没有想到有什么希世罕见之物,在它殒落当中,发出了声音或是毫无声息地破碎了吗? (转引自戈日朗 154—155)

以上只是这段描述的节录,其中固然提及 Z 这个"曲曲折折"字母的"压抑的姿态",但更多还是在强调双音节姓氏"马卡"的读音。巴尔扎克为寻找这个名字与戈日朗转了二十多条街,研究了两三千个写着店主姓名的招牌,如此大费周章只是为了让人物之名念起来有"不祥"之感,获得此人"一定终生坎坷、遭受种种折磨"的印象。巴尔扎克之所以为巴尔扎克,就是因为他在创作艺术上坚守原则、从不苟且,不达目的决不罢休。他对戈日朗说的一番话,与果戈理坚持他的人物"无论如何不能起别的名字"如出一辙:"我必须给他找到一个和他的命运相称的名字才行。这个名字要能说明他这个人,表现他这个人,这个名字能介绍他就象一尊大炮老远地就介绍自己说:'我叫大炮';这个名字必须生来就是为他而设的,任何旁的人都不能用"(转引自戈日朗 148)。

在追求人名的声义相符上,巴尔扎克和果戈理的执着达到了一般人很难理解的程度。今人消费小说主要是通过囫囵吞枣般的视读,这种情况下人们一般不会注意到语音与意义之间的微弱联系。然而在忠于艺术的作家那里,一个名字不但要与其身份相符,更关键的还要让人想起其性格与命运。说来滑稽,巴尔扎克觉得"Z. 马卡"之名应该属于"一位伟大的艺术家",实际生活中叫这个名字的人只是个裁缝,然而得知这一事实后的巴尔扎克还是宁肯相信自己的感觉,他不服输地高喊"他应该有一个更好的命运"。⑥张爱玲也有一种"名如其命"的迷思,她同样喜欢从报纸的分类广告上去找名字:

> 我看报喜欢看分类广告与球赛,贷学金、小本贷金的名单,常常在那里找到

　　许多现成的好名字。譬如说"柴凤英"、"茅以俭",是否此中有人,呼之欲出? 茅
以俭的酸寒,自不必说,柴凤英不但是一个标准的小家碧玉,仿佛还有一个通俗
的故事在她的名字里蠢动着。在不久的将来我希望我能够写篇小说,用柴凤英
作主角。

　　　　有人说,名字不过符号而已,没有多大意义。在纸面上拥护这一说者颇多,
可是他们自己也还是使用着精心结构的笔名。当然这不过是人情之常。谁不愿
意出众一点? 即使在理想化的未来世界里,公民全都像因犯一般编上号码,除了
号码之外没有其他的名字,每一个数目字还是脱不了它独特的韵味。三和七是
俊俏的,二就显得老实。张恨水的《秦淮世家》里,调皮的姑娘叫小春,二春是她
的朴讷的姊姊。《夜深沉》里又有忠厚的丁二和,谨愿的田二姑娘。(42)

　　张爱玲的意思是寻找名字为创作之始,名不成则文不立,合适的名字如
"柴凤英"之类,会让人觉得有一个小家碧玉的故事在里面蠢蠢欲动,"呼
之欲出"。这就是人名对叙事的召唤——一个叫得响的人名会引发作者
强烈的创作冲动。小说不应千篇一律,人物也应有富有个性的名字,如果
说文本中有什么词是作者在心中念叨最多的,那就是人物的名字,作为读
者的我们应该意识到它们绝非作者信手拈来。张爱玲还谈到符号后面的
意义,认为即便是数字也有自己的韵味,这些都不无道理。不过有些韵味
属于作者个人偏好,不一定要与大多数读者求得一致,像"三和七是俊俏
的,二就显得老实"这样的说法便值得商榷。[7]

## 三、诵读与视读

　　前引《文学理论》一书对作品与声音的关系还有这样的判断:"每一件
文学作品首先是一个声音的系列,从这个声音的系列再生出意义"(韦勒
克、沃伦 166)。就使用拼音文字的西方文学作品而言,这一判断无疑是正
确的。由此判断可以得出一个对本文十分有利的认识:文学作品既然"首
先"是一个声音的系列,那么诵读便是让这个系列"再生出意义"的重要
手段。

　　然而,《文学理论》为这一论断举出的例证,全都没有越出西方文学的
范围,这就未免让人怀疑该观点能否置之四海而皆准。使用方块汉字的
中国文学作品自然也可以说是"一个声音的系列",但是否"首先"则未必。
鲁迅在《汉文学史纲要》中指出汉字具有形音义三项内涵:

> 诵习一字,当识形音义三:口诵耳闻其音,目察其形,心通其义,三识并用,
> 一字之功乃全。其在文章,则写山曰崚嶒嵯峨,状水曰汪洋澎湃,蔽芾葱茏,恍逢
> 丰木,鳟鲂鳗鲤,如见多鱼。故其所函,遂具三美:意美以感心,一也;音美以感
> 耳,二也;形美以感目,三也。(1981:344)

鲁迅将汉字之形置于音和义之前,因为他认识到"文字初作,首必象形,触目会心,不待授受"(1981:344)。韦勒克和沃伦如果通晓汉语,当他们看到引文中那些带有"山""氵""艹""鱼"偏旁的汉字系列(以示山高、水大、林丰和鱼多),或许会对自己的提法再加斟酌。汉字作为一种表意文字,其形貌与结构远比拼音文字复杂,国人在阅读一个个汉字时先要目察其形,然后才能及其音义;与此形成对照,拼音文字组成的作品则可径直读出。于是对中西文字的阅读就有了这样一种区别:对于许多偏僻的汉字,国人大多是略知其义(从字形上猜)而不知其音;西方人几乎能念出他们读到的每一个单词,却不一定都明白这些单词的意义。

至此我们面对了一个只有在阅读汉语作品时才会出现的问题:视读对诵读的掣肘。由于只见其形而不知其音,我们常常无法将一行行的文字符号转换成"声音的系列"(即便在心里也不行),因而只能用视读来一掠而过。汉字对视觉思维的刺激在于"近取诸身,远取诸物"之形,鲁迅的"写山曰崚嶒嵯峨,状水曰汪洋澎湃"似乎还不够夸张,我们不妨再来看《上林赋》中的一段:

> 崇山矗矗,庬岏崔巍,深林巨木,崭岩嵾嵳。九嵏巀嶭,南山峨峨,岩陁甗锜,
> 嶊崣崛崎。振溪通谷,蹇产沟渎,谽呀豁閜,阜陵别隖,崴磈嵔廆,丘虚堀礨。(司
> 马相如 124)

引文的字数总共才50多个,却有20多字带有"山"旁,另外还有一些字带有"木""土""石""瓦""谷""水"等相关偏旁,它们给人的感觉是一座座大山带着土石林木等扑面而来,读者还未来得及辨识这些字的声音和意义,第一印象就被眼前的"崇山矗矗"所抢占。以形夺人的做法在汉赋中俯拾皆是,班固《西都赋》的"玄鹤白鹭,黄鹄鹥鸧,鸰鸹鸨鶂,凫鹥鸿雁"(29)连用10多个有"鸟"旁的字。此类手法确有堆砌文字之嫌,今人很难理解前人对"码字"竟有如此浓厚的兴趣,不过这也造成了汉赋"繁类成艳""蔚似雕画"的风格。偏旁相同的汉字属于"半字同文",唐诗中也有一些句子聚集了相同偏旁的汉字,如王维《辛夷坞》中的"木末芙蓉花"与杜甫《热》中的"雷霆空霹雳",韩愈《陆浑山火一首和皇甫湜用其韵》中甚

至一连出现了这样四句："虎熊麋猪逮猴猿，水龙鼍龟鱼与鼋，鸦鸱雕鹰雉鹄鷃，燀烏煓燆孰飞奔"（685）。前三句用"走兽""鱼鳖"和"飞禽"三类偏旁集合起各类动物，列成陆水空三个方阵在读者眼前经过，第四句燃起"燀烏煓燆"四把大火，将这支动物军队烧得抱头鼠窜。但在偏旁部首上花费太多心思不是文学正道，《文心雕龙》因此有"练字"一篇，其中总结了"避诡异""省联边""权重出"和"调单复"等四条营造视觉美感的原则。"避诡异"指避免用复杂难看的字来影响观瞻，"省联边"指"半字同文"的字不宜多用，看得出来刘勰并不赞成在字形上大做文章。

回到本文第一节的讨论上来，读者可能已经注意到，郭绍虞先生的引述同样涉及许多令人望而生畏的古奥汉字，作者显然是想借助它们传达这样一种认识：不管这些汉字看起来多么怪异生僻，读起来多么佶屈聱牙，都不能放弃从"声象"角度对它们的接受。我们的古代文学大家一直都对视读怀有某种警惕之情，这是因为他们看到了汉字字形对字音的遮蔽。殷孟伦先生发表过与郭绍虞先生相似的意见，他直截了当地反对只从"文字形貌上去推求语义的关系"，指出"切不可被这些光怪陆离的文字现象所障蔽，就胶滞在文字形貌上，生出各种误解，应该从它的音的组合上去体会，这样才会豁然开朗的"（殷孟伦 293、297）。如此我们便能理解，前人对诵读和背诵的提倡，归根结底是对视读的一种抵抗。诵读须先识音，识音之后的反复诵读和背诵，其结果便是让一连串"声音的系列"长留心底，人们因此记住了许多繁难汉字与相关表达。刘大櫆在《论文偶记》中说"文之最精处"在神气，而音节又是"神气之迹"，因此"（诵读到）烂熟后，我之神气即古人之神气，古人之音节都在我喉吻间，合我喉吻者便是与古人神气音节相似处，久之自然铿锵发金石声"（12）。

鲁迅的《从百草园到三味书屋》长期被作为中学课文，其中用"人声鼎沸"形容的诵读场面如今已成明日黄花。诵读与背诵被戴上"死记硬背"的帽子之后，今人对一些名篇的记忆远不如前人那样牢固，这样的损失是我们这个历史悠久的民族承受不起的。鲁迅对寿镜吾先生的诵读亦有描述，他老人家念到妙处时"总是微笑起来，而且将头仰起，摇着，向后面拗过去，拗过去"，[⑧]这段文字在只会视读的读者那里肯定无法引起会心的微笑。毋庸多言，鲁迅对老师同学诵读内容的记述，凭借的只能是当时书屋中的听觉印象。

诵读和背诵是否有利于培养学生的语文能力？这是一个见仁见智、聚讼纷纭的老问题，本文觉得用外国教师对中国学生的观察来做回答，似乎较为客观且更具说服力。彼得·海斯勒（中文名为何伟）曾在重庆附近的一所学校教过几年书，他发现"在涪陵的每一个学生至少能够背诵十几首中国古诗——杜甫的、李白的、屈原的——而这样的青年男女全都来自四川乡下。便按照中国的标准看来，他们的家乡也算闭塞之极。可他们依旧在读书、依旧能够背诵诗歌，那就是差异"（海斯勒 46）。我们知道正是因为"闭塞"，中国一些农村地区的教育多少还维持着一点旧时的诵读传统，海斯勒的学生就是因为这种传统而具备一种令其大为惊讶的能力——当来自英语世界的教师把莎士比亚十四行诗拆散成若干片段交给这些孩子时，他们表现得就像以前接触过西方诗歌一样：

> 他们能够把这首诗拼合起来，也能够把它拆解开。他们能够标出诗歌的韵律——他们知道每一行有哪些重音，他们能够找出不和谐的读音。他们诵读着诗歌，在课桌上轻轻地打着拍子。他们仿佛听过十四行诗。这样的事没有几个美国学生能够做得到，至少以我的生活经历看来如此。我们美国人读的诗歌不够多，无法分辨其中的音律，这种技能就连受过教育的人都失传许久了。但我涪陵的学生仍旧保留着它……能够把一首诗歌背诵出来，并切分其韵律，这样的美国人到底有几个呢？（海斯勒 46）⑨

海斯勒在此对中美学生的诗歌学习做了对比，他认为中国乡下学生辨识诗歌音律的本能来自诵读和背诵，相比之下美国学生由于诵记太少而不具备此种能力，这一不带成见的观察引人深思。总而言之，汉字的以形夺人造成了视读对诵读的干扰，因此才有前人对诵读和背诵的大力提倡，只有清醒地意识到这种因果关系——干扰是因，而提倡是果，我们才能真正理解并珍惜自己的诵读传统。

## 四、默读、齐读及其他

一般对诵读的定义是发出声来的阅读，不发声的则为默读与视读。然而默读并非完全无声，人们在阅读作品时，大脑中仍会响起相关文字的声音，有些人的嘴唇还会不自觉地随"声"而动，甚至还会发出模糊隐约的语音。因此默读又可称为内心诵读，这种诵读作用于自己的内心或曰内耳——之所以在大脑中再现"声音的系列"，主要是为了体察作品的声音之美。对于从事创作的作家诗人来说，默读是他们评估自己的文字是否和谐悦耳的重要手段，毕竟不是每个人都能像果戈理那样通过口授来创作。内心诵读也有个语音问题,时下国人下笔为文,耳畔回响的多为普通话的语音,但用方言写作的仍不乏其人,"山药蛋派"代表作家赵树理大量使用晋东南一带方言,"乡下人"沈从文笔下的湘西方言甚至连有些当地人也看不大懂。[10]通过辨认那些独属于某种方言的词语和表达方式,大约可以判断出作者心中的语音。《红楼梦》主要使用北方方言,但其中又有不少南京、扬州一带下江官话的语音:有论者指出林黛玉的《秋窗风雨夕》(第四十五回)和《桃花行》(第七十回),唯有用扬州方音来读才能押韵;她讽刺刘姥姥的那句名言——"当日圣乐一奏,百兽率舞,如今才一牛耳"(第四十一回),也只有用"牛""刘"不分的江淮官话来念才能形成笑点(周振鹤、游汝杰 212)。

方音对人的影响是一种客观存在,曹雪芹要么在上述官话区生活过,要么其亲近之人多来自这些区域。验诸笔者自身,我虽成长于普通话全面推广的年代,但在下意识中还是会用方音来读古典诗词,这种"声音的系列"在我感觉中似乎与韵律与平仄更为合辙。平田昌司认为中国的科举考试基本上只重写作能力,所以"中国传统的读书,原则上都要使用自己原籍的方言读字,用不着为读字去学官话"(242),不仅如此,由于"官韵里还存在着一些东南方言能够区别而官话中已经消失的音韵对立……因此用汉语东南方言(音)读书有利于应试,却没有什么不方便的地方"(259)。[11]东南方言既是这般通行无阻,文人小说中此类方音的频频出现便不足为奇。笔者老家在赣东北,靠近东南方言范围内的吴语区,[12]用平田昌司之说,可以解释为什么用这类方言读诗会让笔者觉得更有韵味。

默读只有自己能听见,与这种个体行为相对的是集体性质的放声诵读——齐读。以往从学堂里传出的响亮书声,大多都是齐读。汇众声于一体的集体诵读,能使参与者获得一种与群体同在的共时性体验,甚至可以将其带入某种"想象的共同体"之中。本尼迪克特·安德森说,不管是齐唱《马赛曲》之类代表民族精神的歌曲,还是"聆听(或许也跟着默念)几节像《公祷书》(*The Book of Common Prayer*)之类的仪式性的诗歌朗诵",人们都会进入这样一种状态:

> 我们知道正当我们在唱这些歌的时候有其他的人也在唱同样的歌——我们不知道这些人是谁,也不知道他们身在何处,然而就在我们听不见的地方,他们正在歌唱。将我们全体联结起来的,惟有想象的声音。(141)
>
> 没有任何其他事物能够像语言一样有效地在情感上将我们和死者联系起来。如果说英语的人听到"土归土,灰归灰,尘归尘"(译注:Earth to earth, ashes

to ashes, dust to dust,英美葬礼时,牧师经常在棺木下葬前诵念的字句。）——创造于几近四个半世纪之前的一句话——他们会感觉到这句话如鬼魅般地暗示了跨越了同质的、空洞的时间而来的同时性。这些字眼的重量不只来自于它们自身庄严的意义,同时也来自一种仿佛是先祖所传递下来的"英国性"（Englishness）。（140）

引文使用的"联结"是一个重要概念,齐读不仅使诵读者通过语音与周围的同伴相"联结",还使其与正在诵读的经典包括其作者发生"联结",甚至与古往今来的诵读者相"联结"——"将我们全体联结起来的,惟有想象的声音"。如果说"土归土,灰归灰,尘归尘"对应的原文语音让"说英语的人"感受到"一种仿佛是先祖所传递下来的'英国性'",那么对中华经典的诵读也会让国人感受到世代相传的"中国性"：毕竟许多经典是在口耳相传的时代形成的,其中许多表述令人如闻謦欬,仿佛往哲先贤就在自己身边。安德森说"民族就是用语言——而非血缘——构想出来的",这一认识目前已经获得了基因学上的证明,例如全世界最大的民族——汉族,就是杂糅混血的产物。罗宾·邓巴从人类学角度对此观点做了有力的补充："语言起初发展成各种方言,最终变成互不理解的语言,是因为地方群体在面临其他群体的竞争时需要辨别群体成员身份"（邓巴 219）。换而言之,判断一个人是不是本族群的成员,最便捷的方式是听其口音,声音一致的便是自己人。有过漫长迁徙史的客家人之所以至今仍是一个稳定的民系,一个重要原因是他们一直坚持"宁卖祖宗田,不卖祖宗言"。对语音的"联结"功能有了上述认识,就会看到齐读在某种意义上是一种融入集体的仪式,如今的基础教育强调个性化阅读,有人乘势提出齐读应当退出课堂教学,[13]这样的主张未免有点目光短浅。

诵读牵涉的问题相当复杂,要把这些问题说清楚还须付出更多努力,本文的尝试只是管中窥豹。当年仓颉"依声以造字"引起"鬼夜哭",一种解释是声音从此要被文字替代。印刷文化兴起后这一替代更趋明显,麦克鲁汉说："古腾堡印刷充斥世界的同时,人类声音就消失了,人开始静默而被动地阅读"（350）。当下方兴未艾的传媒变革进一步强化了文字的地位,以人们最常用到的智能手机为例,这种通信工具发明出来本是为了语音交流,到头来却被更多用于阅读和传播图文信息。把诵读放在声音与文字此消彼长的大背景下,便会发现诵读的本质是把文字转化为声音,这对视听失衡的当代感官文化来说是一种有益的补偿,本文开篇提到的"耳朵经济"就是因此兴起。心理学家朱利安·杰恩斯认为早期人类和今天的精神病人一样，能听到自己大脑中的声音并将其感知为神的指令，直到距今 3000 年前这种声音才逐渐熄灭为无声的自主意识。[11]杰恩斯的观点有待商榷，但他指出大脑中声音与意识的联系，让我们看到对诵读——尤其是内心诵读的探寻还有很长的道路要走。

## 注解【Notes】

① 2019 年 10 月苹果公司公布第四季财报，其中提到该公司所有产品里增长最快的业务是 Airpods（无线耳机）；《时代》杂志 2019 年 12 月评选出 21 世纪第二个十年最具影响力的十款电子设备，Airpods 和亚马逊智能音箱 Echo 赫然在列。

② "狄更斯是个更专业的表演者。他的正文的版本——语气、重音、甚至那些为了使故事更适合口头演说风格的删除及修正——**让每一个人清楚知道，要有一种，而且只有一种诠释**……他为了让听众能更清楚看到他的手势，便恳请他们设法创造出'一小群朋友聚集一起聆听故事'的印象"（曼古埃尔 317）。

③ "乔叟无疑是在当众朗读之后又修改了《坎特伯雷故事集》"，"（莫里哀）习惯将他的剧本朗读给女佣听"（曼古埃尔 315、318）。

④ 正是由于深谙诵读艺术，瑞恰慈对文学作品中的声音问题有许多高明之见，《文学批评原理》第十七章"节奏和韵律"（118—130）旨在揭示英语诗歌中的"声象"，与前引郭绍虞文可谓异曲同工。

⑤ 郭绍虞先生注意到语气词在某些体裁的作品中有所保留："曲中说白，还保留这种现象，如'妾身知道了也'，'兀的不唬杀我也呀'！这类'也'字就是声气的延长。延长以后，在修辞方面有音节的作用，在文法方面也有添显的作用。《吕氏春秋·音初篇》，称涂山氏女的'候人兮猗'为南音之始，就是这个道理。只说'候人'，是一句话，不是诗歌，但加上'兮''猗'两字，就有曼声长歌之态，表达候人不至之情，所以成为南音之始"（郭绍虞 273）。

⑥ "最后我总算找到了一个勉强可以称做门房的人，从他那儿我打听到马卡的职业。'是裁缝！'我老远地朝着巴尔扎克喊。'裁缝！'巴尔扎克垂下了头……马上他又骄傲地昂起头来。'他应该有一个更好的命运，'他一面扬起头来，一面喊着。'没有关系！我要使他不朽。这是我的任务！'"（戈日朗 153）。

⑦ 笔者对数字的象征意义有过讨论，参见傅修延：《说"三"：试论叙述与数的关系》，《争鸣》1993 年第 5 期。

⑧ "大家放开喉咙读一阵书，真是人声鼎沸。有念'仁远乎哉我欲仁斯仁至矣'的，有念'笑人齿缺曰狗窦大开'的，有念'上九潜龙勿用'的，有念'厥土下上上错厥贡苞茅橘柚'的……先生自己也念书。后来，我们的声音便低下去，静下去了，只有他还大声朗读着：'铁如意，指挥倜傥，一坐（座）皆惊呢；金叵罗，颠倒淋漓噫，千杯未醉嗬……'我疑心这是极好的文章，因为读到这里，他总是微笑起来，而且将头仰起，摇着，向后面拗过去，拗过去"（鲁迅 1979：50—51）。有研究指出旧时摇头晃脑的

大声诵读,对增强记忆有一定作用。

⑨ 我们这边的情况也不容乐观,张江说中国当代诗歌经历了从诵读到视读的嬗变,最终陷入了当前无人喝彩的边缘化困境。参见张江:《当代诗歌的断裂与成长:从"诵读"到"视读"》,《文艺研究》2013 年第 10 期。

⑩ "我作为湘西人,在阅读他的作品时也因有不少方言看不懂,而不得不写信去问家乡的亲友"(糜华菱 211)。

⑪ 该书第 259—260 页还提道:"既然科举只根据写作诗文的能力评分,并要求按照官韵掌握四声、声、韵,即便强迫南方人放弃方言字音也是没有用的。赵元任的祖父在直隶任官时,仍然从原籍常州聘来教师让赵元任学习方言字音,并不是个别、特殊的例子……从清末到民国引入的西学教育切断了科举的文字传统之后,使国民语言走向官话一元化道路的必要性才开始为人所知。"

⑫ 辛弃疾晚年在赣东北的上饶和铅山一带居住,其词作《清平乐·村居》中有句为"醉里吴音相媚好"。

⑬ "我们不能看到齐读有副作用,似乎和语文课程改革要求(提倡个性化阅读)不合拍就封杀它,让它寿终正寝"(陈玉龙 26)。

⑭ Julian Jaynes. *The Origin of Consciousness in the Breakdown of the Bicameral Mind.* New York:Houghton Mifflin Company, 1990. pp.67‒83.参见傅修延:《从二分心智人到自作主宰者:关于叙事作品中的人物内心声音》,《文艺理论研究》,2018 年第 3 期。

## 引用文献【Works Cited】

阿尔维托·曼古埃尔:《阅读史》,吴昌杰译,北京:商务印书馆,2004 年。

艾伦·退特:《论诗的张力》,姚奔译,周六公校,赵毅衡编选,《"新批评"文集》,北京:中国社会科学出版社,1988 年,第 108—124 页。

班固:《西京(都)赋》,萧统编,李善注,《文选》,北京:中华书局,1977 年,第 29 页。

鲍·艾亨鲍姆:《果戈理的〈外套〉是怎样写成的》,蔡鸿滨译,茨维坦·托多罗夫编选,《俄苏形式主义文论选》,北京:中国社会科学出版社,1989 年,第 185—207 页。

本尼迪克特·安德森:《想象的共同体——民族主义的起源与散布》,吴叡人译,上海:上海人民出版社,2005 年。

彼得·海斯勒:《江城》,李雪顺译,上海:上海译文出版社,2012 年,第 46 页。

傅修延:《说"三":试论叙述与数的关系》,《争鸣》,1993 年第 5 期。

戈日朗:《巴尔扎克怎样给人物取名字》,王道乾译,《文艺理论译丛》(第二期),北京:人民文学出版社,1957 年,第 146—155 页。

果戈理:《外套》,杨衍松译,《果戈理短篇小说选》,长沙:湖南文艺出版社,1994 年。

郭绍虞:《中国语词的声音美》,《照隅室语言文字论集》,上海:上海古籍出版社,1985 年,第 130—137 页。

韩愈：《陆浑山火一首和皇甫湜用其韵》，钱仲联集释，《韩昌黎诗系年集释》（上册），上海：上海古籍出版社，1994 年，第 684—699 页。

雷·韦勒克、奥·沃伦：《文学理论》，刘象愚、刑培明、陈圣生、李哲明译，北京：三联书店，1984 年。

列维-布留尔：《原始思维》，丁由译，北京：商务印书馆，1985 年。

刘大櫆：《论文偶记》，舒芜校点，北京：人民文学出版社，1998 年。

鲁迅：《汉文学史纲要》，《鲁迅全集》（第 9 卷），北京：人民文学出版社，1981 年。

——：《从百草园到三味书屋》，《朝花夕拾》，北京：人民文学出版社，1979 年，第 47—51 页。

罗宾·邓巴：《梳毛、八卦及语言的进化》，张杰、区沛仪译，北京：现代出版社，2017 年，第 219 页。

罗兰·巴特：《从口语到文字》，刘森尧译，《罗兰·巴特访谈录》，台北：桂冠图书股份有限公司，2004 年。

麦克鲁汉：《古腾堡星系：活版印刷人的造成》，赖盈满译，台北：猫头鹰书房，2008 年。

糜华菱：《沈从文作品的湘西方言注释》，《吉首大学学报（社会科学版）》，1992 年第 Z1 期，第 211—218 页。

彭乘：《墨客挥犀（及其他三种）》，北京：中华书局，1991 年。

平田昌司：《文化制度和汉语史》，北京：北京大学出版社，2016 年。

沈德潜撰，王宏林笺注：《说诗晬语笺注》，北京：人民文学出版社，2011 年。

司马相如：《上林赋》，萧统编，李善注，《文选》，北京：中华书局，1977 年，第 123—124 页。

王筠：《说文释例》，北京：中华书局，1987 年。

杨自伍：《译者前言》，艾·阿·瑞恰慈，《文学批评原理》，杨自伍译，南昌：百花洲文艺出版社，1992 年，第 1—6 页。

殷孟伦：《关于汉语复音词构词形式二三例试解》，《子云乡人类稿》，济南：齐鲁书社，1985 年，第 286—299 页。

曾国藩：《咸丰八年七月廿一日与纪泽书》，《曾国藩家书》（上），北京：东方出版社，2013 年，第 45 页。

张爱玲：《必也正名乎》，《流言》，杭州：浙江文艺出版社，2002 年，第 41—49 页。

张江：《当代诗歌的断裂与成长：从"诵读"到"视读"》，《文艺研究》，2013 年第 10 期，第 5—18 页。

张玲：《英国伟大的小说家——狄更斯》，北京：北京出版社，1983 年。

周振鹤、游汝杰：《方言与中国文化》，上海：上海人民出版社，1986 年，第 212 页。

**作者简介：** 傅修延，江西师范大学资深教授。

叙事研究　第3辑
Narrative Studies 3

# 叙事理论关键词

# 栏目导语

进入 21 世纪以来,叙事研究实现了国别、学科之间的持续跨越,成为人文社会科学领域的一门显学,研究热忱有似钱江潮涌,动地而来,乃至于有人惊呼"叙事帝国主义"的时代已然来临。在此突飞猛进的研究态势下,中国学人自不可再逗留于西来理论的引进、介绍与搬用之上,而应开拓进取,去思考学科发展的若干深层次问题。立足中西叙事文化传统,准确把握中西叙事理论各自的性质与特点,指明二者之间存在的差异与产生原因,探求两种叙事文化形态背后的共通规律,就是此中值得认真探讨的话题之一。

一种理论的观念内含于或区别于其他理论的地方,必须通过相应的概念、范畴或术语来表达,某些核心范畴更是标示该理论精义的旗帜,是理解其思想内涵的钥匙。马克思主义政治经济学之所以永垂后世,"剩余价值"等天才概念的提出功不可没;弗洛伊德精神分析学之所以震撼人心,得益于"力比多"等范畴对人的深层意识的深刻揭示;没有"陌生化"概念的命名,俄国形式主义者的理论城堡上空飘扬的或将是黯淡无光的旗帜;正是有了"延异"一词的自创运用,人们才能洞悉德里达质疑逻各斯中心主义的孤诣苦心。这些核心的概念、范畴是理论的精华与浓缩,掌控着理论的思想密码,拥有区分于其他理论的独特标识,抓住它们就等于抓住其理论思想的"牛鼻子"。这也就是它们被称为"关键词"(Keywords)的根本原因。

基于上述认知,**本刊自本辑开始推出"叙事理论关键词"栏目**,旨在以系列研究的方式,通过对若干关键词的比较研究推动叙事研究的纵深发展。其意义之一或可表述为:以关键词为统摄,运用比较的方法,积极发挥西方叙事理论的"他者"作用,让其成为烛照中国叙事理论自身特质的窗口。美国学者刘若愚曾经说过:"在历史上互不关联的批评传统的比较研究,例如中国和西方之间的比较,在理论的层次上会比在实际的层次上导出更丰硕的成果。"借助于西方这个"他者"的映照,可以发现中国叙事理论研究中既有的"盲区",而消除"盲区"的过程就是更好地理解中国叙事理论的形态、内涵与特质的过程。

意义之二在于可以更好地理解人类叙事活动的普遍规律。中西叙事尽管存在民族、语言与文化的巨大差异，但是作为人类对宇宙、人生认知与表达的产物，其中必定存有某些共通性规律，关键词研究就是要在比较中努力找寻这些规律。从这个意义上说，进行中西叙事理论的关键词比较研究，应该能为当下的叙事学研究开拓出新的学术增长点。

那么，该如何开展中西叙事理论关键词的比较研究呢？

我们认为，首先是秉持"以西映中"的基本立场。所谓"以西映中"，就是立足中国的叙事理论资源，将西方叙事理论的思想蕴含、话语方式等作为参照，通过对中国资源的细致梳理，发掘中国叙事理论的思想精髓与发展脉络，努力呈现其理论潜质与话语形态；同时，西方叙事理论的特点与优势也在这种映照中得到彰明。因此，"以西映中"在研究重心上表现为以"我"为主，在研究形态上表现为中"主"西"副"的双线交织。

其次是确立通约优先、彰明本土的"择词"原则。关键词应当尽可能从中西叙事理论的交集中产生，必须具备较大程度的通约性与统摄性，对中西共通的叙事现象应具理论描述力、概括力与阐释力，借此实现关键词对中西叙事理论比较的贯通效应，在此条件得到充分满足的基础上，给予中国叙事理论的概念术语更多关注。此中大致存在以下三种情形：

（1）将西方那些经高频使用且被证明行之有效的概念径直列为关键词，用以充实本土理论话语库，使之成为中国叙事理论话语系统不可分割的部分。反之，那些在阐释中国叙事现象方面成效有限、通约程度低的术语就不做过多考虑。

（2）对中国叙事理论中那些有生命力、涵盖力的概念委以重任，让它们在中西叙事思想与文化的碰撞激荡中绽放理论的光华。比如"知音"一词，就其内涵而言，与西方叙事理论的"隐含读者""理想读者"心意相通，倘若将其与"心声""弦外之音"等词语以及儒家礼乐文化结合考察，则又不难从中辨识出中国阅读文化的"重听"传统。建构有中国特色的叙事理论话语体系，应当注意对此类概念加以发掘提炼。

（3）在不违背汉语表达习惯的前提之下，为适应叙事研究的新进展而"自铸新词"。西方叙事理论诸概念（如"聚焦""展示""视点"等）的视觉中心主义色彩相当强烈。近年来，随着听觉文化研究的迅猛崛起，学界尝试创设了"聆察""音景"等侧重听觉考察的术语。实践表明，它们对于描述叙事中的听觉感知颇为有效。"自铸新词"肯定难以做到尽善尽美，但是考虑到本土话语建设尚处起步阶段，还需要多方探求其实现路径，因此谨慎地进行此类尝试并非无益。

　　最后是明确历史语义学与谱系学相统一的释义路径。历史语义学认为,词义是随历史与文化场域不断变化而动态生成的结果,是具有丰富文化蕴含的意义集合体。关键词比较研究应从词语栖身的历史文化语境中去追寻其语义的变迁轨迹:一方面沿词语的渊源史来勾勒其知识谱系,描述其语义的构成与转换;另一方面又通过语义探求来反观中西叙事的文化传统,以及二者在思想观念与运思方式上的差异。这种摒弃线性描述,代之以有机观念的谱系学方法,较之惯常的线性考察更具原生质感,更能真切地触摸到历史的真实脉搏。

(本刊编辑部　刘亚律)

# 叙事结构

张泽兵

**内容提要：**叙事学研究的一个核心问题是叙事结构。理解叙事结构还需要回到 20 世纪席卷人文学科的结构主义大潮中去。在那场国际性的思想盛宴、多学科的思想共谋中，叙事结构被诸多理论家轮番讨论，种种叙事结构的理论构架在文本的不断拆解和组装中被剖露，结构的纹理和样貌袒露在理论的"手术刀"之下。自 20 世纪 80 年代开始，结构主义开始了中国之旅。中国学者一方面与西方理论话语进行对话，另一方面在叙事结构的历史、中国特色的叙事结构形式方面进行重新阐释、梳理，让叙事结构拥有了更多"中国味""中国色彩"。简要回顾中西文学叙事传统中的主要结构形态的历史变迁，从"缀事"到"章回"，从"线性结构"到"心理结构"，在叙事结构的演变历史中，我们可以找到构建中国叙事话语理论的文化自信。

**关键词：**叙事学；叙事结构；结构主义

汉语里"结构"一词在中国古代最早见于汉代王延寿《鲁灵光殿赋》："于是详察其栋宇，观其结构。"鲁光殿的建筑结构总体上是"三间四表，八维九隅。万楹丛倚，磊砢相扶"。东晋葛洪《抱朴子·勖学》中也用到"结构"一词："文梓干云而不可名台榭者，未加班输之结构也。"这里的"结构"一词也是指建筑的构架。与汉语的"结构"相对应的词在英文里写作 structure，"据美国专家考斯调查，结构概念自古有之。拉丁文里，这个词原先写作 structum，意思是指经过聚拢和整理，构成某种有组织的稳定统一体"（赵一凡 252），structum 是拉丁文 struere 的过去分词。在文学艺术中，结构是指艺术作品中各部分之间的关系模式。叙事学的研究离不开

"结构"这一关键词,对于叙事结构的讨论自经典叙事学到后经典叙事学从未中断。在叙事学兴起前,中外的文艺理论家都对结构做出过某种形态的表述,尽管他们未曾明确用"结构"一词。因为我们认识或分析一部叙事作品几乎都绕不开作品"结构",绕不开透过结构对作品的内部构造做一番分析。本文从四个层面对叙事学的关键词"结构"进行全方位的把握。一是在结构主义浪潮中去理解"结构",这是理论层面的把握,在一种理论的全球化视野中理解"结构"相关理论的世界之旅。二是回顾结构主义在中国的接受历程,简要回顾中国学者是如何参与到结构主义思潮之中的。三是探讨中国传统叙事结构:从"缀事"到"章回"。这是从中国叙事传统出发,重心放在中国传统文学、文化中的"结构",将中国人把握事件、理解世界的结构方式进行一次宏观的梳理。四是简要梳理西方传统叙事主要结构形态:从"线性结构"到"心理结构"。通过这四个层面的"结构"梳理,我们可以比较直观地理解中西叙事传统比较视阈下的"结构"这一关键词。

## 一、在结构主义浪潮中理解"结构"

理解结构还需要回到 20 世纪席卷人文学科的结构主义大潮中去。在 20 世纪中期,几乎所有的人文社会学科都在谈论结构。"结构"一词被赋予了异常丰富的内涵。结构主义在 20 世纪中期是如此辉煌,它是一场国际性的思想盛宴,也是一次多学科的思想共谋。从欧洲到北美洲,从亚洲到非洲,瑞士、俄国、捷克斯洛伐克(今捷克和斯洛伐克)、法国、德国、美国、英国、埃及等国家的学者都参与了这场思想盛宴,中国学者也在 20 世纪 80 年代开始贡献自己的思想。结构主义这一学术思潮走的是一条国际路线。同时,结构主义走的还是一条跨学科的路线。语言学、人类学、文学、哲学、心理学在这场跨学科的思想盛宴中不断贡献新的思想,甚至经济学、社会学、历史学等都深受影响。

当我们回顾这场思想盛宴时,结构主义被视为一场革故鼎新的学术运动,对于全部的人文学科而言,它都是一笔重要的精神财富。弗朗索瓦·多斯(François Dosse)在其《结构主义史》(*Histoire du structuralisme*)的中文版前言中引用三位著名思想家的话对结构主义进行总结:"米歇尔·福柯认为结构主义不是一种新方法,而是被唤醒的杂乱无章的现代思想意识;雅克·德里达把结构主义界定为观点的探险;罗兰·巴特把结构主义视为从符号意识向范式意识的转换"(多斯 2)。结构主义能够有如此广泛而又深远的影响,是因为它不仅仅提供了各式理论工具,还革新了人文学科的理论思维方式。经过这场思想的洗礼,人文学科的"科学性"大大增强,几乎所有人文学科都实现了由传统向现代的升级。可以说,结构主义打破了许多传统的学科疆界,使人文社会科学的诸多学科在学术话语体系、理论思维方式等方面都被赋予了科学特性。

要厘清世界性的"结构主义"之旅,还得从索绪尔(Ferdinannd de Saussure)说起。索绪尔是瑞士的语言学家,他在日内瓦大学讲授语言学课程。他的《普通语言学教程》(*Course in General Linguistics*)是日内瓦的两位教授夏尔·巴利(Charles Bally)和阿尔贝·赛谢哈耶(Albert Sechehaye)根据他 1907 年至 1911 年间的授课记录,搜集、分析和整理而成,于 1915 年出版。索绪尔在他的讲义中对语言的能指与所指、共时性与历时性做了明确的区分,这种区分所用的方法正是后来被其他学科广泛使用的结构分析方法。这部著作后来被视为"结构主义的红宝书"。但这部著作产生国际影响是在 1928 年在海牙召开的第一次国际语言学大会上。在这次大会上,夏尔·巴利和阿尔贝·赛谢哈耶介绍了索绪尔的分析方法。与会的雅各布森(Roman Jacobsen)、卡尔塞夫斯基(S. Karcevskij)、特鲁别茨科伊(Nikolai Sergeevich Trubetskoi)等人深受启发。在这次会议上,雅各布森首次用了"结构主义"一词。在这里不得不提到被视为结构主义先声的俄国形式主义和捷克布拉格学派。1915 年,在雅各布森的召集下,莫斯科语言小组成立了,他们积极推动诗歌语言学的发展。1917 年,雅各布森参与成立了圣彼得堡诗歌语言研究协会,埃亨鲍姆(Boris Eikhenbaum)、波利瓦诺夫、雅克宾斯基、什克洛夫斯基等人都参与了诗歌形式的研究,诗歌形式主义取得斐然成绩。从俄国形式主义到布拉格学派,雅各布森是一个关键人物。他对于结构人类学的发展也影响甚大,列维-斯特劳斯(Claude Levi-Strauss)的结构人类学就深受雅各布森的启发。列维-斯特劳斯 1939 年来到纽约,在那里他与雅各布森有着友好合作。1948 年,他的《亲属关系的基本结构》(*la structure de la parenté*)完成论文答辩,1949 年出版。列维-斯特劳斯借助结构语言学的模型突破传统,从道德禁令、种族中心论考察乱伦禁忌。他把亲属关系视为一个任意的再现系统,他的研究推动乱伦禁忌的自然生物属性考察转变为文化的参照物,自然的血亲事实向文化的联姻事实转变。列维-斯特劳斯在《结构人类学》(*Structural Anthropology*)一书中对俄狄浦斯神话的分析值得一提:他把神话分解成非线性系列,就像管弦乐谱一样重新编号排列,发现了神话结构的要素组合关系。这对于文学结构主义有着重要的启发意义。

要使结构主义方法渗入古典人文学科的核心,绝非易事,尽管此前俄国形式主义已经对文学的内部构造进行了先期探讨,包括托马舍夫对"主题"和"情节分布"的讨论、什克洛夫斯基对"材料—情节"的讨论、普洛普对故事功能分类的讨论。他们在文学内在结构规律和内在叙述机制上做出了回答:在托马舍夫看来,作品是主题和情节的综合;在什克洛夫斯基看来,作品是材料和情节的综合;在普洛普看来,作品由众多的角色功能体组成。在结构语言学和结构人类学取得突破之际,文学的结构主义依然保持着传统的稳定。20 世纪 60 年代前,在文学领域中,即使偶尔提及逻辑或科学,都是不合时宜的。"作为高中和大学课程中的一个特权学科,文学是被作为文学史来讲授的。文学系统过度稳定,使得它在 1955 年—1960 年之前,不可能真正革新自己的思维方式"(79)。

真正为文学结构主义呐喊助威的是罗兰·巴特(Roland Barthes)、托多罗夫、茨维坦·托多罗夫(Tzvetan Todorov)、格雷马斯(Algirdas Julien Greimas)和布雷蒙(C. Bremond)等人的研究。罗兰·巴特在其 1953 年的《零度写作》(*Le Degre Zero De Lecriture*)中表示,希望有一种写作能够"摆脱一切限制",他的"零度写作""为确认独立于语言和语体的形式现实的存在"(转引自多斯 91)。他对文本结构的思考集中体现在他发表于 1966 年的《叙事作品结构分析导论》,这是他借助语言学的构造进行的叙事结构的理论创建。他将叙事作品切分成无数的信息碎片,把叙事信息按照功能分类划分为核心与催化事件,将叙事作品分为行为层、叙述层:叙事作品的整个系统被罗兰·巴特一步步重新组合,从而成为叙事结构。他在区分功能和迹象的基础上把功能分为催化功能和核心功能。他认为每个叙述单位的重要性不是均等的:有的单位是叙事作品的真正铰链,可以称为核心功能;有的是用来填实铰链功能之间的叙述空隙,被称为催化功能。催化不变的功能是交际性功能,这一交际性功能使叙述者与叙述接受者之间保持接触。"功能"是罗兰·巴特进行叙事作品结构分析三个描述层次中的最基本层次,他 1957 年的《神话》(*Mythologies*)就曾经使用"功能"进行现代神话的话语分析。他在此沿用"功能"是为了明确叙事作品分析的最基本单位,以此来确定叙述作品的最小叙述单位。他切分出来的成分具有功能特性,因此"功能"就被用来称呼叙事作品里具有意义的最小单位。在这里我们可以看出罗兰·巴特的功能概念与普洛普（Vladimir Propp）在《故事形态学》中提出的功能存在很大的不同：普洛普的功能概念是属于客观形态描述系列上的，而罗兰·巴特则是用功能概念来做逻辑价值判断的奠基石。

托多罗夫 1963 年来到法国索邦大学，很幸运地认识了热拉尔·热奈特（Gérard Genette）。对叙事结构的研究，热奈特比托多罗夫早一些。热奈特从语言结构的分析中汲取灵感，认为叙事作品可以看成句子的扩充。他在《论叙事文话语》（*Narrative Discourse*）中提出："一切叙事文，哪怕是像《追忆似水年华》那样庞大而繁复，都是连贯一个或若干个事件的语言产物。也许，我们有理由把叙事文看作是随心所欲地无限地发挥某一个动词形式，从语法意义上讲，即一个动词的扩充"（转引自张寅德 193）。托多罗夫继承热奈特的结构分析路径，他的《从〈十日谈〉看叙事作品语法》一文，如同分析语言的结构规律一样，将叙事作品的语法结构归纳为两大类：第一类描述平衡或不平衡的状态，另一类描写从一种状态向另一种状态的转变。

格雷马斯对叙事结构进行了系统的探讨，尽管其理论有些晦涩难懂。他的分析思路在于将叙事作品看成叙述者表达的叙述流程的组合，叙述流程由各种具有情态功能的行动元组成，也就是行动元在叙述流程中具有特定的分布。叙事作品所拥有的语法结构，需要在话语中充实作品内容。从总体来看，他把叙事作品看成一系列叙事信息的组合，包括行动元、角色、主题、形象等，这些叙事信息填充了叙事结构，构成了完整的叙事作品。

布雷蒙对叙事逻辑进行探索的时候也借用了"功能"这个概念，他把功能看作叙事作品的基本单位，即故事原子。同时，他把功能与行动和事件联系起来，采用"功能组合"的办法解读作品：一种功能以将要采取的行动或将要发生的事件为形式表示可能发生的变化，一种功能以进行中的行动或事件为形式使这种潜在的变化可能变为现实，一种功能以取得结果为形式结束变化过程。这三种功能经过组合便形成了他对叙事可能之逻辑的分析：改善过程/没有改善过程，恶化过程/没有恶化过程。

菲利普·阿蒙在《人物的符号学模式》中"把人物规定为非连续所指（人物的'意义'和'价值'）的非连续能指（一定数量的标志）表现出来的游移词素；因此，它也可以被视为类比、对立、等级和安排（它的分布）的关系群"(转引自张寅德 315)。读者在阅读作品的过程中,不断地获得人物的"非连续能指",并凭借阅读记忆不断地对这些能指进行组合,从而获得对于人物形象的认识及评价。读完作品,人物的符号关系群也随之建立起来,人物形象也随之丰满。

　　尽管结构主义很快转向了解构主义,经典叙事学也向后经典叙事学发展,但是对文学结构的讨论从未终止。例如,热奈特对叙述者的深入研究也涉及叙事结构分析,他在《叙事话语》(发表于 1972 年的《辞格Ⅲ》)一书中对"故事内叙述者""故事外叙述者"和"亚故事叙述者"实际上形成了一个结构关系(175)。①这也就是说,叙述层实际上构成叙事的结构关系,只不过这种结构关系是由叙述者与故事的关系来判断的。新叙事学在 20 世纪 90 年代"小规模复兴",在结构的探讨方面也颇有建树。道勒齐尔和卡法勒诺斯等人探讨"功能多价""功能等同"等,其研究思路沿用了结构主义叙事学的路子。"功能等同"和"功能多价"指的是事件与功能之间可能存在多重关系,而非单一的对应关系。一个事件既可以有单一的意义指向,也可以有多重意义指向,也就是功能多价问题。卡法勒诺斯在其研究中强调了功能多价的内在不稳定性,把阐释行为意义的工作交给感知者。这实际上是将行动的主观感受和心理意义阐释借助功能做出的研究,正反映了叙事学进入 20 世纪 90 年代以来对经典问题、范畴、概念的重新思考。

## 二、结构主义在中国的接受

　　20 世纪 80 年代,罗兰·巴特、雅克·拉康、米歇尔·福柯相继去世,西方的结构主义退潮。但结构主义的中国之旅才刚刚开始。罗兰·巴特在 1971 年曾经到过中国,但他此行并未让结构主义在中国生根发芽。直到改革开放之后,中国的知识分子才参与这场世界性的思想盛宴,接力结构主义的国际旅程。在文学领域,结构主义叙事学得到中国学者的积极响应。

　　在 20 世纪 80 年代介绍、吸收结构主义叙事学理论成果的基础上,中国学者逐渐在中国传统叙事研究的基础上发出文学结构的中国声音。傅修延在《讲故事的奥秘——文学叙述论》(1993)中首次提出"章法结构"。他认为章法结构是作者在谋篇布局时需要考虑的问题。我们可以从叙事时间的变化中形成判断叙述章法的若干范畴,如剪裁、疏密、节奏等;也可从叙述空间的变化中形成判断叙述章法的范畴,如次序、线索、衔接等。叙述章法的整体结构是由剪裁、疏密、节奏、次序、线索、衔接六个方面协同一气而体现出来的浑然一体的内部结构。傅修延根据人物与核心事件的关系总结了几种最基本的结构形态:向心式,即一个轴心,叙述围绕轴心运动;往复式,即两个或两个以上的轴心,叙述在不同轴心间往复来去,最终归为一个核心;转移式,即多轴心,叙述由甲而乙而丙而丁,不断向新的轴心移动。在种种章法结构中,一种理想的叙述章法是"蟠蛇章法"。对于中国叙事传统中的结构,杨义在《中国叙事学》(1997)一书中对结构所包含的中国文化内涵进行了阐释。他认为,结构中蕴含着"道"与"技"的命题。他结合中国文化的特点,对文学结构形成的诸多要素如顺序、联结、对比、结构动力等进行了系统的讨论,这种具有中国特色的话语方式为我们思考叙事结构提供了另一种理论建构的可能。

21世纪以来中国学者继续推动结构主义方法的理论探讨,当复数的叙事学兴起之时,中国学者并没有抛弃"结构"。一方面是以申丹为代表的学者,他们系统、全面地吸收西方20世纪在结构主义、英美修辞叙事等领域的理论成果,以融合性思维将西方思想系统吸收,参与到全球化的文学话语讨论之中。申丹提出"隐性进程",其实质是在结构研究方面探讨西方现代小说的一种结构方式,这是西方文学线性结构在当代西方文学中比较常见的一种结构方式。赵毅衡在其《广义叙述学》(2013)中讨论的区隔问题,实际上是沿着热奈特的思路,从人物与叙述层的角度重新探讨叙事的结构关系。他提出"一度区隔""二度区隔"的目的不仅仅是为了解决困扰经典叙事学家们的"叙述层"问题,而是通过"区隔框架"的类型分析讨论虚构与纪实、可靠与不可靠的问题。[2]

另一方面,以傅修延为代表的中国学者将研究重点放在结构形式的历史研究和各种传统结构方式的总结上。傅修延在其《中国叙事学》中对圆形结构历史进行溯源,在太阳神话的考察中解释了存在于我们叙事思维中的"以圆为贵"的叙事现象。"太阳在先民视觉上的从东到西及其在夜间想象中的从西到东,合起来形成了一个完整的圆。""圆在艺术中是完美的象征,周而复始的圆周运动,或许就是这样成了一种理想的作品结构形式"(傅修延 2015:28)。这就使叙事结构的研究在初始形态的叙事中找到了合理的解释。这种对于结构的追根溯源式研究思路显然不同于西方叙事学的结构研究套路,正如我们传统的故事讲述喜欢从"三皇五帝"开始讲述一样,我们的结构探讨也理应从最为初始形态的叙事结构开始。张世君继承小说评点的理论思路,对中国小说戏剧评点中提出的"一线穿""间架"结构等诸多结构问题进行现代阐释,她用具有中国特色的小说理论概念与西方的时间化叙事理论形成对话。张泽兵在《谶纬叙事研究》(2013)一书中提出,谶纬思想文化在形式上对中国古代文学叙事的影响主要是"经天纬地"的事件处理方式,"经天纬地"结构是中国传统文学中特有的结构形式,经之以人事,纬之以天事,经纬纵横成为中国古典作品的一个比较独特的事件结构方式。这种经纬结构特别有利于处理宏大的事件架构,这种理论观念在魏晋南北朝时已经被刘勰、挚虞等人注意到,在章回小说的叙事实践中,经纬结构的叙事优势表现突出。

## 三、中国传统叙事结构:从"缀事"到"章回"

在中国早期叙事传统的形成过程中,史传叙事无疑是最为主要的叙事形式。中国早期叙事经验的积累、叙事规律的摸索都在史传叙事的实践中完成。而在史传叙事中,"缀事"成为其中最为重要的事件结构处理方式。"缀事"的"缀"从"糸","连之以丝也"(许慎 738)。"缀"字的本意,在于用丝或绳缝合、连缀。《礼记·内则》中的"衣裳绽裂,纫箴请补缀",《战国策·秦策一》所谓"缀甲厉兵",都是缝合、连缀。在魏晋南北朝时期,"缀"被借用来指称事件叙述中的连缀,"缀事"成为史传叙事中事件构造的主要结构形式。刘勰在《文心雕龙》中用"缀事"来总结史传叙事的结构特征:"观夫左氏缀事,附经间出,于文为约,而氏族难明。及史迁各传,人始区详而易览,述者综焉。""然记传为式,编年缀事,文非泛论,按实而书,岁远则同异难密,事积则起讫易疏,斯固总会之为难也"(285—286)。在这里,刘勰把这种以时间作为连接之"丝"的历史叙事结构称为"缀事",这是中国古代人运用自身思考叙述庞杂历史事件的结构智慧。刘知几也时常用"缀"来描述事件的叙述和摆布。他在《史通》《书志》:"班固缀孙卿之词以序刑法,探孟轲之语用裁食货五行。""大始中秘书丞司马彪始讨论众说,缀其所闻。"其意也在于将事件连缀而成,既能将历史事件讲述清楚,又能把史官之意表达出来。

其实,编年缀事并非刘勰独自倡导,而是经过魏晋南北朝时期的史学家们的实践和理论倡导,逐步得到普遍认可的。北齐人魏收所著的一部纪传体断代史书《魏书·高祐崔挺列传》中曾记载:"宜依迁固,大体令事类相从,纪传区别,表志殊贯,如此修缀,事可备尽。"这段话是北魏秘书令高祐与秘书丞李彪共同呈给皇帝的奏章中的一段话。他们推崇史学编撰应该学习司马迁和班固,继承二人开创的纪、传、表、志之目。李彪曾经在奏议中论到:"近僭晋之世,有佐郎王隐,为著作虞预所毁,亡官在家。昼则樵薪供爨,夜则观文属缀,集成《晋书》,存一代之事"(转引自李延寿1974)。从这段话我们也可以看到,当时《晋书》的诸多版本中,李彪比较推崇王隐版本的《晋书》。王隐版本的《晋书》九十三卷,到隋代存八十六卷,今有汤球辑本十一卷。历史事件纷繁复杂,学习司马迁和班固纪、传、表、志之目的修缀方法,既能使历史事件的叙述纲举目张,又能把事件的内在逻辑联系讲述清楚,缀事之结构方法也由此受到史学家和史学理论家的推崇。

从先秦到魏晋南北朝的叙事实践来看,从《尚书》到《春秋》,再从《左传》到《史记》,我们可以大致地理出一条历史叙事中缀事结构的发展概貌。关于历史叙事已经有大量研究成果,在此我引用前人的研究成果做一个简单的勾勒。"《尚书》一变而为左氏之《春秋》,《尚书》无成法,左氏有定例,以经纬也。左氏一变而为史迁之纪传,左氏依年月而迁书分类例,以搜逸也。迁书一变而为班氏之断代,迁书通变化,而班书守绳墨,以示包括也"(章学诚49)。章学诚在这里清晰地勾画出历史叙事的演进。《春秋》在《尚书》的基础上,对历史事件的叙述安排在结构上已经进了一大步,可以在编年比例上从容地安排历史事件。《左传》继承了这一宝贵的叙事体例,"踵事增华",使得"史有诗衣","左氏借其(编年体)'打捞'上不少头尾完整的'故事大鱼',并通过这种操作发展了叙事艺术"(傅修延221)。这种编年体"依时序事"的叙事结构方式在面对更为复杂与众多的历史事件时所暴露出来的局限,到了《史记》则得到了很好解决,使之成为"史家之绝唱"。"司马迁写《史记》需要一个宏大的富有立体感和生命感的结构,去包罗从轩辕黄帝到汉武帝几千年间政治、军事、制度、文化、外交以及种种人物的历史轨迹。它创立的十二本纪、十表、八书、三十世家和七十列传的结构体系……容纳了千姿百态的历史事件、历史人物和历史制度的变迁……"(杨义36)刘勰面对历史叙事高度发达的情况,用"缀事"来概括这种对历史事件的灵活叙述。"缀事"在编年体、国别体、纪传体等众多历史叙事体例中得到广泛运用,并随着历史叙事的发展而不断得到提高、丰富。唐之前的叙事在结构上以点缀的形态摆布事件,如《易》将事件挂缀在卦辞中;《春秋》将事件挂缀在时间上,也称"事以系日";《诗》将事件挂缀在诗句中,这与汉赋对事件的处理是一致的;《礼》将事件挂在礼仪上;《史记》将事件按人归类叙述;汉唐的注疏经传以点缀方式将事件挂在经典之下。从总体的叙事结构看,唐之前的叙事以缀事式办法完成。

与史传叙事的较早走向成熟不同的是小说叙事的发展迟缓。史传叙事在魏晋南北朝时已经走向成熟,无论是叙事实践还是叙事理论,此时的史传叙事都已经相当成熟。史传叙事的类型也异常丰富,在正史之外,稗官野史、方志谱牒、诰命等类型快速发展成熟。虚构叙事家族此时才开始起步。古代小说在稗官野史中开始自己叙事经验的初步积累。从志怪志人小说到传奇,从话本、杂剧到章回小说、笔记小说,虚构性叙事,直到明清才完全摆脱史传叙事的桎梏而走向成熟。就叙事结构而言,虚构叙事的结构在最初的"丛残小语"中,几乎没有复杂事件的构造。在模仿史传的志怪小说、唐传奇中,虚构性叙事受到史传叙事的强大影响,在事件的结构处理上基本没有超越史传的"缀事"结构之法。在事件的处理上,"虚构"的灵活性一直都未发挥,结构始终以史传为模本,没有探索出一条适合虚构叙事的结构特点。

从话本小说到章回小说,这是中国虚构叙事在结构探索上走的一条比较独特的路子。在话本小说和章回小说的大量叙事实践中,古代的小说艺术家们终于可以在史传叙事的结构之外自主地进行艺术实践,摆脱史传的结构形式的束缚,寻找到一条适合自身叙事传统的结构方法。得益于印刷术的发展和白话文写作的锻炼,明清时期的章回小说对复杂的虚构性事件的叙述技巧日益成熟,从宏观上调度复杂的虚构事件,逐渐形成章回结构。这是唐之后虚构性叙事所发展出来的一种主要结构形态,其最大优势在于擅长在宏大叙事之下进行大幅度的事件处理。从章回结构形成的历史渊源和文化内涵去考察这种结构形式的历史,我们会发现,它综合吸收了中国古代文史经典中的各种结构形式,其中既有"经天纬地"的宏大叙事结构形式的借用,也有诗词歌赋对结构对称性的追求。

中国传统叙事结构理论虽然散见于诗论、小说评点、戏剧评点、历史叙事理论中,但其总的特点是用直观的思维来感悟结构,象形思维左右着中国人对结构的认识。中国传统叙事从整体出发,对叙事结构给予全局性的把握。中国传统的叙事结构的理论总结是不成体系的,它随叙事作品的变化而可能有不同的说法,特别是在"评点"盛行的时代里,同一类型的结构可能有不同的认识,对结构的称谓也会存在很大的差异。用自然事物的形状结构来描述叙述作品的结构成为中国传统叙述理论的一大特色。"网""山""蛇"等成为常见的类比事物,这就使得结构的特性充满生命的动感,具象事物与作品相映成趣。读评点版的叙事作品也就充满趣味,例如金圣叹的"节次""过接""章法"等概念,总结章回小说在事件结构处理中的顺序、联结、前后照应等,张竹坡在评点《金瓶梅》时提出的"细针密线""草蛇灰线,伏脉千里""千里遥对章法"等。

## 四、西方叙事结构:从"线性结构"到"心理结构"

在西方叙事传统形成过程中,线性结构是西方小说在古典时期的主要结构形态。从《荷马史诗》到古希腊悲剧,从《圣经》再到流浪汉小说,在叙事结构方面都呈现出对"线性"的偏好,大量的事件讲述都以线条的形态串在一起。这与中国古代史传叙事中对"缀事"结构的偏好是不同的。线性结构重视所叙述事件内在的因果逻辑联系,往往以线性时间来串联事件,人物、场景等都服务于线性时间。

根据民间流传的短歌综合编写而成的《荷马史诗》是由两部长篇史诗——《伊利亚特》(Iliad)和《奥德赛》(Odyssey)组成。《伊利亚特》叙述希腊人远征特洛伊城的故事。贯穿其中一条叙述线索的是阿喀琉斯的愤怒,他两次愤怒的前因后果构成了《伊利亚特》的一种结构性特征。阿喀琉斯因为一个女俘而愤怒地退出战场,导致希腊方面连连失败;连连战败又导致他的好友帕特罗克洛斯穿上阿喀琉斯的盔甲冲上战场,被特洛伊统帅赫克托尔杀死;好友的死导致阿喀琉斯再次愤怒,重返战场为好友报仇,最终杀死了赫克托尔。这些事件因果相续,环环相扣,整体串联形成一种线性结构关系。《奥德赛》讲述俄底修斯的10年海上历险,贯穿整部史诗的都是他的海上冒险故事。他与惊涛骇浪和妖魔鬼怪搏斗,勇敢地战胜了一次次的艰难险阻。若将这些事件在《奥德赛》的叙述空间中勾画出一条轨迹,我们可以比较明显地感觉到一种线性的流动,冒险故事与神话故事也有其内在的逻辑性特点。

在《荷马史诗》之外,对西方叙事影响深远的还有古希腊戏剧。古希腊戏剧是古希腊灿烂文化的重要组成部分,产生了埃斯库罗斯、索福克勒斯、欧里庇得斯、阿里斯托芬、米南德等一大批优秀的戏剧艺术家。就情节结构而言,古希腊戏剧让西方的叙事艺术深深领略到情节结构在戏剧艺术中的重要性。正如亚里士多德在《诗学》中总结的:"根据我们的定义,悲剧是对于一个完整划一,且具一定长度的行动的模仿,因为有的事物虽然可能完整,却没有足够的长度。一个完整的事物由起始、中段和结尾组成"(74)。这种完整的故事情节结构观念在此后数千年的文学艺术发展中都留下了深刻的印记。对西方叙事拥有较大影响的还有《圣经》,它在叙事结构上也呈现出线性结构的特点。《圣经》的事件串联方式有点类似编年体,让事件在时间之绳中一点一点累积起来。从这些事件所构成的轨迹来看,它同样呈现出一种线性特征。

　　流浪汉小说可以说是欧洲中世纪叙事文学的典型代表。最早的流浪汉小说是 1554 年的《托梅斯河上的小拉撒路》(*Lazarillo de Tormes*),中译本名多译为《小癞子》。小说采用第一人称叙述小癞子的不幸生活,他的流浪生涯构成了整部小说的主要内容。从它的叙事结构特征来看,属于比较典型的线性结构。不仅《小癞子》如此,其他众多流浪汉小说也都采取这种线性结构,线性结构比较适合驾驭流浪汉题材的小说。

　　线性结构在现代小说兴起后变得比较复杂。传统单线性结构在现代小说创作中依然出现,双线性的结构则演变出复调小说的一种,有的小说则采用多线性结构以驾驭宏大叙事,还有更加复杂的线性结构得到作家们的探索。线性结构的此类变化花样百出,构成了西方现代线性结构的众生相。单线性在现代小说中依然不可或缺,如《鲁滨孙漂流记》(*The Adventures of Robinson Crusoe*)可视为其中的典型。1719 年出版发行的丹尼尔·笛福(Daniel Defoe)长篇小说《鲁滨孙漂流记》讲述鲁滨孙在航海去非洲的途中遇到风暴,只身一人漂流到一个无人的荒岛上,开始了一段与世隔绝的生活。他凭着强韧的意志与不懈的努力,在荒岛上顽强地生存下来,经过 28 年 2 个月零 19 天后得以返回故乡。从结构特征上看,单线型的结构特点比较明显。主人公只身一人,时间和空间都相对单一,所以他的生活轨迹没有复杂线索干扰,结构也就呈现为相对单一的线性,从结构特点上看,与流浪汉小说具有较大的相似性。

　　双线性的结构特点在现代小说中常常出现。如托尔斯泰的《安娜·卡列尼娜》,这部小说就是比较典型的双线性结构:一条线是主人公安娜和渥隆斯基的爱情纠葛,而另外一条是带有托尔斯泰的自传性质的人物列文的精神探索。在西方现代小说中,这种双线性结构有时并非平行发展,而是采取一显一隐的方式。申丹将这种结构形式称为"隐性进程"。这种结构中,显性结构与隐性结构往往表达相反的意图,其叙事效果颇为微妙。2013 年申丹在《今日诗学》(*Poetics Today*)发表《情节发展背后的隐性进程》("Covert Progression behind Plot Development"),首次提出和界定了"隐性进程"这一概念。申丹在其《西方文论关键词:隐性进程》一文中指出:"隐性进程"是从头到尾与情节发展并列运行的叙事暗流,两者以各种方式互为补充或者互为颠覆。"情节发展和隐性进程的并列前行表达出两种不同的主题意义,两种相异的人物形象和两种互为对照的审美价值"(82)。这种"隐性进程/显性进程"的形成更多是由事件/行动在功能意义上的双重性造成的,人物的时间和空间沿着单线进行,但是人物在时间和空间中所发出的言行在叙事功能上具有双重性,从而导致了"双重事件结构模式"。

利用多线性结构以驾驭宏大叙事显示出西方小说在线性结构的运用上趋于成熟,其中《战争与和平》可视为其中的经典之作。这部小说用史诗般的叙述兼顾了各个社会阶层的历史风貌,无论是国内还是国外、上层还是下层、乡村还是城市,都得到全面的反映,线索众多,呈现出比较明显的多线性叙事结构特征。

现代小说的叙述水平已经极大提高,作家、编剧、导演都不满足于单线性、双线性或者多线性的结构形式,转而挑战复杂线性结构。博尔赫斯(Jorge Luis Borges)的《小径分岔的花园》(*El jardin de senderos que se bifurcan*)可算是其中的代表。它展示了一种时间上的无限可能性,看似毫不相干的人和事之间也存在无限可能性。这部小说表面上看是一个间谍题材的小说,也就是叙述者所讲述的一篇关于二战历史的证言稿,但是在证言内容中所讲述的崔朋"小径分岔的花园"故事,则打破了这个故事的套层,使过去的历史与二战的历史出现交叉,同时也预示了一个指向未来的拥有无限可能的时间;也就是说,小说在其间谍题材的套层结构中展示了时间的无限可能。如同作者在小说中所言,"他相信时间的无限连续,相信正在扩展着、正在变化着的分散、集中、平行的时间的网。这种时间的网,它的网线互相接近、交叉、隔断,或者几个世纪各不相干,包含了一切的可能性"(博尔赫斯 132)。叙事作品中的这种复杂线性结构的展示,与现代物理学、宇宙学等科学所揭示的宇宙图景存在内在相通性。相对论、量子力学、大爆炸理论等不断刷新人们对宇宙图景的传统描述,传统的时空观念不断受到挑战。这种基于科学实验的时空观带给人们极大的冲击。现代小说的结构技巧也在不断适应这种新的世界观和宇宙观。

结构分析并不是万能的,在现代小说诸多探索中,意识流小说、心理小说、印象小说对传统的结构提出了挑战。结构主义分析法对于此类叙事作品是否行之有效,是值得怀疑的。心理描写是叙事中的常见现象,特别是在塑造人物时,心理与环境、对话、行动等一起构成了虚构世界的诸多叙事元素。对于人物心理的描写自古有之,如《美狄亚》(*Medea*)中大量描写美狄亚心理活动的内容:"哎呀,我受了这些痛苦,真是不幸啊!呀呀呀!怎样才能结束我这生命啊?"(埃斯库罗斯等 112)。奥古斯丁(Augustine)的《忏悔录》(*Confessions*)整部作品虽然都是向主忏悔、祷告的话语,但其实都可以看作对人物的心理描写。《埃涅阿斯纪》(*Aeneid*)中尤诺怀着苦闷憎恨的心情时,就有一长段的心理描写:"难道我就放弃我的计划,认输了吗?难道我就不能阻止特洛亚的王子到达意大利吗?可不是嘛,命运不批准"(维吉尔 2)。传统的心理描写只是作为人物形象、人物言行举止的一部分,并不对整部作品的结构产生颠覆性的意义。

但是,现代小说在心理描写、心理叙述上进行了多方面尝试,于是出现了意识流小说、心理写实小说等,威廉·詹姆士(William James)、弗吉尼亚·伍尔芙(Virginia Woolf)等作家在这种叙事方式的探索中竭心尽力。此类心理或者意识流的叙述已经对传统的"结构"提出了挑战。意识流小说、心理小说的兴起得益于 20 世纪以来心理学所取得的巨大成就。西格蒙德·弗洛伊德(Sigmund Freud)的精神分析理论将人的心理结构分为意识、前意识和潜意识,雅克·拉康(Jacques Lacan)提出想象界、象征界、实在界的三界理论。心理学相关理论的成就对于文学家的文学创作有着深远的影响。从叙事结构来看,意识流小说和心理小说都在刻意消解传统的"结构"。从某种意义上说,此类叙事作品是反结构的。心理活动或者意识活动成了作品的主要构成要素。这种以心理活动、情感意识作为主要叙述内容的作品,往往不再按常规的叙事逻辑展开叙述,此类以"心理结构"为主导的叙事艺术是对结构主义理论的一种挑战。结构主义的各种结构分析方法在意识流小说、心理写实小说面前几乎没有用武之地。心理结构的这种反美学姿态也许并不能走得多远,人类的认知终究需要一定的逻辑和理性,一味地反传统未必能获得艺术的大发展,也未必能得到读者的认可。在 21 世纪的叙事艺术朝着多媒介叙事的方向发展时,如何让叙事作品拥有完整的叙事结构依然会是经久不衰的话题。

**注解【Notes】**

① 热奈特根据叙述者的叙述层和叙述者与故事的关系做出的四种类型划分：故事外—异故事；故事外—同故事；故事内—异故事；故事内—同故事。

② 在《广义叙述学》的第一部分第五章，赵毅衡用"区隔框架"讨论虚构与纪实如何界定；在第四部分第三章，他用"区隔框架"讨论叙述框架是如何造成不可靠叙述的。

**引用文献【Works Cited】**

埃斯库罗斯等：《古希腊戏剧选》，罗念生等译，北京：人民文学出版社，2008 年。

弗朗索瓦·多斯：《结构主义史》中文版前言，季广茂译，北京：金城出版社，2012 年。

傅修延：《讲故事的奥秘——文学叙述论》，南昌：百花洲文艺出版社，1993 年。

——：《先秦叙事研究：关于中国叙事传统的形成》，北京：东方出版社，1999 年。

——：《中国叙事学》，北京：北京大学出版社，2015 年。

豪·路·博尔赫斯：《博尔赫斯全集》，王永年、陈泉译，浙江：浙江文艺出版社，1999 年。

李延寿：《北史》，卷四十，北京：中华书局，1974 年。

刘勰：《文心雕龙》，范文澜注，北京：人民文学出版社，2002 年。

刘知几：《史通》，卷八、卷十二，四库全书电子版。

热拉尔·热奈特：《叙事话语 新叙事话语》，王文融译，北京：中国社会科学出版社，1990 年。

申丹：《西方文论关键词：隐性进程》，《外国文学》，2019 年第 1 期，第 83—98 页。

维吉尔：《埃涅阿斯纪》，杨周翰译，南京：译林出版社，1999 年。

许慎：《说文解字》，中州古籍出版社，2006 年。

亚里士多德：《诗学》，陈中梅译注，商务印书馆，1996 年。

杨义：《中国叙事学》，人民出版社，2009 年。

张寅德编选：《叙述学研究》，北京：中国社会科学出版社，1989 年。

章学诚：《文史通义校注》（上），叶瑛校注，北京：中华书局，2005 年。

张泽兵：《谶纬叙事研究》，北京：社科文献出版社，2013 年。

赵一凡等主编：《西方文论关键词》，北京：外语教学与研究出版社，2017 年。

赵毅衡：《广义叙述学》，成都：四川大学出版社，2013 年。

**基金项目：**本文系国家社会科学基金重大项目"中西叙事传统比较研究"（16ZDA195）的阶段性研究成果。

**作者简介：**张泽兵，江西省社会科学院中国叙事学研究中心副研究员。

# 非自然叙述学

叙事研究 第3辑

王长才

**内容提要**：非自然叙述学是西方叙述学界近年来引起较大关注和反响的热点话题之一，它们从相对被忽略的偏离主流模式的叙述实践和现象出发，凸显主流叙述学理论和框架的不足，试图对叙述学理论进行补充、修正和拓展，以期公正地对待这些叙述实践。非自然叙述学并不是指一种"非自然的"叙述学，而是对"非自然叙述"的系统研究或理论化。它不是一个有着统一的概念界定、完整的理论体系、一致的研究方法的理论流派，而是呈现出多元、复杂的样态。

**关键词**：非自然叙述学；非自然叙述

## 一、缘起与发展概况

在美国学者布莱恩·理查森（Brian Richardson）看来，主流叙述学试图建立适用于全部叙述的理论框架和概念体系，其关注对象为主流叙述即模仿性叙述，而偏离此模仿规约的叙述则被有意无意地忽视了。因而他大力倡导非自然叙述研究，致力于补正已有的叙述学理论。他的《非自然声音：现当代小说中的极端叙述》（*Unnatural Voices: Extreme Narration in Modern and Contemporary Fiction*，2006）从反模仿性作品的阐释出发，提出了一系列命题，恰恰与倡导"走向自然叙述学"的德国叙述学家莫妮卡·弗卢德尼克（Monika Fludernik）形成鲜明对照，被认为是非自然叙述学勃兴的开始。2008年国际叙述研究学会年会上，他和扬·阿尔贝（Jan Alber）、斯特凡·伊韦尔森（Stefan Iversen）、亨里克·斯科夫·尼尔森

（Henrik Skov Nielsen）组成了"'非自然'叙述——'非自然'叙述学：超越模仿模式？"（"*Unnatural*" *Narratives* — "*Unnatural*" *Narratology: Beyond Mimetic Models?*"）分论坛，后来他们将发言合成一篇文章，发表于2010年的《叙述》（*Narrative*）上，这就是被视为建构"非自然叙述学"的宣言的《非自然叙述，非自然叙述学：超越模仿模式》。随后这一话题引起了众多叙述学家的兴趣，呈现出如火如荼的态势，每年的国际叙述研究学会（The International Society for the Study of Narrative）年会都有名为"非自然叙述学（理论）"的两至三个分论坛，此外还举办过多次以"非自然叙述学"为主题的研讨会，比如"非自然叙述"（*Unnatürliches Erzählen*，德国弗莱堡，2008.11）、"哪些叙述学超越模仿性叙述学？"（*Which Narratologies Beyond Mimetic Narratology?*，法国巴黎，2010.9），等等。许多学术期刊都推出了"非自然叙述学"专辑，如《叙述》（*Narrative*，2010.2；2012.3）、《故事世界》（*Storyworlds*，2013）、《涵义》（*Connotations*，2013/2014）等。多部相关论文集分别在德国、美国出版，如《非自然叙述——非自然叙述学》（*Unnatural Narratives - Unnatural Narratology*，2011）、《叙述虚构中的奇怪声音》（*Strange Voices in Narrative Fiction*，2011）、《非自然叙述诗学》（*A Poetics of Unnatural Narratives*，2013）、《超越经典叙述：跨媒介与非自然挑战》（*Beyond Classical Narration: Transmedial and Unnatural Challenges*，2014）等。此外，在《叙述理论：核心概念与批评性辨析》（*Narrative Theory: Core Concepts and Critical Debates*，2012）中，布莱恩·理查森代表非自然叙述学，与修辞叙述学、认知叙述学、女性叙述学的理论家分别就叙述学的基本概念进行阐释，并彼此交锋。丹麦奥胡斯大学"叙述研究实验室"（Narrative Research Lab）特别设立"非自然叙述学"研究项目，并在全球范围内邀请重要学者参与，编纂了在线版《非自然叙述学词典》。随后理查森的《非自然叙述：理论、历史与实践》（*Unnatural Narrative: Theory, History, and Practice*，2015）和扬·阿尔贝的《非自然叙述：小说和戏剧中的不可能世界》（*Unnatural Narrative: Impossible Worlds in Fiction and Drama*，2016）相继出版，更集中明确地阐述了各自的立场，掀起一个小高潮。

如果说，从2006年理查森的《非自然声音》到2015年、2016年理查森和阿尔贝专著出版是非自然叙述学的萌发期，2016年至今可算是非自然叙述学的深入发展期，更多的学者参与讨论，相关论述不断涌现，使得非自然叙述学不折不扣地成了叙述学界的持续热点。特别值得一提的是，著名学术期刊《文体》(*Style*) 2016 年冬季号为"非自然叙述理论"特刊,由布莱恩·理查森撰写一篇阐明自己观点的目标文章(Target Essay),并在全球范围内邀请叙述学家进行讨论,最后由布莱恩·理查森回应。参与讨论的理论家不乏詹姆斯·费伦、安斯格尔·纽宁(Ansgar Nünning)、杰拉德·普林斯(Gerald Prince)、H.波特·阿伯特(H. Porter Abbott)、玛丽-劳拉·瑞恩(Marie-Laure Ryan)、申丹等活跃在叙述学界的重量级学者,而阿尔贝、尼尔森、伊韦尔森、玛丽亚·麦凯莱(Maria Mäkelä)等主要非自然叙述理论的倡导者也都参与讨论,并表明了各自的立场。这是自非自然叙述学被提出以来进行的最集中、最深入的展示和讨论。此外,《故事世界》2016 年冬季号"女性主义和非自然叙述理论"专辑和《今日诗学》(*Poetics Today*) 2018 年春季号"关于叙述的认知和非自然的视角"特刊都就非自然叙述理论与后经典叙述学其他分支之间的关联展开讨论,尤其是后者,就模仿、虚构性、聚焦、虚构心理、事件、沉浸、阐释和叙事媒介等论题,分别请非自然叙述理论和认知叙述学双方的学者共同撰写,展开深入对话。另外还有由理查森担任客座编辑的《叙事研究前沿》(*Frontiers of Narrative Studies*)两期特刊:2017 年下半年刊的"实验文学与叙述理论"("Experimental Literature and Narrative Theory")和 2018 年上半年刊的"非自然叙述:理论与实践"("Unnatural Narratives: Theories and Practices"),这些都体现了学界对非自然叙述理论的关注热度。

如上所述,非自然叙述理论在西方叙述学界引起了强烈的关注,成为后经典叙述学中发展最为迅猛、影响最大的分支之一。修辞叙述学家詹姆斯·费伦对非自然叙述理论给予了高度评价,在几次对叙述学现状的梳理及对未来的展望中,都对非自然叙述理论给予了特别的关注。比如,他为罗伯特·凯洛格(Robert L. Kellogg)和罗伯特·斯科尔斯(Robert Scholes)《叙述的本质》(*The Nature of Narrative*)四十周年修订版撰写的第八章《叙述理论,1966—2006:一个叙述》("Narrative Theory, 1966 - 2006: A Narrative"),以及为大卫·H.里克特(David H. Richter)主编的《文学理论指南》(*A Companion to Literary Theory*)撰写的第六章《当代叙述理论》("Contemporary Narrative Theory")中,都将非自然叙述学(反模仿叙述理论)作为主要趋势的代表。在他看来,非自然叙述学"迄今为止的结果是有益的,因为理查森成功地引起了人们对故事讲述史中非自然的重要性的关注,因为他提出了很多富于洞察力的工具与概念以处理这种语料,(比如'消解叙述'的概念,对第二人称叙述与第一人称复数叙述的描述），因为他已经发展了对具体叙述的许多富于洞察力的分析"（Phelan 414—415）。著名文学理论家乔纳森·卡勒（Jonathan Culler）也表示："……最吸引我的是所谓的非自然叙事学……非自然叙事学的起点是抵制模仿还原论，抵制那种我们可以通过基于现实主义参数的各种模式来使叙事产生意义的假设，所以它在我看来是一个非常有前途的诗学分支，是对我们使各种怪异的文本产生意义的各种程序的研究，而怪异文本正与怪异行为和非自然的声音一起日益不满虚构的世界"（乔纳森·卡勒 5—6）。因此，阿尔贝与理查森宣称：

> 在过去的十年里，非自然叙述学已经发展成为叙述理论中一个重要的、富有成效的新范式。通过关注反模仿叙述和技巧，并确定虚构叙述的反现实主义和不可能的特征，它为叙述学带来了新的文本世界，并创造了一些新的分析类别来描述它们的运作和处理它们的潜在方式，如叙述者、人物、时间性和空间环境的新模式，对融合的新视角，以及一些创新的阅读策略。它还提供了一种审视更熟悉叙述的新方式，如全知叙述或其他使用零焦点的文本，现在正被用于越来越多的文类和叙述媒介。（Alber and Richardson 1）

## 二、什么是"非自然叙述"？

非自然叙述学的基础并非所有的叙述，而是偏离主流叙述的特定叙述。因而，确立这种特定叙述的范围和特性是非自然叙述学的前提。对于这个关键问题，非自然叙述理论倡导者们的界定各不相同。

布莱恩·理查森的非自然叙述是指与"模仿的"和"非模仿的"（non-mimetic）叙述相区别的反模仿（anti-mimetic）叙述。模仿叙述是以似真性为目标的非虚构叙述或与之相似的现实主义的虚构作品。非模仿叙述是指童话、寓言、超自然小说、幻想作品、经典科幻小说等叙述，它们在模仿叙述基础上增加了超自然成分。而非自然叙述是包含着明显的反模仿事件、人物、背景、框架的叙述，它们"违反非虚构叙述的前提，违反模仿期望和现实主义的实践，而且挑战现有的、已确立的文类的惯例"，"可能出现在故事中，出现在话语中，也可能出现在叙述的呈现中。也就是说，叙述可能完全是常规的，但故事世界可能是不可能的或矛盾的，或者故事世界可能完全是模仿的，而文本的叙述或呈现可能是非自然的"（Richardson 2016a：492）。按照这样的界定，像贝克特（Samuel Beckett）的《无法称呼的人》（*The Unnamable*）、罗伯-格里耶（Alain Robbe-Griller）的《嫉妒》（*La Jalousie*）、卡尔维诺（Italo Calvino）的《看不见的城市》（*Invisible Cities*）等后现代作品是典型的非自然叙述。但非自然叙述并不限于后现代作品，理查森还在古希腊阿里斯托芬、但丁、拉伯雷、塞万提斯、莎士比亚、斯特恩、菲尔丁到安东尼·特罗洛普等西方作家的文学作品中发现了非自然叙述要素，还在中国的《红楼梦》、印度梵语诗剧《沙恭达罗》等东方作品以及流行文化和民间叙述中发现了非自然要素，他甚至说非自然叙述"无处不在"（Richardson 2015：xiii），以突出这一领域被忽视的严重性。

扬·阿尔贝则以真实世界的认知参数作为参照，将非自然界定为"物理上、逻辑上和人类属性上不可能的场景和事件"，也就是"基于支配物理世界的已知规律、公认的逻辑原则（如不矛盾原则）或标准的人类知识和能力的限定，被再现的现象必须是不可能的"（Alber 2016a：436）。按照阿尔贝的定义，不管读者是否感到奇怪，只要文本中出现不可能，就属于非自然，连童话、寓言、神话故事等常见文类都纳入其中。对此，阿尔贝又区分了已经规约化了的非自然叙述和正在规约化的非自然叙述。像童话中会说话的动物、科幻小说中的时空旅行、幻想文学中的魔法等，虽然是不可能的，但已经被规约化了，人们习以为常，不再感到奇怪。而后现代主义作品仍然在规约化的过程中，因而人们暂时还不能轻松理解。这个定义很简单明了，布莱恩·理查森都表示"钦佩和嫉妒"（Richardson 2016a：507），但认为这种定义"太过宽泛"（Richardson 2015：13）。的确，尽管阿尔贝通过是否规约化对非自然叙述进行了区分，类似于理查森的非模仿和反模仿的分野，但是，即使日后人们对后现代主义手法习以为常了，规约化了的童话和规约化了的后现代主义作品仍然有性质的不同。或者用理查森的话来说，逻辑上的不可能和物理上的不可能不是同一性质。

亨里克·斯科夫·尼尔森对非自然叙述的界定是：

> 它们是虚构叙述的一个子集——与许多现实主义的和模仿的叙述不同——提示读者采用不同于她在非虚构的、对话式的故事讲述情境中所采用的阐释策略。更具体地说，这类叙述可能拥有的时间性、故事世界、心理再现或叙述行为，在真实世界的故事讲述情境中必须被建构为物理上、逻辑上、记忆上或心理上不可能或不可信的，但通过提示读者改变阐释策略，让读者将其解释为可靠的、可能的和/或作者性的。（Nielsen 2013：72）

尼尔森的界定尽管提及了理查森与阿尔贝的定义，但和两人的界定也存在着较大差异。理查森和阿尔贝的界定都以文本为基础,理查森的界定需要确认文本中出现对模仿框架的颠覆,阿尔贝的界定需要辨认文本中出现了不可能现象,而尼尔森界定的重点放到了阐释策略之上,强调是文本要求读者运用不同的阐释策略。因为引入了阐释策略的维度,而读者并非一成不变,这种界定相对多了一些动态性。尼尔森还赋予了非自然叙述更大的意义:"在我看来,'非自然'作品中的'非'(un)与'无限的'(unlimited)中的'无'(un)是同样的方式。它们没有受到自然地限制非虚构故事的规定的束缚,而是充分利用了叙述的全部潜力"(Nielsen 2016b:474)。在此,尼尔森从实现叙述潜力的角度重新审视非自然叙述,因为拥有更多的自由和可能,非自然叙述比起受到种种限制的自然叙述,反而是更接近圆满的状态。

斯特凡·伊韦尔森最初对非自然叙述的明确界定是那些主导故事世界的规则与其中发生的情况或事件之间存在难以解释的冲突的叙述。后来他更强调非自然叙述作为修辞手段的性质,而非特定的叙述文类。"与其把非自然叙述说成是一种特定类型的虚构叙述,一种自主创新的或实验性的文本,我们可以考虑用实用主义的方式把非自然作为一种修辞手段来谈论,这种修辞手段是由产生意义的存在过程的关联,而不是与存在的文本或诗学的关系而界定"(Iversen 455)。他借用什克洛夫斯基的"陌生化"概念来讨论非自然叙述,将它视为陌生化的一个子集。什克洛夫斯基的陌生化是指延长感知的时间,从而更好地理解对象,这是典型的现实主义作品中陌生化的方式。与此形成对照的是"永久的陌生化"(permanent defamiliarization),"给受众带来不断抵制着人们认识的无法解决的谜语,以及永久的不可识别性"(Iversen 460)。伊韦尔森更强调非自然叙述的修辞功能,他认为这种定义相比理查森反模仿的界定更为灵活,可以摆脱对模仿叙述的依赖,也可以既讨论文本特性,又讨论阅读效果。在笔者看来,非自然叙述的确承担了修辞功能,但如果仅仅把它当作一种修辞手段,就有将非自然叙述纳入主流模仿框架之中的风险,其独特性也面临被消除的可能。

玛丽亚·麦凯莱对非自然性的界定更为宽泛:"是'自然'阅读过程的认知反面,是让我们欣赏和还原虚构和文本再现的扭曲性和中介性质的反作用力"(Mäkelä 2016:462),是"特殊文学类型的认知挑战"(the peculiarly literary type of cognitive challenge)。因此,她认为并不需要在先锋文学中寻找,"潜在的非自然性……总是已经存在于意识的文本再现中"（Mäkelä 2013：133）。她特别讨论了现实主义与非自然的关系，她认为，在我们所习惯的现实主义小说中，都存在着非自然的要素。比如，她以福楼拜、托尔斯泰的现实主义小说为例，指出其中有些段落所呈现出的感知不是人物所能够体会的，并不符合其聚焦人物的感知，因而是非自然的。她认为"非自然是一种挑衅，而非一种特定的文类、文本或叙述手段"（Mäkelä 2016：463）。

综上所述，非自然叙述学的倡导者都有各自的界定，这就使得非自然叙述学没有一种统一的面貌，几乎任何对非自然叙述理论的笼统谈论都不准确。这在有些学者看来，是非自然叙述学的致命问题。但这在理查森和阿尔贝看来并不是问题，这种多元和开放恰恰意味着多种可能性，他们编辑的《非自然诗学》（*A Poetics of Unnatural Narrative*，2013）、《非自然叙述学：扩展、修正与挑战》（*Unnatural Narratology: Extensions, Revisions and Challenges*，2020）等论文集都没有强求撰稿者的观点与自己的一致，甚至带着某种欣赏心态展示了各自的差异。理查森指出认知叙述学存在着各种各样复杂的分支，而没有人将这一点当作认知叙述学的缺陷，他也希望非自然叙述学得到同等的对待。

## 三、如何阐释"非自然叙述"？

除了对非自然叙述界定上的分歧之外，如何阐释非自然叙述也是非自然叙述学倡导者们讨论的焦点。

理查森的立场非常明确：肯定并保留非自然叙述，阐发非自然叙述颠覆模仿框架的特性及意义，并欣赏非自然叙述带来的乐趣。只有突出非自然叙述的特性，不将它混同于主流叙述，才不会抹杀其意义，这也是非自然叙述学的意义。理查森以"品特难题"（the Pinter problem）来说明这个问题。英国戏剧家品特的作品以大胆先锋而著称，批评家们采用了各种策略以使之"自然化"，比如称它是将梦搬上了舞台，是一种寓言，是对幻想的精确描绘，是对生活的真实的、不连贯的切片，是炼狱的视觉呈现等，不一而足。但是"几乎没有人提出，品特的戏剧是处心积虑地、持续不断地对剧场再现规约的冒犯，而正是这一点使观众和批评家为之着迷。这些戏剧是根本上、极度地非自然的"（Richardson 2015：19）。由此，理查森认为，要理解非自然叙述，读者必须要具有双重解读框架：即一方面了解模仿框架,另一方面又明确作者有意地突破、颠覆、戏弄模仿框架的努力(Richardson 2015:45)。

尼尔森从唤起读者不同阐释策略的角度界定非自然叙述。在他看来,主流叙述学假定叙述者的存在有助于将虚构叙述理解为一种对现成事物的报道,假定叙述者已经知道或者观察、体验到了要讲述的内容,从而将虚构叙述视为在某个框架下的非虚构作品。而非自然叙述抵抗现实世界的限制,要求唤起不受现实模式限制的非自然阅读策略,确立了另一种交流模式和框架。尼尔森对西摩·查特曼和费伦等人的叙述交流模式进行了改造,取消了叙述者这个概念,回归到最基本的模式:

> 真正的作者→叙述(其中的人物可能会对其他人物进行叙述)→真正的读者(Nielsen 2013:88)

在尼尔森看来,只有作者才具有将故事讲给读者的权限和能力,所有的叙述功能都可以归结到作者或人物,因而取消了叙述者的存在。非自然叙述没有在"叙述者—作者的读者"这个轨道上,而是在"作者—作者的读者"的轨道上,作者可以突破叙述交流的限制。反对叙述者的存在就是反对只以非虚构的方式解释文本。此外,尼尔森还指出,不仅反模仿叙述需要有特别的阐释方式,"任何使用与虚构话语相关的创造和可能来探索非创造性(noninventing)交流所阻碍的选项的作品"(Nielsen 2016b:468)都需要。

对于理查森、尼尔森等人试图保留非自然特性的倾向,阿尔贝提出了不同的看法,"当理查森、尼尔森、伊韦尔森认为运用认知的参数去规范化或驯服非自然成问题之时,我则小心地不将非自然当成纪念碑而完全将它遗弃在可理解的限度之外"(Alber 2016b:17)。他提出了阐释非自然叙述的九大阐释策略:1)框架的混合(The blending of frames),比如现实生活中没有飞马,但可以将对"马"和"鸟"的认知框架相融合,从而理解飞马这种不可能的事物;2)类型化(Generification),唤起文学史上的一般惯例(evoking generic conventions from literary history),比如"会说话的动物"或"时间旅行"这些不可能事物,可以通过童话或科幻小说这些类型来理解;3)主观化(Subjectification),将"不可能"理解为人的梦、幻想、幻觉等;4)突出主题(Foregrounding the thematic),将"不可能"理解为主题的说明,而不是现实的再现;5)寓言性阅读(Reading allegorically),将不可能情景或事件视为抽象的想法或概念的再现;6)讽刺与戏仿(Satirization and parody),将"不可能"理解为讽刺或戏仿而进行的夸张、变形等;7) 假定超验的领域( Positing a transcendental realm),假定为天堂、地狱等超验领域以理解"不可能";8) 自助式阅读( Do it yourself),读者在互不相容的故事情节中进行取舍,构建自己的故事;9) 禅宗式阅读( The Zen way of reading),"禅宗的阅读方式预设了一个细心而冷静的读者,他否定了先前的解释,同时接受了非自然场景的陌生感,以及它们可能在她或他身上唤起的不舒服、恐惧、担心和恐慌的感觉"( Alber 2016b:47—57)。在这些阐释策略中,前八种都是将非自然叙述"自然化",对于理查森来说,应用于非模仿作品是可以的,但如果应用于反模仿叙述,就抹杀了非自然叙述的特别之处。而"禅宗式阅读"表面看来和理查森的观点近似,但实际上也不同。在理查森的双重框架下,读者欣赏作品中对模仿的颠覆和戏仿,因此会享受非自然叙述带来的乐趣。而在"禅宗式阅读"中,读者只是感知到非自然叙述与现实认知参数的差异,接受消极感受,并不能真正领会有意颠覆模仿框架的意义。事实上,阿尔贝更是在验证认知叙述理论和方法的适用性和有效性。正如他自己总结的:"……我的目标是通过讨论极具挑战性的案例,并展示认知叙述学的工具如何使它们更可读,从而丰富叙述的认知方法"( Alber 2016b:20)。显然,这与维护非自然叙述独特性的理查森看法非常不同。

由上可知,在如何阐释非自然叙述的问题上,大致可分为两类,理查森称之为"内在论"与"外在论"两大阵营,前者强调非自然叙述的特殊性并在阐释中保持这种特殊性,后者以将非自然叙述自然化作为最终目标:"内在论的理论家(尼尔森、伊韦尔森和我)强调违反模仿规约的优先性。我们不否认其他心理的、文化的或意识形态的效果;对我们来说,最重要的在于叙述越界( narrative transgressions)。外在的方法,是阿尔贝所赞同的,寻求解释非自然事件的认知功能,并确定它们的意义。看起来阿尔贝至少对确认和欣赏非自然与解释和理解它们同样感兴趣"( Richardson 2015:19)。

## 四、争议与质疑

"非自然叙述学"引起的强烈反响中,也有一部分是争议和质疑。比如,有些学者对非自然叙述学是否有必要提出了疑问:偏离主流叙述规约的叙述有漫长的历史,在"非自然叙述学"兴起之前,也已经有不少研究和讨论。比如安斯格尔·纽宁和娜塔亚·贝克塔(Natalya Bekhta)不赞同理查森对此前的叙述学模式很少考虑反模仿的、实验性文本的论断,认为从理查森的目标论文中也难以发现超出布莱恩·麦克黑尔(Brian McHale)等人的后现代小说研究的理论严谨性和批判性洞察力的东西(Nünning and Bekhta 2016:422)。布莱恩·麦克黑尔自己也说:"在非自然叙事里,不存在或几乎不存在经典叙事学工具所不能描述的东西。实际上,她(指玛丽亚·麦凯莱——引者注)认为这就是我在《后现代主义小说》中所做的研究:我把经典叙事理论的工具应用于'非自然'文本。在当时,这种研究模式似乎被运用得很好,现在我看不出它不能被继续运用的任何理由"(转引自尚必武 170)。的确,在作为一场运动的非自然叙述学兴起之前,学界对于偏离模仿模式的叙述现象也有所讨论。理查森等人也承认非自然叙述学并不完全是前所未有的,也受到此前理论家工作的启发,比如理查森列举了维克多·什克洛夫斯基、米哈伊尔·巴赫金、让·里卡尔杜(Jean Ricardou)、克里斯蒂娜·布鲁克-罗斯(Christine Brooke-Rose)、大卫·海曼(David Hayman)、伦纳德·奥尔(Leonard Orr)、布莱恩·麦克黑尔、J. 希利斯·米勒(J. Hillis Miller)和维尔纳·沃尔夫(Werner Wolf)等研究者的贡献(Richardson 2015:23—27)。尽管如此,在理查森看来,有些讨论仍是以主流叙述为主的模式,并没有正视非自然叙述的特殊性,而依然是有意无意地忽视它们:

> 许多传统的理论家可能会声称他们可以很容易地容纳我所讨论的反模仿文本;他们只是把它们放在长长的光谱(spectrum)的最远端,从而似乎可以解释这些作品,同时确保它们几乎是看不见的。我认为这是忽视或无视这些重要作品的另一种方式,这些作品的实践如果得到更深入的研究,就会威胁到它们所处的光谱和模仿模式本身。(Richardson 2015:xvii)

面对"没能提出一个具体的叙述学概念"的尖锐批评,理查森和阿尔贝列举了众多类型的"非自然叙述者""非自然的人物""不可能的事件序列"和"矛盾的设置"等非自然叙述学的概念,指出他们研究了对非自然叙述概念化的框架和脚本。"除非我们大错特错,否则这些现象以前还没有如此系统地讨论过"(Alber and Richardson 7)。在理查森的目标文章中,也概括了非自然叙述学对叙事理论最重要的贡献,体现在叙述、故事及情节和时间、虚构心理三个主要方面(Richardson 2016b:401—402),这些也说明了非自然叙述学的确在一定程度上实现了拓展叙述学的目标。

另一个容易引起质疑的是,非自然叙述学没有统一、明确的定义,不能成为严密的诗学。比如托比亚斯·克劳克(Tobias Klauk)、梯尔曼·科佩(Tilmann Köppe)的《重估非自然叙述学：问题与展望》("Reassessing Unnatural Narratology: Problems and Prospects",2013)对《非自然叙述，非自然叙述学：超越模仿模式》一文进行了精确的解剖，指出了该论文中的逻辑矛盾和含混之处，也对其中一些命题提出了尖锐的批评。被批评的联名论文是 2010 年的文章，只突出了几位非自然叙述学的倡导者的共性，是妥协的产物，并不能反映非自然叙述学的多元、复杂的面目，因而尽管批评很有力，但由于批评对象并不能完全代表非自然叙述学，尤其是随着后来理论家们进一步明确各自的立场，有些批评已经失去了意义(比如没有统一的非自然叙述的定义，非自然叙述学不能构成一种新的叙述学等)。认知叙述学家戴维·赫尔曼(David Herman)对理查森模仿与反模仿叙述的对立也不以为然，认为理查森夸大了反模仿与模仿之间的界限，也低估了模仿叙述的复杂性。而在理查森看来，戴维·赫尔曼等人将对所有叙述的讨论都建立在非虚构叙述的基础之上，且是从大的理论框架落实到对具体实践的分析之中，容易将具体叙述整合到已有框架之中，从而抹杀非自然叙述和其他叙述的差异，有过度普遍化、简化的风险，"甚至完全错过了我们在叙述虚构中最看重的价值"(Richardson 2012：237)。以理查森和戴维·赫尔曼为代表的部分认知叙述学家的分歧在于非自然叙述是否具有特定属性，是否需要补充另外的理论。一方否认，一方坚持，这使得二者立场尖锐对立，难以调和。

有一些理论家则提出全面的叙述学是否必要以及是否可能的问题。詹姆斯·费伦指出非自然叙述学是建立在输入输出模式之上，即是和其研究对象相匹配的理论。理查森确立了 MIMO (mimetic in, mimetic out, 模仿的输入、模仿的输出)与 AMMIAMMO (mimetic and anti-mimetic in, mimetic and anti-mimetic out,模仿与反模仿输入、模仿与反模仿输出)的二分法，并强调后者。费伦举例说，2012 年《叙事》杂志春季号上，短篇小说理论家们发现任何忽视简洁性所带来的差异的叙述理论都是有缺陷的。而其他诸如媒介、场合等各种叙述变量的拥护者也都有类似的抱怨。当理论建构的主要原则是输入输出模式时，不可能对它们进行裁决(Phelan 416)。的确，如果每一种特别的分类都需要一种理论，我们会发现这样的诉求是没有尽头的。而因为非自然叙述学建立在特定叙述实践之上，费伦也对非自然叙述学是否能够成为一种新理论也有所怀疑："它是一种与现有的诸如女性主义、认知、修辞理论相匹敌的实质上的新理论吗？或者，它主要是一个产生对其他理论需要整合的叙述元素的局部洞察的发动机？还是别的？"（Phelan 415）布莱恩·理查森则强调随着叙述学实践的不断发展，叙述学理论也应该随之丰富和拓展。的确，和所有文学理论一样，叙述学也应具有开放性，这一原则没有问题。不过，出现新的叙述形态和实践是否要求相应的特定理论，哪些是必要的，哪些是多余的，是见仁见智的。显然在布莱恩·理查森看来，特殊的非自然叙述实践的出现有必要要求与之相匹配的理论，而费伦则表示怀疑。而这两种立场似乎也不好调和。

原属于非自然叙述学阵营，后来更偏向认知叙述学的玛丽亚·麦凯莱则对非自然叙述学提出了更高的期许，也对理查森等人的做法提出了不同意见。她指出，理查森以极大热情去列出"非自然叙述"的清单并分类，就像在亚马逊丛林中找寻最奇特的、前所未见的昆虫。但是如果要对认知范式提出质疑，就应该革新关于阅读框架的自然的假设，而不该把重点放到对非自然叙述进行或多或少的分类上。

> 换句话说，我们应该做非自然叙述学，而不是寻找非自然叙述。如果我们仅仅用一个新的语料库来面对自然叙述学，我们就没有解决认知方法的根本问题——关于意义生成的普遍主义主张和经济的总体原则。……理论不能建立在例外之上，如果我们希望挑战占主导地位的'自然'叙述原型，我们不仅应该寻找偏离的作品，而且还应在所谓的原型内工作，这包括既定的文学惯例和叙述，我们中的一些人称之为"普通的现实主义文本。"（Mäkelä 2016：463）

在此，麦凯莱认知叙述学的立场很明显，她将非自然性视为一种普遍性的挑衅，期望建立一种适用于全部叙述的具有普遍意义的叙述学。这种立场又回到了理查森等人所批评的主流立场，理查森等人倡导非自然叙述学的初衷，就是要求公正地对待特定叙述，用同一种理论框架不加区分地对待不同性质的叙述正是原有叙述学的缺陷，理查森等并非在建立理论框架，而是对已有框架进行补充与拓展。因此，对偏离主流模式的非自然叙述的寻找和考察正是建立特别理论框架的基础。

## 五、未来展望

尽管非自然叙述学一直伴随着争议，并没有形成一个有着统一的定义和框架的理论整体，但它确实已经产生了深远影响。它对非自然叙述实践细致地进行了梳理与归纳，以具体的叙述实践作为对照，重新审视原有叙述学概念,提出了一些新的概念,对叙述学有所补充与修正。非自然叙述学的最新成果是两部专著和一部论文集。理查森的《二十一世纪的情节诗学：不规则叙述的理论化》(*A Poetics of Plot for the Twenty-First Century: Theorizing Unruly Narratives*, 2019)是对情节的一次细致审视,讨论了各种类型的开端、中部、结尾、时间、序列等,其中不乏此前尚未得到足够关注的不规则类型。中国学者尚必武的英文专著《跨界的非自然叙述：跨国与比较视角》(*Unnatural Narrative across Borders: Transnational and Comparative Perspectives*, 2019)除了对非自然叙述理论的探讨之外,也倡导跨国与比较的视角,从非自然叙述学角度讨论了中国六朝志怪小说、当代穿越小说以及伊拉克小说等。新近出版的阿尔贝与理查森合编的论文集《非自然叙述学：拓展、修正与挑战》(*Unnatural Narratology: Extensions, Revisions, and Challenges*, 2020)将非自然叙述理论应用于诸如女性主义、后殖民研究、文化他异性(cultural alterity)和底层话语(subaltern discourse)讨论等意识形态领域,还讨论了包括非自然叙述与情感研究、沉浸、人物理论、叙述框架等问题,以及自传、图画叙事、戏剧和电影、表演研究和互动游戏书中的非自然叙述等,被学者保罗·道森称为"为巩固非自然叙述学所面临的问题提供了引人入胜和指导性的见解"。可以预见,至少在未来一段时间内,非自然叙述理论会继续与修辞叙述学、认知叙述学、女性叙述学、跨媒介叙述学等后经典叙述学分支相互辩驳、相互影响,叙述学原有概念和框架会继续被审视和讨论,非自然叙述仍会得到关注和讨论。尽管针对所有叙述的、具有普遍意义的"非自然叙述学"不可能成立,但这些基于非自然叙述实践的理论建构必然会对原有叙述学有着有益的拓展,从而指向一种更全面、更包容、更有效的叙述学。

## 六、个案分析：罗伯-格里耶《幽会的房子》的非自然叙述学解读

　　法国"新小说"派作家罗伯-格里耶写作的目标就是颠覆当时被视为小说圭臬的巴尔扎克式的现实主义小说,恰好与非自然叙述学的倾向相一致,在此以《幽会的房子》(*La Maison de rendez-vous*, 1965)[1]为例分析。

　　《幽会的房子》中有一个"我"讲述自己的经历。但这个"我"并非自始至终都在场,整部小说以第一人称与第三人称交替叙述。由于第三人

称的叙述也可视为不出场的"我"的讲述，所以，"我"的隐匿不着痕迹。但在反复隐匿和出现中，"我"的身份和形象不是更清晰了，而是更加模糊了：

开头"我"在看年轻女郎和高大的舞伴在舞厅跳舞，并注视着她退到一边。正在交谈的一个"面色红润的粗壮男子"和一个"穿着无尾常礼服的高大黑影"（根据后面的叙述可以确认是拉尔夫·约翰森）遮住了她（532）。前者讲述有关刚下船的美国人、阿瓦夫人、蓝色别墅的故事，"我"也在听，但"有两三个词听不清楚"（536），因此，"我"不是约翰森，也不是"面色红润的粗壮男子"。后来，"我"开始讲述"阿瓦夫人家的那个夜晚"（538）："我"九点十分来到蓝色别墅，时间尚早，朝左拐进花园，看到了一对男女的戏剧性场面等，当晚"我"在黄包车上看到牵狗女郎。第 562 页阿瓦夫人向"我"介绍约翰森，而我早认识他，似乎这个"我"又有点像是"面色红润者"。但儿十页之后，约翰森乘坐人力车看到牵狗女郎，被中尉盘问时，他的讲述与"我"的一模一样，也是九点十分来到蓝色别墅，向左前方，看到了洛伦与未婚夫决裂的戏剧性场面，并继续讲述当晚的经历。一次重大的混乱产生了。接着再一次出现混乱：在小剧院大厅对约翰森讲故事的"面色红润者"被称为叙述者（589）。是"面色红润者""我"把自己当作一个"他者"讲述吗？他的讲述又是从哪里开始的？由于约翰森与"我"可能重合，所以这也是可能的。再过几页，"讲到这里，约翰森停了下来"一句毫无征兆地出现（602），再次打乱了叙述秩序。前面的叙述似乎又应被视作约翰森的"我"的讲述。接下来，约翰森作为"他"于九点十分来到了蓝色别墅，一进大厅，面色红润的男子和他攀谈起来，他去和洛伦跳舞……叙述似乎又接续上了以前的线索。但"我"从舞台表演中间从大厅走到花园（605），突然发现了已经描写过的场面：洛伦向拉尔夫开枪的戏剧性场景（607）。这与前面"我"的描述有矛盾。矛盾之处接连出现：第 610 页"我"回答去过香港，而这又是"面色红润者"的特征。第 622 页"我重新开始并概括一下"，整个故事又以另一种秩序重新被讲述，"我曾经说过"等提示说明，这个"我"与前面的叙述者"我"有延续性，但"我"的身份仍然不能确定。在叙述者身上的疑云一直笼罩着。即使将"我"和约翰森、"面色红润者"的重合之处视为巧合，将"我"看作另外一人的话，这个"我"的身份仍是可疑的。阿瓦夫人告诉"我"马内雷的死讯时，"我当然知道"（560）。"我"为什么早就知道？和阿瓦夫人又是什么关系？在那个晚上，"我"到底做了些什么？这些情况一直到小说结束都不明了。

　　这部小说如果按照模仿模式的理论来分析,就会遇到困难。比如,按照费伦的叙述定义:"某人在某种场合、出于某种目的告诉别人发生了某件事。"在这里,叙述者身份不明,叙述目的也难以把握,甚至到底发生了什么事也难以确定,难以从话语层面中推导出前后一贯的故事世界,因而,按照模仿框架去理解就难免南辕北辙。

　　理查森在《非自然声音》中讨论了三种极端叙述代理,并对后现代不可靠性进行了归纳,这三种是:1)对话者的形象,或无实体的质疑声音(the figure of the interlocutor, or disembodied questioning voice),介于叙述者和受述者之间,模糊二者边界,但又超越它们;2)消解叙述(denarration),其中叙述者否定或抹去所创造的世界;3)渗透性叙述者(permeable narrator),即说话者超越了个体意识感知的界限,特定人物的意识在没有任何解释的前提下融合在一起。后现代不可靠叙述者的类型有:1)欺骗性叙述者(The Fraudulent Narrator),指故意违反模仿规约出现明显时代错误、认知错误的叙述者;2)矛盾性叙述者(Contradictory Narrators),对同一事件叙述了多个矛盾版本,且没有任何解释;3)渗透性叙述者(Permeable Narrators);4)不相称的叙述者(Incommensurate Narrators),不断变化的、非人格化的、多声部的异质叙述超越或调换了单一叙述者的感知;5)跨层叙述者(Dis-framed Narrators),指叙述者从一个叙述层次跨越到另一个层次(Richardson 2006:103—105)。我们参照理查森的非自然叙述者模式,就可以很好地理解《幽会的房子》:不再将小说叙述者理解为有明确模仿目标的单一的叙述者,而是不断游移变化、呈现出复杂声音的"不相称的叙述者"。这个游移不定的叙述者,它的感知范围并不限于某个单一意识,而是融合了约翰森和面色红润者的感知,也带有"渗透性叙述者"的特点。叙述中对类似场景进行了多次叙述,而这些叙述并不能整合在一起,而是既相似又有矛盾,且没有任何解释,也可以从"矛盾性叙述者"的角度进行解释。

　　如果采用模仿框架来理解《幽会的房子》,一上来就会感到莫名其妙,小说第一页题记是:

　　　　作者一心想要明确指出,这部小说不能以任何方式被看作对于香港的生活纪录。背景或处境与香港的任何一点相似都只是偶然的结果,不管这样的结果客观与否。(527)

第二页又有另一个题记:

> 假若某个读者,远东中途停靠港的常客,无意中认为,这里描写的地方与实际不符,那么,自己一生中的绝大部分时光都在那里度过的作者,就会建议他再来这里好好看一看:在这些地区,事物在迅速地变化着。(528)

第一个题记强调小说不是对香港生活的纪录,如有相似只是偶然。第二个题记则又以作者本身的经历告诫读者,如果认为描写与实际不符,那是因为事物在变化,也就是强调小说是对香港生活的实录。这两种说法是从具有同样权威性的叙述主体说出的,因而具有同样的可靠性,但二者相冲突,不能同时为真,但又不能彻底否定其中一个,因而处于悬而未决的状态,这就是最为典型的"消解叙述"。

一般叙述中出现矛盾是正常的,但通常都可以用不可靠叙述、观察的不同视角等方式进行解释,将一些错误叙述否定,而保留下可靠的叙述,从而能够还原出首尾一贯的故事。《幽会的房子》中反复出现类似场景和事件,但这些叙述之间不完全重合,带来的矛盾远远大于一致。对此,我们难以确定哪一种叙述绝对可靠,任何一种叙述都值得怀疑。比如《幽会的房子》里反复提及爱德华·马内雷之死,但这个人到底是怎么死的,小说中竟有多种不同的叙述:

1. 阿瓦夫人的女仆、欧亚混血女郎——金——受到爱德华·马内雷的威胁,拴在楼下的狗感到女主人有危险,挣脱皮带,上楼来咬断了他的后颈;(621)

2. 阿瓦夫人与身份不明的"我"探讨爱德华·马内雷之死:一名警察了解到爱德华·马内雷的罪行,试图勒索他,发现马内雷给他的饮料有异,而用中国尖刀杀死了他,又伪装成马内雷跌倒、被摔碎的玻璃杯脚刺穿喉咙的假象;(631—632)

3. 阿瓦夫人对拉尔夫·约翰森说,爱德华·马内雷刚刚被某党杀害,借口他是为对手党派效力的双重间谍,实际上与账目结算有关,警方将约翰森列为重大犯罪嫌疑人;(648)

4. 拉尔夫·约翰森向马内雷借钱,接连遭到拒绝,于是对准马内雷的心脏连开了五枪。(653)

尽管这些马内雷之死的说法并非出自同一个叙述者,但小说中并没有对这些相冲突的叙述进行肯定或否定,因此直到小说结束,我们也难以确认到底哪种叙述是真实的,所以各种叙述都变成可疑的。如果从模仿框架来解释,就会发现很困难。而从"消解叙述"进行解释则迎刃而解:小说故意通过相冲突的叙述策略使小说处于悬而未决的状态,从而打破模仿框架,不让读者沉浸在一种似真的幻象中,而需要读者理解叙述有意对模仿框架的颠覆,小说的意义也来源于此。

## 注解【Note】

① 以下引文均出自阿兰·罗伯-格里耶:《罗伯-格里耶作品选集》(第一卷),陈侗、杨令飞编,邓永忠等译,长沙:湖南美术出版社,1998 年。文中仅标注页码。

## 引用文献【Works Cited】

Alber, Jan. "Gaping before Monumental Unnatural Inscriptions? The Necessity of a Cognitive Approach." *Style* 50.4 (2016a): 434-441.

---. *Unnatural Narrative: Impossible Worlds in Fiction and Drama*. Lincoln: U of Nebraska P, 2016b.

Alber, Jan, and Brian Richardson. *Unnatural Narratology: Extensions, Revisions, and Challenges*. Columbus: The Ohio State UP, 2020.

Herman, David, et al. *Narrative Theory: Core Concepts and Critical Debates*. Columbus: The Ohio State UP, 2012.

Iversen, Stefan. "Permanent Defamiliarization as Rhetorical Device: Or, How to Let Puppymonkeybaby Into Unnatural Narratology." *Style* 50.4 (2016): 455-462.

Mäkelä, Maria. "Narratology and Taxonomy: A Response to Brian Richardson." *Style* 50.4 (2016): 462-467.

---. "Cycles of Narrative Necessity: Suspect Tellers and the Textuality of Fictional Minds." In *Stories and Minds: Cognitive Approaches to Literary Narrative*. Ed. Lars Bernaerts, et al. Lincoln: U of Nebraska P, 2013.

Nielsen, Henrik Skov. "Naturalizing and Unnaturalizing Reading Strategies: Focalization Revisited." In *A Poetics of Unnatural Narrative*. Ed. Henrik Skov Nielsen, Jan Alber and Brian Richardson. Columbus: The Ohio State UP, 2013. 67-93.

---. "Inventing Unnatural Narratives." *Style* 50.4 (2016): 467-474.

Nünning, Ansgar, and Natalya Bekhta. "'Unnatural' or 'Fictional'? A Partial Critique of Unnatural Narrative Theory and its Discontents." *Style* 50.4 (2016): 419-424.

Phelan, James. "Unnatural Narratives and the Task of Theory Construction." *Style* 50.4 (2016): 414-419.

Richardson, Brian. *Unnatural Voices: Extreme Narration in Modern and Contemporary Fiction*. Columbus: The Ohio State UP, 2006.

---. "Response by Brian Richardson." In *Narrative Theory: Core Concepts and Critical Debates*. David Herman et al. Columbus: The Ohio State UP, 2012. 235-245.

---. *Unnatural Narrative: Theory, History, and Practice*. Columbus: The Ohio State

UP，2015.

---. "Rejoinders to the Respondents." *Style* 50. 4（2016a）：492－513.

---. "Unnatural Narrative Theory." *Style* 50. 4（2016b）：385－405.

乔纳森·卡勒：《理论中的文学》，徐亮等编，上海：华东师范大学出版社，2019 年。

尚必武：《跨越后现代主义诗学与叙事学的边界——布莱恩·麦克黑尔教授访谈录》，《当代外国文学》，2014 年第 4 期，第 166—171 页。

**基金项目：**本文系国家社科基金项目"非自然叙述学研究"（16BZW013）的阶段性研究成果。

**作者简介：**王长才，西南交通大学人文学院教授。

叙事研究　第 3 辑
Narrative Studies 3

# 中国叙事传统

# 古代小说叙事的"春秋笔法"

江守义

**内容提要：**由于史传叙事对古代小说的影响,春秋笔法成为古代小说叙事的显著特征。选择性缺失或遗漏的隐而不书,多种形式的尚简用晦和表里不一,是春秋笔法在小说叙事中的具体表现,这些表现通过多种途径,最终指向惩恶劝善的伦理目标。

**关键词：**春秋笔法;古代小说;叙事

古代小说在叙事上深受史传叙事的影响。史传叙事首先要求有一种实录精神,但这种实录精神和春秋笔法又有机结合在一起。就实录精神而言,不仅包含班固所说的"不虚美、不隐恶"(班固 2738),也包含刘知几所说的"史德"和"史识"。表面上的如实记录,背后隐藏着记录者的史德和史识。在刘知几看来,"史之所贵,在于写真,求为实录,因力倡叙事以时事为转移、时言记事、史德、阙疑诸说,更有史识良难之叹"(转引自傅振伦 104)。对史德、史识的重视,成为刘知几"实录"的新内涵。就春秋笔法而言,主要体现在两个方面:一是"不写什么",将某些内容"削"去,即"隐而不书","隐而不书并不是一味遮掩,也是一种臧否方式",或者是"为尊者讳,为亲者讳,为贤者讳",或者是"通过缺失不载这一方法,表达自己的不认可"(过常宝 24)。二是"写什么",包含"怎么写"和"为什么写"。《左传·成公十四年》所说的"微而显,志而晦,婉而成章,尽而不污,惩恶而劝善"(李梦生 727)("春秋五例")一直被认为是春秋笔法的精当概括,"微而显,志而晦,婉而成章,尽而不污"涉及"怎么写"的问题,"惩恶而劝善"涉及"为什么写"的问题。要言之,春秋笔法是一种"曲笔",其主要特点在于尚简用晦(李洲良 2006),其用意在于惩恶劝善,即董仲舒所说的"微言大义"。从"微言大义"着眼,史传叙事的春秋笔法,不仅是一种记录方法,更是一种价值评判方式,体现出某种史识,史传叙事的实录精神通过春秋笔法得以呈现。深受史传传统影响的古代小说也体现出"春秋笔法"之特点,主要包括:隐而不书、曲笔和惩恶劝善。

## 一

春秋笔法的隐而不书,虽然表面上没有任何书写,但背后隐藏的价值取向对古代小说叙事还是产生了一定影响。换言之,叙事空白背后有其深意。金圣叹甚至认为,叙事作品的妙处就在于叙事空白:"奇之所以奇,妙之所以妙,则固必在于所谓当其无之处也矣"(金圣叹 93)。就史传叙事来说,叙事空白是一种刻意的隐而不书,意味着叙述过程中对史事存在选择性的缺失或遗漏。这种选择性缺失或遗漏,在古代小说叙事上至少有两方面的体现。

其一,选择某一内容的同时意味着遗漏了其他内容。如果说世情小说、神怪小说对内容的选择是自由的,历史小说对内容的选择则受到史实的限制,不能随心所欲,因而历史小说选择叙述什么和不叙述什么,就有其考量。历史小说选择内容的大致情形有:(一)早期的《三国志通俗演义》《残唐五代史演义》写的是汉末、唐末的乱世历史,这透露出两个消息:一是明人写前朝的历史,二是写乱世不写盛世。考虑到史传传统的影响,写前朝历史似乎无可厚非,它可以避免因写本朝历史而给作者带来不必要的麻烦;写汉、唐两个强盛王朝末期的纷乱历史,既因为乱世容易写得精彩,又折射出作者对治乱的渴望。这意味着早期的历史小说,有强烈的以史为鉴的目的。如庸愚子《三国志通俗演义序》所言:《三国演义》"庶几乎史",可"昭往昔之盛衰,鉴君臣之善恶,载政事之得失"(黄霖、韩同文 108)。其他内容的历史小说,虽然也可以有借鉴意义,但不如乱世历史给后人带来的痛彻之感,所以"隐而不书"。(二)有选择地写某段历史的一部分,而忽略该段历史的其他部分。《三国志后传》将历史上建立"前赵"政权的刘渊虚构为蜀汉后人,他为复蜀汉灭国之仇而英勇地与晋朝政权战斗,终于在第四十一回平阳建都,建立"大汉"政权,第九十一回破洛阳掳走怀帝。小说第一百四十一回写刘曜破石虎后,就不再写"大汉"一方的行为,转而用较短的篇幅写东晋平定苏峻叛乱后就匆匆结束了。无论就"大汉"故事还是就"三国后"的历史格局而言,小说的结束都显得很突兀。对作者来说,这实在有不得已的苦衷。正文前的"引"明确道出了小说的用意:借刘渊"复称炎汉,建都立国,重兴继绝"来"泄愤一时,取快千载,以显后关、赵诸位忠良也"。刘曜破石虎是"大汉"政权最后的辉煌,对照写同一段历史的《东西晋演义》,此后四个月,石勒就灭了刘曜,刘汉政权被彻底终结了。考虑到《三国志后传》的"泄愤"动机,显然不能将刘汉政权灭亡的结局说出来,小说只好突兀地戛然而止。

其二,就小说的人物描写来看,某些内容的缺失,其实是一种取舍,背后有微言大义。这主要有两种情况:一种情况是,某部小说展示某个人物的一方面而遮蔽另一方面,但另外的小说中又将遮蔽的另一方面展示出来,一如史传叙事中的"互见法"。《西汉演义》卷九十一,刘邦出征陈豨前担心韩信,吕后安慰他说自己杀韩信"亦不难"(甄伟 308)。卷九十三写萧何主动向吕后献计除掉韩信,刘邦得知消息后,高兴之余,追思韩信之功,"心甚伤感……不觉泪下数行"(甄伟 314)。杀韩信乃吕后和萧何所为,并非刘邦本意。所以韩信死后,叙述者出面斥责萧何"何其不仁甚耶"(甄伟 313)。就韩信遇难事件看,小说展示了刘邦爱才念功的明君形象,而遮蔽了其嫉妒贤能、心胸狭窄的一面。对照早几年刊刻的黄化宇的《两汉开国中兴传志》,这种刻意的遮蔽一目了然。《两汉开国中兴传志》"高帝伪游擒韩信"回末,刘邦要求吕后"谋以杀信"(黄化宇 244),在接下来的"高帝亲征陈豨"回中,写吕后无计谋杀韩信,担心刘邦回来后"责己无能",于是问计于萧何。萧何念及韩信当初是自己举荐,且居功至伟,"斩之,诚可伤也",一开始"哽咽而未开言"(黄化宇 251—252),在吕后发怒后,才献计除掉韩信。刘邦班师"入宫后便问吕后韩信何如"(黄化宇 259),迫不及待想知道结果。对照两部小说,《西汉演义》的刻意遮蔽显然有为刘邦"尊者讳"的意图。另一种情况是,某一小说对人物进行单方面(好或坏)的评价,但故事进展又显示出这种评价靠不住,评价所遮蔽的内容可以认为是叙述者有意"隐而不书"的结果。《梼杌闲评》称神宗"深仁厚泽,流洽人心"(刘文忠 277),但在魏忠贤进皇宫不久的"四海熙恬"(刘文忠 250)的除夕之夜,疯癫的张差却打进了太子宫,这件事让久不设朝的神宗得以临朝,临朝后又将犯颜直谏的山西道御史刘光复送法司问罪。对照神宗的表现和小说对神宗的评价,实有天壤之别。小说如此处理,除了"为尊者讳"之外,还有另一层用意。小说第五十回回目称崇祯皇帝为"怀宗","怀宗是在崇祯吊死(1644)煤山后京都人士对他的私谥"(刘文忠 570),这意味着小说写于大明王朝灭亡之后,学界一般认为该书写于南明时期(或笼统地说"明亡之前")[①]。面对强大的满族铁骑,作者对明朝更多的是痛惜,如果在小说中直接贬斥明朝皇帝,容易让痛惜变为抨击。

二

春秋笔法的特点在于"微而显,志而晦,婉而成章,尽而不污",即通常所说的"曲笔"。曲笔有两大类,一类是尚简用晦,字面背后有深意;另一类是表里不一,字面所说和实际含义相反,可视作"用晦"的极端方式。第一类的尚简用晦,对古代小说叙事的影响几乎是全方位的,用词的简约、材料的选择、视角的运用、结构的安排,等等,深入下去都可发现作者的深意。

用词简约是春秋笔法的基本特征,含蓄简约的词语、典故的运用都可以让小说在简洁的同时蕴含深意,所谓"微而显"是也。金本《水浒传》第十八回,何涛带领官兵到石碣村捉拿晁盖等人,在湖泊中遇到阮小七,阮小七骂何涛等人:"你这等虐害百姓的贼,直如此大胆!敢来引老爷做甚么!"虽然是口头语,但在金圣叹看来,大有深意。在"虐害百姓的贼"之后,金圣叹夹批:"官是贼,贼是老爷。然则官也,贼也;贼也,老爷也。一而二,二而一者也。快绝之文"(陈曦钟等 1981:345)。阮小七是官兵眼中的"贼",何涛是百姓眼中的官"老爷",阮小七口中的"贼"和"老爷",身份互换,逞口舌之快的背后,有对官兵的蔑视,更体现出当时官有贼性、"贼"有老爷气派的社会现实。在此回回前评中,金圣叹结合何涛捉贼相关内容,大发感慨,以见小说背后之深意:

> 今读何涛捕贼一篇,抑何其无罪而多戒,至于若是之妙耶!夫未捉贼,先捉船。夫孰不知捉船以捉贼也?而殊不知百姓之遇捉船,乃更惨于遇贼,则是捉船以捉贼者之即贼,百姓之胸中久已疑之也。及于船既捉矣,贼又不捉,而又即以所捉之船排却乘凉……嗟乎!捉船以捉贼,而令百姓疑其以贼捉贼,已大不可,奈何又捉船以乘凉,而令百姓竟指为贼要乘凉,尚忍言哉!尚忍言哉!世之君子读是篇者,其亦恻然中感而慎哉官军,则不可谓非稗史之一助也。(陈曦钟等 1981:342)

阮小七口中一个简单的"贼"字,在金圣叹看来,竟是如此"微言大义"。

小说材料的选择,自然是为了更好地表达主旨。不动声色的材料展示,背后其实有作者的匠心。就具体小说来看,如果不熟悉小说的创作过程,又没有作者的"夫子自道",作者如何选择材料是难以被读者知晓的。但古代小说有一个独特之处,即某部小说可能被反复改写,改写前后的差异,可以看出改写者如何在原有小说的基础上进行材料取舍,改写者通过材料的取舍可以表达出和原有小说不一样的主旨。冯梦龙改写余邵鱼的《列国志传》为《新列国志》,比较二书,前者自"苏妲己驿堂被魅"开始写姜子牙等人灭商兴周,后者自"周宣王童谣发令"开始写周平王不得以东迁,这就几乎删去了整个春秋时期的所有材料。《新列国志·凡例》及可观道人《新列国志叙》说出了其中的原因及用意:其一,《列国志传》"铺叙之疏漏,人物之颠倒,制度之失考,词句之恶劣,有不可胜言者矣"(墨憨斋 8—9)。其中一些荒诞不经的材料(如秦哀公临潼斗宝)让叙述与史实不符[2]。《新列国志》将"旧志胡说,一笔抹尽"(墨憨斋 8—9)。其二,《新列国志》从东迁开始,更符合"列国"题意:"东迁者,列国所以始"(墨憨斋 9)。其三,材料不悖乎史,加之剪裁得当,小说可收经史之效:"往迹种种,开卷了然……能令村夫俗子,与缙绅学问相参。若引为法诫,其利益亦与六经诸史相埒"(墨憨斋 18—19)。虽然将小说比之经史并无新意,但删减春秋时期的材料,是为了增加"列国"故事的可信度,从而增强其经史效用,却是冯梦龙用意所在。孙楷第认为《新列国志》"取材于此(指多纪传说的《春秋》内外传)以补经史之所未备而博其趣味,其方法甚是"(197)。

　　视角运用是小说不可回避的问题,古代小说对视角的选择主要是为了叙述的方便,但从读者角度看,有些小说的视角选择,有春秋笔法之功。古代小说最常见的是全知视角。叙述者不仅全知全能,而且往往有史官式的评论。选择这样的视角,叙述者方便交代人物和故事的来龙去脉,也方便随时对所叙述的人物和故事进行评论,甚至可以直接标明用"春秋之义"来要求叙述,如李公佐《谢小娥传》结尾所言:"知善不录,非《春秋》之义也。故作传以旌美之"(99)。即使叙述者没有李公佐这样明确的意识,所叙述的故事有时候也被读者读出"微言大义"。金本《水浒传》第一回,通过全知视角写高俅点名时王进因病缺席,高俅趁机报复,王进携老母远走延安府。这个并不奇特的故事,硬是被金圣叹看出背后的寓意:"点名不到,不见其首也;一去延安,不见其尾也……不见其首者,示人乱世不应出头也;不见其尾者,示人乱世决无收场也"(转引自陈曦钟等 1981:54—55)。王望如则读出另一层意思:"《水浒》一百八人,开口先提孝子王进,以见此人非盗,并见一百八人非生而为盗"(转引自陈曦钟等 1981:80)。和全知视角形成对照的,是人物视角。张鷟《游仙窟》在中国小说史上第一次使用第一人称,主人公用人物视角来叙述自己探访仙窟的风流韵事。"所谓'游仙窟'也者,实为作者许多次狎邪冶游中的一次罢了",人物视角的欣赏式描写,折射出当时文人的"放荡佚纵",也透露出作者"对这种生活的满足和炫耀"(王枝忠 42)。全知视角中穿插人物视角,视角在不同人物之间转换,在古代小说中都是很常见的现象。就视角转换看,有时候也蕴含深意。先看人物之间的视角转换。《三国演义》第九十三回,诸葛亮和王朗对骂,在王朗看来,曹魏政权是顺"天心人意"而为之,诸葛亮对魏用兵被他骂作"逆天理、背人情";在诸葛亮看来,蜀汉才是正统,王朗"为汉朝大老元臣",理应"安汉兴刘",却帮助曹魏,"同谋篡位",实在是"罪恶深重,天地不容"。二人从各自立场出发,本无可厚非,但诸葛亮他听完王朗之语后,在"车上大笑",王朗听完诸葛亮之语后,却"气满胸膛……撞死于马下"(罗贯中 533)。二人心胸,高下立判,叙述者拥刘反曹的用心也由此得以呈现。再看人物视角和全知视角的转换。《儒林外史》第一回用王冕视角写胖子、瘦子、胡子三人对话的场景。胖子说:"危老先生……新买了住宅",瘦子说:"县尊……乃危老先生门生,这是该来贺的",胡子说:"看这光景,莫不是就要做官?""三人你一句,我一句,说个不了。"下文直接转换到全知视角:"王冕见天色晚了,牵了牛回去。自此,……学画荷花"(吴敬梓 3—4)。王冕显然对三人"说个不了"的对话场景感到厌烦,紧接着下文的全知视角,写王冕画荷花,与三人对话中提及的内容形成鲜明对比。三人言谈显示的世俗和王冕画荷花显示的脱俗,在叙述者看来,是有分轩轾的。卧闲草堂本此回回评说:"不知姓名之三人,是全部书中诸人之影子;其所谈论,又是全部书中言辞之程式"(朱一玄、刘敏忱 2003:255)。王冕所看到的场景和全知视角下王冕行为之间的反差,正是小说借以讽刺"功名富贵"的方法。

结构安排亦能体现叙述者之匠心,它不仅是谋篇布局的技巧,更通过此技巧表达某种隐含的思想。浦安迪对《金瓶梅》结构的分析,可为代表。在他看来,《金瓶梅》的结构可从两个方面着手:一是"小说叙述的连续统一性也常被划分成很有节奏的 10 回一单元——特别重要的或是具有预示意义的故事情节总是安插在每'10 回'中的第 9、第 10 回之间"(浦安迪59),"小说的 10 回一单元可理解为是形成它整体结构的基本条件"(浦安迪 61);二是"这种基本的 10 回小单元本身又以各种不同的组合方式形成较大范围的叙述结构划分。例如……前 80 回和后 20 回的明显分界点以及开头和结尾各 20 回（1—20 和 80—100）之间的明显对称"（浦安迪 61）。从这一结构分析出发，第 49 回西门庆事业达到巅峰成为分水岭，第 79 回西门庆死于非命都有了结构上的意义。受张竹坡评点的引导，浦安迪指出小说蕴含的"色""空"观念与小说的结构安排息息相关（151—153）。西门庆纵情声色的故事最终以他的遗腹子出家来收场，"色""空"的辩证关系或许正是《金瓶梅》所要宣扬的思想。

## 三

春秋笔法的"用晦"，还有一种极端现象，即表里不一。表面叙述和实际意图相反，是古代小说叙事充满魅力的原因之一。"表里不一"的情况可从人物和叙述两方面展开。

就人物的"表里不一"来看，主要有两种情况：一是人物自身的言行不一，二是人物给人的印象和实际情况不一。这两种情况，在古代小说中较为常见，但未必都是春秋笔法，如《隋炀帝艳史》第二回，隋炀帝为了继承大位，以忠厚之貌行奸诈之举，只是如实描写此时隋炀帝的情况，谈不上春秋笔法。但有时候，当人物口中所言或心中所想和实际行为形成反差，或人物始终以假象示人，可以形成对人物的讽刺。《红楼梦》第一百二十回，贾宝玉出家后，袭人的心思颇有意味，评点者的评点对袭人的心理活动加以揭示。袭人一开始想自己算是宝玉的"屋里人"，但毕竟没名分，可能要被打发出去，"若是死守着，又叫人笑话；若是我出去……实在不忍"（曹雪芹、高鹗 1969），评点者道："一段自己脱卸文字，读之令人失笑"（曹雪芹、高鹗 1970）。在薛姨妈的劝说下，"本来老实"的袭人表示"从不敢违拗太太"（曹雪芹、高鹗 1976），在知道自己要出嫁后，她回想当年所说的"死也不出去"的话，又不敢违背王夫人，独自思量："若说我守着，又叫人说我不害臊；若是去了，实不是我的心愿"，于是"哭得哽咽难言"（曹雪芹、高鹗 1978）。评点者道："此说了又说之几句话也……层层起刺，句句生棱：明明说好话，明明是骂人"（曹雪芹、高鹗 1978）。当袭人得知夫君是蒋玉菡时，"始信姻缘前定……弄得个袭人真无死所了"（曹雪芹、高鹗 1979）。前后对照，袭人心中所想，与最终行为大相径庭，评点道出了袭人所想实乃作者之春秋笔法。此回也写到王夫人和宝钗对袭人的态度。

王夫人为袭人感到为难："独有袭人，可怎么处呢?"评点者道："王夫人前于自己月钱内每月分给袭人银二两，所以处之者，何其明且决! 今忽有'怎么处'之说，前后不伦，写得可笑；皮里阳秋，写得怕人"（曹雪芹、高鹗1975）。宝钗在薛姨妈劝袭人外嫁后，"又将大义的话说了一遍，大家各自相安"。评点者道："奇哉，怪哉! 是何大义，突作此语? 明明把宝钗盖头揭去矣。各自相安，又明明说出。此作者惟恐人但知嬉笑而不知怒骂处也"（曹雪芹、高鹗 1976）。评点者之言，点破了王夫人和宝钗各自的用心，王夫人在关键处的无情决断和平时给人的随和印象之间形成鲜明的反差，宝钗知书识礼的背后也有用"大义"逼走袭人的私心。

就小说叙述看，"表里不一"可以是评论式的"明贬实褒"（正话反说）或"名褒实贬"（反话正说），也可以是描写式的"以乐景写哀"或"以哀景写乐"，相对而言，前者由于倾向性明显而容易让人关注，后者则需要考量作者写作动机才有可能知晓。评论式的"明贬实褒"（正话反说）或"名褒实贬"（反话正说），叙述者往往跳出故事外，对故事或人物评头论足，但评论时又有意用与实际情形相反的结论来"逆推"故事或人物所蕴含的寓意。《红楼梦》第三回贾宝玉出场时的两首《西江月》，一曰宝玉"腹内原来草莽"，一曰宝玉"于国于家无望"，从小说对宝玉的赞赏来看，此处评论实乃"明贬实褒"，评点者也看出了这一点："词是壮语，是半语，乃既见黛玉之宝玉，无复通灵之宝玉也；是假语村言之宝玉，非真事隐去之宝玉也。明着警醒，为中下人说法，何等婆心!"（曹雪芹、高鹗 48）《警世通言》卷三十四《王娇鸾百年长恨》开场词最后说："不贪花酒不贪财，一世无灾无害"（冯梦龙 462）。这是正面的警告，但正文所写的故事与其恰好相反，周廷章和王娇鸾有百年之约后回家省亲，因"慕财贪色"，遂允了父母之命，和魏女成亲，将王娇鸾忘得一干二净，最后被官府乱棒打死。两相对照，开场词中所谓的"不贪花酒不贪财，一世无灾无害"，显然是反话正说。描写式的"以乐景写哀"或"以哀景写乐"，叙述者一般通过表面的现象描写，显示出和表面现象相反的实际情况。张鹭《游仙窟》，有论者认为是"以乐景写哀"，欢快的场面描写折射出现实生活的艰难："虚幻中的欢娱越是被渲染得无比美好和强烈，就越表明作者在现实中承受的精神痛苦之深重，在既无力改变命运又无法逃避现实而无可奈何的情况下，作者只能在'文章窟'中寻求暂时的自我安慰与解脱"（周承铭 7）。虽然这是论者的一家之言，倘认可此说，整篇《游仙窟》就是张鹭"春秋笔法"的产物。在古代小说中因女性回忆视角而独具特色的《痴婆子传》，开头写主人公上官阿娜"年已七十,发白齿落",结尾又说她被休后"苦持三十年……此念灰死",展示的是衰败之象、凋零之心,但这不妨碍主人公"喜谈往事",开头结尾处写年老后的凄凉,更衬托出正文中年轻时的"热闹";尤其是主人公用欣赏的眼光看待对过去的"热闹",现实处境的凄凉也难以掩盖主人公对"热闹"的想念。写凄凉是为了写"热闹",可谓春秋笔法。更重要的是,在对过去"热闹"的描写中,主人公纵情声色,主要不是她个人的原因,而是众多男性恣意妄为的结果。面对他的公公、大伯等男性的乱伦行为,她反抗过,但无能为力,当她对塾师谷德音付出真爱而拒绝其他男性的纠缠时,就被看作不守妇道而被休。纵观她的行为,她何尝守过妇道,当她没有感情地和众多男性周旋时,即使有乱伦行为,她也能被夫家所认可;当她为真爱而收心时,就立即被休。两相对照,春秋之义非常明显。或许在此意义上,杨尔曾说《痴婆子传》是"痴里撒奸"(杨尔曾 1),萧相恺认为此书是"皮里阳秋,荒诞之中大有弦外之音"(转引自王星琦 107)。无论是用凄凉写"热闹",还是主人公"热闹"时的行为和心理,小说都用春秋笔法,"从一个特殊的角度揭露了礼教社会的虚伪和狰狞"(王星琦 112)。

## 四

无论是隐而不书,还是尚简用晦或表里不一的曲笔,春秋笔法的目的是一致的,即惩恶劝善,孟子所说的"孔子成《春秋》而乱臣贼子惧"(转引自杨伯峻 2010:142),侧面显示了春秋笔法的惩恶劝善之功用。李洲良认为,惩恶劝善体现了春秋笔法具有"经法"的意义,具体包括定名分、大一统、尊王攘夷三个方面(李洲良 2006)。就小说叙事而言,重要的不是惩恶劝善有这三个方面的意义,而是如何通过隐而不书和曲笔来达到惩恶劝善的效果。

隐而不书或通过隐恶显善而劝之,或通过隐善显恶而惩之。就隐恶显善看,无论是为尊者讳、为贤者讳还是为亲者讳,所讳的都是不好的带有"恶"倾向的行为和品质,将"恶"隐去,凸显出来的就只剩下"善"了。对一个人物隐恶显善,这个人物给人的印象主要就是"善",这种善一般在小说中最终会得到善报,同时也符合古人对仁、义、礼、智、信等伦理的目的要求,读者由此而乐意接受这个人物,从而效仿他的善行。《东周列国志》中的管仲,几乎是贤能的化身,尽善尽美。《史记·管晏列传》中"管仲富拟于公室,有三归、反坫"(司马迁 2134)。这些稍有"恶"性的叙述,小说也借助管仲向鲍叔牙的解释来加以美化:"吾之所以为此,亦聊为吾君分谤也"(冯梦龙、蔡元放 216)。历史上奢侈的管仲在小说中成为一个为齐桓公而故意自毁声誉的贤相。这样的贤相,临终前为齐桓公"病榻论相",更体现出鞠躬尽瘁死而后已的精神。作为相国,《东周列国志》中的管仲,没有任何缺点,在他的帮助下,齐桓公终成霸业,管仲也成为后世的楷模。就隐善显恶来看,充分展示人物的"恶"而遮蔽人物的"善",人物成为"恶"的代名词,最终也受到惩罚。齐东野人编《隋炀帝艳史》,选录隋炀帝"穷极荒淫奢侈之事",其他"如三幸辽东,避暑汾阳等事",均"略而不载",小说中的"微言冷语……皆寓讥讽规谏之意"(丁锡根 953):一方面,隋炀帝"种种淫肆,正所谓不戢自焚,多行速毙"(丁锡根 951);另一方面"以暗伤隋祀之绝……以明彰世人之鉴见。乐不可极,用不可纵,言不可盈"(丁锡根 951—952)。《艳史》中的隋炀帝恶迹斑斑,最终身死国灭是恶有恶报,"读者一览,知酒色所以丧身,土木所以亡国"(丁锡根 953)。

曲笔背后更有深意,深文曲笔是春秋笔法的显著特征。古代小说叙事的曲笔,最终还是通往以惩恶劝善为核心的伦理说教,但往往通过对人物或事件的褒贬达到惩恶劝善之效果。如何通过曲笔来褒贬,大致有以下几条途径:

其一,春秋字法。如杜预所言,《春秋》往往"一字为褒贬"(转引自过常宝 27),古代小说一字中未必有褒贬,但可以有字外之意。《红楼梦》第四十五回,"宝钗因见天气凉爽,夜复见长"处,庚辰本夹批:"'复'字妙!补出宝钗每年夜长之事,皆《春秋》字法也"(朱一玄 470)。脂砚斋的批注暗示了宝钗夜晚心思多,与其圆滑世故的性格一致,一个"复"字,道出了宝钗好用心思的秘密,暗含了叙述者对宝钗的不满。

其二,前后矛盾。当一个人物的表现前后矛盾时,如果没有恰当的理由,可能是叙述者为了对人物加以褒贬。金本《水浒传》(贯华堂刻本《第五才子书施耐庵水浒传》)中的宋江,有时行事便前后矛盾。第三十五回,宋江获罪赴江州牢狱,按惯例当戴行枷,途中碰到花荣,花荣要求为其开枷,宋江以"国家法度"为由拒绝(陈曦钟等 1981:662),第三十六回,又多次写到宋江开枷。在揭阳镇庄院时,"去了行枷"(陈曦钟等 1981:677),从庄院逃走时,"宋江自提了行枷"(陈曦钟等 1981:680)……在金圣叹看来,认为戴枷去枷的矛盾行为,实乃春秋笔法,揭穿了宋江的虚伪。金圣叹在"去了行枷"处夹批:"闲中无端出此一笔,与前山泊对看,所以深明宋江之权诈也"(陈曦钟等 1981：677)；在"宋江自提了行枷"处夹批："国家法度，奈何如此。自花荣开枷，宋江不肯后，接手便将枷来写出数番通融，深表宋江之诈也"(陈曦钟等 1981：680)。第三十六回回前评，金圣叹对此加以总结："凡九处特书行枷，悉与前文花荣要开一段遥望击应。嗟乎！以亲如花荣而尚不得宋江之真心，然则如宋江之人，又可与之一朝居乎哉！"(陈曦钟等 1981：674—675)

其三，参差对照。对照可以是同一个人不同见闻的对照，也可以是不同人对同一事件的对照，无论哪种对照，对照中都寓意褒贬。前者如《镜花缘》第三十二回(李汝珍 162—164)唐敖在女儿国中的见闻。和自己以前生活的环境相比，女儿国在唐敖看来是男女颠倒阴阳错位的，"一个中年妇人……一双盈盈秀目，两道高高蛾眉，面上许多脂粉。再朝嘴上一看，原来一部胡须，是个络腮胡子"，这么一个男女混杂的"妇人"，不仅不难为情，反而指责唐敖"把本来面目都忘了"。这是否意味着，唐敖本来恪守的男女之别应该受到嘲笑？后者如《拍案惊奇》卷六《酒下酒赵尼媪迷花　机中机贾秀才报怨》中贾秀才和妻子对女子失节的不同看法。贾秀才之妻巫氏中计被侮辱，意欲自尽，却被丈夫劝住，因巫氏乃立志自明，非自愿失身。后见巫氏立志坚贞，贾秀才反而愈加敬重。巫氏恪守传统礼数，但贾秀才却对贞节观念有新的看法：身正被污，可以谅解。这折射出市民阶层在商业文化的背景下，已不再死守传统观念，叙述者显然也赞同这种新的贞节观。

其四，曲路通幽。哈斯宝将"曲路通幽"作为《红楼梦》"曲笔"的一大特点："选中题目之后，并不全盘写出，必从远处绕来，曲曲折折，最后方落在本题上……这叫曲路通幽，便见文章之妙"(转引自朱一玄 790)。具体说来，曲路通幽主要通过两条路径写人物的真实情性并加以褒贬，一是借助事件发展见人物本性是否纯正，二是通过人物行动见其内心是否良善。《新译红楼梦》第十四回(百二十回本中的第三十四、三十五、三十六回)回批联系事件的发展对宝钗进行分析，认为小说曲曲折折写来，"宝钗明罪有三桩，笔伐宝钗正中鹄的处又有三桩……作者写宝钗之恶不止一而再，定要再而三、三而四，写了许多还不停笔，这是何等之甚的憎恶！"(朱一玄789—790)《西游记》表面上西天取经途中斩妖除魔的经历，实则写修心之历程。李贽和谢肇淛都指出了这一点。李贽《批点西游记序》说："东生方也，心生种种魔生。西灭地也，心灭种种魔灭"(转引自朱一玄、刘敏忱2002：226)，在第七回"总评"中说："齐天筋斗，只在如来掌上，见出不得如来手也。如来非他,此心之常便是;妖猴非他,此心之变便是。饶他千怪万变,到底不离本来面目"(转引自朱一玄、刘敏忱 2002:239)。谢肇淛《五杂俎》说:"《西游记》……纵横变化,以猿为心之神,以猪为意之驰,其始之放纵,上天下地,莫能禁制,而归于紧箍一咒,能使心猿驯伏,至死靡他,盖亦求放心之喻,非浪作也"(转引自朱一玄、刘敏忱 2002:315)。

其五,欲盖弥彰。杜预对"春秋五例"之"惩恶劝善"的解释是"求名而亡,欲盖而章"(转引自过常宝 27),将欲盖弥彰作为"惩恶劝善"的特点,这是将"惩恶劝善"作为"春秋五例"之一例的结果,如果将惩恶劝善作为春秋笔法的效果看,那么,惩恶劝善就是"微而显,志而晦,婉而成章,尽而不污"共同的追求,欲盖弥彰可以被看作达到这种追求的一条途径。如果说前面四条途径针对尚简用晦,欲盖弥彰则主要针对表里不一。

具体说来,欲盖弥彰大致有两种情况:一是行为中隐藏意图;二是行为与意图相反。行为中隐藏意图如《三国演义》第十九回,曹操生擒陈宫后,嘲讽陈宫不为己用以致今日被俘。"操曰:'今日之事当如何?'宫大声曰:'今日有死而已!'"(陈曦钟等 1986:239)毛宗岗评点:"操如此问,宫必如此答。使操而有良心者,念其昔日活我之恩,则竟释之;释之而不降,则竟纵之;纵之而彼又来图我而又获之,然后听其自杀。此则仁人君子用心也,而操非其伦也"(陈曦钟等 1986:239)。曹操是想杀陈宫,却不明说,而诱导陈宫自己说出来,实非君子。在《三国演义》第十九回回前评中,毛宗岗指出曹操和刘备各用心计,表面的温情背后隐藏杀机:"使刘备于漏书之后,而小沛之战为布所杀,则操必曰:'非我也,布也。'及令备当淮南之衡,若其放走吕布而操杀之,则又必曰:'非我也,军令也。'欲使他人杀之而无其隙,构吕布则有其隙矣;欲自杀之而无其名,违军令则有其名矣。操心中步步欲害玄德,而外面却处处保护玄德;乃玄德心中亦步步提防曹操,而外面亦处处逢迎曹操"(陈曦钟等 1986:226)。曹操是小人也讲究策略,刘备是君子也懂得周旋。

古代小说叙事中的"春秋笔法"可谓无处不在,多种形式的隐而不书、尚简用晦和表里不一展示了"春秋笔法"的丰富多样,通过多种途径,春秋笔法最终指向惩恶劝善的叙事目标。

## 注解【Notes】

① 参见金玉田:《〈梼杌闲评〉思想艺术初探》,《汕头大学学报》,1986 年第 1 期;孙一

珍：《各有千秋　一枝独秀——明末四部魏阉小说之比较》，《明清小说研究》，1994
　　年第 3 期；刘文忠：《梼杌闲评·校点后记》，《梼杌闲评》，人民文学出版社，2006 年，
　　第 570 页；欧阳健：《〈梼杌闲评〉作者为李清考》，《社会科学战线》，1986 年第 1 期。

② 孙楷第指出："余邵鱼本《列国志》……所演诚多市井里巷之言，于列国事迹或略其
　　大端而取琐事，点缀为文，人名地名随时捏造，官爵制度以后世所设当之，名为按鉴
　　实与史实不相符，诚如新志凡例所讯。"参见孙楷第：《中国通俗小说提要》（三），
　　《艺文志》（第三辑），山西人民出版社，1985 年，第 194—195 页。

## 引用文献【Works Cited】

班固：《汉书·司马迁传》，北京：中华书局，1964 年。

曹雪芹、高鹗：《红楼梦》（三家评本），护花主人、大某山民、太平闲人评，上海：上海古
　　籍出版社，1988 年。

陈曦钟、侯忠义、鲁玉川辑校：《水浒传会评本》（上），北京：北京大学出版社，
　　1981 年。

陈曦钟、宋祥瑞、鲁玉川辑校：《三国演义会评本》，北京：北京大学出版社，1986 年。

丁锡根编著：《中国历代小说序跋集》，北京：人民文学出版社，1996 年。

冯梦龙、蔡元放编：《东周列国志》，黄钧校注，北京：人民文学出版社，1955 年。

冯梦龙：《警世通言》，北京：中国盲文出版社，1998 年。

傅振伦：《刘知几年谱》，北京：中华书局，1963 年。

过常宝：《"春秋笔法"与古代史官的话语权力》，《北京师范大学学报》（社会科学
　　版），2003 年第 4 期，第 21—28 页。

黄化宇校正：《两汉开国中兴传志》，上海：上海古籍出版社，1990 年。

黄霖、韩同文选注：《中国历代小说论著选》（上），南昌：江西人民出版社，2000 年。

金圣叹：《金圣叹全集》（三），曹方人、周锡山标点，南京：江苏古籍出版社，1985 年。

李公佐：《谢小娥传》，张友鹤选注，《唐宋传奇选》，北京：人民文学出版社，1964 年。

李梦生译注：《左传译注》，上海：上海古籍出版社，2016 年。

李汝珍：《镜花缘》，南京：凤凰出版社，2007 年。

李洲良：《春秋笔法的内涵外延与本质特征》，《文学评论》，2006 年第 1 期，第 91—
　　98 页。

刘文忠校点：《梼杌闲评》，北京：人民文学出版社，1983 年。

罗贯中：《三国演义》，上海：上海古籍出版社，2009 年。

墨憨斋（冯梦龙）新编：《新列国志》，上海：上海古籍出版社，1992 年。

浦安迪：《明代小说四大奇书》，沈亨寿译，北京：生活·读书·新知三联书店，
　　2006 年。

司马迁：《史记·管晏列传》，北京：中华书局，1959 年。

孙楷第：《中国通俗小说提要》（三），《艺文志》（第三辑），太原：山西人民出版社，
　　1985 年。

王星琦：《〈痴婆子传〉发覆》，《明清小说研究》，1995 年第 1 期，第 107—122 页转第 231 页。

王枝忠：《从志怪到传奇——〈游仙窟〉平议》，《福建论坛》（文史哲版），1991 年第 1 期，第 41—44 页。

吴敬梓：《儒林外史》，北京：人民文学出版社，1958 年。

杨伯峻译注：《孟子译注》，北京：中华书局，2010 年。

杨尔曾：《东西晋演义》，北京：华夏出版社 2013 年。

甄伟：《西汉演义》，北京：华夏出版社，2012 年。

周承铭：《重新评估〈游仙窟〉的思想价值》，《河北北方学院学报》（社会科学版），2016 年第 1 期，第 1—9 页。

朱一玄编：《红楼梦资料汇编》，天津：南开大学出版社，2001 年。

朱一玄、刘毓忱编：《儒林外史资料汇编》，天津：南开大学出版社，2003 年。

——：《西游记资料汇编》，天津：南开大学出版社，2002 年。

**基金项目：**本文系国家社会科学基金项目"明代历史小说叙事伦理研究"（16BZW036）的阶段性研究成果。

**作者简介：**江守义，南京师范大学文学院教授，博士，主要从事叙事学和中国现代文学批评研究。

# 中国叙事传统中的听觉推崇

刘亚律

**内容提要：**中国文学存在一个与抒情传统同样古老的叙事传统，对听觉的尊崇是中国叙事传统的重要特征之一。从渊源起点来看，《诗》与史一体同源，对听觉的倚重是贯通二者的重要渠道；从交流方式来看，小说在繁盛之后广泛创设的说书情境，为作者与读者的伦理交流营造了有意味的听觉空间；从实现路径来看，中国的叙事阅读强调聆听作者心意，其途径主要有"循声察旨""依声寻味""因声求气"及"因默入神"等方式。从听觉倚重入手，可以解释中国叙事传统中何以具有某些独特的美学追求。

**关键词：**中国；叙事；听觉；意义

钩沉中国叙事传统，发掘其内在精神特质，彰显民族文化品格，已经成为当前中国叙事学界面临的重要任务。这个任务的确立，诱因之一是陈世骧《论中国抒情传统》一文的直接刺激（陈国球、王国威48）。说中国文学具有悠久而且强大的抒情传统，是完全正确的，但用言之凿凿的"就是"一语加以排他性限定，就未免失之武断了。倘若果真如此，那由《春秋》《左传》及《史记》《汉书》等遑遑二十四史共同铸就的史传传统又该置于何等地位呢？正是基于上述质疑，董乃斌才说，"中国文学史的确存在着抒情传统，但它不是唯一的，与之并存同在而又互动互补、相扶相益的，还有一条同样悠久浓厚的叙事传统"，学界要做的工作，就是"深入研究中国文学的叙事传统，研究这两大传统的关系"（6—7）。本文认为，互动互补之说，以强调二者的差异性为前提，然而两大传统之间也还存在事实上的同源性：对听觉感知的倚重！听觉倚重不但将两大传统从内部贯通起来,而且在后世的文学活动中得到不断强化,形成了中国叙事传统独特的"崇听"特征,最终促成了中国叙事传统某些独特价值追求的生成。

## 一、《诗》史同源：记事行为的听觉倚重

文学是一种诉诸人的感性体验而使其生命意志得以延续的艺术活动。与自然科学注重揭示现象的客观规律相比,文学活动更为重视主体的直觉感受,如沈从文所言,"惟转化为文字,为形象,为音符,为节奏,可望将生命的某一种形式,某一种状态,凝固下来,形成生命另外一种存在和延续"(527)。中国文学在其萌发阶段就给予听觉感知更多的偏爱,由此形成了鲜明的"崇听"特征。该特征在《诗经》这个中国文学的源头那里,突出地表现为对音乐的高度倚重。

《诗经》的《风》《雅》《颂》本质上都是音乐,司马迁早就说过,"三百五篇,孔子皆弦歌之。以求合韶、武、雅、颂之音"(1936)。一部《诗经》就是一部音乐总集,区别只在于吟唱的对象身份、性质用途及语言风格等。郑樵指出,《风》因出自小夫贱隶、妇人女子之手,故而其言浅近重复;《雅》为朝廷士大夫所作,故而其体抑扬顿挫,《颂》因用于颂赞先辈功德,故以有节之声表示崇敬(转引自方玉润46)。朱自清也说,"《诗经》所录原来全是乐歌。乐歌重在歌、颂",不合乐的便是徒歌,"与讴、谣同类","大都出于庶民"(21)。王国维则认为声音与韵律是区分《风》《雅》《颂》的重要手段:"窃谓《风》《雅》《颂》之别,当于声求之","《颂》之声较《风》《雅》为缓"且不用韵(48)。在他看来,用韵的目的不过是娱人之耳,《颂》作为使用在宗庙祭祀这种神圣场合的音乐,如果只是追求耳目之娱,显然失之轻佻,既不庄重也不严肃。

《诗经》的音乐之声回荡于社会生活的各个角落,几到无所不在的程度。钱锺书说《诗》之"声歌雅颂",广泛出现在祭祀、军旅、昏媾、宴会等场合(38),甚至诸侯国的外交官们在纵横捭阖之际,也往往通过赋诗来进行婉转的政治交锋。考诸《诗经》全篇,举凡幽会、怀人、伐木、采撷、田猎、劳作、远行乃至独处等时刻,音乐之声从不曾有过片刻缺位。音乐的技术手段也是丰富多彩的。当时的人们既可以用无伴奏的"清唱"方式赋诗言志,也可以如《荀子·乐论》所说,"以钟鼓道志",但更多时候则是通过弹拨奏击琴、瑟、钟、鼓等乐器来伴奏齐鸣,仅在《小雅·鼓钟》中,就有钟、

磬、雅、南、龠等九种乐器参与交响合奏;《周礼·春官》也有"瞽矇,掌播鼗、柷、敔、埙、箫、管、弦、歌、讽诵诗,世奠系,鼓琴瑟"的记载,这些都是其时乐器种类繁多的有力证据。

根据《周礼·春官》的记载[①],"叙事"起初的意思是指在年岁、星宿或职官之间建立秩序,以使天道的运行或君王的德政得以彰明,政治意味颇为浓厚,与今天"叙述事件"的语义似有差距。"然而从实质上看,最初的'叙事'与现在的'叙事'之间距离并不遥远。发生在朝廷官府之中的那种'依序而行之'的'叙事',其主要表现应为天子、大臣、诸侯周围的奏事与论事"(傅修延 12),这些奏议之事,重要程度不同,称谓各有区别。[②]中国的文学叙事深受史官文化的浸润,这是个众所周知的事实。只要考诸《说文解字诂林》,就会发现"史""职""事"等汉字与听觉活动存在丰富的意义关联:"史"之"职"是"记事者","职"的任务,一是"伺"(可作"服务"解),一是"记微",意谓纤微必录,然而"凡言职者,谓其善听也"。就是说,史官的一大职责,就是对发生在庙堂之上的言语事件加以记录。一个称"职"的史官,首先必须拥有一双敏锐的耳朵,具备超乎常人的听觉能力:在君臣奏启议对的往来时刻,他一边竖耳聆听,紧张地捕捉细微的信息,另一边迅疾详加记录。"叙事"的词源里原来无声地潜藏着富于动态的听觉秘密。

现今一般将《诗》、史视作中国抒情与叙事两大文类的源头,然于上古时期,它们其实一体同源,听觉倚重是二者得以贯通的重要途径。首先,《诗》之所言之"志",本来就有多重理解,说它是理想、情怀或者抱负,乃是顺理成章之事,将其理解成"记载"或"记事",却也不无道理。闻一多就说,《诗》言志其实是《诗》言"记事","古代诗所管领的乃是后世史的疆域"。考虑到韵文先于散文的历史事实,因而其时之史,必定用便于听觉记忆的韵文加以记诵,"史官也就是'诗人'"(闻一多 153—154)。换言之,史之内容优先采用的是诉诸听觉的传播方式。

其次,"《诗》亡然后《春秋》作"。后续之史尽管不以韵文写就,但仍然留有《诗》之风雅美刺的声音痕迹。《诗大序》有云:"国史明乎得失之迹,伤人伦之废,哀刑政之苛,吟咏性情,以风其上",表明国史是以形诸吟咏的听觉手段来讽谏君王的。对于这一点,顾颉刚有更进一步的看法:"《楚辞》之《天问》,《荀子》之《成相》,大、小《雅》及三《颂》纪事之篇章,诗也,而皆史也,非瞽取于史而作诗,则史袭瞽之声调、句法而为之者也"(224)。在顾氏看来,上述篇章既是诗,也是史,只是它们把诗的口头吟咏特点更为具体地表现为声调与句法的运用。

上古之际,凡"乐与歌,必使瞽矇为焉"(叶叔宪 258)。瞽史究竟是一身而兼二职,还是各司其职的两种职官,学界不乏争议,这个问题不在本文讨论之列,倒反而是这种争议更为清晰地显示,史之"职"责存在一个缓慢发展的过程:在更久远的时代,史以有韵的吟咏讽谏为务,后来才渐次过渡到"记微"。由此可见,《诗》与史的关系极为密切,二者皆高度倚重人的听觉感知。后世《诗》、史渐次分途而形成的抒情传统与叙事传统,实不能决然分开,过于强调任意一方,都有可能在认识上失之偏颇。

《诗》、史之所以如此倚重声音艺术,原因在于古人对声情关系具有独特的认知。一方面,古人认为声音是内心情感驱动的产物,所谓"诗者,志之所之也,情动于中而形于言"。这种诗的声音可以是个体性的,也可以是社会性抑或时代性的。因此,通过声音可以反观人之情志所在,考察政策施行的实际效果,因为"治世之音安以乐,其政和;乱世之音怨以怒,其政乖;亡国之音哀以思,其民困"(郭丹 429),故"听音而知治乱,观乐而晓兴衰"(方玉润 49),订立采诗制度的理论依据应该植根于此;另一方面,圣哲深知"乐之入人也深,其化人也速"的道理,懂得因势利导,"故制《雅》、《颂》之声以道之",用以"感动人之善心,使夫邪污之气无由得接焉"(郭丹 240),即以音乐来实现对人的精神品格的导引。前一种情况或可称为"依声识人""循声辨世",孟子后来提出的"以意逆志""读其书,论其世"的阅读观念,应当肇始于此处;后一种情况似可称为"以音导人""以音化人",一个"导"字隐约包含着作者之心有重于读者之意的观点,这恰恰跟儒家极为推崇的诗教观念血脉相连。《诗经》能够名列儒家经籍,"兴观群怨"的教化作用功不可没,然而这一功能的发挥,却是以诉诸人的听觉活动为前提的。

## 二、说书情境:叙事交流的听觉空间

"史统散而小说兴。"浦安迪在考察中国古典小说的修辞形态时发现,"宋元以后的各种白话小说文类几乎毫无例外地都模仿说书人的口吻",亦即另一汉学家韩南所说的"说书情境"。此情境旨在"营造一种艺术的幻觉,使人感到听众正在注视舞台上的故事的发展,从而把读者的注意力从栩栩如生的逼真细节模仿上引开,而进入对人生意义的更为广阔的思考"(韩南 99)。在此,说书情境其实指的是一种读者在阅读小说时,将自身置于想象性书场,从而营造出来的模拟听觉空间。

说书情境得以生成,应该说直接得益于说书艺术的繁荣,以及由此催生出来的物理听觉空间(书场)的反复强化与浸润。由于经济的发展与城市的兴盛,宋元时期市民的文化需要不断增加,对耳目之娱的追求被不断激发,由"俗讲"发展而来的"说话"艺术高度繁盛,对听觉的倚重有增无减,"说话四家数,都是'说':说经、说史、说参请、说合生、说诨话,以及小说"(龚鹏程 203),均与听觉有关。由于商业因素的渗入,对故事的接受已事实上成为具有鲜明娱乐性质的听觉消费,并且高度规模化与场所化了。按《东京梦华录》中的记载,此等消费故事的场所有"大小勾栏五十余座",最大的瓦子可以容纳数千人,内中各式饮食玩乐,无所不市,热闹非凡(孟元老 19)。周密《武林旧事》中标有明确区域方位的"瓦子勾栏"数量多达 20 余处(四水潜夫 92),繁荣程度不难想见。

"说话"作为具有商业性质的听觉消费活动,其过程也高度程式化。孙楷第曾经概括过讲唱经文的节次顺序:先是"讲前赞呗",而后"诠解经题",再则"入文正说",如是循环(44)。虽然"讲经"与"说话"的内容有别,一个讲唱经文要义,一个讲述俗世故事,但是"聆听"的程式基本一致,这一点只要把它与话本小说(文本化的"说话")的组织架构相比照就十分清楚:"讲前赞呗"乃是"入话"中诗词歌赋的前身,"诠解经题"相当于"得胜头回"中的意旨说明,"入文正说"则类似于话本的正话部分。商业化"聆听"还促进了说书艺人与听众之间的交流,催生了前者的职业化。《逸斋书话》记云:"老听客……天天来吃茶谈心,因此日日可以向他们请教,书中的情节,听客听得多,自然见多识广,某人书中怎样,某人书中如何,道中③讨教之下,可以借镜"(吴琛瑜 144)。引文所言虽为晚清苏州书场情景,但说书艺人通过与听众的互动来提升表演水平的道理则肯定一致,很难说"说话"艺术繁盛的时代就不会出现类似情况。历经商业化竞争而成长起来的职业说书人往往谙熟听众心理,长于敷衍铺陈,"一涉细故,便多增饰,状以骈骊,证以诗歌",还不时以生动的声口模仿来制造波澜,从而收取笑噱之效(鲁迅 89),而那些"艺之次者"则无法进入勾栏之内,只能在要闹的宽阔之处浪荡献艺,聊以度日。

到明清章回小说那里,人声鼎沸的书场经艺术处理化为仿真式的听觉情境,抑扬顿挫的说书活动变成文本中叙述者与读者的无声交流。在此情境中,深厚的说书传统已然固化了读者的听觉定势,阅读成为读者

（听众）与叙述者（说书人）之间的听觉合谋。这种假想的听众和说书人的介入，类似"'太史公曰'的史文手法，形成事件的模仿和叙述者的评论双线发展的特殊修辞效果"（浦安迪 100）。

　　就读者而言，每次阅读都是一次充满想象性的听觉体验。他一边依惯例将自己置于幻想的书场茶肆之中，一边对叙述者发出的预期召唤心领神会：一听到"列位看官"，马上明白叙述者很可能要暂时中断故事进程，进行评点干预了；一遇见"有诗为证""有词为证"，便对叙述者自证才情的跃跃欲试了然于心，性急的读者往往直接跳过，径直进入下文；每当"花开两朵，各表一枝"出现时，意味着先前的故事即将岔开，接下来将要听到的是新的故事；每当情节关键处出现"欲知后事如何"时，他要做的事情，或者是暂时按捺好奇之心，将期待的满足留待往后，或者继续翻页，将阅读进行到底。

　　就叙述者而言，使用具有鲜明书场特色的叙事套语，旨在营造一种"既属于口头叙述又属于书面叙述语言"的"声口"（韩南 11），以"唤起"读者的听觉期待，激活其书场记忆，为文末的道德宣讲或曲终奏雅铺平道路，使之入于耳而藏于心。前文浦安迪说这一做法与《史记》"太史公曰"的评点议论殊途同归，是很有见地的。无须详加追溯就能发现，"太史公曰"式的伦理点评承续的是先秦瞽史"献书教诲"之传统④。只不过，在"无韵之史"亦即散文史传的时代，那个可以当面讽咏直陈的瞽史已经悄然退隐，化身为纸上的血肉，以"君子曰""太史公曰"或者"赞曰"等声口面貌，将其道德教诲之声径直表达出来。至于明清小说，在将道德教训寓于曲折故事的同时，再辅之以生动的说书情境，为其寓理于事披上一层听觉艺术的迷人外衣。

### 三、以声逆志：叙事阅读的听觉途径

　　师法圣贤，体察圣人心意，进而达到与圣人心意相通的精神境界，是儒家阅读理论的重要目标。王符说圣人"以其心来造经典"，后人亦应"以经典往合圣人心"（《潜夫论·赞学第一》）；程颐主张阅读时"当观圣人所以作经之意，与圣人所以同心"（《二程集·河南程氏遗书》卷二十五）；朱熹要求在阅读的"思虑隐微之间，每每加察"，以吾心"合于圣贤之言"（《朱文公文集·答林伯和》），说的都是这个意思。这些论述表明，古人多

认为作者之意有重于览者之心。因此,叙事阅读的任务,就是去体察作者寄托在文本里的情志抱负,通过"聆听"文本的外在之"声"去追寻其心意感情所在。

最简明也最直接的方式当是"循声察旨",即叙述者将其价值立场加以明确表达,叙述者之"声"与作者之"旨"都极为显豁,读者获取毫无困难。在史传叙事那里,叙述者多采用诸如"君子曰""太史公曰"式的"史臣"口吻来传达自己的心意态度。刘知几曾对《史记》的此类"论赞"颇有微词,说它有炫耀文采的可疑动机,与史书的简约法度很是不合(140—141)。刘知几在此可能只记住了历史叙述"持论宜阔略"的写作要求,却忘记了发挥教诲作用原本也是史官的重要职责。既然要发施教训,何如直书评论来得直接? 随着虚构成分的不断增强,后世小说里那些标示(模拟)史职身份的词语逐渐消失,渐次以"偈语""诗云""赞曰"等变体面目出现,但这丝毫不影响小说的曲终奏雅,读者很容易从叙事文的"卒章"听辨出所显之"志"。

第二种方式可以称之为"依声寻味"。长期以来,读者习惯于将声音单纯地看成意义的载体,却忽视了声音自身所携带的丰富意味,造成艺术韵致的白白流失。按赫希的说法,"意味"是"意义与人之间的联系,或一种印象,一种情境"(转引自却尔 21)。它不等于意义,也难以言说,更多是指通过阅读活动感受到的、与声源主体的情绪密切相关的声响质地。罗兰·巴特将它命名为声音的"颗粒"(275)。意味虽然不等同于意义,却能以鲜活生动的艺术感受充实文本,使之立体丰满,具有咀嚼不尽的恒久魅力,某种程度上完全可以说,是"意味"而不是"意义"成就了叙事作品的文学性。叙事文的声调语气无疑是体察意味的重要入口,刘大櫆要求读者反复揣摩古人的神气音节,令其出入我之喉吻之间,久之方有铿锵的金石声质(转引自郭绍虞、罗根泽 12);林纾曾以亲身经历加以佐证:"鄙人每于不适意时,闭户读之;家人虽不明诗中之意,然亦颇肃然为之动容"(转引自郭绍虞、罗根泽 79)。汉语中的语气助词属于虚词,"助"与"虚"的词性命名,已然表明了国人推崇实际"意义"的态度。然而林纾注意到,"善于文者,用虚词最不轻苟",阅读时"断不能将虚词略过",就是因为某些虚词的使用,是感受人物精神气质的绝妙声响途径,此所谓"虚词详备,作者神态毕出"(转引自郭绍虞、罗根泽 9)。司马迁作《史记》,一方面固然是为了"究天人之际,通古今之变,成一家之言",可是谁又能说,他忍辱负重的强大精神动力,不是来自父亲临终前("汝其念哉")那声缓慢而又沉重的绝响（司马迁 2871）？正是因为对灞陵尉那一声傲慢势利的"也"字刻骨铭心，李广才一直心怀耿耿，必欲杀之而后快（司马迁 3295）。李陵与苏武诀别前的那一声喟然长叹（"已矣"）里，包含的又岂止无奈、怅然、遗憾这么几种有限的情绪成分？同样，《醉翁亭记》通篇的 21 个"也"字，构筑起张弛有度的环绕"立体声声墙"，把作者酒酣之余恬然自得的精神气度回荡于读者耳畔。

由于"听""说"须臾不可分离，古人对"听"的强调自然延伸至对"读"的考察，"因声求气"就是这种延伸的逻辑结果。首先，由于"音节高则神气必高，音节下则神气必下，故音节为神气之迹"（郭绍虞、罗根泽 6），因此可以通过朗读声音的轻重权衡来体察作家的精神气度。曾国藩对此说得非常透彻："《四书》《诗》《易经》《左传》诸经、《昭明文选》、李杜韩苏之诗、韩欧曾王之文，非高声朗诵则不能得其雄伟之概，非密咏恬吟则不能探其深远之韵"（97）。其次，要重视语速的驰骤缓急对理解产生的制约作用。姚鼐认为，"大抵文章之妙，在驰骤中有顿挫，顿挫中有驰骤。若但有驰骤，即成剽滑，非真驰骤也。更精心于古人求之，当有悟处耳"（转引自贾文昭 134）。刘熙载对此亦颇有体会，他说"《公》《谷》两家，善读《春秋》本经，轻读、重读、缓读、急读，读不同而义以别矣"（9）。应予特别强调的是"涵泳"这种经朱熹、曾国藩等人提倡而声名大振的阅读方法。[5] 按朱熹之意，"涵泳"不是某种单一的阅读方式，而是一种具有高度综合性的阅读原则。他强调"熟读"的重要性："与其泛观而博取，不若熟读而精思"（《答沈叔晦》）；也重视朗读的声效作用，认为读书"须要字字响亮"，"只是要多诵遍数，自然上口，久远不忘"（《兴学斋规》）；他还要求读者立足自身，通过反复玩味来体会作家的精神意趣："徐读而以意随之"，"则其不可涯者将可有以得之于指掌之间"（《读书之要》）。由"熟读""多诵"及"徐读"等词不难看出，"涵泳"实则与"因声求气"有着密切的关系。

最后一种方式可称之为"因默入神"。"默"是无声的空白，此时叙述者的言说或者暂时中止，或者已经结束，其物理声音已然停歇，阅读过程至此似乎处于绝对的缄默状态。然而物理声音的消逝，才是想象性倾听的开始，正是挣脱了有形之音的束缚，读者才能彻底沉潜于心灵深处，让思绪自由驰骋于想象的天地。"因默入神"不同于"微言大义"或者史家"曲笔"，也不同于戚蓼生所称的"绛树二歌"，后三者大致可称"因默传神"，性质属于"言在此而意在彼"。如戚蓼生《石头记序》所言："第观其蕴于心而抒于手也，注彼而写此，目送而手挥，似谲而正，似则而淫。如

《春秋》之有微词,史家之多曲笔。……写闺房则极其雍肃也,而艳冶已满纸矣;状阀阅则极其丰整也,而式微已盈睫矣"(转引自丁锡根 1151)。"彼在"的意义没有直接道明,处于某种沉默的状态,但它的确因"此在"的言说所传达、所引发,意义内涵比较明确,其实现途径须借助读者的辨"听"能力。

"因默入神"的性质属于"言已尽而意无穷",此时"意"之内涵已经高度虚化,不具备明确的所指,它可能是某种感慨兴叹,也可能是某种思考回味,甚至兴叹、回味的行动性也是"入神"的重要构件。其实现手段也不再是诉诸读者的理性辨析力,而是其听觉想象力与领悟力。"因默入神"的这种"神游"特点,对于叙事阅读具有极大的增值功能。当白发渔樵的笑谈声消弭于江渚之上,《三国演义》回荡于读者心头的,是盖世英雄而今安在的深沉感慨,还是浓烈的历史虚无意识? 当《桃花扇·余韵》里最后的诗吟之声消散于舞台深处,听众内心涌起的是彻骨的寒意悲怆还是兴替的苍凉慨叹?《红楼梦》篇末以偈语终了,余音散尽之际,读者心中荡漾开去的是"遍被华林"的"悲凉之雾",还是纷扰世事的无稽感慨? 读者在此不必做出明确的选择判断,只需反复入神回味便可,因为耐人寻味原本就是中国文学孜孜以求的目标效果之一。

## 注解【Notes】

① 《周礼·春官》有云:"冯相氏掌十有二岁、十有二月、十有二辰、十日、二十有八星之位,辨其叙事,以会天位",又云:"内史掌王之八枋之法,以诏王治。……掌叙事之法,受讷访,以诏王听治。"

② 梅膺祚《字汇》云:"世务大曰政,小曰事。纲纪法度为政,动作云为曰事",语见哈佛燕京图书馆《字汇》珍藏本,第 83 页。

③ 按指说书艺术的从业人员。

④ 《国语·周语》记云:"故天子听政,使公卿至于列士献诗,瞽献曲,史献书,师箴,瞍赋,矇诵,百工谏,庶人传语,近臣尽规,亲戚补察,瞽史教诲,耆艾修之,而后王斟酌焉。"

⑤ 曾国藩称赞"涵泳"为"最为精当"之阅读方法,谕示儿子曾纪泽细加体会,参阅曾国藩咸丰八年八月三日之《与纪泽儿书》。

## 引用文献【Works Cited】

罗兰·巴特:《显义与晦义》,怀宇译,天津:百花文艺出版社,2005 年。

陈国球、王国威编：《抒情之现代性："抒情传统"论述与中国文学研究》，北京：生活·读书·新知三联书店，2014年。

丁锡根编著：《中国历代小说序跋集》（中），北京：人民文学出版社，1996年。

董乃斌主编：《中国文学叙事传统研究》，北京：中华书局，2012年。

方玉润：《诗经原始》（上），李先耕点校，北京：中华书局，1986年。

傅修延：《先秦叙事研究：关于中国叙事传统的形成》，北京：东方出版社，1999年。

龚鹏程：《中国小说史论》，北京：北京大学出版社，2008年。

顾颉刚：《史林杂识》，北京：中华书局，1963年。

郭丹主编：《先秦两汉文论全编》，上海：远东出版社，2012年。

郭绍虞、罗根泽主编：《中国古典文学理论批评专著选辑》，北京：人民文学出版社，1959年。

韩南：《中国近代小说的兴起》，徐侠译，上海：上海教育出版社，2004年。

贾文昭编著：《桐城派文论选》，北京：中华书局，2008年。

刘熙载：《艺概笺注》，王气中笺注，贵阳：贵州人民出版社，1986年。

刘知几：《史通全译》，姚松等译注，贵阳：贵州人民出版社，1997年。

鲁迅：《中国小说史略》，南京：译林出版社，2014年。

孟元老：《东京梦华录》，李士彪注，济南：山东友谊出版社，2000年。

浦安迪：《中国叙事学》，北京：北京大学出版社，1996年。

钱锺书：《谈艺录》（补订本），北京：中华书局，1984年。

P.D.却尔：《解释：文学批评的哲学》，吴启之等译，北京：文化艺术出版社，1991年。

沈从文：《沈从文全集》（第16卷），张兆和编，太原：北岳文艺出版社，2002年。

司马迁：《史记》（第六册），北京：中华书局，1959年。

四水潜夫：《武林旧事》，杭州：浙江人民出版社，1984年。

孙楷第：《俗讲、说话与白话小说》，北京：作家出版社，1956年。

王国维：《王国维手定观堂集林》，黄爱梅点校，杭州：浙江教育出版社，2014年。

闻一多：《神话与诗》，上海：上海人民出版社，2005年。

吴琛瑜：《晚清以来苏州评弹与苏州社会：以书场为中心的研究》，上海：上海人民出版社，2010年。

叶叔宪：《诗经的文学阐释——中国诗歌的发生研究》，武汉：湖北人民出版社，1994年。

曾国藩：《曾国藩家书》，成都：四川文艺出版社，2008年。

朱自清：《朱自清讲诗》，凤凰出版社，2008年。

**作者简介：** 刘亚律，江西师范大学文学院副教授，文学博士，主要研究方向为比较文学、叙事理论。

# 《三国演义》功能性状貌叙事三题

杨志平

**内容提要：** 古代小说有关人物状貌的叙写,往往都具有鲜明的功能性叙事意味,这当中《三国演义》可谓典范之作。通过对小说人物刘备、关羽与张飞的相应状貌的解读,读者可以发现三者状貌其实都并非写实,而是有着鲜明的功能性指向,是特定人物塑造意图的特定反映。《三国演义》此种形态的状貌叙事,接续了古代话本小说的叙事传统,体现了古代文化有关人物相貌的特定命意,同时又对后世小说产生了深远影响。

**关键词：** 《三国演义》;功能性状貌叙事;刘备;关羽;张飞

肖像摹拟,本为画事之职分,因其线条、色彩等视觉元素,人物状貌得以栩栩如生。转至小说门类,出于写人叙事之文体要求,小说家依照自身观念,也普遍在作品中为人物状貌写生。关注与研究古代小说作品中的人物状貌,近年已越来越受到学者重视,取得了不少引人注目的研究成果①。应该说,这些成果极大地开拓了人们的研究视野,深化了有关古代小说人物状貌叙写的认识。不过,在我们看来,古代小说人物状貌叙事的研究,仍然有较大的研究空间,也具有较强的研究必要性。本文认为,结合古代小说编创与传播的实际状况来看,以《三国演义》为代表的一大批通俗小说,其中的人物状貌描写其实大都带有功能性叙事意味,换言之,功能性状貌叙事主要是为编创者特定的叙事意图而服务的,切不可如实看待。

作为一部主要依据史书敷衍而成的通俗小说,《三国演义》中出现的大多数人物形象,其实在《三国志》等史书中皆有记载。所不同的是,小说中的人物状貌多是有意详加叙写的,而史书则往往语焉不详,甚至付诸阙如。小说因其虚构的本体特性,在人物状貌的处理上有较大的自由度,而史书出于实录的基本要求,相对而言往往受限于史实而淡化人物状貌的叙写。基于此点,我们可以看到,《三国演义》中的主要人物形象,普遍都有较为翔实的状貌叙写——小说家势必认识到状貌叙写是刻画人物形象的有效方式;与此相对应,《三国志》则往往忽略人物的状貌记载。如此一来,人们不禁要质疑了:既然史书中都没有历史人物的状貌记载,那么小说中的历史人物状貌如何,显然是空穴来风了? 笔者认为,这样的疑问大体是成立的,问题的关键在于如何无中生有式地构思人物状貌,这是否应该有所依据? 经由对《三国演义》主要人物状貌叙事的总体梳理,我们发现,状貌叙事作为刻画人物形象的有效艺术形式,整体上是从属于人物品格塑造以及小说基本思想取向这一艺术意图的。因此,人物的状貌看似可以随意叙写,但实则还是受制于道德评价标准的[②],而人物状貌如何与道德品性发生对应关系,在古人那里,主要基于相术考量、神异崇拜与传统影响等多方面决定因素。

在这样的认识前提下,《三国演义》的状貌叙事即凸显出功能性倾向,在外在形态上表现为在精心营构人物状貌的特定意味之后,小说编创者在此后叙写同一人物的状貌时,则几乎沿用初次状貌叙事的话语,进而使得人物状貌叙事普泛化,小说状貌叙事的功能性意味由此得以显现[③]。具体来说,古代小说功能性状貌叙事主要是指小说编创者受此前叙事传统影响,或出于自身特定的叙事意图,将小说人物状貌与特定性格特征和精神品格有意无意地关联起来,从而使得状貌叙事呈现单一化、符号化与普泛化等特点。这种功能性状貌叙事,经历了由固化、强化至泛化的过程,在《三国演义》及其后续受其影响的小说作品中体现得尤为明显。本文即主要选取小说中的刘备、关羽、张飞三个人物形象,对其状貌叙事的功能性意味加以考察,以求引发读者对古代小说功能性状貌叙事相关问题的思考。

## 一、刘备之貌及其叙事意义

在《三国演义》成书直至编定过程中,"尊刘抑曹"倾向一直较为突出,这种情形同样反映在对刘备与曹操两个形象的状貌叙事之中。同样都是政治军事集团的领袖,在成为帝王的状貌资质方面,刘备似乎更具有先天优势,这集中反映在史家陈寿所著的《三国志》之中。相对而言,尽管陈寿惜墨如金,《三国志》还是较为罕见地花了几笔正面交代了刘备的状貌(曹操、孙权等人状貌则叙写得极为简略)。

> (先主)身长七尺五寸,垂手下膝,顾自见其耳。少语言,善下人,喜怒不形于色。(陈寿 806)

在这段文字中,刘备状貌迥异于常人之处在于"垂手下膝,顾自见其耳",也就是说刘备身段体态各部分并不匀称,手超长、耳超大。在面相学上,这意味着什么呢? 在古代相术领域有重要影响的《神相全编·卷五·相贵》有如此记载:"不带芝兰身自香,上长下短手垂膝。"此即预示长手必主大贵[④]。而同书中《相耳诀》则写道:"两耳垂肩,贵不可言。"如果再联系道家与道教祖师老子的名号——李耳与李聃,或许更能说明耳大之寓意。"聃"在读音上与"耽"一致,与"儋"字亦可相互"音训"。《说文解字》耳部有云:"耽,耳大垂也。""儋,垂耳也。从耳,詹声。南方儋耳之国"(许慎 249)。清代考据大师毕沅在《道德经考异序》中直接点明聃、耽、儋"三字声义相同,故并借用之"。由此,凭着老子的地位与影响,可进一步生成耳大必福贵的印象。因此,若陈寿所叙属实的话,那么刘备确实相貌惊人(事实如何,势必难究),在面相学上刘备必主大贵,此后成为蜀汉开国之君亦属必然;若陈寿所叙属道听途说或者有意杜撰的话,那么同样可以说明民心所向,只不过由此一来,即与陈寿力主曹魏而非蜀汉为正统的通行观念形成了冲突。较为可行的解释可能在于陈寿仅以此状貌叙写来预示刘备的"远大前程",而并非要将其定于一尊。不管基于何种解释,刘备的不凡身世凭着史书的简要笔调得以固化定型,也就是说,在预示人物命运方面,陈寿的状貌叙写有着特定的功能性意味。对此,郭英德先生亦有过相关论述:"在中国人的传统观念中,人的容貌体态与人的性格心理之间,也有着一种神秘的隐喻象征关系。于是,在文学作品中,人物形象的容貌体态也往往被用来暗示人物的性格特征"(611)。这可说是功能性状貌叙事的表现形态之一。

　　刘备因手长耳大的异相而出人头地,这对此后相应文学创作产生了深刻影响,几乎所有与刘备相关的文学作品皆提及刘备的这一状貌特征。在这当中,对《三国演义》产生最直接影响的元代小说《全相平话三国志》,可以说既继承了此前说唱文学有关刘备相貌的叙写,在史书状貌叙事的基础上做了适度敷衍与点染,又基本上奠定了后世通俗小说有关刘备状貌的原型。

说起一人,姓刘名备,字玄德,涿州范阳县人氏,乃汉景帝十七代贤孙,中山靖王刘胜之后。生得龙准凤目,禹背汤肩,身长七尺五寸,垂手过膝,语言喜怒,不形于色,好结英豪。(钟兆华 378)

忽听得寨门外闹,门吏报曰:"辕门外有三将军来见。"冀王[袁绍]速今叫至当面,众官皆觑。为首者一将[刘备],面如满月,耳过垂肩,双手过膝,隆准龙颜,乃帝王之貌。(钟兆华 389)

帝宣三人,借袍见帝。献帝见先主面如满月,两耳垂肩,貌类汉景帝。(钟兆华 414)

却说诸葛自言:"我乃何人,便太守几回来谒我,观皇叔是帝王之像,两耳垂肩,手垂过膝。又看西墙上写诗,有志之辈。"(钟兆华 426)

如若将上述刘备状貌与《三国演义》相比,可发现两者基本上如出一辙。通观而言,上述几处叙写,均围绕刘备乃帝王之选这一核心语义而展开,所谓"龙准凤目,禹背汤肩""隆准龙颜"之说,赋予了刘备不仅天命所归,而且堪为圣贤之君的预示意味。这类状貌用语无疑增强了天下纷争之际刘备的道德分量。由此可以认为,《三国演义》中的刘备状貌叙写,究其源头固然是史书所设定的,但是对市井民众而言,有关刘备状貌的认识,或许更来自传播范围更广的通俗小说。晚明冯梦龙在论及通俗小说的传播特点时说道:"虽日诵《孝经》《论语》,其感人未必如是之捷且深也。噫,不通俗而能之乎?"(1990:7)可见,通俗小说较诸经史著作更具影响优势。因此,要确切评价《三国演义》中相关人物的状貌叙事,《三国志全相平话》无论如何都是关键的节点。由《三国志全相平话》我们也能看出,在保留核心状貌叙事的基础上,从不同视点增删点染,是该部作品状貌叙事的突出特点,而这已然凸显出功能性状貌叙事的些许要义。此为功能性状貌叙事的表现形态之二。

明清以来,刘备状貌特征得以为民众所熟知,更主要得益于《三国演义》的广泛传播。其中的状貌叙事,虽频次不够密集,却最为集中地体现了古代小说状貌叙事的功能性意味。

那人不甚好读书,性宽和,寡言语,喜怒不形于色。素有大志,专好结交天下豪杰。生得身长八尺,两耳垂肩,双手过膝,目能自顾其耳,面如冠玉,唇若涂脂,中山靖王刘胜之后,汉景帝阁下玄孙,姓刘名备,字玄德。(罗贯中 2006:4)

> 玄德惊问曰:"汝乃村僻小童,何以知吾姓字?"牧童曰:"我本不知,因常侍师父,有客到日,多曾说有一刘玄德,身长七尺五寸,垂手过膝,目能自顾其耳,乃当世之英雄。今观将军如此模样,想必是也。"(罗贯中 2006:306—307)

可以看出,《三国演义》中的刘备状貌,基本上因袭自《三国志》尤其是《全相平话三国志》等此前相关文献。新添所谓"面如冠玉,唇若涂脂"云云,同样成为后世小说有关人物状貌的常见叙事话语(如贾宝玉之流)。除此之外,围绕刘备的状貌叙事,从外在形态至内在意蕴,基本上与此前文献并无多少变化,大体用以补足形象塑造的艺术环节与机制要求,使得小说文本的前后叙事在事理与情理逻辑上得以贯通,同时也促使人物形象得以固化。当然,另一方面则使得小说人物呈现出脸谱化色彩。试想,南阳牧童如若对刘备手长耳大的状貌特征并不了解的话,刘备与牧童之对答何以发生? 后续情节又该如何演进? 这样看来,牧童视野中的刘备状貌,即不在于强调刘备的天赋异禀,而在于使得叙事环节前后得以勾连一体,客观上反映出刘备状貌因特异而广为熟知,进而使得状貌叙事本身被泛化了——这即是功能性叙事意味的重要形态之一,也是通俗小说极为普遍的叙事特质之一。总之,从《三国志》直至《三国演义》,刘备的状貌核心一直得以维系,相关状貌叙事话语既是预示与强化刘备形象不同凡俗的需要,同时也是小说艺术理路的逻辑要求。此即是小说有关刘备状貌叙事带给我们的重要启示。

在《三国演义》之后,刘备式状貌依然在通俗小说中屡屡出现,叙写的核心依然是"两耳垂肩""垂手过膝",意在映现人物的不凡气质。

> 一个小妖就伸头望门外一看,看见是个光头的长老,连忙跑将进去报道:"大王,外面是个和尚哩。囤头大面,两耳垂肩;嫩刮刮的一身肉,细娇娇的一张皮:且是好个和尚[唐僧]。"(吴承恩 342)

> [张道陵]身长九尺二寸;虎眉广颡,朱项绿睛,隆准方颐,伏犀贯顶;垂手过膝,龙蹲虎步,望之使人可畏。(冯梦龙 2012:153)

> 怎见得那人的好相? 祇见:尧眉舜目,禹背汤腰。两耳垂肩,棱角分明征厚福。双手过膝,指挥开拓掌威权。……这人非别,就是那个开三百年基业的领袖,传十八代子孙的班头——姓赵名匡胤,表字元朗,世本添郡人氏。(吴璿 2)

> 话犹未了,祇见山上飞下一骑马来,董耀宗抬头一看,祇见马上坐着一位英雄[杨再兴之子杨继周],生得脸白身长,眉浓唇厚,两耳垂肩,鼻高准阔。身穿

一领团花绣白袍,头戴一顶烂银盔,坐下白龙马,手提双铁戟。(《说岳全传》第七十五回)

这李全抬头一看,见了空一表非俗,两耳垂肩,双手过膝,唇红齿白,与锦屏小姐恰是姊妹一般,不觉十分欢喜。(佚名 2000: 333)

这文忠臣别人不知道,咱是亲眼见来的,身长一丈,腰大十围,两耳垂肩,双手过膝,一顿饭要吃四十九个猪头,还说不曾饱哩;脑后有一只神眼,会七十二般变化,原是灌口二郎神下界来,替咱们这一方除害的!(夏敬渠 469)

由以上不同作品的相关状貌叙写,我们不难看出,刘备的状貌特征在一定程度上被其他小说人物形象所因袭——这自然令人难以置信。可以说,状貌叙事的本质要义即在于凸显人物的个性化特征,如若千人一面、万人一孔,那么状貌叙事势必失去其本身存在价值。有鉴于此,上述材料相关雷同叙事,显然已陷于模式化窠臼而受人诟病,但是如若从功能性叙事视角来看,又或许有其艺术价值与存在的合理性。将上述状貌叙写涉及的人物形象放在各自小说作品甚至是相关史书中来看的话,所谓各色人等皆是"两耳垂肩""垂手过膝"云云,其叙事指向的重心不在面相学意味或神异文化色彩,而在笼统渲染所写人物相貌奇特而理应受人瞩目而已,至于是不是与其整个人生命运大富大贵有直接对应关系,或者说在小说后续叙事中就确切安排其福贵终老的人生结局,这倒不一定(上述人物形象如杨继周、了空等即未能如此)。这样看来,诸多刘备式状貌叙事更主要借刘备状貌之"形"而非其"义",小说编创者这样处理的艺术意图在于,借刘备式状貌在作品传播过程中的影响势能而简要交代人物的超凡命运,或者不确切地说,是在借助叙事传统给各自作品及其人物叙写"壮胆"而已。这可谓小说功能性状貌叙事的又一表现形态。

在这样的认识基础上,小说家自身也对此类"两耳垂肩"式状貌叙事的寓意予以嘲弄,劝导读者切不可如实看待而想入非非,它仅仅是一种常态的功能性叙事方式罢了——这其实也是理解其他人物状貌叙事特征时应持有的合理态度。李汝珍《镜花缘》第十四回即就此作了极为生动的警醒:

走了数日,到了聂耳国。其人形体面貌与人无异,惟耳垂至腰,行路时两手捧耳而行。唐敖道:"小弟闻得相书言:'两耳垂肩,必主大寿'。他这聂耳国一定都是长寿了?"多九公道:"老夫当日见他这个长耳,也曾打听。谁知此国自古以来,从无寿享古稀之人。"唐敖道:"这是何意?"多九公道:"据老夫看来,这是

'过犹不及'。大约两耳过长，反觉没用。当日汉武帝问东方朔道：'朕闻相书言，人中长至一寸，必主百岁之寿。今朕人中约长寸余，似可寿享百年之外，将来可能如此？'东方朔道：'当日彭祖寿享八百。'若这样说来，他的人中自然比脸还长了。——恐无此事。"林之洋道："若以人中比寿，只怕彭祖到了末年，脸上只长人中，把鼻子、眼睛挤的都没有地方了。"多九公道："其实聂耳国之耳还不甚长。当日老夫曾在海外见一附庸小国，其人两耳下垂至足，就象两片蛤蜊壳，恰恰将人夹在其中。到了睡时，可以一耳作褥，一耳作被。还有两耳极大的，生下儿女，都可睡在其内。若说大耳主寿，这个竟可长生不老了！"大家说笑。（60）

## 二、关羽之貌及其叙事意义

在陈寿《三国志》中，几乎未能见到关羽的相关状貌叙写，仅在注解诸葛亮劝慰关羽无须与马超媲美的书札时，顺带补叙一句"羽美须髯"，故而诸葛亮以"髯"指代关羽自身。[⑤]此处细节透露出关羽状貌给人印象最深的是"美髯"，其他状貌特征如何不得而知。何以关羽以"美髯"自负？简略而言，如从龙文化与龙崇拜的民族心理考察，男子胡须与龙须恰相对应，胡须自然以长为美。如从时人审美取向而言，汉魏时期不少男子因长须而被誉为"美男子"，如《汉书·霍光传》中描写西汉权臣霍光"长财七尺三寸，白皙，疏眉目，美须髯"（班固 245），东汉钜鹿太守司马直"洁白，美须髯，容貌俨然，乡闾奉之如神"，《三国志·崔琰传》中代替曹操接见匈奴使臣的崔琰"声姿高畅，眉目疏朗，须长四尺"（陈寿 358）。关羽势必也有此类状貌而著称于世，故而后世相关作品一直予以凸显。

元代相关关羽题材戏剧与小说对关羽状貌加以充分的点染与修饰，基本上奠定了《三国演义》中关羽状貌的原型。

先看元杂剧中有关叙写：

> 他上阵处赤力力三绺美髯飘，雄赳赳一丈虎躯摇，恰便似六丁神簇捧定一个活神道。（关汉卿 5）

> 看了关公英雄一个神道相。……髯长一尺八，面如挣枣红。青龙偃月刀，九九八十斤。（关汉卿 13）

> 家住蒲州是解良，面如挣枣美髯长。青龙宝刀吞兽口，姓关名羽字云长。（齐豫生 147）

再看元代小说《全相平话三国志》中的有关叙事:

> 话说一人,姓关名羽,字云长,乃平阳蒲州解良人。生得神眉凤目,虬髯,面如紫玉,身长九尺二寸。喜看《春秋左传》,观乱臣贼子传,便生怒恶。(钟兆华10—11)

可以说,元代戏曲小说中的关羽状貌比之史书有极大突破,除了保留美髯这一特点之外,身长、面色、眉目乃至常用兵器等相关形象要素均有明确叙写,由此使得此前语焉不详或平面化的关羽变成了立体化的关羽,综合考量而言,这种形象确实具备了神武气质,也隐含了一定寓意。这些状貌叙事的相应话语及其叙事意图也基本上为《三国演义》所沿用。

在此前相关作品状貌叙事的基础上,《三国演义》对关羽状貌作了更为全面而影响深刻的叙写,只不过叙事话语相对更单一:

> 玄德看其人:身长九尺,髯长二尺;面如重枣,唇若涂脂;丹凤眼,卧蚕眉,相貌堂堂,威风凛凛。玄德就邀他同坐,叩其姓名。其人曰:"吾姓关,名羽,字寿长,后改云长,河东解良人也。因本处势豪倚势凌人,被吾杀了,逃难江湖,五六年矣。今闻此处招军破贼,特来应募。"(罗贯中 2006:4—5)

> 言未毕,阶下一人大呼出曰:"小将愿往斩华雄头,献于帐下!"众视之,见其人身长九尺,髯长二尺,丹凤眼,卧蚕眉,面如重枣,声如巨钟,立于帐前。绍问何人。公孙瓒曰:"此刘玄德之弟关羽也。"(罗贯中 2006:44—45)

> (潘)璋回身便出。忽门外一人,面如重枣,丹凤眼,卧蚕眉,飘三缕美髯,绿袍金铠,按剑而入。璋见是关公显圣,大叫一声,神魂惊散;欲待转身,早被关兴手起剑落,斩于地上,取心沥血,就关公神像前祭祀。(罗贯中 2006:709)

《三国演义》中关羽状貌的集中叙写主要见诸上述三处,若与此前文献前后比较的话,可以发现《三国演义》叙写关羽状貌在很大程度上延续了此前相关作品,"美髯""面如重枣""丹凤眼"与"卧蚕眉"等特征反复加以强调标示,以至于成为关羽相貌代表性要素,也可说是关羽形象的典型符号。在同一部作品中,前后反复用同样的叙事话语去叙写人物状貌,这在现当代小说是很难想象也难以接受的艺术方式,而在古代小说那里,则有着特殊的叙事意味。我们不妨从古人极为看重的面相学这一文化密码出发,看看代表关羽典型状貌的上述符号性话语有何特殊意味。

不论古今,身材魁梧一直是评判男性形象优劣的重要标准,诸如"三寸丁,谷树皮"之类的相貌特点往往受人嘲讽。因而不管古今度量衡如何变换,关羽"身长九尺"无论如何皆可谓高大形象。至于"髯长二尺",正如上文所述,这亦是美男子的时尚标志,自然无须多论。而"面如重枣"有何意味呢? 据研究者看来,"面色像玉一样润泽洁白,像漆光一样黑而发亮,像蒸栗一样黄灿,像绛缯一样的紫色,这都属吉相"(陈兴仁118)。显然,按照古代命相学来说,"面如重枣"之人,是应该有福贵之运的。此外,《神相全编》有云:"目为凤鸾,必定高官"(转引自陈兴仁134)。《麻衣相法》则云:"眼如日月要分明,凤目龙睛切要清"(转引自陈兴仁135)。据此来看,"丹凤眼"亦属不凡之相。至于"卧蚕眉",研究者认为这同样属于富贵之相,兼有性情刚直之势,所谓"眉毛高起,前程远大","眉高昂逼头,性情刚强暴躁"(陈兴仁133)。因此,综合以上状貌特征来说,关羽确实"相貌堂堂,威风凛凛",必主命运显贵,堪当大任。⑥而结合小说塑造的关羽形象来说,五虎上将之首、镇守荆州要地之统帅以及刚而自矜的个性等形象特质,这实际上都能在关羽自身状貌中找到对应项,故而小说家反复渲染关羽的状貌特征,用以加强读者的印象、标榜关羽之正面品格。

如上所述,《三国演义》中的关羽状貌是从此前作品与文献中因袭与改造而来的,并且在小说作品中也反复叙写,以至于可能导致一提起"面如重枣""丹凤眼""卧蚕眉"之类的用语即表明关羽形象的显现。这样的叙事形态,即带有鲜明的功能性叙事意味。它对叙事对象初始阶段的刻画是极为精心斟酌的,甚至可以说赋予了独特的情感色彩,在叙事对象后续出现时,则以雷同的叙事话语实现同样情感色彩与叙事意图的延续,因而可以说这类功能性叙事能够极大地固化人物性格、强化人物的主导形象特征——其实并不能以诸如模式化、程式化叙事论断简单对待。

既然如此,我们再来看看《三国演义》形象群体中唯一与关羽状貌类同的另一武将——魏延。在小说中有两处状貌叙事正面刻画了魏延形象:在刘备携民逃难之际,打开襄阳城门意欲接纳刘备的魏延"身长八尺,面如重枣";在关羽力攻长沙之际,杀死韩玄而向关羽投诚的魏延"面如重枣,目若朗星"。两相比较,其实魏延与关羽有状貌相似之处,那何以诸如"面如重枣"等功能性叙事话语,不能用以代表魏延形象却可代表关羽形象呢? 笔者认为,这在很大程度上与小说中魏延的所作所为、与小说家对诸葛亮之偏爱有密切关系。一方面,无论是在襄阳城"开门揖盗",还是在长沙城"杀主求荣",魏延终究还是难免"食其禄而杀其主""居其土而献其地"的反叛嫌疑——尽管魏延原本效忠的可能并非贤德之辈,也不应由其手刃长官——而其他人等抗命而为则属忠勇可贵;另一方面,为了讴歌诸葛亮忠心耿耿的可贵品格,小说家也任由孔明污蔑魏延"脑后有反骨,久后必反",以此反衬诸葛亮的高大形象。在这点上,我们认同这样的看法:"所谓'反骨'云云,纯是无中生有,是作者为了塑造人物需要而借用的"(万晴川 124)。其实不论是史书还是小说实际叙事,魏延都不曾有过背主求荣之举,而杀韩玄之事反倒表明魏延是在忠于人心所向的"刘皇叔",这自然不算"反骨"的表现了。如果从状貌叙事的功能性视角来看,恰恰是"面如重枣"一语使得魏延反叛的形象有重新昭雪的形式可能,而以所谓"反骨"之说定忠奸的诸葛亮其实并不见得有多么高明。当然了,据此也可说明小说《三国演义》的艺术加工并非无懈可击。因此,如若正本清源地来评判魏延的话,"面如重枣"依然可视为《三国演义》较为典型的功能性叙事话语,只不过相对于其他主要人物的状貌叙事而言稍显复杂一点而已。

三国系列文献与作品对关羽状貌特征的反复叙写,使得围绕关羽状貌叙事的主要话语与刚猛果敢、忠贞勇武的品格密切对应,在后世通俗小说之中影响巨大,相应状貌叙事话语的功能性意味一直得以延续。[⑦]先看其他小说中与关羽"一脉相承",被小说家附会成关羽后人的关氏将领的状貌叙事:

> 此人乃是汉末三分义勇武安王嫡派子孙,姓关名胜,生的规模与祖上云长相似,使一口青龙偃月刀,人称大刀关胜。见做蒲东巡检,屈在下僚。此人幼读兵书,深通武艺,有万夫不当之勇。(施耐庵 843)

> 蔡京看了关胜,端的好表人材,堂堂八尺五六身躯,细细三柳髭髯,两眉入鬓,凤眼朝天,面如重枣,唇若涂朱。(施耐庵 844)

> 两个正在商议,祇见前面一位将官飞马而来。二人抬头看时,祇见那人生得面如重枣,丹凤眼,卧蚕眉;坐下黄骠马,横提青龙偃月刀,年纪不上二十。樊、狄二人催马上前来问道:"将军且住马!前有金兵阻路,要往何处去?"那人道:"在下姓关名铃,曾与岳元帅的公子八拜为交。闻得兀术与元帅交兵,故此特来帮助杀贼!"(钱彩 345)

不难看出,上述材料中关胜、关铃之貌与关羽极为相似,小说家如此叙写的重要意图,一者借助人所共知的关羽之貌来增添各自小说形象的勇武气概,二者借助此前《三国演义》等相关作品形成的经典效应来增强各自小说的吸引力与可读性。而不论出于何种意图,其中的状貌叙事其实都经不起细细推究,关胜与关铃皆难以真正再现关羽的传奇人生,因而小说家这类状貌叙事,确切而言,依然从属于功能性叙事。从艺术功能来说,它有效地勾连起不同小说作品,成为不同作品析类归属的重要纽带,同时也在叙事形式上通过以简驭繁的手段增强了人物形象的厚重意蕴。因此,古代小说中的功能性状貌叙事确实谈不上怎样的深厚意蕴,但也有其重要的存在价值。

如果说将附会成关羽后裔的小说人物刻画成关羽式状貌还有一定依据的话,那么其他小说中频频出现的类似关羽式状貌,则属于随意泛化而完全失去了状貌叙事可能存有的本义。试看以下几则材料:

貌类关羽的赵匡胤:

> 那喽啰望下看来,见匡胤头上红扎巾,身穿绿战袍,面如重枣,须似钢针,坐着那火块般的赤马,体高调良,越显得匡胤人材异特,相貌魁伟。(吴璿 300)

貌类关羽的杨令公:

> 却说这杨令公名业,字继业,太原人氏。生得面如重枣,五绺长髯,相貌威严,身材凛凛。使一辆大柄刀,上阵如风,因此名为金刀杨令公,军中又号杨无敌。(吴璿 338)

貌类关羽的云天彪:

> 邓辛等四将接入,看那天彪生得面如重枣,凤眼蚕眉,龙行虎步,美髯过腹,声如洪钟。四将十分惊喜,各行礼参见。(俞万春 99)

这些作品中的同类状貌叙写,显然不能与此前相关三国题材作品中的关羽状貌等同看待。若说要将其作为程式化或模式化叙事,而完全无视这些状貌叙事的些许价值,也属不妥。相对合理的审视态度,或许更在于将其仍然作为功能性叙事形态来审视。此前相关作品对关羽这一武圣形象的成功刻画,使得在后世形成了关于忠勇双全式武将状貌的叙事范式及其相应话语,"面如重枣"之类的状貌叙事成为渲染小说中武将形象的范本,小说中的武将形象亦借此获得相应的气概与品格。可以说,"这样的做法迎合了目标读者的预期和阅读实践,即他们早已从说书人和当地戏院中熟悉了对故事的表演性呈现"(梅维恒 1120)。这即是此类功能性状貌叙事的价值所在。

### 三、张飞之貌及其叙事意义

历史上张飞实际长相如何,史书未有载录,因而今人有关张飞状貌的认识其实都是文学家虚构而来的。而如何虚构,是不是如同三岁孩童一般可以随意打扮? 显然不是,它应该符合作品的艺术旨趣——战争型小说需要战斗型人物。我们先从《全相平话三国志》中的张飞状貌谈起。可以认为,《三国演义》在很大程度上直接照搬了《全相平话三国志》有关张飞的状貌形态。试看以下材料:

> 却说有一人,姓张名飞,字翼德,乃燕邦涿郡范阳人也。生得豹头环眼,燕颔虎须,身长九尺余,声若巨钟,家豪大富。(罗贯中 2006:6)

> 忽听得寨门外闹,门吏报曰:"辕门外有三将军来见。"冀王(袁绍)速令叫至当面,众官皆觑。……右手下一将,幽州涿郡人也,姓张名飞,字翼德,豹头环眼,燕颔虎须。(罗贯中 2006:13)

在《三国演义》中,共有六处直接正面叙写张飞状貌,从而真正使得张飞状貌家喻户晓:

> 玄德回视其人,身长八尺,豹头环眼,燕颔虎须,声若巨雷,势如奔马。玄德见他形貌异常,问其姓名。其人曰:"某姓张,名飞,字翼德。世居涿郡,颇有庄田。卖酒屠猪,专好结交天下豪杰。恰才见公看榜而叹,故此相问。"(罗贯中 2006:4)

> 飞问其故,众老人答曰:"督邮逼勒县吏,欲害刘公。我等皆来苦告,不得放入,反遭把门人赶打!"张飞大怒,睁圆环眼,咬碎钢牙,滚鞍下马,径入馆驿,把门人那里阻挡得住,直奔后堂,见督邮正坐厅上,将县吏绑倒在地。(罗贯中 2006:15)

> 战不数合,瓒败走,吕布纵赤兔马赶来。那马日行千里,飞走如风。看看赶上,布举画戟,望瓒后心便刺。傍边一将,圆睁环眼,倒竖虎须,挺丈八蛇矛,飞马大叫:"三姓家奴休走! 燕人张飞在此!"(罗贯中 2006:47)

> 关公望见张飞到来,喜不自胜,付刀与周仓接了,拍马来迎。只见张飞圆睁环眼,倒竖虎须,吼声如雷,挥矛向关公便搠。(罗贯中 2006:247)

却说文聘引军追赵云至长坂桥，只见张飞倒竖虎须，圆睁环眼，手绰蛇矛，立马桥上；……张飞睁圆环眼，隐隐见后军青罗伞盖、旄钺旌旗来到，料得是曹操心疑，亲自来看。飞乃厉声大喝曰："我乃燕人张翼德也！谁敢与我决一死战？声如巨雷。曹军闻之，尽皆股栗。……后人有诗赞曰：长坂桥头杀气生，横枪立马眼圆睁。一声好似轰雷震，独退曹家百万兵。"（罗贯中 2006：366）

急勒马回时，帐后连珠炮起。一将当先，拦住去路，睁圆环眼，声如巨雷：乃张飞也。挺矛跃马，直取张合。（罗贯中 2006：605）

可以看出，张飞状貌在《三国演义》第一回着意叙写后，其他回目对此即反复加以雷同式凸显。由此一来，张飞的相貌得以固化而深入人心，后世关于张飞的印象即来源于此。若从今人的小说欣赏心理而言，在同一部小说中以同一笔调反复叙写同一人物的同一状貌特征，这不是江郎才尽又是什么呢？其实我们应该换个视角来看。如上所示，《三国演义》中的张飞显然不属相貌平平之辈，正是由于"相貌异常"而吸引了刘备的注意力。我们不妨看看刘备究竟看重张飞何种不凡之处，或者说张飞的异常相貌有何特殊意味。从传统印象与面相学视角而言，张飞状貌的预示意味较为单一，纯粹是作为武力过人的战将形象而存在的。其一，出于历史再现与小说家有意虚构的"燕颔虎须"。作为起起武夫而广为人知的张飞，其"燕颔虎须"之貌成为标志性特征，这很有可能是小说家从其他历史人物身上移植、借用而来的。《后汉书·班超传》记录了给班超相面的术士的一番评价："生燕颔虎颈，飞而食肉，此万里侯相也"（范晔 345）。投笔从戎的班超后来果真战功卓著而被封侯，小说家借用"燕颔虎颈"一语来叙写张飞状貌，应该亦有类似的隐喻意图⑧（张飞此后确实也得以封西乡侯）。范晔的有关叙事其实已为后世具备同类状貌相关人等的命运结局做了生动的例示，进而使得"燕颔虎须"之人虽相貌丑陋，却往往被普遍接受并显示出身世不凡。作为范晔后来者的刘备，不可能不知晓史书有关班超的记载。因此，史书所载而现实"重现"的班超式状貌也势必是张飞引人注目的原因之一，当然也为刘备注意到张飞提供了可资借鉴的历史依据。其二，张飞形象状貌之中的"声如巨雷"。《神相全编·卷一》提道："声音宜响亮，出自丹田，声响如雷贯耳，或如铜钟玉韵，或如瓮中之声，或如铜锣铜鼓，或如金声，或声长尾大，如鼓之响，俱要深远，丹田所出，此富贵绵远之相也。"此即是说，声音响亮也可能预示着命运不凡。在小说中，张飞命运确实与此种情形紧密相关，"声如巨雷"使得独自守卫长坂桥的张飞威震华夏,如若张飞总体形象当中缺少这一环节,势必使得张飞形象逊色不少[⑨],也使得《三国演义》失色不少。其三,张飞状貌之中的"豹形环眼"。《神相全编·卷一》同样提道:"形局者,乃人一身之大关也。或如龙形、虎形、鹤形、狮形、孔雀形、鹳形、牛形、猴形、豹形、象形、凤形、鸳鸯形、鹭鸶形、骆驼形、黄鹂形、练雀形等形,此富贵形相;或猪形、狗形、羊形、马形、鹿形、鸦形、鼠形、狐狸形,此凶暴、贫薄、夭折之相也。"对照之下,张飞"豹形"之躯俨然使其具备了作为出色武将应有的资质,其高大魁梧的气势似乎预示了战场建功立业的可能性。仅仅通过上述三个方面,不论是基于状貌的形式特点还是背后的预示意味,张飞这种勇武强悍的气势得以显露,这对于渴求志同道合而建功立业的刘备来说是极为难得的,被其吸引亦属自然。

即使撇开史书传统与面相学不论,就张飞这员武将而言,异常状貌本身即可形成先声夺人式的战斗力,它极大地点染了张飞勇猛彪悍的武将气质。试想若是面如冠玉、脸若银盆式的相貌,显然在对阵之时于先天气质上就不占上风了。因此,联系上述材料即可看出,张飞的此种状貌天生就不是为了安逸平和、忍辱苟活而存在的,小说每次点明张飞的状貌特征都是在恶战开始之际或交战之中,由此使得张飞勇猛的武将形象而倍加凸显。这样看来,《三国演义》每次刻意凸显张飞状貌之时,势必也预示着紧张凶险的恶战即将展开,否则的话就没必要着意点染张飞相貌了。这点与小说中刘备、关羽之相貌叙写是迥然有别的——要在张飞状貌上读出什么大富大贵的吉相,应该说还是显得有些凭据不足。这即是小说关于张飞状貌叙事的功能性意味,它较好地迎合了激烈争斗场景叙事的需要,也使得人物形象得以固化与强化。这种功能性状貌叙事实际上是古代通俗小说的可贵传统,那种认为这类状貌叙事因重复出现而陷于模式化进而认为应该完全删去的做法,恐怕多有不妥。

在《三国演义》之后,张飞式的同类状貌叙事话语频频见诸通俗小说,尤其是征战杀伐类的通俗小说,用以渲染相关人物或丑陋、或凶猛、或暴躁的相貌气质,而人物真实长相显然不会与张飞相同,命运结局也同样不会与张飞相同。我们结合后世不同作品试做分析。

最能说明问题的是《水浒传》中有关林冲形象的刻画。第七回首次叙写了八十万禁军教头林冲的状貌:"那官人生的豹头环眼,燕颔虎须,八尺长短身材,三十四五年纪"(施耐庵 99)。第四十八回再次点明林冲装束与张飞的关联性:"嵌宝头盔稳戴,磨银铠甲重披。素罗袍上绣花枝,狮蛮带琼瑶密砌。丈八蛇矛紧挺,霜花骏马频嘶。满山都唤小张飞,'豹子头'

林冲便是"（施耐庵 678）。显然，《水浒传》作者有意将林冲的外在状貌叙写成与张飞相似，进而从外表上赋予林冲勇猛暴躁的个性意味。而事实上，《水浒传》中的林冲在不平遭际面前却委曲求全、一忍再忍，直至最后关头才手刃仇敌而雪夜上梁山，表现出残忍决绝的另一重个性意味。这样的林冲显然有别于张飞，如若将《水浒传》中林冲的遭遇换到张飞身上，他的反抗势必不用等到生无退路的最后关头，很有可能在高衙内首次在街上调戏自己娘子时即让高衙内遭遇灭顶之灾——张飞鞭打督邮即是极好的例证。这样看来，《水浒传》作者一方面赋予林冲张飞式的状貌，另一方面给林冲安排一味忍气吞声、委曲求全的命运，这两方面本身的不协调性与内在冲突，使得林冲这一形象极富可读性与思想深度。造成这样的叙事效应想必是《水浒传》作者始料未及的，而这种效果的生成显然与相应的功能性状貌叙事紧密相关。

在《水浒传》之后，仍有不少小说出现了大量的张飞式状貌叙写，其叙事旨趣总体上依然带有明显的功能性意味，只不过表现在实际情形中还是有细微差异的。在大部分小说作品中，张飞式状貌被用以形容武将的威猛气质或者说用作衡定将才之依据，这与《三国演义》的意图基本一致。试看下列材料：

《隋唐两朝志传》第二十一回李靖的状貌：

> 忽见一人，威风凛凛，厉气昂昂，豹头环眼，虎臂狼腰，径至秦王面前陈言奇计。（罗贯中 1998：87）

《隋唐两朝志传》第五十二回尉迟恭的状貌：

> 秦王回头看时，那员大将豹头环眼，黑脸红须，使一条竹节铁鞭，骑乌骓马。朔州阳善人也，姓尉迟名恭，字敬德。（罗贯中 1998：226）

《说唐》第四十七回尉迟恭的状貌：

> 生得豹头环眼，燕颔虎须，必是国家栋梁。（如莲居士 162）

《好逑传》第十四回被铁公子誉为"将才"却将要被杀之将侯孝的状貌：

> 年纪祗好三十上下，生得豹头环眼，燕颔虎须，十分精悍。［铁公子］心下暗惊道："此将才也，为何遭此！"（名教中人 107）

《英烈传》第十回常遇春的状貌：

> 豹头猊眼，燕颔虎须。挺一把六十斤大刀，舞得如风似电；驾一匹捕日乌骓马，杀来直撞横冲。惹动了杀人心，万马千军浑如切菜；奋起那英雄志，铜墙铁

壁,倒若摧枯。黑着一片铁扇脸,咤一声,那愁霸陵桥不断!矗起两只铜铃眼,眨几眨,忧甚虎牢关难过。(佚名 2011：32)

《说岳全传》第五十六回完木陀赤的状貌：

> 鼻高眼大,豹头燕颔。膀阔腰圆,身长八尺。一部落腮胡子,满脸浑如黑漆。若不是原水镇上王彦章,必定是灞陵桥边张翼德。[10]( 钱彩 333)

《荡寇志》第七十五回程子明的状貌：

> 那程子明系山西人,生得豹头环眼,黄发虎须,人都唤他做金毛铁狮子。使一枝五指开锋浑铁枪,重五十斤,有万夫不当之勇。(俞万春 54)

在少部分作品中,张飞式状貌则主要用以渲染人物相貌丑恶的特质,甚而影响到对人物品德的评价。这类状貌叙事旨趣从根本上来说,其实也发端于《三国演义》对张飞状貌的叙写。试看以下材料：

《警世通言》第十九卷"崔衙内白鹞招妖"中酒保的状貌：

> (崔衙内)只见走一个酒保出来唱喏。看那人时,生得：身长八尺,豹头燕颔,环眼骨浅,有如一个距水断桥张翼德,原水镇上王彦章。衙内看了酒保,早吃一惊道："怎么有这般生得恶相貌的人?"(冯梦龙 2009：169)

《斩鬼传》第一回钟馗的状貌：

> 生的豹头环眼,铁面虬须,甚是丑恶怕人。谁知他外貌虽是不足,内才却甚有余。(刘璋 6)

《隔帘花影》第三十二回金二官人之妻的状貌：

> 原来金二官人嫡妻,是现任宋将军之妹,生得豹头环眼,丑恶刚勇。(佚名 2000：241)

《施公案》第十一回恶僧的状貌：

> 施公看那恶僧：豹头环眼,黑肉满脸,须七寸许,年约四旬。(佚名 2001：31)

总体来说,《三国演义》之后类似张飞状貌的叙写,不论是出于渲染武将气质的需要,还是揭示人物丑恶相貌的目的,其实都体现了功能性叙事的意味,在绝大多数情况下,切不可将此类人物状貌作拘泥理解,而更像是起着一种仪式化功能。[11]小说家频频运用张飞式状貌叙事话语,更主要的是重其表而非重其实,实际上远不如《三国演义》状貌叙事那样运用得出彩,这或许也是功能性叙事形态自身无法规避的局限。

**注解【Notes】**

① 例如，万晴川先生在《中国古代小说与方术文化》(2005)中专门讨论《三国演义》人物形貌与命相术之关系；李桂奎先生从修辞学视野撰有专著《中国小说写人研究》(2015)，系统讨论人物状貌的相关问题；傅修延先生则撰有《外貌描写的叙事语义》(《湖南师范大学学报》，2015 年第 6 期)专论，旨在从比较文学视野来深入探讨中西小说有关外貌描写的叙事差异。

② 对此，宋代吴自牧《梦粱录》有言："杭城有贾四郎、王晟、王闰卿等熟于摆布，立讲无差。其话本与讲史者颇同，大抵真假相半。公忠者雕以正貌，奸邪者刻以丑形，盖亦寓褒贬于其间耳。"参见王云五：《丛书集成初编》，商务印书馆，1939 年，第193 页。

③ 李桂奎在《中国小说写人研究》中业已注意到同样的叙事现象，认为"这种动物比拟写法终因意象选择的定型化而导致概念化，没能避免陈陈相因之弊"(413)，其实，我们更应深究的是，小说的状貌叙事何以陈陈相因，应该如何去看待这类陈陈相因的现象，这种陈陈相因的状貌叙事有何价值？ 这类追问或许更值得研究者费心注力。

④ 《三国演义》第二十一回曹操与刘备青梅煮酒论英雄时，刘备恰恰因为长手，方可"从容俯首拾箸"，"将闻言失箸缘故，轻轻掩饰过了"，否则势必引起多疑的曹操猜忌，进而招致杀身之祸。故而所谓"相贵"之说，或许更应体现在这类切实行动之中而得以自保，而非果真"听天由命"。

⑤ 《三国志·卷三十六　关张马黄赵传》："羽书与诸葛亮，问'(马)超人才可比谁类？'亮知羽护前，乃答之曰：'孟起兼资文武，雄烈过人，一世之杰，黥、彭之徒，当与益德并驱争先，犹未及髯之绝伦逸群也。'羽美须髯，故亮谓之髯。羽省书大悦，以示宾客。"

⑥ 《三国演义》第十八回关羽面对前来攻城的张辽，观察其状貌之后，说道："公仪表非俗，何故失身于贼？"可见，在关羽眼中，状貌与人品之间有对应关系，相貌堂堂之人理应成为忠义之士，理当有福贵之命相，个人的人生道路不应与此相悖离。这实际上也是关羽为何如此对自身相貌自负，以及小说家为何叙写状貌超凡之关羽的重要依据。

⑦ 最显著的莫过于《施公案》第一百回对已入仙班的关羽状貌叙写："那天神(伏魔协天大帝)头藏五凤金盔，身被黄金宝甲，云里织锦绿征袍，腰束碧玉红绦带，胸挂护心宝镜，足登五彩云靴，坐下赤兔胭脂马，手持青龙偃月刀；面如重枣，丹凤眼，卧蚕眉，五缕美髯，飘飘颔下，英雄浩气，冲贯太虚，左右侍从围随前后。"

⑧ 当然，小说家的移植也并非全无凭据，张飞胡须拉碴的特点很有可能长时期在民间得以传布，要不然李商隐也不会写下"或谑张飞胡，或笑邓艾吃"之类的诗句。

⑨ 需要补充说明的是，张飞得以"声如巨雷"而阻挡曹军，肯定是其综合素养所致，绝非仅仅凭借"声如巨雷"即能实现。换言之，"声如巨雷"仅是阻挡曹军的必要条件而非充分条件，对于小说其他人物而言，声如巨雷、声如铜钟不在少数(如上文所论张松即是如此)，但未必皆能出人头地。

⑩ 材料中所述王彦章是唐末五代时期的著名猛将，在通俗小说中往往被提及。而所

谓"灞陵桥边张翼德",显然是小说家笔误所致,《三国演义》中关羽离开许昌之初经过的倒是灞陵桥,而成就张飞英名的却是当阳长坂桥。

⑪ 与此相对立的是,有研究者还是未能避免拘泥式理解。例如,李桂奎《中国小说写人研究》认为:"把女性的口比喻为樱桃自然隐含着'好吃'而'难得'的特点。如《三国志演义》第八回写貂蝉为董卓献伎'一点樱桃启绛唇',把这些'植物'和女性容貌在'可食性'这一支点上建立起类比关系"(422)。实际上,小说中"一点樱桃启绛唇"即为功能性状貌叙事,用以泛指女子之美貌,不应坐实理解。

## 引用文献【Works Cited】

班固:《汉书》,南京:凤凰出版社,2011年。

陈寿撰:《中国史学要籍丛刊·三国志》(下),裴松之注,上海:上海古籍出版社,2011年。

陈兴仁:《神秘的相术:中国古代体相法研究与批判》,南宁:广西人民出版社,2003年。

范晔:《后汉书》,太白文艺出版社,2006年。

冯梦龙:《古本小说集成·古今小说》,上海:上海古籍出版社,1990年。

——:《喻世明言》,上海:上海古籍出版社,2012年。

——:《警世通言》,北京:中华书局,2009年。

关汉卿:《关汉卿戏曲集》,吴晓铃等编校,北京:中国戏剧出版社,1958年。

郭英德:《元明清小说戏曲中的雷同人物形象》,《探寻中国趣味》,北京:商务印书馆,2017年,第611页。

李昉:《太平御览》卷三百九十六,宋刊本。

李桂奎:《中国小说写人研究》,北京:生活·读书·新知三联书店,2015年。

李汝珍:《镜花缘》,上海:上海古籍出版社,1991年。

刘璋:《斩鬼传》,太原:北岳文艺出版社,1989年。

罗贯中:《隋唐演义·隋唐两朝史传》,刘奉文点校,长春:吉林人民出版社,1998年。

——:《三国演义》,北京:人民文学出版社,2006年。

梅维恒主编:《哥伦比亚中国文学史》(下),马小悟、张治、刘文楠译,北京:新星出版社,2016年。

名教中人编次:《好逑传》,钟夫标点,上海:上海古籍出版社,1994年。

钱彩:《说岳全传》,金丰编著,北京:中华书局,2009年。

齐豫生、夏于全主编:《中国古典文学宝库·第62辑戏剧》,延吉:延边人民出版社,1999年。

如莲居士:《说唐》,陈汝衡修订,北京:华夏出版社,1994年。

施耐庵、罗贯中:《水浒传》,北京:人民文学出版社,1975年。

万晴川:《中国古代小说与方术文化》,北京:中国社会科学出版社,2005年。

吴承恩:《西游记》,北京:人民文学出版社,2009年。

吴璿:《飞龙全传》,北京:华夏出版社,2013 年。

夏敬渠:《野叟曝言》,长春:时代文艺出版社,2002 年。

许慎:《说文解字》,北京:中华书局,1985 年。

佚名:《施公案》,上海:上海古籍出版社,2001 年。

佚名:《隔帘花影》,长春:吉林文史出版社,2000 年。

佚名:《英烈传》,尚成校点,上海:上海古籍出版社,2011 年。

俞万春:《荡寇志》,俞国林点校,北京:中华书局,2004 年。

钟兆华:《元刊全相平话五种校注·全相平话三国志》,成都:巴蜀书社,1989 年。

**基金项目:**本文系 2019 年江西省学位与研究生教育教学改革项目"基于文本细读的古代小说教学研究"(JXYJG－2019－042)的阶段性研究成果。

**作者简介:**杨志平,文学博士、博士后,江西师范大学文学院副教授,主要从事中国古代小说文体与小说叙事研究。

叙事研究 第 3 辑
Narrative Studies 3

# 叙事学新论

# 奇异吸引子与混沌叙事
## ——以小说《骏马》为例

张小平

**内容提要：** 当代美国作家科麦克·麦卡锡的小说《骏马》最突出的叙事形式在于运用了混沌理论重要空间模型之一的奇异吸引子。作为决定性混沌运行轨迹的类像，"奇异吸引子"具有自相似的特征，在非线性动力系统中，常被用来映射物质运动的相空间。作为空间形式，奇异吸引子构建了小说《骏马》的动态空间性。吸引点、分岔点以及自相似这三个构成奇异吸引子的关键特征，在《骏马》中均有表征。奇异吸引子的运用，使得小说不仅在内容上有了多维的相互映射，而且在文本上也具有微观和宏观层面上的对称中的不对称，以及有序中的无序等美学特征。

**关键词：** 科麦克·麦卡锡；混沌；奇异吸引子

混沌学文学批评家黑尔斯（N. Katherine Hayles）指出，"如果作家不是对新科学一无所知，那么无论其愿意与否，总会跻身到其时代的文化潮流中，用他自己的方式绘制这股大潮之下的范式"（26）。当代美国作家科麦克·麦卡锡（Cormac McCarthy, 1933—　），尽管从未提过他的叙事作品采用了混沌理论的内容或原则，但这并不意味着他的作品能够回避"混沌"这一当代科学研究和社会文化领域的重要概念。在他的小说中，"混沌"不仅作为一个重要概念被正式讨论，更是成为其作品叙事的内容和结构，使其小说在当代美国文学中独树一帜。

作为混沌理论的重要模型之一，奇异吸引子（strange attractor）映射了决定性混沌系统中物质运动的轨迹。这种独特的空间形式，是物理学家或数学家们借用电脑绘制出的图形，可谓决定性混沌运行轨迹的"类像"，用以说明自然或展示物质运动的吸引域。作家们很少试图这么做,因为"人类的动机、社会模式以及文化建构,很难变成物理学家的模型或者数学家们的电脑图形"(Slethaug 148)。然而,就文学文本而言,一旦问世,因作者、读者、文本以及世界等多个参数纠结在一起,文本便成了一种愈发复杂的"后文本"。混沌学文学批评家帕克(Jo Alyson Parker)认为,特定系统内某个参数的变化会影响到对数据阐释的不同,因为"读者会对'参数'进行适当调适,试图发现他们认为最准确的阐释"(24)。换言之,不同的读者对同一文本的解释也会不尽相同,这一切缘于语言自身的模糊性以及读者与文本文化背景的不同。

混沌理论最关注观察者(读者)的介入,因为观察者(读者)能在脑海里通过想象形塑小说的叙事形式,甚至可将文本的模式重构成不同的形状、图形或图表。这种重视观察者参与重塑小说叙事形式的观点,类似于空间理论家弗兰克(Joseph Frank)提出的"反应参照"(reflexive reference)。既然奇异吸引子是决定性混沌系统中物质运动轨迹的一种映射,那么,我们可将小说《骏马》(*All the Pretty Horses*,1992)中人物格雷迪在美墨边境之间的旅行,看作混沌理论审视的对象,探讨其人生旅行这个系统内合于混沌的变化,关照构成奇异吸引子的三个关键点——吸引点、分岔点与自相似,为叙事文本的阐释提供一种有益的尝试。

## 一、荒野中的骏马与吸引点

物理学上的"吸引点"(attractor)是固定点和有限环,其图形是对系统一定时间运行行为的仿真,代表了"抵达固定状态或持续重复自己的行为"(Gleick 134)。钟摆的运动就是范例。不同于固定点和有限环,奇异吸引子是混沌映射在相空间的拟像,要在有着多个参数的特殊动力系统中才能仿拟出来。奇异吸引子之所以奇异,在于每一个吸引点都有自己的吸引"点"("区"),周围的点在变化过程中会被逐渐吸引到这个"点"。如果这个吸引点不被摩擦掉,相空间所有的轨迹便永远趋向它。作为混沌系统的典型代表,奇异吸引子展示了运动的不可预测性和古怪性。

《骏马》的叙事主线围绕格雷迪的幻梦展开。幻梦即乌托邦式的理想,有着空洞和虚拟的特点,通常处于想象层面上。以格雷迪的梦想为中心,存在着决定性的混沌。在这个混沌系统中,荒野上的骏马是格雷迪的梦想中心,由此自然地形成了奇异吸引子的吸引点,使得格雷迪旅行中的所有轨迹在此碰撞、交汇。

"一人一马足以重新诠释整个西部历史"(Lincoln 103)。事实上,作为格雷迪与西部牧场的联系纽带,马匹是其稳固牛仔身份的必需品,也是他得以重拾旧日梦想的依托。骏马的不同意象出现在格雷迪荒野旅行的每一阶段,对于小说主题的凸显以及情节的推进,有着重要作用。外祖父的葬礼结束后,格雷迪站在老房子西面的路上,望着那条古老的穿过牧场的科曼奇小径,似乎看到了科曼奇勇士正"从北方走来,他们脸上涂满了白垩,长发梳成辫子,每个人都严阵以待,战争是他们的生命,女人、孩子、怀抱婴儿的母亲,他们用血来兑现承诺,也只有血使他们得到救赎"(McCarthy 5)①。科曼奇人是美国西部土著部族之一,在 19 世纪的西进运动中几乎消失殆尽。小说把格雷迪对骏马的梦想与一个业已消失的尚武部族联系起来,同时还将科曼奇人失去土地的困境与格雷迪失去牧场的处境相提并论,不仅暗示了二者命运的相似,也凸显了格雷迪心中潜藏的古老的边疆精神。无独有偶,格雷迪的父亲也把自身失去牧民身份与科曼奇人的消失联系起来。南下墨西哥前,他送儿子马鞍为礼物并与他说:"这个国家不会和从前一样了。……我们就像两百年前的科曼奇人……不知道明天会发生什么"(25—26)。与父亲分手后,路旁零落的马头骨吸引了格雷迪的眼球。马鞍和马头骨都是骏马的能指。麦卡锡将马鞍、马头骨与科曼奇人的非物质存在并置处理,使得分散在不同时空的意象有了共时性。而意象之间的共时性突出了格雷迪追求牛仔梦想的错位。

骏马的意象在小说中一再迭代重复,表征了格雷迪生活决定性混沌的动态变化,强化了小说潜文本中受边疆神话驱使的人们梦想的错误性。格雷迪故居客厅的一幅油画,给人留下深刻的印象。画中的骏马,"正跨过围栏,颈上的鬃毛迎风飞扬,眼中充满了张扬的野性"(15)。有着"野性"的骏马暗示了格雷迪梦想的狂野,但那终究是被镶嵌的画像而已,这从某种程度上呼应了小说题目的深意。露丝(Dianne C. Luce)指出,《骏马》的题目源自美国西部一首著名的摇篮曲,"骏马代表的应该是幻想、梦想、愿望,或其他人们希望得到的对象"(58)。把骏马与人生梦想联系,注定了格雷迪的梦想无非是"图画中的骏马",是幻梦罢了。

格雷迪在荒野上的流浪或者说旅行,都缘于他的西部牛仔梦,这一梦想正是美利坚民族的集体潜意识——边疆神话在其个人梦想上的投射。

格雷迪的全名为约翰·格雷迪·科尔,但小说并没有遵循普通美国人称呼的传统,而是唤其约翰·格雷迪,强调了他对古老的边疆开拓者的身份认同。南下墨西哥之前,格雷迪和朋友罗林斯从一家咖啡馆捡来一张某油田公司的地图,上面密密麻麻标出了美国国境内的道路和河流,至于"对面的那边,却是一片空白"(34)。"空白"需要填满、占领和渗透,而对面的一片空白则意味着要由格雷迪开疆拓土。在他的心中,墨西哥已幻化为他的新"西部",而那片土地肥沃风景美丽的牧场更是吸引着他。美国的西部边疆自 1890 年业已关闭,而特纳(Frederic J. Turner)"边疆假说"中的西部作为国家"安全阀"的功能,随着边疆的关闭已失去了可能性。通过骏马的不同意象,小说把过去和现在、历史和现实、梦幻和实在并置处理,突出了它们之间的巨大差异,也预示了格雷迪墨西哥之行的无果。

帕克指出,"当混沌系统中的吸引点趋于不稳定时,便会不停地趋向或偏离系统的轨道,这时就会出现奇异吸引子"(28)。作为格雷迪人生涡旋中的吸引点,骏马是不稳定的。生活中骏马的得失,不仅造成了格雷迪命运的"蝴蝶效应",引发了生活中一系列的失去:牧场、家庭以及爱情,更造成他在美墨边境的旅行轨迹左右移动,甚至有时偏离主线,凸显了他边境旅行的混沌性。生活是一个决定性的混沌。小说开头部分大量的死亡、丧失和屋内外疏离的意象,便是这一叙事内容在叙事形式上的表征。事实上,格雷迪个人命运的"涡旋",正是 20 世纪中叶美国社会加速发展的工业化和都市化进程对西部大平原"去自然"的最好映射。平原上轰鸣的火车以及拔地而起的油田钻井,凸显了社会气氛的总体混沌性。小说第二部分,格雷迪以其卓越的马术赢得了罗查(Rocha)一家的认可。再次获得牛仔身份的格雷迪与骏马有了认同感,他能感到马儿"双胯下涌动着的意志的雄心"(128)。好景不长,由于他卷入了布莱文思的盗马案,生活的有序很快陷入了另一轮的无序。人不能两次踏入同一条河流,而第二次踏入同一条河流的格雷迪,其生活的混沌系统必将出现另一重轨迹。小说第三部分,格雷迪出狱后,不仅找回了他与朋友丢失的马匹,还走遍整个德州试图找到布莱文思盗取马匹的主人。这趟历程终究无功而返,毕竟马匹甚至布莱文思的姓氏均是盗取而来。尽管德州的法官批准格雷迪成为马匹的合法主人,但身份的模糊性强化了格雷迪生活的混沌和梦想的虚无。他所有以"拓疆"之名的征服,不过是封存在过去和历史中风化的马头骨而已,即使睡梦中重访的骏马,也来自"遥远的古代,那里的世界秩序早已不复存在"(280)。

可以说,骏马贯穿了格雷迪整个的生活旅程。从小说伊始被想象与他共处的古代勇士的骏马,到小说结尾古道上的骏马再次奔驰在他孤独的荒野睡梦里,骏马意象的迭代以及小说对骏马在他生活中出现的非线性安排,突出了骏马作为格雷迪人生梦想吸引点的重要性。犹如外太空的"黑洞",小说潜文本中的神话"总是已经"存在。作为荒野中骏马意象的所指,边疆神话始终吸引着格雷迪,使他拓疆墨西哥来实现梦想,最终使其生活陷入不确定的混沌之中。由于吸引点自身不确定的特点,格雷迪的生活也成了决定性的混沌。重要的是,格雷迪生活系统中吸引点的形成,促成了小说奇异吸引子空间构型的完成,而这一关键点又与分岔点和跨尺度的自相似密不可分。

## 二、奇异吸引子的多个分岔点

"分岔点"(bifurcation)指的是"分裂处",即"系统走向此一路径而非彼路径的关键点"(Weissert 234)。就混沌吸引子而言,分岔指的是"倍周期分岔"(period-doubling bifurcation),是系统从线性到非线性,从有序到无序之混沌状态的主要路径之一。分岔点位于混沌的边缘,而系统只有在混沌的边缘,才有大的变化。值得注意的是,系统最初的有序组织经过分岔点后不会完全消失,却能产生无限个自相似的结构。

混沌理论表明,我们所在的宇宙是一个远离平衡态的"混沌","明显有朝着差异和复杂性演变的趋势"(Porush 56)。一个年仅 16 岁的少年,通往未来的路上充满了不确定性,生活中也充斥着各种未知的可能性。南下墨西哥,使得格雷迪的生活陷入了比其预期还要复杂的涡旋中。小说先是将格雷迪置于失去与死亡的涡旋中,接着让他在之后的旅行中经历有序与无序的变换,这一切皆缘于系统对初始条件敏感性的依赖,突出了系统自身的混沌性。在格雷迪的混沌生活系统中,朋友布莱文思、恋人雅丽杭德拉与女傅阿尔芳莎,可谓奇异吸引子的不同分岔点,使得格雷迪的生活系统混沌而复杂。

《骏马》中的主要人物总以三人为一组出现。有趣的是,没有第三人参与时,朋友或恋人的关系大都融洽,一旦第三方卷入系统,就会成为生活系统的分岔点,使得系统较之前复杂甚至混乱。豪金斯(Harriet Hawkins)认为,"在混沌理论中,数字 3 与可预测的不可预测性相关"

（156）。他在分析戏剧《奥赛罗》人物设计的三角结构时指出，如果没有伊阿古这个第三方的卷入，即使奥赛罗和苔丝狄梦娜之间存在矛盾，问题也较易解决（Hawkins 157）。正是"三体"的问题，才使得戏剧朝向混沌和复杂发展。豪金森对人物设计三角结构的解释，正是混沌学家格雷克（James Gleick）对科学中三体问题理解的人文应用。格雷克指出，"任一天体，如地球和月亮，会以其完美的椭圆形轨迹围绕系统共有的重力中心运行。如若一个有重力的物体进入系统，一切就会改变"（Gleick 145）。就《骏马》来说，小说人物的三体问题也很关键，尤其是格雷迪的旅行本身就具备可预测的不可预测性。神秘人物布莱文思加入格雷迪与罗林斯之时，便构成了格雷迪混沌生活系统的第一个分岔点，使其随后的荒野旅行有了不确定性。

格雷迪与罗林斯性格互补，实用主义的罗林斯总能在理想主义的格雷迪做决定时提醒和纠正。但布莱文思的加入，却改变了格雷迪美墨边境旅行的人生轨迹。首先是友谊。原本两个从不争吵的朋友就是否带上布莱文思，在跨过边境时就有了争执。其次是命运。由于布莱文思盗取马匹且枪杀墨西哥狱警，二人也锒铛入狱，这直接导致了罗林斯决定提前返回德州，而格雷迪则失去了牧场主人的信任，永远错失了实现人生所有梦想的可能性。再者是旅程。为了给布莱文思复仇，格雷迪独自重返墨西哥。这次墨西哥之行不仅重写了他的人生，也彻底改变了他的人生观。小说末尾，格雷迪送还罗林斯丢失的马匹。可惜，曾经的家乡圣安吉罗（San Angelo），"已经不是［他的］家乡……［他］不知道它到底在哪儿"（299）。这片有着边疆神话传统的古老土地，自 1872 年便建成了格雷迪牧场，曾激励他冒险拓疆来实现美国梦，但一切终成过去，他不得不继续走在路上。总之，格雷迪荒野旅行所遭受的一系列失去，都与布莱文思卷入他的生活系统有关，使他的人生成了缺乏稳定性的涡旋。

一般来说，分岔点会造成动态系统趋于混沌，不但系统难以稳定，甚至趋向混沌的变化也会以指数速度加快。阿尔芳莎也是小组人物的"第三体"，尽管人物关系是从朋友变成恋人。阿尔芳莎介入后，格雷迪的生命系统多了个分岔点，运动轨迹从短暂的有序跌入混沌的涡旋中。小说第二部分讲述了格雷迪在普利希玛牧场短暂却又自由的牛仔生活。格雷迪似乎找回了曾经的乐园，其卓越的工作能力不仅赢得了庄园主与女傅的欣赏，爱情也向他招手。叙事语言迭代技巧的运用，如"他喜欢骑马。说实话，他喜欢被人看到在骑马。说实话，他喜欢她看到他在骑马"

182

（127），突出了格雷迪重获爱情和牛仔身份的欣喜。幸福总是短暂。墨西哥牧场"并非一个刚刚得到牛仔身份的年轻人的天堂所在，而是异国他乡"（Cant 127），格雷迪很快就陷入了人生的涡旋，这一次则缘于他与雅丽杭德拉的恋爱。

再次失恋，根本原因在于恋人之间阶级、地位与身份的差异。埃利斯（Jay Ellis）指出，"[格雷迪]对雅丽杭德拉的钟情，对于这个出身高贵且品性端庄的女人来说，有些降格"（212）。墨西哥是个守旧的父权制国家，女子不仅没有选举权，而且"名声就是她的全部"（136）。被爱情冲昏了头脑的恋人们，没有考虑到夜夜幽会的后果，而阿尔芳莎却清楚墨西哥的社会现实。她多次用"弈棋"与"造币"等有关偶然性和不确定的意象暗示格雷迪现实与梦想的差异，也在预言对方后来的恋爱受挫以及墨西哥之行的混沌性。莫里森（Gail Moore Morrison）认为，格雷迪被逐出普利希玛农场的原因在于阿尔芳莎与罗查的干涉，他把格雷迪的处境看成堕落的亚当，因为"天父的复仇与魔鬼的战胜"而被逐出天堂，甚至把阿尔芳莎看作魔鬼的化身（180）。把罗查看作盛怒的上帝还算合理，因为他曾试图用阿尔芳莎和古斯塔夫恋爱的失败，说服年轻人放弃留在墨西哥的浪漫想法。罗查指出，墨西哥是个特殊的国度，格雷迪试图在这里实现他那一套欧洲文化，"不过是堂吉诃德似的荒唐想法而已"（146）。言外之意，格雷迪借恋爱实现人生梦想，甚至用边疆神话的规则与编码来对墨西哥"文化渗透"，纯粹是个幻想。而将阿尔芳莎看作"花园中的毒蛇"，莫里森有失偏颇。阿尔芳莎同情格雷迪的境遇，救他出狱，并且出资送他和朋友回家。作为雅丽杭德拉的女傅与曾姑母，关心她的名声与幸福是人之常情，而她站在罗查的那一方，也是缘于个人理想失败的共情。

与布莱文思和阿尔芳莎一样，雅丽杭德拉可被看作格雷迪与朋友罗林斯的第三方，正是她与格雷迪的恋爱，结束了他在墨西哥平静的牛仔生活，并因此构成了后者人生运动轨迹的又一个分岔点。混沌理论认为，我们生活的世界由有序与无序组成，二者的混沌变化取决于对初始条件的敏感性依赖。与雅丽杭德拉恋爱，几乎能让格雷迪实现他所有希望通过边疆冒险而完成的人生梦想：马匹、牧场、罗曼司、家庭等。然而，我们不能忽略恋人间的巨大差异对于格雷生活中的涡旋所起的关键作用。正是和这个墨西哥贵族女性的恋爱，直接导致了他再次跨过边境去到墨西哥，也使他从短暂的有序生活，迅疾跌入了再一次的混沌。格雷迪虽是美国人，却不过是牧场中最为普通的一个工人罢了。牛仔在美国人的潜意识里经常被浪漫化。实际上,他们从来都不是文学作品中描述的那个自给自足独立的个体;相反,却是依靠他人的"工资—奴隶,要靠艰辛的劳动才可勉强生存,他们经常受控于较大的牧场主,而就连这样的依附地位也并不是常有"(McGilchrist 154)。雅丽杭德拉却出身高贵,其门第可追溯到墨西哥历史上的王族。恋人之间社会地位的差异,从他们初见时的坐骑,可一窥端倪。雅丽杭德拉的座驾是一匹纯种阿拉伯马,以美丽、高贵、速度而有名,而格雷迪骑的只是一匹新配过种、在牧场出力劳作的杂种马。表面上看,二人恋爱的失败是阿尔芳莎与雅丽杭德拉交易的后果。事实远非如此简单。实际上,个人生活系统中多个变量的相互关系,才是这场恋爱失败的真正原因。失恋使得格雷迪再次遭受了生活中的失去,而这一次的失去缘于作为母亲化身的阿尔芳莎的介入和干涉,以及雅丽杭德拉为守护家族名誉而不得已的退却。不能重新在墨西哥赢得爱情,也使得格雷迪失去了重新获得牛仔身份、生活在牧场的机会。世间的事情总在循环轮回。之前因为母亲拒绝施以援手,使得格雷迪远离了钟爱的骏马,而恋人凯瑟琳的背叛也让其饱尝了失恋的痛苦。生活中迭代出现的一次次失去,为格雷迪的生活系统增添了混沌性。

奇异吸引子的最大特点便是系统对初始条件敏感性的依赖,因此系统内所有的变量都需要考虑。除了布莱文思、阿尔芳莎以及雅丽杭德拉三者在他的生活系统中构成了多个分岔点之外,格雷迪的人生旅程还有许多其他变量,这里不一一枚举。总之,只要系统内某一变量有所变化,便足以导致格雷迪的生活系统混沌起来,何况变量如此众多。尽管格雷迪在物理层面上是跨过了边境,但在精神层面上却是个失败者,不得不从他所向往的伊甸园里被"放逐"。对于麦卡锡来说,格雷迪的困境,"就是稳态运动与有序突然被投进无序与涡旋的一个案例"(Slethaug 19),而这一切的产生皆缘于因果的不成比例。世界上的事物总是相互联系,任何一种事物都会孤立存在或与其他事物决然分开。简言之,正是分岔点造成了系统中多种变量的变化,使得格雷迪的生活在有序与混沌中间漂泊动荡。

## 三、跨尺度的多维自相似

奇异吸引子在非线性动力系统中可以呈现出极其复杂的几何特质,通常在抻、拉、折、叠的过程后,会出现许多处跨尺度的自相似。混沌理论意义上的"自相似",指的是不同度量标准下重复的对称性以及多维的映射性。麦卡锡在处理格雷迪往返于美墨之间旅行的混沌性时,巧妙地让其与奇异吸引子的某些特征,尤其是运动轨迹迭代后形成的自相似有了一致性。由于对初始条件敏感性的依赖,格雷迪的旅行呈现出非线性的因果不成比例,从而使得他的梦想成了后现代的一个"拼贴"。就格雷迪旅行经历的涡旋性来说,文本出现了多处有着自相似的人物或意象,且文中的人与动物、人与环境、人与现实以及叙事结构之间有了相互映射,使得小说文本有了宏观与微观上的对称的不对称这样的动态空间形式。

我们首先来看小说的开头和结尾,无论是宏观上的场景安排还是微观上的叙事细节,出现了多处的自相似,造成了叙事文本上的相互映射。小说开头,格雷迪站在门外,听到一只小牛犊的哞哞声,此时恰巧有火车穿过大平原,其巨大的呼啸声使他"感到脚下的土地都在颤动"(3);小说结尾,格雷迪看到了"一只孤独的公牛在夕阳猩红的余晖下在尘土中打滚,好似正在经受献祭宰杀的折磨"(302),而就在这片没有牛群的荒野上,"野芝油田的钻井在远处的天际线下一字儿排开,俨然一群不停地在啄米的机械大鸟"(301)。正是通过荒野上动物的映射,麦卡锡试图强调人与动物命运的相似性,他们皆会随着工业现代化对大平原的侵入,消失在大地上。小说开头时,老格雷迪去世;小说结尾时,格雷迪的老保姆艾布拉被送往墓地。他们的去世暗示了以格雷迪姓氏为名的西部边疆家族的终结。南下墨西哥之前,格雷迪骑马走在古老的科曼奇小路上,彼时的太阳"猩红椭圆,卧在他面前的猩红的云层下面"(5);墨西哥冒险回来时,荒野上一只孤独的公牛,正在"猩红的残阳下的灰土里"(302)打着滚儿。与"鲜血"有关的词眼,在小说中经常被用来描述周围的景观。小说开头和结尾处对"猩红的残阳"这个意象的迭代,暗示了格雷迪荒野旅行的特点,可以说,麦卡锡是在用周围的自然环境来映射人物的境遇。

小说开头,麦卡锡将格雷迪的处境与西部印第安人部族之一的科曼奇人的困境并置;小说结尾,格雷迪孤独流浪的形象则与德州伊浪城外印第安人的形象互为映射。叙事文本之所以存在着自相似,是因为印第安人的形象开头和结尾有所变化。开始时的印第安战士,他们骑马走过黑夜,"和着血的味道轻轻地哼唱着经过大平原,向南直到墨西哥"(6),而今的印第安人却分散在大平原上,他们站在路边,"对[格雷迪]没有丝毫兴趣。好像他们已经知道了他们需要知道的一切"(301),表现出明显的冷漠与呆滞。而小说结尾时的格雷迪与开始时血气方刚的样子也有所不同。骑马走过草原的他，"就如一个影子一样……走过后便融进了这片渐渐灰暗的要走向未来的土地"（302）。简朴的笔触、忧伤的气氛暗示了格雷迪追寻理想的失落与无果。麦卡锡将墨西哥探险后的年轻骑手与即将消失的印第安族群并置，暗示了二者的相似性，因为他们都终将不复存在。错误时空里的牛仔梦，不过是拼贴而已，这突出了格雷迪生活的悲剧性。可以说，小说并非在简单地述说一位少年的命运，而是以此来警醒那些浸淫在西部神话中、有着牛仔梦想的所有年轻美国人。就小说的潜文本而言，这也是"所有人类的一个范例"（Slethaug 153）。人类从此理想走到彼理想，就如翻看一本书，没有读完前一页，根本无从知道下一页，因为每一页都在预示新的东西。或许这才是格雷迪悲剧命运的暗示：任一生活的追求都不会有满意的结果，因为想要的东西总是如此抽象而遥远。

其次，小说在意象的选择上也运用了大量的自相似。南下墨西哥之前，格雷迪在街上碰到了女友凯瑟琳，她"映在街对面联邦大楼窗户上"（29）的影像，破碎模糊，恰好映射了格雷迪之后墨西哥之恋的失败，也预示了他南下实现梦想的想法不过是镜花水月。事实上，小说后来的确制造了一次月夜湖畔恋人幽会的美丽"景观"，预兆了他们之后失败的爱情："湖水幽黑而温暖，他在湖里扭转身体四肢伸展地放在湖面上，水面深邃，如丝绸般光滑，他隔着宁静的幽黑的湖面看着她，她就站在湖边，手里牵着马，他看着她从揉成一堆的衣服里走出，那么苍白，苍白得犹如一只蚕茧，慢慢地走过来，走进湖水里"（41）。此类的自相似还出现在文本的其他细节处，意象的选择巧妙地使得人与动物的命运互为映射。墨西哥途中暴风雨里奄奄待毙的小鸟，映射了格雷迪之后暴风骤雨式的涡旋生活；德州路上为格雷迪果腹而牺牲的小鹿，其溢满眼泪的眼睛映射了将爱情献祭的雅丽杭德拉的痛楚；不同颜色的骏马映射了主人的命运。格雷迪骑着父亲的红马去为布莱文思复仇。这匹红马唤作雷德宝，暗指骑手性格的狂野，预示他墨西哥探险中的暴力与血腥。而他往返美墨边境骑的则是一匹名为格噜噜的灰色马。"灰色马，灰色骑手"，不仅与死亡相关，也预示了他人生旅行的混沌性。此外，布莱文思在小说中骑的是一匹黑马，正是他不确定的行踪、身份及其命运的映射，也暗示了他带给格雷迪灾难的神秘性。

再者，小说人物之间也有诸多相似性，突出了小说文本人物刻画上的对称性。格雷迪的母亲与作为雅丽杭德拉代母亲的女傅阿尔芳莎都是决定他实现人生梦想的变量。前者直接卖掉了他喜爱的牧场，而后者让他间接失去了墨西哥的牧场。格雷迪与布莱文思也有许多相似之处。不仅他们的孤独流浪皆因父母的离异，并且他们都有个西部牛仔梦。布莱文思高超的马术和枪法甚至让格雷迪与其惺惺相惜。但在格雷迪的潜意识里，他之所以要带上布莱文思到墨西哥去，甚至拒绝将其卖给墨西哥的一个蜡烛商人，原因在于布莱文思也是美国人，而布莱文思请求格雷迪带他南下墨西哥的理由也是如此。身为美国人，他们有强烈的优越感，小说用布莱文思这个不仅盗马甚至杀人的"恶人"来映射格雷迪，麦卡锡有意凸显了西部边疆神话对年轻美国人魅惑的普遍性。阿尔芳莎与格雷迪也有自相似处。他们都是左撇子，且都擅长用左手弈棋。少女时的阿尔芳莎练习射击时失去了无名指，而格雷迪身陷监狱与杀手搏斗时脸上多了一道瘢痕，身体的残破预示了成年后感情的失败。年轻时留学欧洲的阿尔芳莎，身上也有自由、民主的血液，可以说，格雷迪从某种程度上就是她的镜像。尽管都是失败的理想主义者，但他们只是自相似而已。在阿尔芳莎看来，人生有其宿命性，而生活就是一场木偶戏。墨西哥保守的父权政治以及现实的血腥和残酷，早已让阿尔芳莎退却。但格雷迪却是一个堂吉诃德式的英雄，梦想遮蔽了他的理性，使得他的生活成为混沌。小说开放式的结尾印证了这一点。唯有死亡，才可阻挡此类拼贴的梦想对于年轻人的魅惑。

小说除了在人与动物、人与环境、人物刻画以及意象选择等微观细节上有着大量的自相似，宏观上小说的结构也有自相似处。除了上文所述的开头与结尾的多维映射，小说还安排了内置叙事，构成了叙事上"故事内故事"的结构形式。格雷迪涡旋似的生活是小说的主体叙事部分，其中镶嵌了阿尔芳莎混沌的人生旅程的故事，而阿尔芳莎年轻时的恋人古斯塔夫的悲剧故事，则借助阿尔芳莎对格雷迪的长篇独白，内置在阿尔芳莎的故事里。古斯塔夫历史上是个具有启蒙思想的激进人物。其兄弗朗西斯科反对迪亚斯的专制统治，是墨西哥史上唯一的也是第一个被人民选举产生的总统。为了建立墨西哥民主政府，古斯塔夫牺牲了爱情，还在一次事故中失去了一只眼睛，最终在一次政治叛乱中牺牲。尽管只是一个小的内置故事，然而古斯塔夫的生活旅程也是格雷迪混沌人生的一个映射。古斯塔夫的故事镶嵌在阿尔芳莎的故事中，而阿尔芳莎的故事又镶嵌在格雷迪的故事里，他们彼此的故事构成了多重映射，由此形成了小说人物之间、小说人物与历史人物之间的多重自相似。这种故事内故事的叙事技巧，不仅使得人物人生追求的无果相互映射，突出了小说关于混沌的主旨,也造成了叙事文本的对称的不对称,使得叙事结构上有了宏观上的自相似。

故事内故事的结构在小说的第一部分就出现过。格雷迪与父亲谈起卖掉农场的事情时,父亲提到了好莱坞明星邓波儿的离婚。作为"美国价值观的符号"(Kolin 570),邓波儿的离婚映射了格雷迪父母的离婚。个人的命运映射了国家的命运,邓波儿的变化恰如年轻的美国西部,在城市化与工业化的推进中逐步消失,而格雷迪失去了外祖父的牧场后,一切便起了变化。小说的第三部分里,格雷迪与雅丽杭德拉最后一次约会前,把他的故事讲给一群墨西哥的孩子们,这种方式类似于阿尔芳莎与格雷迪之间的谈话,孩子与他都是静默的听众。总之,此类文本技巧构成了小说文本整体上的跨尺度的自相似性。更重要的是,自相似性的文本技巧也形成了文本自身效果上的自反性。大量的自相似的存在,加上小说叙事上的吸引点和分岔点,小说《骏马》最终完成了其叙事形式上奇异吸引子的独特空间构型。

## 四、结语

奇异吸引子作为决定性混沌在空间演变中的拟像之一,准确表征了混沌系统中事物运动的行为。奇异吸引子独特的美丽图案,不仅吸引了科学家,也走进了文学的创作世界,经常被当代小说用作叙事的空间形式。帕克指出,用混沌理论的视角来观照小说文本的叙事结构有很多优势,但前提是我们要对形成混沌结构的文本内容有所认识。帕克强调,我们在阐释混沌叙事的时候,要注意文本形式和内容的有机结合(29)。就《骏马》的空间叙事形式而言,本文对其叙事的形式与内容都有所观照。具体到格雷迪的人生旅程来说,混沌理论的模型可以用来映射其人生混沌系统的相空间。

作为决定性混沌动态特征的类像,奇异吸引子表征了格雷迪在美墨边境的旅行。围绕格雷迪的乌托邦理想,存在一个决定性的混沌,其特征表现为在一个动态系统中对初始条件敏感性的依赖。荒野中的骏马可被看作系统中的吸引点,使得格雷迪的人生旅程由于时空的不稳定性而混沌起来。奇异吸引子的模型并非稳定,而是不停地在旋转,物质运动所形成的所有轨迹都有可能朝向吸引点。因此,通过格雷迪个人梦想的失败,麦卡锡不仅指出了西部边疆神话对美国年轻人的毒害,同时也使得以边疆神话为主要结构的西部文学问题化,从而使其小说有了某种程度上的自指性。在格雷迪无望的人生旅程中,布莱文思、雅丽杭德拉以及阿尔芳莎构成了混沌系统的分岔点,使得格雷迪的人生旅程在有序与无序之间摆动,且较之前更加混沌。此外,小说文本中出现的大量的自相似,使得文本有了多维的指涉性。正是有了格雷迪人生旅行这个混沌系统中相对突出的吸引点、分岔点以及大量的自相似,小说《骏马》完成了其作为奇异吸引子的空间构型,不仅在形式上有了小说文本对称的不对称,还因此有了动态的空间性。

## 注解【Note】

① Cormac McCarthy, *All the Pretty Horses*, New York: Vintage International, 1992. 文内该小说引文皆出自此英文原著,为笔者所译。下文仅标注页码。

## 引用文献【Works Cited】

Cant, John. *Cormac McCarthy and the Myth of American Exceptionalism.* New York: Routledge, 2008.

Ellis, Jay. *No Place for Home: Spatial Constraint and Character Flight in the Novels of Cormac McCarthy.* New York: Routledge, 2006.

Gleick, James. *Chaos: Making a New Science.* New York: Penguin Books, 1987.

Hawkins, Harriett. *Strange Attractors: Literature, Culture & Chaos Theory.* Hertfordshire: Prentice Hall/ Harvester Wheatsheaf, 1995.

Hayles, N. Katherine. *The Cosmic Web: Scientific Field Models and Literary Strategies in the Twentieth Century.* Ithaca and London: Cornell UP, 1984.

Kolin, Susan. "Genre and the Geographies of Violence: Cormac McCarthy and the Contemporary Western," *Contemporary Literature* 42.3 (Autumn 2001): 557 – 588.

Lincoln, Kenneth. *Cormac McCarthy: American Canticles.* New York: Palgrave Macmillan, 2009.

Luce, Dianne C. "'When You Wake': John Grady Cole's Heroism in *All the Pretty Horses*". In *Sacred Violence: Volume 2: Cormac McCarthy's Western Novels*, 2nd edn. Ed. Wade Hall and Rick Wallach. El Paso: Texas Western Press, 2002. 57 – 71.

McCarthy, Cormac. *All the Pretty Horses.* New York: Vintage International, 1992.

McGilchrist, Megan Riley. *The Western Landscape in Cormac McCarthy and Wallace Stegner: Myths of the Frontier.* New York: Routledge, 2010.

Morrison, Gail Moore. "*All the Pretty Horses*: John Grady Cole's Expulsion from Paradise", In *Perspectives on Cormac McCarthy*. Ed. Edwin T. Arnold and Dianne C. Luce. Jackson: UP of Mississippi, 1993. 173 – 193, 180.

Parker, Jo Alyson. *Narrative Form and Chaos Theory in Sterne, Proust, Woolf, and Faulkner*. New York: Palgrave Macmillan, 2007.

Porush, David. "Fiction as Dissipative Structures: Prigogine's Theory and Postmodernism's Roadshow, " In *Chaos and Order: Complex Dynamics in Literature and Science*. Ed. N. Katherine Hayles. Chicago: The U of Chicago P, 1991. 54 – 84.

Slethaug, Gordon E. *Beautiful Chaos: Chaos Theory and Metachaotics in Recent American Fiction*. Albany: State U of New York P, 2000.

Weissert, Thomas P. " Representation and Bifurcation: Berges's Garden of Chaos Dynamics", In *Chaos and Order: Complex Dynamics in Literature and Science*. Ed. N. Katherine Hayles. Chicago: The U of Chicago P, 1991. 223 – 243.

**基金项目：**本文获国家留学基金项目(CSC NO.201808320160)资助。

**作者简介：**张小平，扬州大学外国语学院教授。

# 论喧嚣书写的叙事功能

邱宗珍

**内容提要：**在汉语词汇中，"噪音"和"噪声"经常被人使用，不过文学研究中更多使用的词汇既不是"噪音"，也不是"噪声"，而是"喧嚣"。本文用"喧嚣"来概括文学作品中人物或叙述者听到的源头众多的声响，在相当程度上它囊括了人们日常生活中提到的噪音。喧嚣书写绝非只是对声音事件的描摹与记录，作者书写喧嚣有其不同的叙事意图，或交代听觉环境，或阻断故事线索，或完善人物形象，或展示故事主题。

**关键词：**喧嚣；喧嚣书写；叙事功能

当前，"噪音"和"噪声"都经常被人使用。学界对英文词汇"noise"的翻译不全相同，有人翻译成"噪音"，也有人翻译成"噪声"。使用"噪音"者大抵遵循惯例；使用"噪声"者认为"noise"不成"音"——"噪声"之所以为"噪声"就是因为它没有规律。本文认为，在严格的声学领域，使用"噪声"能令研究更为严谨。比较而言，"噪音"一词的使用范围更为广泛，在日常生活中，当耳朵受到强烈的声音刺激之时，这种强烈的声音就被人们称为"噪音"；在声音研究领域，"噪音"被认为是"所有多余的、背景深处的噪声（指录音复制技术中应当割除的声音）"（希翁 225—226）；在符号学领域，"噪音"有意义冗余之义，罗兰·巴特"（对服饰的）描述是一种无噪音（bruit）的言语"（2000：18）中的"噪音"即是此意；在远程通信和工程领域，"噪音"指的是干扰通信的因素，有人认为垃圾邮件与干扰广告等就是"噪音"，总而言之，不同研究领域对"噪音"的定义并不相同。

在学术界，较早对"乐音"与"噪音"进行区分的学者是德国物理学家赫尔曼·赫姆霍兹，"噪声"意味着"空气振动变化不规律"（the vibration of the air must also change irregularly），而"乐音"则是"空气有规律的运动"（a regular motion of the air）（Helmholtz 8）。不过文学作品与文艺评论中较多使用的词汇既非"噪声"也非"噪音"，而是"喧嚣"。"喧嚣"一词对应的英文似应为"hullabaloo"，权威英文词典对该词的解释通常为"an uproar or clamour""a confused noise""an uproar""loud noise and confusion"等，其意义均指向声音的混合与众声喧哗的吵闹情境。康拉德《黑暗的心》中的叙述者马洛用"a shocking hullabaloo"（Conrad 40）形容自己遭遇到的惊骇声响，印度作家基兰·德赛在《番石榴园的喧闹》（*Hullabaloo in the Guava Orchard*）中也用"hullabaloo"来描述人们在番石榴树下对抗群猴的怪诞闹剧中发出的种种喧闹声。

在我国古文中，"喧嚣"二字常分开使用，"喧"是高声说话的意思，《大广益会玉篇》云："喧，大语也"（顾野王 26）。如陶潜名句"结庐在人境，而无车马喧"。而"嚣"有高声呼叫的意思，《说文解字》曰："嚣，高声也，一曰大呼也。"如《左传·成公十六年》"在陈而嚣，合而加嚣"（杨伯峻 883）。"喧嚣"也常组合使用，《南史·卷六·梁本纪上第六》"虽公卿异议，朝野喧嚣，竟不从"（李延寿 196）中的"喧嚣"二字生动地表达了文武百官朝堂议事时发出的嘈杂声响。《隋书·宇文化及传》"草坊被烧，外人救火，故喧嚣耳"（魏征、令狐德棻 1890）中的"喧嚣"亦即众人喧哗之意。实际上，"嚣"字在早期文献中也有悠闲自得的意思，《尔雅·释言第二》言："嚣，闲也。"《孟子·尽心上》有曰："人知之，亦嚣嚣；人不知，亦嚣嚣。"不过，在漫长的语言演变之中，"嚣"字"高声呼叫"的意思逐渐固定下来，而其"悠闲自得"的意思慢慢消失殆尽。因此，本文用"喧嚣"来概括叙述者或人物听到的源头众多的声响，在相当程度上它囊括了人们日常生活中提到的噪音。

以上对"喧嚣"词义的论述，在一定程度上有助于读者更为深入地理解叙事文本中的喧嚣书写，作家书写喧嚣既有对声音本身的细致描述，又有对感知者听觉反应的文字表达。然而文学作品中关于喧嚣的细节描述并不能脱离作品整体而存在，罗兰·巴特说："……没有一个层次能够单独产生意义。任何属于某一层次的单位只有能够归并到高一级的层次中去，才取得意义"（1989：8）。喧嚣书写绝非只是对声音事件的描摹与记录，当我们将其递归到更高一层（即叙事作品）时，便会发现作者书写喧嚣有其不同的叙事意图，或交代听觉环境，或阻断故事线索，或完善人物形象，或展示故事主题。本文拟从上述四点展开讨论。

## 一、交代听觉环境

对作者而言,人物的生活环境是值得思考的问题,因为环境"构成人物活动的客体和关系"(胡亚敏 159),从视听角度,环境可分为视觉环境与听觉环境,由于前者已得到学界较多关注,故本文更多侧重后者。

在故事世界中,人物活动的听觉环境并非无关宏旨。曹禺为了营造《日出》的故事氛围,在幕后设置了许多市集喧嚣的发出者:"胖子和胖子的朋友们。租唱话匣子的。卖报的。卖水果的,卖其他各种食物的。婴儿的哭声……闭幕前唱'叫声小亲亲'的嫖客。低声隐泣的女人"(2013:315—316)。正是这些"幕后的声音"营造了热闹的氛围,"日出"前的故事便在这一氛围中徐徐展开。之所以如此安排,是因为曹禺认为"每一个声音必须顾到理性的根据,氛围的调和,以及对意义的点醒和着重"(2008:257)。无独有偶,本·琼森(Ben Jonson)在戏剧《巴托洛缪市集》(*Bartholomew Fair*)开篇独白也用"狂热的噪音"(the zealous noise)(153)来描述市集喧嚣,可以想见,当初在戏剧舞台上的演出定有诸多狂热声音一同喧响,正是这些声响如实呈现出众人集会于市的真实面貌。

故事世界与现实世界相类似,常有不绝于耳的喧嚣环境,许多故事发生在喧嚣场景之中。如乔伊斯笔下都柏林的都市喧嚣:"街上交通格外繁忙,汽车驾驶员的鸣笛声响成一片,不耐烦的电车司机把开道锣敲得叮叮当当"(2013:43)。狄更斯在《雾都孤儿》中用了大量篇幅对广场集市的众多喧嚣加以描述,这些震耳欲聋的声音"组成了一幅令人头晕目眩、手足无措的纷扰景象"(173)。德莱塞笔下的嘉莉妹妹初抵芝加哥时,女主人公在如释重负与迷惑不定的双重感觉中,"铃声丁丁当当,轨道嘎嘎发响,汽笛在远处长鸣"(8)的喧嚣声如影随形,作者此后的叙述虽未直接描述,但读者在阅读时很容易便能想象到嘉莉妹妹多次求职未果与卖力工作之时,耳畔定轰鸣着芝加哥挥之不去的都市喧闹。在这个层次上,喧嚣是"故事背景上的声音幕布"(傅修延 60),它在读者阅读故事之时若隐若现,但并非不存在。

以上例证描述了故事发生的喧嚣环境,在此基础之上,听觉环境中的喧嚣还具有揭示人物生存处境的功能。但丁用可怖的喧嚣形容暗无天日的地狱,喟叹、哀哭与深沉的号泣在地狱里回荡:"奇怪的语言,可怖的叫喊,/痛苦的言词,愤怒的语调,/低沉而喑哑的声音,还有掌击声/合成了一股喧嚣……"(20)上述这些声响构成了暗黑地狱的可怕音景。在艾米莉·勃朗特笔下,"'呼啸山庄'就是希克厉先生的住宅名称。'呼啸'在当地是个有特殊意义的词儿,形容在大自然逞威的日子里,这座山庄所承受的风啸雨吼"(4)。结合整个故事,我们不难发现绕屋咆哮的猛烈风声不仅意指住宅的周围环境,还影射人心的不安与骚动。

喧嚣作为背景音,在一定程度上点明了故事所处的听觉环境,其更为深层的叙事意义在于,它能令读者身临其境地感知故事发生的听觉环境,为故事的进一步发展提供合理的铺叙空间。故事背景如同绘画背景一般,虽未成为重点勾勒对象,但却是故事中不可忽略的客观存在,我们在阅读叙事作品时应对故事的喧嚣背景多加留心。

## 二、阻断故事线索

前面提到的喧嚣主要是背景音,不过在一些情况下,叙事中的喧嚣会从若有若无的故事背景转变成作者刻意安置的描述对象,"其功能已由次要位置的叙事陪衬反转为不容忽视的故事角色"(傅修延 62)。交代听觉环境属于前者,阻断故事线索、完善人物形象与展示叙事主题均属于后者。

这里的故事线索(story-line)指的是"含有相同个体故事中的事件组合"(普林斯 218)。作者在构思作品之时,定然会将整部作品中的主要发展线索进行大致规划。为了让故事朝特定方向发展,一些线索需要被阻断,甚至一些人物需要有所"牺牲"。而上述情况,都是在作品中使用喧嚣便能够办到的。

对线索的阻断首先表现在喧嚣对次要人物行动的干扰上。在伏尼契《牛虻》中,众人在窗户紧闭的房内议事,然而"大街上传来阵阵叫好声、笑声、摇铃声和跺脚声,还夹杂着蹩脚的铜管乐队吹出的呜哩哇啦声和肆无忌惮的敲鼓声"(131)阻断了他们的谈话。又如詹姆斯·乔伊斯《青年艺术家画像》中,一辆满载废铁的大车奔驶而来,"发出刺耳的哐哐啷啷的喧闹声,淹没了斯蒂芬的声音"(2011:262)。正倾听斯蒂芬谈话的林奇受到喧闹声干扰后反应非常激烈,他双手掩耳,嘴里咒骂,极为生气。上述两例,作者均使用喧嚣干扰次要人物的行动,从而将主角推入故事前景。

《牛虻》中街上的杂耍喧嚣虽说打断了众人的议事活动,但把主角牛虻推入故事前台;《青年艺术家画像》中次要人物林奇受喧嚣干扰而气极咒骂,但主角斯蒂芬却不受影响继续谈论审美问题。总之,故事世界并非只有一个人物在活动,喧嚣对次要人物的干扰恰好能使作者将笔墨放在故事主角上。

用喧嚣来促使人物死亡是作者砍断某条故事线索的"升级"之法。茅盾《子夜》中,吴老太爷初抵喧嚣都市,坐在车上看到大上海五光十色、光怪陆离的城市风景,赶忙闭上眼睛全身发抖,但遗憾的是耳朵无法闭上:"他耳朵里灌满了轰,轰,轰!轧,轧,轧!啵,啵,啵!猛烈嘈杂的声浪会叫人心跳出腔子似的"(10)。可以说,吴老太爷的猝死与大上海的都市喧嚣紧密关联。一个旧时代幽灵的喧闹葬礼令各个人物一齐登场,《子夜》的开头令读者印象深刻。相比之下,托马斯·哈代笔下的喧嚣书写更为残忍,他让故事中的人物蓄意报复,制造喧嚣导致另一人物的死亡,在哈代《卡斯特桥市长》中,露赛妲·法尔伏雷正开着窗子竖起耳朵,满怀希望地等待丈夫归来,不料却听到一场蓄意安排的讽刺滑稽戏,从窗户里传来的人物对话令露赛妲想到自己与情人亨查德之间的往事,这让她为过去的作为而痛苦,那些"讥讽的哄笑声""杂沓的脚步声"以及"锣钹、火钳、八角鼓、六弦琴、老式提琴、笙笛、喇叭、号角以及各种有历史性的乐器的嘈杂音响"(271—272)令露赛妲癫痫发作重跌在地,最终治疗无效而亡。

需要说明,人物的死亡意味着特定个体的行动中止,吴老太爷与露赛妲的行动在他们死后戛然而止,但故事世界中的其他人物仍然在不断地行动:吴老太爷的葬礼令上海滩的众人粉墨登场;只有在露赛妲死后,伊丽莎白与法尔伏雷结合的心愿才有可能实现,这些安排无不体现出作者的意图。对于作者而言,某一线索中止为的是后续情节的进一步发展。

### 三、完善人物形象

从故事线索上说,上文提到吴老太爷与露赛妲·法尔伏雷因喧嚣压迫最终犯病死亡的系列事件意味着线索的阻断;而从人物形象的层面讲,上述情节塑造出神经衰落、不堪一击的弱者形象,有道是"黄口孺子,怎闻霹雳之声;病体樵夫,难听虎豹之吼"(罗贯中 366)。在一定程度上,人们认为只有强者才能抵抗霹雳之声、虎豹之吼的强力袭击,弱者是难以承受巨大声响的。人物形象由读者在阅读过程中生成,前述吴老太爷、露赛妲·法尔伏雷皆因受喧嚣声压迫致死,读者会自动将其列入弱者之列。就人物形象而论,强者普遍具备发声权力,而弱者只得被动听声。

## (一) 主动的发声者

这里提到的发声,既指发出喧闹声,也指发出内心诉求。"噪声是噪声制造者的权力来源"(戈德史密斯 272)。作者在塑造独裁者、武士等人物形象时,均将发出巨大声响的能力赋予他们。荷马用"鸣雷的宙斯""天父宙斯的霹雳奔向大地""提大盾的宙斯的响雷""鸣雷神宙斯""雷声远震的宙斯"(1994: 110、323、360、382、425)等话语来塑造鸣雷掣电的最高统治者形象。

宙斯的意志通过雷鸣展现出来,因而特洛亚军队听到宙斯的响雷更为勇猛:"特洛亚军队听见提大盾的宙斯的响雷,/更猛烈地向阿尔戈斯人冲杀,斗志昂扬"(360)。在《奥德赛》中,奥德修斯预备惩戒求婚者,在调试弯弓的弦绳时"宙斯抛下个响雷显示征兆"(荷马 1997: 416),奥德修斯听到空中的雷霆声立刻明白宙斯站在他这一边。埃斯库罗斯戏剧《被缚的普罗米修斯》结尾的场景为"雷鸣电闪;普罗米修斯和俄开阿诺斯的女儿们在裂变中消失"(243)。这里的"雷鸣电闪"也是宙斯意志的表现,这意味着宙斯对普罗米修斯的惩罚远未结束。正如基尔克郭尔所言:"雷声也是一种回答,一种解释,可靠的、真实的、本原的,一声来自上帝自身的回答"(79—80)。这些都说明宙斯的意志与他投下的霹雳声一同存在,"——正是/靠着震雷与闪电,宙斯赢得了自己的威名"(阿波罗尼俄斯 20)。因此,宙斯的最高统治者形象与他发出的震耳雷霆无法分开。

弥尔顿《失乐园》中,魔王撒旦的形象也与发出呐喊、无法呐喊紧密关联,撒旦被上帝的雷电轰击坠入地狱的烈火深渊,他高声呼喊,故作豪言壮语,"豪言"打破地狱的可怕沉寂,"壮语"鼓动堕落天使发出战斗的喧噪(7、17、29、30、36)。在弥尔顿笔下,撒旦力量的消弭与无法呐喊不可分割。在借用蛇的身躯诱惑人类之后,撒旦在堕落天使面前摇唇鼓舌,不料意想中的呐喊与欢呼却变成责骂声与咝咝声,撒旦自己也只能发出咝咝声与互叱声,因为他们全都变成了蛇——"满堂都喧闹着/咝咝的骚

音……"（384—385）

作者在塑造军队士兵形象时,均会强化他们发出声响的行动,《伊利亚特》第三卷开篇描述了特洛亚人响彻云霄的鼓噪呐喊,这与波利比乌斯写两军交战"发出战斗的呐喊"以及《左传·哀公十七年》叙述吴越之间夜战时"鼓噪而进"类似,三者均是用主动发出呐喊声作为战争工具。

作者塑造勇猛武士时更是让他们鼓噪呐喊,击退敌方。《三国演义》第四十二回,张飞在长坂坡的三声怒吼令夏侯杰肝胆碎裂倒撞马下,曹军众将望西奔走,人如潮涌自相践踏。在西方,与张飞一样仅凭怒吼便能击退敌人的是阿基琉斯,《荷马史诗》之《伊利亚特》中,阿基琉斯愤怒的呐喊令特洛亚士兵胆战心惊:"他站在那里放声大喊,帕拉斯·雅典娜/遥遥放声回应,使特洛亚人陷入惶颤"（442）。阿基琉斯三次放声呐喊,三次让特洛亚人及其盟军陷入恐慌,使得对方阵营中的十二个将士被自己队伍中的长枪刺死。

从上可知,独裁者、武士等人物形象的生成,通常与他们发出的巨大声响有着密切联系。

### （二）被动的听声者

与主动的发声者对应的是被动的听声者。"噪声权力的反面是,谁要抱怨它,谁就会被当作是软弱的"（戈德史密斯 272）。在塑造羸弱病人、敏感青年、被压抑女性及其他弱势群体时,作者会有意无意地将他们设置成被喧嚣压迫的听声者。

羸弱病人受喧嚣压迫而昼夜难眠。《追忆似水年华》中的叙述者马塞尔受节日喧嚣影响久久无法入睡,与马塞尔同病相怜的还有斯摩莱特笔下的布兰布尔。在斯摩莱特《汉弗莱·克林克历险记》中,巴思与伦敦的喧闹令叙述者布兰布尔极为苦恼,他在写给刘易斯大夫的信件中称自己的诉说是"马修·布兰布尔的哀叹"（34）,叙述者身体孱弱,精神不宁,他极为渴望那种平安、宁静与悠闲的居所,但他所到之处都是噪音、吵闹与匆忙:子夜时分进入梦乡后他被更夫叫喊时辰的声音惊醒,由于窗下的叫卖声甚是可怕,他早上五点不得不起床……这些描述令读者在心中自动生成一个烦躁不安的神经衰弱者形象。

敏感青年受外界喧嚣影响而思绪联翩。在乔伊斯《青年艺术家画像》

中,外界的声响对斯蒂芬构成了冒犯,"他父亲的口哨声,母亲的唠叨,从围墙里传来的疯子的尖叫,现在在他看来,都在触犯他……"(216)在郁达夫《春风沉醉的晚上》里,"我"兴高采烈地从邮局取出五元稿费,随后欢欣鼓舞的涅槃幻境忽然被一阵铃声惊破,面对无轨电车司机的怒目大骂,"我"呆住了脚哈哈地笑,因被四周人群围观而红了脸。在夜晚睡前的思绪里,白日里被司机怒骂之事浮上心头……不论是斯蒂芬,还是郁达夫笔下的"我",两人都是容易受喧嚣侵扰的青年,都有着细微又敏锐的感知神经。

弱小女性在喧嚣中绝望与哀伤。斯托夫人《汤姆叔叔的小屋》中,露茜得知孩子被贩卖的悲惨消息后昏昏沉沉、目光呆滞,"船上所有的喧嚣嘈杂之声、机器的轰鸣声恍恍惚惚地交织在她的耳中"(126)。列夫·托尔斯泰《安娜·卡列尼娜》结尾处,安娜走上火车,在"搬行李的响声、嘈杂声、叫喊声和笑声"与"汽笛声,蒸汽机车刺耳的放气声"(957)中,安娜心烦意乱、胡思乱想。上述两例均是以热闹衬凄凉的例子,集中体现女性面临不幸时在喧闹中的无力与感伤。

老人、打工者等弱势群体在喧嚣中默默无言。波德莱尔用集市喧嚣来反衬垂垂老矣的街头老艺人的凄凉处境,集市上到处都是生命狂热带来的喧嚣:"摊贩们叫嚷着,尖叫着,大声吼叫着。叫喊声、铜乐器的轰鸣声和焰火的爆炸声混在一起"(57)。在如此喧闹的市集之中,一位驼背老弱的街头艺人靠在货摊尽头小棚屋的柱子上,无力表演,无限凄惨。在这里,波德莱尔用对比的手法表现街头老艺人的形象与处境。基兰·德赛《继承失落的人》中,印度移民比居为美国餐厅骑单车送外卖,他畏畏缩缩地穿行在公交车与计程车之间,汽车司机对他骂骂咧咧,横冲直撞,故意将喇叭按得忽高忽低。"他们不断地按喇叭骚扰比居,声音大得足以把世界分裂成最初的乳浆和固体粒子:叭叭叭叭叭!"(51)总之,作者常用在喧嚣中无力挣扎的景象来塑造被动听声的弱者形象,上述人物受喧嚣压迫的境遇定会加深读者对人物形象的理解。

最后要说明的是,人物形象并非固定不变,被动听声者有时可以转化为主动发声者。以左拉《萌芽》为例,早先工人们日日承受机器轰鸣,他们一开始是被动听声的弱者,而到了故事结尾,工人们在集会上欢呼、在大街上呐喊,他们发出了自己的声音,在那些时刻,他们已经从被动听声的弱者转变成主动发出声音的强者。虽说工人们的行为有过火的嫌疑,但他们由被动听声者转为主动发声者却是不争的事实。

## 四、展示叙事主题

喧嚣书写与叙事主题的密切关系值得深究。伍尔夫生前最后一部小说为《幕间》(1941),这部作品反复提及留声机"嚓、嚓、嚓"的刺耳声音,这声音与书中频繁出现的"我们离散了"互为呼应,暗示着人与人之间的离散落寞之感。基兰·德赛《番石榴园的喧闹》结尾写人们在番石榴树下对抗群猴,这场怪诞闹剧发出种种喧闹声,木棍笃笃戳地,哨子嘘嘘地吹,高音喇叭毕毕剥剥地响,这些令主人公桑帕斯倍感恶心、脸色发白,最终众人对抗群猴的喧闹无意导致了一个可怖悲剧。与此形成对照的,是桑帕斯在番石榴树下感受到的蟋蟀唧唧、蛙鼓夜鸣与静谧自然(194、199、213)。两相对比之下我们会发现作者虽意在书写喧嚣,实际上是在希求安静。

同样将喧嚣与叙事主题紧密联系的还有美国作家唐·德里罗的小说《白噪音》,所谓"白噪音",即"用以保护人不受诸如街头吵嚷和飞机轰鸣等令人分心和讨厌的声音的干扰或伤害",它也泛指"一切听不见的(或'白色的')噪音,以及日常生活中淹没书中人物的其他各类声音——无线电、电视、微波、超声波器具等发出的噪音"(1—2)。读者阅读作品时会发现,上述物品发出的声音蔓延到人物社会生活的方方面面,马克思认为包括"震耳欲聋的喧嚣"在内的人为高温与浑浊空气等恶劣环境"都同样地损害人的一切感官"(490),马克思此语明确指出工人们工作在吵闹不堪的喧嚣环境之中。比及当代,我们不难发现当下人们基本上生活在喧嚣之中! 德里罗笔下的"白噪音"大体是人造机器的嗡嗡轰鸣,在这种每日轰鸣的生活情况中,这些时时刻刻都在"言说"的人类创造物在相当意义上影响着人类的倾听之耳,因此如要深入理解《白噪音》中的死亡主题,不可不将上述听觉维度加入。

中国作家亦有对喧嚣的集中描述,《秋声诗自序》中叙述了"善画声"的口技艺人之表演,其中火起后的喧嚣音景实难忘记:"俄而百千人大呼,百千儿哭,百千狗吠,中间力拉崩倒之声,火爆声,呼呼风声,百千齐作。又夹百千求救声,曳屋许许声,抢夺声,泼水声,凡所应有,无所不有"(林嗣环 10)。众宾客听后皆两股战战,变色离席。与林嗣环的正面描述相比,蒲松龄从反面描述了口技艺术之高妙,蒲氏在《口技》一文中描述了

"众口哗语""齐声作响"的听觉场面:"三人絮语间杂,刺刺不休""旋闻女子殷勤声,九姑问讯声,六姑寒暄声,二婢慰劳声,小儿喜笑声,猫子声,一齐嘈杂""遂各各道温凉声,并移坐声,唤添坐声,参差并作,喧繁满屋"(382)。蒲氏本意是为了揭露一种行医骗术,但他对行医女子高妙绝伦的口技艺术的细致描述,却在相当程度上肯定了该女子口技表演技能之高超:"此即所谓口技,特借之以售其术耳。然亦奇矣!"(383)当代作家池莉善于描摹普通人的平凡生活,她在《烦恼人生》中有意将市井喧嚣放在故事进程的核心位置,这部小说描述的市井喧嚣有:小儿摔倒在地的声音、公共汽车的哼哼叽叽声、马路上人们的臭骂声、公交车上姑娘的破口大骂声、轮渡汽笛短促的呜呜声、食堂里的骂咧声与咀嚼声、船上姑娘响亮的叫卖声、女疯子的嚷嚷声等,这些声音平庸、琐碎且烦恼,读者从这些喧闹声中可看出故事男主角印家厚的生活犹如一地鸡毛,烦恼不堪。因此市井喧嚣不仅是交代听觉环境,更与主旨"烦恼人生"暗合。

喧嚣可以是人物听到的诸种声响,同时也可以是人物内心繁杂思绪主导之下的喋喋不休之声。也就是说,喧嚣不仅包括众多齐鸣的声响,还包括外界的诸多信息以及内心纷杂的思绪。人物叙述者喋喋不休,颠来倒去反复讲同一件事情——这正是内心喧嚣的实际体现,如莎士比亚剧中的麦克白,在杀害邓肯国王后他的耳朵极为敏感,听到臆想的声音喋喋不休说个不停,其心绪的散乱正体现出他在强烈的权力欲望与无法承受的残忍杀戮之间纠扯撕裂,又如福克纳《喧哗与骚动》,读者很难明白这些人物叙述者喋喋不休、颠来倒去的话语指涉何在,倘若这几个人物叙述者在读者耳边絮絮叨叨,读者耳中定然漂浮着喋喋不休的话语本身,"喋喋不休者发声时,物质消失了,世界充盈着琐碎的语言"(山多尔 123)。换而言之,读者或许不能全然知晓这些话语传达的信息,但这种琐碎的语言本身就传递出人物叙述者的焦虑感、虚无感,以及意义缺失的彷徨之感,这是大部分读者都能解读出来的。人生恰如痴人说梦,"充满着喧哗和骚动,却找不到一点意义"(莎士比亚 184)。这句对生命境况的贴切表达,正是《麦克白》与《喧嚣与骚动》的叙事主题之一。

## 五、结语

人类如何在外在喧嚣(诸多声响与诸种信息)与内在喧嚣(芜杂思绪)

中自处,这不仅是文学命题,更是关涉生存的哲学命题,从这一角度我们便更能理解为何学者王馥芳会在《用"孤寂"对抗时代喧嚣》一文中倡导我们回到海德格尔所说的"孤寂","只有集合了安宁之力的'孤寂'灵魂才会去漫游",这或许是现代人谋求安静的办法之一。叙事文本的篇幅毕竟有限,作者描述喧嚣定然不只是描述一些声音事件和听觉反应而已,更重要的是使这些喧嚣书写为其叙事意图服务,或交代听觉环境以描述故事背景,或阻断某条线索以便利后续情节发展,或用于完善人物形象,或用于展示叙事主题。

在本文末尾,笔者想强调一个基本认识。虽然喧嚣的名称(包括"噪音""噪声"等)似乎带有一定程度的贬义色彩,但许多被称为噪音的,却是人们在现实生活中不可或缺的声音,如机械运作声、汽车喇叭声与人们的交谈声等。我们应当清楚地知道,绝对安静不仅难以做到,它还是没有必要存在的对象。因为对人类而言,全然的安静可能意味着危险即将来临,**"对群居物种来说,安静便意味着危险"**。"长时间的安静使我们紧张焦虑,因为这是在告诉我们有些事情错了的进化信号。人们不愿感到孤寂,不想四周无声,我们哼唱、吹口哨、自言自语、打开 iPod、收音机和电视来制造声音,即使根本没有意识要去聆听"(乔丹尼亚 97、147,加粗字体为原文所有)。的确如此,人类所处世界的声音能令周围人感知到同类的存在,在合理的音高与频率范围内,周围人发出的声音并不是难以忍受的喧嚣,它通常意味着我们的同类在各自领域正常地工作、学习与生活。

**引用作品【Works Cited】**

Conrad, Joseph. *Heart of Darkness*. Ed. Paul B. Armstrong, New York: W. W. Norton & Company, Inc., 1963.

Helmholtz, H. L. F. *On the Sensations of Tone: As a Physiological Basis for the Theory of Music*, 3rd edn. Trans. Alexander J. Ellis. London: Longmans, 1895.

Jonson, Ben. *The Selected Plays of Ben Jonson*. New York: The Press Syndicate of the University of Cambridge, 1989.

阿波罗尼俄斯:《阿尔戈英雄纪》,罗逍然译笺,北京:华夏出版社,2011 年。

艾米莉·勃朗特:《呼啸山庄》,方平译,上海:上海译文出版社,2001 年。

埃斯库罗斯:《埃斯库罗斯悲剧全集》,陈中梅译,上海:上海译文出版社,2016 年。

波德莱尔:《街头老艺人》,胡小跃译,《巴黎的忧郁》,上海:上海文艺出版社,2006 年。

曹禺:《〈日出〉第三幕附记》,《雷雨·日出》,天津:天津人民出版社,2008 年。

——:《日出》,《曹禺戏剧全集:全5册》(1),北京:人民文学出版社,2013年。

但丁:《神曲·地狱篇》,朱维基译,石家庄:河北人民出版社,1996年。

德莱塞:《嘉莉妹妹》,潘庆舲译,北京:人民文学出版社,2003年。

狄更斯:《雾都孤儿》,荣如德译,上海:上海译文出版社,2010年。

伏尼契:《牛虻》,祁阿红译,北京:人民文学出版社,2012年。

傅修延:《论音景》,《外国文学研究》,2015年第5期,第59—69页。

戈德史密斯:《吵!:噪声的历史》,赵祖华译,北京:北京时代华文书局,2014年。

顾野王:《大广益会玉篇》,北京:中华书局,1987年。

荷马:《伊利亚特》,罗念生、王焕生译,北京:人民文学出版社,1994年。

——:《奥德赛》,王焕生译,北京:人民文学出版社,1997年。

胡亚敏:《叙事学》,武汉:华中师范大学出版社,2004年。

基尔克郭尔:《重复》,京不特译,北京:东方出版社,2011年。

基兰·德赛:《番石榴园的喧闹》,卢肖慧译,海口:南海出版公司,2013年。

——:《继承失落的人》,韩丽枫译,海口:南海出版公司,2013年。

杰拉德·普林斯:《叙述学词典》,乔国强、李孝弟译,上海:上海译文出版社,2016年。

李延寿撰:《南史》(第一册),北京:中华书局,1975年。

列夫·托尔斯泰:《安娜·卡列尼娜》(下),高惠群等译,上海:上海译文出版社,
    2013年。

林嗣环:《秋声诗自序》,张潮辑,王根林校点,《虞初新志》,上海:上海古籍出版社,
    2012年。

罗贯中:《三国演义》,北京:人民文学出版社,1979年。

罗兰·巴特:《叙事作品结构分析导论》,张寅德译,张寅德编选,《叙述学研究》,北
    京:中国社会科学出版社,1989年。

——:《流行体系:符号学与服饰符码》,敖军译,上海:上海人民出版社,2000年。

马克思:《资本论》(第一卷),中共中央马克思恩格斯列宁斯大林著作编译局编译,
    《马克思恩格斯文集》(第五卷),北京:人民出版社,2009年。

马洛伊·山多尔:《喋喋不休的人》,舒荪乐译,《草叶集》,南京:译林出版社,
    2016年。

茅盾:《子夜》,北京:人民文学出版社,2004年。

弥尔顿:《失乐园》,朱维之译,上海:上海译文出版社,1984年。

米歇尔·希翁:《声音》,张艾弓译,北京:北京大学出版社,2013年。

蒲松龄:《口技》,任笃行辑校,《全校会注集评聊斋志异:全4册》(修订本第1册),北
    京:人民文学出版社,2015年。

莎士比亚:《麦克白》,朱生豪译,沈林校,《莎士比亚全集》(6),南京:译林出版社,
    1998年。

斯摩莱特:《汉弗莱·克林克历险记》(一),李美华译,杨仁敬校,沈阳:辽宁教育出版
    社,2001年。

斯托夫人:《汤姆叔叔的小屋》,林玉鹏译,南京:译林出版社,2010年。

唐·德里罗:《唐·德里罗致译者信》,朱叶译,《白噪音》,南京:译林出版社,2002年。

托马斯·哈代：《卡斯特桥市长》，郭国良等译，上海：上海三联书店，2015 年。

魏征、令狐德棻撰：《隋书》（第六册），北京：中华书局，1973 年。

杨伯峻编著：《春秋左传注》（第二册），北京：中华书局，1981 年。约瑟夫·乔丹尼亚：《人为何歌唱——人类进化中的音乐》，吕钰秀编译，上海：上海音乐学院出版社，2014 年。

詹姆斯·乔伊斯：《青年艺术家画像》，朱世达译，上海：上海译文出版社，2011 年。

——：《都柏林人》，王逢振译，上海：上海译文出版社，2013 年。

**作者简介：**邱宗珍，文学博士，江西省社会科学院研究实习员，主要研究方向为叙事学。

# 自然叙事交际模式在解析文学交际中的应用

## ——以《许三观卖血记》为例

赵玉荣

叙事研究 第3辑

**内容提要**：自然叙事的原型意义不仅体现在认知维度,也体现在交际维度。自然叙事与文学叙事交际具有本质上的同构性。应用自然叙事交际模式解析文学文本阅读促发的交际活动,可以发现文学交际同样具有多层次、多元、双向互动特征：真实作者与读者在会话交际层面,隐含作者与隐含读者在元叙事层面,叙述者和受述者在故事话语层面,故事人物在故事世界,经验者与体验者在经验世界,分别开展互动交流;而每个外围层次构成内嵌层次的意义阐释框架。

**关键词**：自然叙事;文学叙事;叙事交际;原型

## 一、导论

自然叙事是指日常会话交际中自然产生的、以经验性意义为基础的故事讲述行为。20 世纪 90 年代后经典叙事学研究的兴起为自然叙事研究带来了新的发展契机。新兴的后经典叙事学将研究对象从文学文本拓展到电影、传记、戏剧,甚至会话等多种媒介,在这样的背景下自然叙事被接纳为后经典叙事研究领域的一个分支。

自然叙事与叙事学前沿理论研究的结合主要体现在认知叙事学领域。Fludernik 率先注意到会话叙事的认知研究价值,主张自然叙事为更加复杂、微妙的文学创作提供各种"胚胎性、类型化的资源"(19);读者基于自然叙事获得的行动、讲述、体验、观察和思考等叙事结构框架是其将复杂的文学文本叙事化、自然化的基础。后经典叙事学领军人物 Herman 也以自然叙事为基础在认知叙事学领域进行了一系列卓有成效的探索，提出了包容会话叙事和文学叙事的社会认知叙事分析模式（Herman 1999），讨论了适用于所有叙事类型的话语心理学模型（Herman 2007）、所有叙事类型共享的基本要素（Herman 2009）。迄今，以自然叙事为原型的认知模式已在文学叙事、图像叙事等的研究中广为应用。如：Thomson（2013）发现以自然叙事认知参数为基础，读者可以成功地感受、理解漫画大师的叙事风格，马莹（2015）也注意到参照自然叙事框架的叙事化活动可以成功地帮助读者理解实验性叙事文本的非自然因素。

本文受到上述研究的启发，注意到读者将复杂文本参照自然叙事自然化的阅读阐释过程正是读者借助文本与作者交流的过程，主张自然叙事的原型意义不仅体现在认知层面，也体现在交际层面。本文将简要介绍自然叙事交际模式，之后着重进行文学交际实证分析，验证其解释力。

## 二、自然叙事交际模式

自然叙事的交际性意义是一个毋庸争辩的事实，但其间交际活动的特征与模式，迄今罕有人进行理论概括。笔者认为社会交往活动中，交际者遵循默认的行动法则，即框架（参见 Goffman 1974），他们扮演交际互动中各行动角色，从而使交际活动呈现内在的框架性和层次性。自然叙事中的交际活动便是在五个层次上的同心框架结构间展开[①]，而不同层次上交际双方的身份随着框架的转换而动态调整：在最外围的会话层，双方以叙事交际启动者与目标交际对象身份合作完成社会交往实践任务；在其内部的元叙事层次，双方作为故事作者与故事受众进行关于故事意义和情感立场的协商工作；在元叙事层内部的故事话语层，双方选取叙述者与受述者位置进行以故事为媒介的信息传输工作；在被叙述的故事世界，讲述者代替故事人物发声，而另一方将自己代入故事角色，自动选取虚拟世界话语交际的听话人一方，感受讲述者间接传达的真实世界交际参与者的立场和情感；在所有交际的底层，特定故事经历者和体验者借助故事话语层面的信息交流完成经验意义的交融与共享（见图 1）：

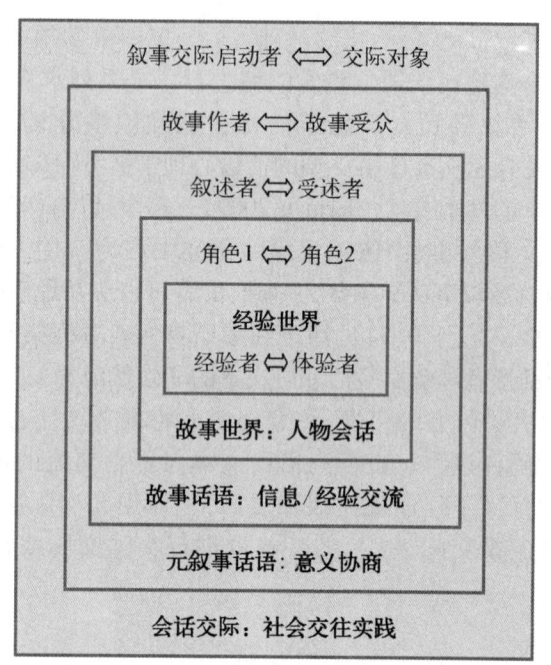

**图1　自然叙事的多层次多元互动交际模型**

## 三、文学交际中的应用分析

　　当真实的个体读者开始对文学文本的阅读时,以文本为媒介的多层次多元交流活动全面开启。文学叙事只是"日常生活中故事讲述的精细化"(Tannen 105—106),文学叙事交际与自然叙事交际具有本质上的同构性。文学交际中的真实作者与真实读者相当于自然叙事交际最外层的交际启动者和交际对象,二者之间的隐性会话是整体文学交际的语境框架。文学叙事中负责文本设计的隐含作者相当于自然叙事中元叙事层面确定故事意义阐释方向的作者,而隐含读者充当积极参与意义协商的故事受众角色。而且,与自然叙事交际情形一致,叙述者与受述者的交流是整体交际活动承上启下的关键环节。具体来说,每个层面的交际活动由处于其间的交际双方共同完成,每一个层次的交际活动都对整体叙事交流活动具有独特的贡献。鉴于近几年新兴的非自然叙事学强调自然叙事的认知原型价值仅限于现实主义文本,而对后现代实验性文本的阅读阐释缺乏解释力(Nielson 2010;Alber 2016),本文特别选取后现代叙事文本——余华的《许三观卖血记》(2004)来解析不同层次上的文学交际活动。

## (一) 会话交际

真实作者与真实读者之间的"会话"处在交际活动的最外围。二者以文本为媒介的"会话"是非在线的异时交际,与自然叙事中交际内容是参与者记忆中随时提取的经历、见闻不同,文学交际需要一个文本的预生产过程,而一旦作品出版,真实作者借助文本传达的交际信息就已冻结,作者再无途径对文本的信息重新阐释,作者也没有对文本意义的绝对话语权。

不过,本文并不赞同 Barthes(1967)提出的"作者已死"命题,作者借助隐含作者传达的交际意义始终蕴含在文本中。只是,正如自然会话叙事中听话人会积极参与讲述者的故事讲述,甚至使讲述者改变故事意义的阐释方向一样,当真实读者接触文本,开始阅读活动时,作者要传达的交际信息透过文本中的各种叙事手段,透过文本所暗示的隐含作者形象为读者所感受、所阐释。在这个过程中真实读者积极地在头脑中通过构建、体验文本提示的故事世界,感受并"重写"作者预留的交际信息(Mey 788)。而且,为确保作者意图的传达,很多作者会选择通过序言直接向不同类型的读者剖明心迹。《许三观卖血记》中,作者的交际意图在序言中清晰可循。其中文版序言向专家型读者阐释了他的艺术创作理念:"在这里……虚构的人物同样有自己的声音……作者不再是一位叙述上的侵略者,而是一位聆听者"。作者在同一篇序言中又对他的普通读者说道:"这本书表达了作者对长度的迷恋……一个绵延不绝的回忆、一首有始无终的民歌、一个人的一生。"在该小说的韩文版序言中,作者又对他的韩文读者说"这是一本关于平等的书",是关于一个在小城市里过着庸常生活,有着庸常追求的小人物所追求的"平等"。序言中的这些作者声音构成真实作者建构文学叙事、真实读者理解作品中叙事话语意义的语境框架,也表明真实作者对读者认同的期待。

而该层次交流成功与否取决于读者对彰显在序言中、隐蔽在文本中的真实作者声音的识别和认同。序言之后的文本叙事是序言中表达的作者交际意图的物化成果。《许三观卖血记》几乎完全是依赖人物对话来完成故事讲述,未进行任何心理描写,环境描写和人物行动描写比例极低,这种零度叙事的效果完美地体现了序言中作者声称的让人物自己发声的创作理念。而当作者将主人公十二次卖血经历巧妙地浓缩在人物会话中时,生活中的苦难、人物内心的创伤几乎被时而平淡、时而喧闹、时而戏谑的对话所遮蔽,读者所能感受到的恰恰是小人物一生悲歌中对"平等"的幸福的追求和对"平等"的苦难的从容面对。

但读者从文本中感受到的交际意义和主题意义又不局限于此。普通读者对文本意义的阐释难以统计,但以研究型读者的回应来看,自该作品1995 年出版以来,中国知网收录的主题为"许三观"的文献迄今已有 405 篇。有的学者如作者所期待的,将作品识别为小人物叙事(雍楠 2013),也有的学者超出作者期待,将作品主题意义阐释为寓言叙事(李立超 2013)、仪式化叙事(翟业军 2009)等。这些超出作者期待的阐释恰恰说明真实读者的能动性,读者不是被动地单方向地识别作者声音,而是创造性地结合自身生活和阅读经验对文本进行"二次叙述"(王委艳 2017)。

## (二)元叙事

与自然叙事情形相同,文学交际中的元叙事活动集中反映话语意义的协商互动。隐含作者作为作者代理,会选择合适的语言表达和叙事手段,完成真实作者的交际意图,并在文本创作中为隐含读者预留足够可以理解其交际意义、情感和态度的线索。一旦真实的个体读者选择与隐含作者合作,进入隐含读者位置,并尝试推断隐含作者的交际意义和形象,元叙事层面的交流随即启动。

18 至 19 世纪的一些经典小说中,隐含作者有时会直接发声[2],引导隐含读者沿自己期待的方向理解故事的意义。《许三观卖血记》这类实验性文本中,作者声音受到极大的压制。小说无任何直接面对隐含读者或真实读者的议论,也罕有情感的宣泄。不过,即便如此,会话框架中的交际信息仍然渗透进元叙事框架,构成该框架中意义协商的基础平台。

余华在该小说中文版序言中特别提到自己的写作是为了"唤起更多人的记忆"。作者所期待的隐含读者似乎是同样经受过那段苦难岁月、同样有过底层生活经验的读者。可以想象,当《许三观卖血记》的读者选择进入隐含读者位置,隐含作者设置的人物会话以及篇幅有限的行动和场景描写会首先引导"有过底层生活经验的"理想读者逐渐建构起主人公许三观的形象——小镇上的小百姓,一辈子追求的是与周围所认识的人一样平平常常的安稳生活,像别人一样担当组织家庭、照顾家人的责任,像别人一样承受生活的苦难。他相信依靠自己强壮的身体可以维护一家人的平安,相信善有善报,恶有恶报。而接下来,透过这一主人公的形象,有着相似经历和记忆的隐含读者可以感受到其背后的隐含作者形象:他温和善感,同情、理解许三观的无奈,宽容他得知一乐为非亲之子时的愤怒和他对许玉兰的报复,赞赏他的坚韧、乐观和勇于承担责任,赞赏他为家庭,特别是为救治一乐多次卖血的牺牲精神。这一隐含作者既没有推崇、拔高许三观的形象,也没有挖苦他、讽刺他,而是接受他本来的样子。他似乎是小镇上许三观的邻居,熟悉许三观及周围人群的一切,但他又更像是从外面世界来到小镇的隐者,深藏"对一切事物理解之后的超然,对善与恶一视同仁",用同情的目光打量着这个世界(余华 1993)。

当然,文本阅读中真实读者也可以选择逆向思维,拒绝隐含读者位置,选择批判性立场审视文本意义倾向,但这并不否定隐含作者与隐含读者双向交际活动的存在,因为批判性读者至少需要暂时居于隐含读者位置,才能接受隐含作者的意义阐释暗示,之后才有资格跳出作者期待的隐含读者身份,更换阐释视角,提出有价值的批评意见。上一小节所提到的真实读者对文本意义的能动性改写实际上是通过进入隐含读者位置获得意义协商身份才完成的。需要强调的是,在个体读者以隐含读者身份与隐含作者进行意义协商,尝试文本意义阐释的新视角时,真实读者的主观立场、社会伦理意识以及生活经验会充分介入到其对隐含作者创建的故事意义的理解中。比如:李立超(2013)认为许三观的故事是从阿 Q 到英雄的历史。这样的理解显然是由于作者在文本阐释中融合了自身对鲁迅《阿 Q 正传》的阅读体验。

与自然叙事交际相比,文学文本艺术设计性较强,隐含作者的声音较为隐蔽,而其期待的隐含读者常常需要具备一定的美学和文学素养。但与自然叙事交际中的故事作者努力展示符合社会文化期待的理想自我一致,文本中隐含作者的形象同样会高于真实作者,余华(1996: 6)在谈论小说创作时强调作家"必须在写作过程里集中他所有的美德,必须和他现实生活中的所有恶习分开"。

## (三) 故事话语

与自然叙事交际一致,元叙事层面上交际双方的意义协商以及更大范围内会话层面的交往实践构成故事话语层面叙述者与受述者信息交流的语境框架。《许三观卖血记》中叙述者的声音切实体现了前面提到的温和宽容、洞察一切的隐含作者声音,也充分反映了真实作者意欲压制叙述者声音,并刻画小人物命运的艺术创作理念。

自然会话叙事中叙事者与其外围层次上的隐含作者(故事作者)一般是完全一致的,但文学叙事中二者的身份常常是交错的。叙述者处于隐含作者精巧技术的控制之下,在一些后现代叙事文本中,叙述者的声音甚至是弱化的。《许三观卖血记》采用的便是非人格化的外聚焦叙事,以非常简约的笔墨客观冷静地讲述了许三观十二次卖血的经过和期间他的婚姻与家庭生活。尽管隐含作者应该是充分了解许三观、许玉兰、一乐等主要人物面对各种困境的心理状态和情感、态度,也充分了解自然灾害、"文化大革命"等重大事件对个人命运的影响,但叙述者却对这一切全部割舍,其叙述的语气和节奏就像民间故事的讲述者一样质朴、超然。比如:小说一开头就将直接主人公拉至读者的面前:"许三观是城里丝厂的送茧工,这一天他回到村里来看望他的爷爷。他爷爷年老以后眼睛昏花看不见许三观在门口的脸,就把他叫到面前,看了一会儿后问他……"(第一章)。叙事者的声音极为克制,仿佛只是一次次戏剧性会话的报幕员,专注于让人物自己出场,通过会话讲述自己的故事。

在这类后现代叙事文本的阅读中,受述者的工作也比自然叙事中更为复杂。当文本中并未出现人格化受述者时,真实读者通常会在接受隐含读者位置后,进而选择受述者位置,以受述者身份与文本的叙述者展开信息交流工作。而为了弥补叙事中的空白点,受述者在接收叙述者信息之后,还需结合自身相关的经验背景和故事图式将文本故事自然化,才能最终建立文本的故事世界。比如:阅读《许三观卖血记》的过程中,一般受述者会自动地补全作品的压制叙述信息,将自己从其他途径获取的 20世纪 60 至 70 年代国内自然灾害和"文化大革命"等时代背景信息加入对作品人物命运走向的理解中,从而更清晰地感受小人物被大时代左右而只能靠卖血解决问题的生存困境,也会自动纠正关于卖血的重复叙述中"许三观"们所笃信的常识性错误——卖血前多喝水会使血变多等,从而更深刻地理解没有知识、没有能力的小人物的生存之道。

## (四)故事世界:人物会话

除非人格化写作之外,当代大部分的文学叙事仍是以刻画有个性的人物为核心。而与自然叙事交际情形相似,虚拟世界的人物会话与现实世界的交际诉求关联紧密,微观层面故事人物的会话常常暗示宏观层面叙述者/隐含作者对受述者/隐含读者的交流信息,间接反映叙述者/隐含作者对人物的情感和态度。参见下面许三观与一乐的一段对话:

**例 1**

然后许三观抬起头来,对一乐说:"一乐,好儿子,你就喊几声吧。你喊了以后,我就上来接你,我接你到胜利饭店去吃炒猪肝……"

一乐哭着说:"爹,你快上来接我。"

许三观说:"一乐,你就喊几声吧,你喊了以后,我就是你的亲爹了。一乐,你就喊几声吧,你喊了以后,何小勇那个王八蛋就再不会是你亲爹了。从今往后,我就是你的亲爹了……"

(余华 2004:第二十四章)

这段对话里,许三观竭力劝一乐为其生父喊魂,而一乐却反复对许三观哭喊:"爹,你快上来接我。"尽管作者未有只言片语的议论,这段对话却充分反映出许三观的善良和宽容,也反映出一乐对许三观的依赖和亲情。与此同时,叙述者/隐含作者也借助这段会话向受述者/隐含读者暗示了自己对主人公的赞同和欣赏。

## (五) 经验世界

文学叙事交际的最深层次是特定个体经历者与体验者经验意义的交流与融合。虽然文学叙事的故事世界虚构性更强,甚至会包含大量偏离真实世界的元素,但本质上,文学文本的故事世界仍与自然叙事交际一样是真实作者个体经历的曲折反映,"经验作者"始终是文学创作的主体(格非 2010)。《许三观卖血记》的故事情节不乏荒诞之处,比如:卖血是许三观解决困境的唯一法宝、许三观用嘴炒菜等。但是,故事人物和故事情节设置又都充满了真实作者亲身经历的印记。作者本人在采访、讲座中多次提到"一个人的记忆决定了他的写作方向"(余华、王尧 2002),他童年时对于"文化大革命"的记忆、对于父亲工作的医院的血库和血头的记忆、对于 20 世纪 60 至 70 年代家乡小镇普通百姓日常苦难生活的记忆是其文学创作的源泉,而他对卡夫卡、福克纳、博尔赫斯等作品的阅读体验又促成了其特定的偏重零度叙事、荒诞叙事的艺术风格。

体验者对经历者故事的内化过程实质上是交互主体间性意义的确立过程,是社会认知加工过程(赵玉荣 2015)。前述真实读者对真实作者文本意义的能动性改写、隐含读者身份与隐含作者的意义协商以及受述者对叙述者故事信息的补充、调整,最终促成经历体验者内化在心智空间的作者故事是一个整合了双方经验意义、实现了双方概念域融合的新故事。这也就是为什么《许三观卖血记》文本故事的不同体验者建构并内化的文本故事并不相同,从而最终对主人公的认识也不尽相同。有人称之为"英雄化的阿 Q"(李立超 2013),也有人将其比作傻瓜吉姆佩尔(刘素娟、樊星 2006)。

## 四、讨论:自然叙事在交际维度的原型意义

综合上面的分析,自然叙事交际模型在文学交际分析上的应用价值提示我们将自然叙事的原型意义拓展到交际维度。任何叙事话语或文本都是针对特定交际对象的交际事件,根源上都是"人类主体间性特质"的产物(Couper-Kuhlen and Selting 2018:5),而自然叙事交际是叙事原初的交际属性的直观展示,可以为解析复杂的文学交际活动提供基础蓝图。其原型意义主要体现在以下四个方面:1)自然叙事的框架和层次性适用于文学交际。由外至内,交际活动在会话、元叙事、故事话语、故事世界和经验世界五个层次同时进行,不同层次遵循不同的行动纲领;而各层次框架具有开放性,会话交际层面的社会文化属性,连同交际启动者(真实作者)的交际诉求、分享意向以及交际接受者(真实读者)的接受倾向和体验意向,可以越过框架完成渗透和影响。2)自然叙事交际中话语角色的多元性可以帮助我们透视文学交际声音的复调性。自然叙事交际的启动者与接受者在会话交际、元叙事、故事话语、故事世界、经验世界不同层次上选择不同的交际位置,进行互动交流;文学交际中的真实读者同样以隐含读者、隐性受述者、角色代入者、体验者的多元身份与真实作者、隐含作者、叙述者、人物声音以及经验者进行深入的双向交流,而且不同层次的话语角色可以间或越过框架渗透到其他层次上的交流活动,比如,故事人物的声音折射着叙述者的声音、隐含作者的意图以及真实作者的交际诉求。3)自然叙事活动中各层次上交际双方即时在线的双向交流提示我们把握文学交际的双向性——非在线的文学交际中各层次的接受者均是故

事意义建构的合作者,在文本故事的意义阐释中接受者的能动性不可低估。4)自然叙事交际参与者借助话语层面关于故事意义的互动协商,完成受述者经验与叙述者经验的融合,实现双方情感、态度的同化,提示我们文学交际的底层同样是真实作者和真实读者跨越时空距离的、社会性经验知识的交融,文学交际过程具有社会性认知属性。

简而言之,自然叙事交际模式所揭示的叙事活动的多层次性、复调性、双向性和经验性对于文学交际活动的阐释具有重要的借鉴意义。以自然交际模式为参照,我们可以更好地理解真实作者如何借助隐含作者、叙述者和故事人物发声,从而"复活"经验作者,也可以将文学交际的研究视野延展到文本外,延展到真实作者与真实读者所处的社会文化语境的差异,亦可充分尊重不同背景下的故事接受者对文本意义的不同改写,在文学交际研究中的作者之争、读者之争中找到立足点。

同时,以这些基本属性、基本方式为蓝图,我们也可以更深刻地理解文学交际相较于自然交际的复杂性和精巧性。自然叙事的故事主题一般来源于现实生活,而文学叙事的主题是现实世界的更为曲折、更为艺术化的反映。因此,相较于自然叙事交际中故事意义的规约性、透明性,文学文本的叙述话语有大量的非规约性、模糊性、隐喻性表达;与自然叙事交际中故事创作者对文本拥有更多控制权,可对故事语义进行在线加工和调整不同,文学交际中文本一旦出版,创作者不再拥有控制权;此外,文学交际的特殊性还在于,除个体读者与创作者依托文本的主体间交际之外,文学文本具有的公众传播特征会激发专家读者、评论读者以及普通读者之间私下或公开的交流活动。与此同时,与自然叙事交际中的受述者熟悉讲述者的经验背景和社会交往语境,可以对讲述者故事进行惯例化处理不同,而文学交际中的读者则必须跨越社会文化背景差异,借助自身生活经验将文本故事自然化,甚至需要借助美学、哲学、史学知识方可重构文本意义。而且,自然叙事交际的受述者对讲述者故事的介入性阐释可获得在线印证,而读者对文本故事的阐释则只能借助专家型读者的阐释获得非在线印证。

自然叙事在认知维度的原型意义是近些年认知叙事研究的重要课题,而本文所做的自然叙事交际模式在文学交际阐释中的应用研究表明自然叙事的交际活动同样具有不可忽视的原型意义。不过,这还只是一个初步探讨,未来我们将尝试更多文本的应用性分析,并融合自然叙事在认知和交际维度的原型意义研究。

叙
事
研
究

第
3
辑

## 注解【Notes】

① 框架图参照赵玉荣(2015)有所调整,原来的经验世界的交流与故事话语的交流重叠,未单独区分出来。

② 比如,Henry Fielding 在《弃儿汤姆·琼斯的历史》这部第三人称视角的叙事文本中,就时常以第一人称(即隐含作者身份)直接与读者交流。

## 引用文献【Works Cited】

Alber, Jan. *Unnatural Narrative: Impossible Worlds in Fiction and Drama*. Lincoln & London: U of Nebraska P, 2016.

Barthes, Roland. "The Death of the Author." Aspen, 1967. 5 – 6. http://www.ubu.com/aspen.

Couper-Kuhlen, Elizabeth, and Margret Selting. *Interactional Linguistics: Studying Language in Social Interaction*. Cambridge: Cambridge UP, 2018.

Fludernik, Monika. *Towards a "Natural" Narratology*. London: Routledge, 1996.

Goffman, Erving. *Frame Analysis: An Essay on the Organization of Experience*. London: Harper and Row, 1974.

Herman, David. Ed. *Narratologies: New Perspectives on Narrative Analysis*. Columbus: The Ohio State UP, 1999.

– – –. "Storytelling and the Sciences of Mind: Cognitive Narratology, Discursive Psychology, and Narratives in Face-to-Face Interaction." *Narrative* 15.3 (2007): 306 – 334.

– – –. *Basic Elements of Narrative*. Oxford: Wiley-Blackwell, 2009.

Labov, William. *Language in the Inner City: Studies in the Black English Vernacular*. Philadelphia: U of Pennsylvania P, 1972.

Mey, Jacob. L. "Literary pragmatics." In *The Handbook of Discourse Analysis*. Ed. Deborah Schiffrin, Deborah Tannen and Heidi. E. Hamilton. Malden: Blackwell, 2001. 787 – 797.

Nielsen, Henrik Skov. "Natural authors, unnatural narration." In *Postclassical Narratology: Approaches and Analyses*. Ed. Jan Alber and Monika Fludernik. Ohio: The Ohio State UP, 2010. 275 – 301.

Sacks, Harvey. "An Analysis of the Course of a Joke's Telling in Conversation." In *Explorations in the Ethnography of Speaking*. Ed. Richard Bauman and Joel Sherzer. Cambridge: Cambridge UP, 1974. 337 – 353.

Tannen, Deborah. *Conversational Style: Analyzing Talk among Friends*. Oxford: Oxford UP, 2005.

Thompson, Christopher. J. "From Illustration to Narrativization: Connecting to a Reader in Three Parodies by Hunt Emerson." *Studies in Comics* 4.2 (2013): 367 – 387.

格非：《重塑经验作者》，《渤海大学学报》（哲学社会科学版），2010 年第 1 期，第 93—95 页。

李立超：《写在 1990 年代的"历史"寓言——读余华〈许三观卖血记〉》，《小说评论》，2013 年第 4 期，第 119—126 页。

刘素娟、樊星：《犹太文化精神与中国文化精神相通的一个证明——〈傻瓜吉姆佩尔〉与〈许三观卖血记〉的比较》，《外国文学研究》，2006 年第 6 期，第 152—158 页。

马莹：《从断裂与碎片中重构意义——〈白雪公主后传〉的认知叙事解读》，《学术界》，2015 年第 3 期，第 131—138 页。

王委艳：《交流叙述中的文本状态：从"二次叙述"到"抽象文本"——有关赵毅衡"二次叙述"问题的再探讨》，《三峡大学学报》（人文社会科学版），2017 年第 2 期，第 36—39 页。

雍楠：《探析〈许三观卖血记〉中的小人物形象》，《兰州教育学院学报》，2013 年第 3 期，第 5—6 页。

余华：《活着》，武汉：长江文艺出版社，1993 年。

——：《长篇小说的写作》，《当代作家评论》，1996 年第 3 期，第 4—7 页。

——：《许三观卖血记》，上海：上海文艺出版社，2004 年。

余华、王尧：《一个人的记忆决定了他的写作方向》，《当代作家评论》，2002 年第 4 期，第 19—30 页。

翟业军：《风中那首歌久久不散——〈许三观卖血记〉精读》，《浙江师范大学学报》（社会科学版），2009 年第 2 期，第 7—12 页。

赵玉荣：《日常自发性会话中叙事活动的三维分析》，北京：中国社会科学出版社，2015 年。

**基金项目：**本文系河北社科基金项目"中国当代文学语篇的认知诗学研究"（HB16YY024）的阶段性研究成果。

**作者简介：**赵玉荣，博士，东北大学秦皇岛分校外国语言文化学院教授，主要研究方向为自然叙事和会话分析。

# 叙事治疗的理论溯源与文本批评实践

黄一畅

叙事研究 第3辑

**内容提要:** 叙事治疗(Narrative Therapy),又称叙事心理治疗、叙事疗愈或叙述疗法,是建立在叙事心理学、后结构主义及社会建构论基础之上的临床心理诊疗方法。1990 年,澳大利亚心理学家麦克·怀特与新西兰心理治疗师大卫·艾普斯顿正式提出这一概念,强调叙事治疗是一种具有文学特质的心理疗法,个体可以通过故事叙说的方式外化心理问题,并在叙事隐喻与叙事语境的交叉更迭中重构主体身份。近年来,叙事治疗过程本身的文本类比与文学共情作用也逐渐引起国内外文学批评,尤其是创伤研究领域学者的关注,成为跨学科研究中引人注目的新视域。本文旨在廓清叙事治疗的理论来源与学理构成,归纳其在文学文本中的具象显影,在此基础上提出可能的叙事治疗跨学科批评范式,以供学界进一步探索思考。

**关键词:** 叙事治疗;文本类比;文学共情;文本具象

## 引言

叙事治疗(Narrative Therapy),又称叙事心理治疗,叙事疗愈或叙述疗法,是建立在叙事心理学、后结构主义及社会建构论基础之上的临床心理诊疗方法,其心理学渊源可追溯至弗洛伊德的"谈话疗法"(Talking Cure)。[①]20 世纪 80 年代起,澳大利亚心理学家麦克·怀特(Michael White)与新西兰心理治疗师大卫·艾普斯顿(David Epston)便在临床实践中不断探索叙述行为与叙事语境对心理治疗的积极影响,并于 1990 年正式提出"叙事治疗"这一概念,凭借一系列成功的实践案例得到欧美心理学界的广泛认同。新千年以后,怀特等人逐步构建出一套行之有效的叙事治疗方法谱系,强调叙事治疗是"具有文学特质的治疗法"(therapy of literary merit)(怀特、艾普斯顿 14),个体可以通过故事叙说的方式外化心理问题,并在叙事隐喻与叙事语境的交叉更迭中重构主体身份。国内的叙事治疗研究起于 20 世纪 90 年代台湾学者吴熙娟等对怀特作品的译介,2002 年以后逐渐得到大陆社会学者李明、杨广学、施铁如、沈之菲等人的关注,在青少年心理问题干预和社会救助工作中发挥了巨大作用。近年来,叙事治疗过程本身的文本类比与文学共情作用也逐渐引起国内外文学批评,尤其是创伤研究领域学者的关注,成为跨学科研究中引人注目的新视域。然而,叙事治疗的基本原理与文学文本的叙事建构有哪些理论同源,其疗愈机制在文学批评实践中有哪些具象表征等问题还有待厘清。本文将围绕以上问题进行剖析,在此基础上提出可能的叙事治疗跨学科批评范式,以供学界进一步探索思考。

## 一、叙事治疗的理论溯源与方法谱系

作为一门新兴的临床心理诊疗方法,叙事治疗的理论来源主要有叙事心理学、后结构主义语言观以及社会建构论思想。叙事心理学发轫于 20 世纪 70 年代,主要汲取了经典叙事学有关叙事结构的基本观点,其创始人西奥多·萨宾(Theodore Sarbin)认为,"人类思考、知觉、想象以及做出道德抉择都是根据叙事结构"(8),叙述赋予人们存在的意义并支配其主体建构与身份认同。在讲述的过程中,个体的叙事思维模式对已有事实经历不断进行重组,通过叙事语境与叙事隐喻的整合来构建一个崭新的文本身份,使之对抗原初的自我认知。这一学派的另一代表人物杰罗姆·布鲁纳(Jerome Bruner)也深受结构主义理论家阿尔吉达斯·格雷马斯(Algirdas Greimas)的影响,在采纳经典叙事学有关故事与情节划分的基础上,将故事细分为"行为蓝图"和"意识蓝图":"行为蓝图"指代组成情节和主题的一系列故事材料,"意识蓝图"则由"人的所知、所思、所感,或者所未知、所未思、所未感组成"(14)。怀特沿用了布鲁纳的故事区分构架,认为这两个概念"明确了人们在叙事结构中主动参与为自己的生活赋予意义的过程"(2011:48),并将"意识蓝图"替换为"认同蓝图",因为后者在心理咨询中"更强调对自我认同的重建"（2011：49）。因此，叙事治疗着力于引导叙述者发挥自身的能动性，凸显叙事思维之于逻辑思维的主导地位，力图客体化心理问题并厘清其对于个体过去、现在以及未来生活的影响，使叙述者在治疗过程中不断自省可能的解决措施。

叙事心理学确立了叙述主体的核心存在地位，后结构主义语言观则进一步为叙述行为的身份建构诉求打下了语义基石。在以福柯为代表的后结构主义理论家看来，人的意识行为和自我认知都受到社会文化场域和意识形态控制影响，精神病人、同性恋等一系列社会边缘群体的形成与当时社会的主流价值取向息息相关，所谓的怪异、叛逆、失常等行为无非是他者加诸其上的定性标签。怀特多次在著作中提及福柯对权力规训的批判，认同"在现代权力体系中，社会控制是通过建立生活和自我认同的常规来实现的"（174）。因此，叙事治疗师致力于打破传统临床心理治疗规程，否认心理治疗师的权威性，不再参照已有的医学诊断或是采用药物辅助治疗，而是从一开始就以公允的眼光去看待诊疗对象，作为叙述者的陪伴者和倾听者而存在于整个叙事治疗过程中。例如，怀特本人在叙事治疗实践和相关著述中从不使用"患者"这一称谓，而是使用带有中立色彩的"来访者"，甚至多次表示连"治疗"这一词都是不得已而用之。德里达的解构主义思想也为叙事治疗提供了方法论指引，他所强调的"延异"（différance）斩断了能指与所指之间的对应，个体得以在叙事话语的衍展中跳出现有文化场域，通过语言重组而实现身份重构的愿景。正是在这种破立并存的语言观影响下，怀特在《解构与治疗》等系列论文中提出叙事治疗的核心手段是通过提问来破除来访者已有的心理认知和身份标签，从"外化问题"（externalizing question），即抽离问题在个体寄居的内化属性入手，将人与问题分离开来。在得出明确的问题描述之后，治疗师得以客观地剖析问题，并着重挖掘个体经验中被忽视被压抑的部分，由此颠覆传统意义上的正常/疯癫、文明/野蛮、异性恋/同性恋等二元对立，确立个体存在的独特性与合理性（怀特 23—35）。

如果说后结构主义语言观打破了束缚身体的语言牢笼，那么社会建构论思想则为叙述行为的身份认同愿景提供了有力的哲学支持。社会建构论强调"身份认同的概念是文化的、话语的、多点的、多层次的、情境的、关系的……任何的身份认同都是建立在个体与其他身份认同关系的基础之上"（麦迪根 81）。因此，在经过了外化问题步骤后，叙事疗愈的主导思想便是通过自我与他者、个体与社区的有效联系来获得全新的主体身份。怀特深受社会学家格雷戈里·贝特森（Gregory Bateson）影响，曾借用其"诠释法"（Interpretive Method）来阐明叙事治疗中家庭成员对于当事人心理认知与问题阐述的重要影响，并对其在新几内亚地区展开的"纳文"仪式调查极为赞赏。[2] 在持续叙事治疗的后期阶段，怀特引入"界定仪式"（Definitional Ceremonies）来帮助来访者重构个体的自我认知和社会认同，通过外部见证者的在场干预使叙述者在与家人的共同面对中修正原有的文化身份标签，摆脱消极心理暗示。[3]

基于以上理论构架，肇始于 20 世纪 80 年代的叙事治疗业已发展成为一套体系完备、应用广泛的临床心理诊疗方法。治疗师大体遵循"商讨定义""描述影响""评价影响"以及"论证评估"（怀特、艾普斯顿 23—35）四个步骤来引导当事人外化心理问题，在特定的叙事语境下运用恰当的叙事隐喻促使个体重新评价认识自我，同时借助治疗文件与外部干预实现对个体的心理疏导。这一心理学诊疗方法从根本上跳脱了传统心理诊疗视角下治疗师与来访者之间的医患关系，剥离了个体处于社会文化规训和意识形态影响下的话语标签，承认并尊重每一个生命个体的独立多元，同时赋予叙述者在叙事进程中的主体地位，鼓励个体在对过去的审视认知中动态建构新的身份认同，进而成功地脱离心理困境。

## 二、叙事治疗的文本类比与文学共情

美国修辞叙事学家詹姆斯·费伦（James Phelan）曾为叙事下了一个著名的定义，即"某人在某个场合出于某种目的对某人讲一个故事"（14）。反观叙事治疗，其方法本身也是一个叙事文本的建构过程。叙事治疗师引导来访者进入特殊的叙事语境，讲述特定的叙事情节，建构全新的叙事身份，整个叙述行为带有明确的叙事意图。怀特敏锐地捕捉到了治疗师与文本作者的相似性：

> 文本的作者在故事情节中留下空隙以吸引读者，并鼓励读者通过开动思维，调动想象力，以及回忆生活经验来填充这些空隙，丰富故事的发展。重视丰富故事的治疗师在咨询中也是在做同样的事情。治疗师通过让来访者注意到生活故事情节中的空隙——通常这是被称作"不重要的"故事情节——鼓励他们通过开动脑筋，运用想象力，调动生活经验来填充这些空隙。（怀特 48）

叙事治疗过程的文本建构意义也得到了许多心理学家的支持。具有英语文学背景的心理治疗师马丁·佩恩（Martin Payne）在《叙事疗法》一书中援引了新批评代表人物——利维斯（F.R. Leavis）的诗歌阐释方法，并将其与治疗师在治疗过程中的思路相对照，"我们所做的是仔细思索整首诗（来访者对问题的陈述）的组织结构和重点是什么……所谓的分析（治疗）是一种建构、创作的过程"（107）。可以看出，怀特与佩恩都十分强调治疗师对于叙述者的引导启发，这与文本作者与读者之间的互动如出一辙。更为贴切的类比来自乔治·伯恩斯（George Burns），他在《隐喻治疗案例示范》一书中指出，"心理治疗是一个基于语言的治疗过程，非常倚重于来访者和治疗师之间的交流效果"（4），尤其是在"治疗师生成型隐喻"叙事语境中，治疗师与作家在叙事安排、伦理取位、叙事进程以及叙事意图等方面都存在极大的共通性。

值得注意的是，叙事治疗行为不仅是一种文本类比，其过程也充斥着多样化的文本同构。法国经典叙事学家热拉尔·热奈特（Gérard Genette）认为，叙事文本存在着"文本迁移性"（transtextuality），主体文本往往不同程度地蕴涵包括互文文本（intertext）、副文本（paratext）、元文本（metatext）、超文本（hypertext）以及内构文本（architext）五种形式在内的文本现象（1—6）。在叙事治疗过程中，来访者讲述的生命历程即为叙述的主体文本，治疗师引入的证书、信件、宣言、日记、录像、录音、绘画、照片等一系列治疗文件则构成了充满叙事隐喻的副文本，共同组成叙述者的生命故事。以叙事治疗实践中运用得最多的信件为例，这一简单的治疗文件就囊括了多种叙事功能。当治疗师通过信件与当事人交流对于问题或困扰的看法时，信件中展露的内容便构成了印证当事人原初经历的互文文本。在写给第三方，如来访者亲朋好友的参考信中，治疗师往往会确认当事人的正常心智状态，使其免受人际困扰，这无疑又赋予了信件重构当事人身份的超文本载体功能。同时，当事人自身的书写实践也是另外一种潜在的文本类比形式。许多不善言谈的来访者利用"书写提供的机制……阐释各种事件与经验记录"（怀特、艾普斯顿 28），在书写的自我释放与排解中得以反思自己的行为，"把问题置于重新审视、考虑和评估中"（施铁如 144），进而积极寻求解决办法。当叙述者从不同角度去书写同一事件，在重复叙述和叙事判断中不断颠覆先前的叙述事实时，糅合了多个回顾视角的信件、日记等又构成了不断解构自身的元文本，以达到改写生命轨迹的目的。

除了文本类比的显在性，文学的共情作用也构筑了叙事治疗过程中一个不容忽视的文学特质。所谓文学共情，是指叙事治疗师在咨询过程中引入文学的感召力量来影响个体的生命感知，尤其是借助阅读经典文学作品带给个体心理慰藉。当前临床心理诊疗盛行采用"阅读疗法"（Bibliotherapy），通过阅读施与当事人尤其是青少年疗愈力量，因为"文学作品可以帮助孩子们明白他们并不是孤独的，许多同龄人都经历过类似的惨况，都能够很好地渡过难关"（Cole and Napier 17）。在同侪效应的影响下，个体很容易从文学作品主人公的心路历程中潜移默化地习得心理问题的应对措施。不仅如此，文学作品还提供了一个脱离于主流话语掌控之外的叙事语境，"小说可以帮助家庭成员赋予边缘化经历的情感意义"（Androutsopoulu 285），"童话可以帮助人们理解他人的情感，将其从之前的自我思维方式中抽离出来，重新定义这个世界"（Moschini 87）。因此，许多心理治疗师都十分注重引导个体从文学典籍中汲取心灵平复的力量。利兹·伯恩斯（Liz Burns）在专著《文学与治疗》（*Literature and Therapy*）中列举了自《伊利亚德》（*Iliad*）以来的 83 部西方文学经典对于心理治疗的启示，其中便提到孤儿或收养家庭的孩子通过阅读《简·爱》（*Jane Eyre*）达到心灵慰藉的成功案例。

由此可见，叙事治疗的文学特质源自叙述行为本身的文本类比，同时也与治疗师的叙事引导、治疗文件的运用以及文学典籍的感召息息相关。文学作品的疗愈力量与陶冶作用可以帮助当事人走出自怨自艾的心理困境，转而寻求积极的应对策略，这也是叙事治疗作为一种崭新的批评视角得以进入文学批评领域的根本保障。

## 三、叙事治疗的文学批评实践

基于叙事治疗基本原理与文学叙事建构的共性，叙事治疗这一心理学视域也逐渐应用到文学批评实践之中，当前学界主要从当代作家创伤书写的疗愈诉求、叙事治疗案例摹写、叙事治疗隐喻等文本具象展开研究。国内学者叶舒宪在《叙事治疗论纲》一文中梳理了中西文学的五种叙事治疗现象，其中两类都涉及作家本人的疗愈愿景，包括"藉小说叙事缓解自己的心理情结（川端康成和卡夫卡）"和"通过创作来解救自我心理危机（雨果）"（2007：54—55），他还以海明威的《永别了，武器》为例,将其"一生的创作视为抗拒个人所遭遇的生理和心灵创伤、寻求自我治疗的生动案例"(2004:89)。在当代英语文学作品中,以写作为心灵救赎途径的例子也层出不穷。丹麦著名作家伊萨克·迪内森(Isak Dinesen)曾经表示,"如果我们把令人悲伤的事情置于故事中或者用故事把它们讲述出来,那么一切悲伤都是可以承受的"(转引自邹涛、赵娟63)。她的《走出非洲》(*Out of Africa*)便是根据自己在非洲17年间经历夫妻反目、情人横死的悲惨经历创作而成。以写作作为排遣苦闷方式的例子在同性恋作家群体中更为常见:诺奖获得者、澳大利亚作家帕特里克·怀特(Patrick White)在《特莱庞的爱情》(*The Twyborn Affair*)中抒写了自己的性别困扰,将难以言说的同性之爱述诸笔端;英国小说家珍妮特·温特森(Jeneatte Winterson)的叙事作品则"将我们带进了作者的孤寂以及外在纷扰的复杂心理审视"(Morrison 171),其成名作——《橘子不是唯一的水果》(*Oranges Are Not the Only Fruit*)直接以第一人称叙述展开,再现了作者本人"出柜"之后与母亲闹僵而后和解的真实经历。

叙事治疗的第二个文本具象表现为小说中的叙事治疗案例摹写。在这类小说中,主人公不仅被赋予了心理治疗师或来访者的特殊身份,小说情节也充斥着叙事治疗的文本类比。英国作家帕特里克·麦格拉斯(Patrick McGrath)的两部小说——《创伤》(*Trauma*)和《精神病院》(*Asylum*)都直接聚焦治疗师本身的心理困境,尤其揭示了治疗师在诊疗他人心理问题的过程中惊觉自我创伤的尴尬处境。帕特·巴克(Pat Barker)更是一位深谙"谈话疗法"功效的作家,她对治疗师道德立场的剖析也赋予了小说更多的叙事伦理意蕴。在其小说《越界》(*Border Crossing*)中,心理医生汤姆偶然搭救了一位企图自杀的青年,却发现所救之人正是当年自己出庭作证使其锒铛入狱的少年杀人犯丹尼。于是,在有意而为的叙事引导中,"汤姆医师的'谈话疗法'起到了极为关键的作用,……让丹尼意识到了自己的罪行,并最终放下内心的包袱"(刘胡敏112)。美国作家多克托罗(E.L.Doctorow)的《安德鲁的大脑》(*Andrew's Brain*)是正面阐述叙事治疗积极影响的一个例子,小说主人公安德鲁在"9·11"恐怖袭击中失去爱妻,最终在治疗师的帮助下逐渐走出充满负罪感的阴影(袁源 29—35)。在美国极简主义代表人物雷蒙德·卡佛(Raymond Carver)的短篇小说中,也出现了大量主人公因为酗酒、交流障碍而进行叙事治疗的情节(王中强 143—149)。诚然,叙事治疗的终极目的是重构生命主体,生命故事的重复叙述可以"帮助人们有效地审视自己的人生经历,重构自我"(程瑾涛、刘世生 79),因此,学界也非常关注当代小说中叙事治疗最终的疗愈效果。托尼·莫里森(Tony Morrison)的新作《慈悲》(A Mercy)展现了饱经风霜的叙述者"在叙述过程中……逐渐同过去达成了和解,重新建构了自我,并最终走出了创伤"(尚必武 92)。在英国族裔小说家阿泽帕迪(Trezza Azzopardi)《隐藏的世界》(The Hiding Place)中,身体残疾的叙述者在记忆闪回中"得以直面自己的创伤经历,重新书写自己的生命故事与家族悲剧"(Schönfelder 279),这无疑是另一种以回顾性叙述为契机的生命故事重构。

除了显在的救赎写作与忏悔叙述等叙事治疗案例,当代小说中还不乏借用文学经典疗愈力量的叙事治疗隐喻。前文提到的《橘子不是唯一的水果》中,主人公的母亲一向讨厌文学,母女反目之后却被女儿目睹阅读《弗洛伦斯河上的磨坊》,"这种文学指涉通过真实文本的隐喻重新建立起了她与母亲之间的联系"(Ellam 85)。在温特森的另一部作品《守望灯塔》(Lighthouse Keeping)中,孤儿通过讲述神话故事来排遣对自己飘零身世的介怀,最终在讲述与聆听中收获幸福。英国作家伊恩·麦克尤恩(Ian McEwan)的巅峰之作《赎罪》(Atonement)中,布里奥妮因为年少时的恶意指控导致姐姐与其恋人一世分离,在耄耋之年决心以写作赎罪;在长达 59 年数易其稿的创作历程中,她效仿莎翁在十四行诗中赋予爱人永恒的笔力,虚构了恋人重逢的大团圆结局来达成与自己的谅解。这种转向文学寻求心灵舒缓的努力在麦克尤恩的《星期六》(Saturday)中也有体现,小说中阿诺德(Mathew Arnold)的诗歌——《多佛海滩》(The Dover Beach)及时震慑了企图施暴的患有精神疾病的闯入者,彰显了文学的救赎与劝善作用。

## 结语

随着当代作家叙事自觉意识的萌发与叙事技巧的熟稔,英语文学作品,尤其是创伤小说中普遍存在的叙事治疗现象,折射出作家的叙事疗愈诉求与创伤书写的伦理转向。当前学界或可从以下几个方面展开深入研究:一是关注职业心理治疗师创作的小说,如著名存在主义治疗大师欧文·亚隆的《当尼采在哭泣》《叔本华的治疗》、国内心理咨询师孙思远的

《救赎：心理师手记》等，从这些更具专业视角的叙事治疗案例摹写中进一步明晰其基本原理在文学批评实践中的适用边界；二是梳理生命主体重构的文本生成路径，从单纯的叙事技巧分析过渡到当代历史社会文化创伤语境下的身份认同诉求考察，拓展创伤母题研究的时空维度；三是重视叙事治疗过程中的伦理取位，结合叙述者作为创伤施害者、见证人、受害者不同的伦理身份以及治疗师的道德立场，在辨析作品叙事伦理的基础上考量疗愈效果。总之，叙事治疗在文学批评领域的应用方兴未艾，有着广阔的研究前景与拓展方向，期待未来学界涌现出更加富有开创性的成果。

**注解【Notes】**

① 叙事治疗有广义和狭义之分，广义的叙事治疗是指以当代西方哲学思想为理论指导的心理治疗理论与实践，如以卡尔·罗杰斯为代表的人本主义治疗，以欧文·亚隆为代表的存在主义治疗；狭义的叙事治疗特指由麦克·怀特和大卫·艾普斯顿提出的叙事治疗理论和模式。参见李明《叙事心理治疗》，北京：商务印书馆，2016 年，第 2 页，本文所探讨的叙事治疗学理范畴仅限于后者。

② 在新几内亚地区，"纳文"仪式一般为了庆祝劳阿（姐妹的孩子）的重大成就或勇敢行为而举行，集中体现了亲缘关系在个体成长过程中的参与。参见格雷戈里·贝特森：《纳文》，李霞译，北京：商务印书馆，2008 年。

③ 与团体治疗的不同之处在于，叙事治疗并不提倡团体成员对叙述者进行分析、建议、说教等行为，而是期望其表达与叙述者生命体验相近的共情感悟，同时在成员的构成上也以当事人熟悉的家人朋友为主。

**引用文献【Works Cited】**

Androutsopoulu, Athena. "Fiction as an Aid to Therapy: A Narrative and Family Rationale for Practice." *Journal of Family Therapy* 23(2001): 278－295.

Bruner, Jerome. *Actual Minds, Possible Worlds*. Cambridge: Harvard UP, 1986.

Burns, Liz. *Literature and Therapy: A Systemic View*. London: Karnac Books, 2009.

Cole, P. B., and A. Y. Napier. "Coping with Parental Illness: Family Discord in Ordinary People." In *Using Literature to Help Troubled Teenagers Cope with Family Issues*. Ed. S. F. Keywell. West Port: Greenwood Press, 1999.

Ellam, Julie. "Jeanette Winterson's Family Values: From *Oranges Are Not the Only Fruit* to *Lighthouse Keeping*." *Critical Survey* 02(2006): 79－88.

Genette, Gérard. *Palimpsests: Literature in the Second Degree*. Trans. Channa Newman and Claude Doubinsky. Lincoln and London：U of Nebraska P，1997.

Morrison，Jago. "'Who Cares about Gender at a Time Like This?'：Love，Sex and the Problem of Jeanette Winterson." *Journal of Gender Studies* 02(2006)：169‒180.

Moschini，Lisa B. *Drawing the Line: Art Therapy with Difficult Client.* Hoboken：John Wiley & Sons，Inc，2005.

Sarbin，T. R. *Narrative Psychology: The Storied Nature of Human Conduct.* New York：Praeger Publishers，1986.

Schönfelder，Christa. *Wounds and Words: Childhood and Family Trauma in Romantic and Postmodern Fiction.* Bielefeld：Transcript Verlag，2013.

程瑾涛、刘世生：《作为叙事治疗的隐喻——以〈简·爱〉为例》，《外语教学》，2012 年第 1 期，第 76—80 页。

李明：《叙事心理治疗》，北京：商务印书馆，2016 年。

刘胡敏：《"男子气概"的解构与重构——解析〈越界〉里汤姆的男性危机》，《海南师范大学学报》(社科版)，2009 年第 3 期，第 132—135 页。

马丁·佩恩：《叙事疗法》，曾立芳译，北京：中国轻工业出版社，2018 年。

麦克·怀特：《叙事疗法实践地图》，李明、党静雯、曹杏娥译，重庆：重庆大学出版社，2011 年。

麦克·怀特、大卫·艾普斯顿：《故事、知识、权力：叙事治疗的力量》，廖世德译，上海：华东理工大学出版社，2013 年。

乔治·伯恩斯：《用故事打开心扉：隐喻治疗案例示范》，刘新民、何洋译，北京：人民卫生出版社，2012 年。

尚必武：《创伤·记忆·叙述疗法：评莫里森新作〈慈悲〉》，《国外文学》，2011 年第 3 期，第 84—93 页。

施铁如：《叙事心理学与叙事心理辅导》，广州：广东高等教育出版社，2010 年。

斯蒂芬·麦迪根：《叙事疗法》，重庆：重庆大学出版社，2017 年。

王中强：《叙事疗法：雷蒙德·卡佛短篇小说中的"人文关怀"》，《解放军外国语学院学报》，2016 年第 1 期，第 143—149 页。

叶舒宪：《海明威的创作动力与〈永别了，武器〉》，《江西社会科学》，2004 年第 2 期，第 89—93 页。

——：《叙事治疗论纲》，《西南民族大学学报》(人文社科版)，2007 年第 7 期，第 53—55 页。

袁源：《论〈安德鲁的大脑〉中的叙事治疗机制》，《外国文学》，2017 年第 2 期，第 29—35 页。

詹姆斯·费伦：《作为修辞的叙事》，陈永国译，北京：北京大学出版社，2002 年。

邹涛、赵娟：《伊萨克·迪内森作品中的创伤体验与叙事治疗》，《电子科技大学学报》(社科版)，2013 年第 2 期，第 63—67 页。

**基金项目：**本文系 2016 年教育部人文社科青年基金项目"伊恩·麦克尤恩的当代历史文化创伤书写研究"（16YJC752009）的阶段性研究成果。

**作者简介：**黄一畅，文学博士，南京航空航天大学外国语学院讲师，主要研究方向为当代英美小说及叙事学。

# 基于隐喻思维的叙述声音特征探究

刘碧珍

**内容提要：**叙述声音作为一种隐喻意义上的声音,它在不同文本、同一文本的不同叙述层中有不一样的表现,呈现多样的特征,如模糊与清晰、单一与复调、可靠性与不可靠性,等等。这些声音特征缘于语言表述的多义性,也取决于作者的遣词造句和读者的感知。它们并存于作品中,体现文本的张力,经读者之耳不断地响起,启发人们对自身与世界的思考。

**关键词：**隐喻;叙述声音;感知

讲故事是人类的一项重要活动,对我们每个人来说,它几乎与呼吸同样重要。从篝火旁的神话故事到后人类时代的信息爆炸,故事支配了我们的生活。故事是如何被叙述的,它具有怎样的叙述声音? 这需要我们倾听与理解。

把叙事中的某些表达称为叙述声音,显然是一种隐喻的用法,如《我们赖以生存的隐喻》一书指出：隐喻是随处可见与极其重要的语言现象,它不仅属于语言,而且属于思想、活动、行为,甚至我们思想和行动所依据的概念系统也是以隐喻为基础(莱考夫、约翰逊 1)。叙述声音虽非真正的语音,但它和"说"一样也是人类之间的沟通,更具体地说是作者与读者之间的沟通,读者需要依靠自己的敏感去体察作者究竟通过自己的书写"说"了什么,这种体察就其微妙性质而言与"听"十分相似,所以人们会把叙事中的某些话语和真正的听觉传播联系起来(傅修延、刘碧珍 110)。我们在倾听大千世界的各种声音时,会根据参照物的不同,发现大小、强弱、模糊与清晰的差别;根据数量的多寡,分辨出独唱与和鸣的差异;根据感知的差异,区分为可靠与不可靠之别等。倾听与自然声响不同质的叙述声音,人们会发现与之相似的特征。叙述声音作为一个抽象的叙事元素,可以通过一个完整的声音特征网络来加以描绘。不过,这些特征并不一定都是整齐划一地出现在文本中的。一种声音,从它自身的角度讲,它没有使我们对其做出分辨的绝对特性。其或刚或柔,或高或低,都是与其他声音比较而言的。因而,本文对叙述声音特征的概括与分析,也同样是在相对状态下做出的。

## 一、模糊与清晰:叙述声音的隐与显

文学作品的叙述声音本身是无形的,读者通过感知可获取其存在的状态。借用刘知几的一句话:"然章句之言,有显有晦;显也者,繁词缛说,理尽于篇中;晦也者,省字约文,事溢于句外"(223)。不同叙述声音之间有模糊与清晰的差异,这是不言自明的事实,但是在文学发展的过程中这些叙述声音又是怎样呈现在具体的文本中,并在特定的历史语境下发挥其作用的,具有怎样的意义,需要我们加以思考。

模糊与清晰都是表示程度的形容词,叙述声音的模糊与清晰是个相较而言的判断,它取决于声音本身(即它的迹象)是否显露出来,也取决于其传递的语义是否明晰,能否迅速准确地被读者捕捉。当叙述声音以评论干预的方式显露痕迹时,叙述声音相对清晰,容易辨识。当叙述者不在场且叙述声音隐藏于字里行间,这时文本的叙述声音相对模糊些,需要读者穿透迷雾。例如《红楼梦》在描绘贾府盛世繁华的过程中曾有几次叙述声音轻轻响起,暗示情节的发展:第五回《贾宝玉神游太虚境 警幻仙曲演红楼梦》借贾宝玉的眼与耳,让读者看到太虚幻境中的许多诗词对联、"金陵十二钗正册""金陵十二钗副册""金陵十二钗又副册"的判词,听到《红楼梦》曲,此时贾府女孩的命运和家族的盛衰已在词曲得以传达;第二十二回《听曲文宝玉悟禅机 制灯谜贾政悲谶语》中贾政有感于元春、迎春、探春和惜春所做的灯谜,心里郁闷。灯谜又一次暗示了四姐妹今后的命运。虚无、人生如梦的基调贯穿《红楼梦》始终。这些声音在文本中相对明显,但如果读者不加留心,也容易忽视或者与宝玉一样不解其意。

当然模糊与清晰,与叙述者话语所占篇幅多少也有关系。如《喧哗与骚动》《檀香刑》等小说,多个叙述者平分秋色的现象不常见。对于大多数小说而言,位于主叙述层的叙述者所发出的声音往往响亮一些,无论这个叙述者是第一人称叙述者还是第三人称叙述者,而位于次一级叙述层的叙述者因为只是其中的一个人物,他的身份与地位都无法与主叙述者抗衡,如果他话语较少且信息量相对较少,那他的叙述声音也就相对模糊。但是如果这个人物博得上一层叙述者的信赖且是故事的亲历者,他的声音将一样清晰,而且与上层叙述者的声音一致。当作品中存在一个对故事而言是关键性、线索式人物或者当这个人物是作者的代言人时,他的话语不多,"声音也很小",但一旦发出就振聋发聩,一定会引起读者的注意。例如《子夜》中的范博文,典型的一段是在吴老太爷死后他所发表的议论;冰心《超人》中的小男孩,是他的语言和行为改变了何彬的人生观,而"爱"这一主题恰恰是叙述声音所要表达的。除此以外,我们也发现一个文本的叙述声音有时也会在清晰与模糊中摇摆,例如汉大赋中的许多作品就有"劝百讽一"之嫌。

文学文本常常是多种声音的混响,这些模糊与清晰的叙述声音共同构成与指向文本的意义。有的声音清晰响亮,主宰着故事的进程,而有的声音模糊、甚至时断时续,如同"背景音"。这些不同的声音能否被接收取决于读者的倾听能力,并且在不同的年代,声音的地位会发生翻转。我们原来获取的有时可能并不是文本真正传递的叙述声音,作者在其中暗藏玄机,相反原本模糊的背景音经过新时代读者的倾听而响亮起来,例如申丹教授所研究的"隐性进程"(Shen 2013)就是一个用以解读叙述声音在不同年代、不同读者耳中处于不同地位的好理论。她在《反战主题背后的履职重要性——比尔斯〈空中骑士〉一文的双重叙事运动》中指出《空中骑士》存在双重叙事运动。长期以来我们认为此作品是控诉战争的残酷无情,以儿子被迫弑父的悲剧展开,这是显性叙述声音,它清晰可闻。同时我们发现实际上该作品还有一个隐性进程,是围绕履行职责的重要性展开,这个叙述声音却不为我们"耳闻"。申丹教授提醒我们"追踪双重叙事运动,关注其既互相冲突又互为补充的复杂关系,能更为准确地把握作品的修辞目的并更加全面地理解作品的内涵"(2015:165)。

除了单独文本的叙述声音会有隐与显的特征,纵观文学发展的进程,整体上的叙述声音也曾出现过由显向隐的历程。在西方,菲尔丁、托尔斯泰、巴尔扎克等人的小说中叙述声音清晰可见,叙述者向读者讲述故事,清晰的叙述干预与评价彰显了作者的态度与价值观。而到福楼拜之后,反对作者声音的介入、追求客观展示效果成为一种风尚,许多现代主义小说和理论家甚至把其视为金科玉律。在中国,相对冷静与客观的叙述也曾经成为我国新时期部分小说家竞相效仿的讲故事方式,其实在五四时期我国就有一些作家开始主动学习与借鉴西方小说的叙述方式,一改"君子曰""太史公曰"等清晰的叙述声音表达,让叙述声音隐匿起来。当然,正如布斯在《小说修辞学》中强调的:无论作者是藏在叙述者的身后,还是在观察者的后面,"作者的声音从未真正沉默"(63)。的确,文学创作从来都离不开作者的介入,只不过现代小说与传统小说相比,在控制读者的阅读方面的手段和方式上有不同而已。因而参照修辞叙事学的理论,以叙述声音的隐或显作为判断作品优劣的标准的观点是片面的。而且曾被布斯命名的"展示"其实也是一种隐含的"讲述",讲述是一种古老而永恒的叙述方式,它是叙述文本的本质。文学创作通过叙述声音构建"讲述"的行为,使其诉诸读者的"听觉"和理解力,形成对话的亲近关系,交流人生经验和生命体验。叙述声音的模糊与清晰取决于具体叙述情境,它会随着文学发展而自行调整。

同时如果把中西方文学作一次整体性的观照,我们发现中国传统叙事中的"草蛇灰线"与西方叙事中的"一以贯之"也是叙述声音隐与显的另一种体现。听觉传统作用下中国古代叙事的表述特征可概括为"尚简""贵无""趋晦"和"从散"四个方面。在我们的古人看来,不管是与"断"相关的"间隔""关锁",还是与"连"相关的"联络""照应",它们都是不可偏废的结构要素,谋篇布局中不能重此轻彼(傅修延 138—142)。傅修延教授提到的听觉传统可以被借用来分析中国传统叙事文学中叙述声音的虚实兼存与隐现并置的辩证关系。而西方叙事传统讲究整一、连贯似乎也可以说明其叙述声音相对外显。

总之,语言表述的多义性必然造成文本声音的丰富性,模糊与清晰、隐与显本身就是相对而言,时过境迁之后再讨论体现作者最初创作意图的是何种叙述声音已不重要,重要的是要知道多重叙述声音的并存与混响就是文本的张力所在,这些声音经读者之耳不断地响起,并能长久地回响在人类历史的长河之中,可以启发人们对自身与世界的思考。我们还要认识到声音的模糊与清晰在于作者的遣词造句,也取决于读者如何在有形与无形之间进行感知选择,是否把握文本中既选因素的意义。

## 二、独唱与和鸣:叙述声音的单一与复调

在展开论述之前,我们须对标题中的"单一"与"复调"进行一定的说

明。区分叙述声音的"单一"与"复调"可从两方面入手。第一从声音的数量方面考虑，换句话说是从叙述者的数量方面来判断（当然这也是一个相对的概念）。"单一"指的是文本中只有一个贯穿全篇的叙述声音，而"复调"指的是在文本中同时存在几个叙述声音，且文本由这几个叙述声音共同构成，故事在几个声音的讲述中相对完整地呈现出来。因而以这种区分的方式分析叙述声音比较适合于标题中的"独唱与和鸣"这样的用词。另一方面是站在声音所传递的内容角度考虑，内蕴丰富的优秀文学作品往往由多重语义构成，声音所携带的不同观点与情感之间也可构成复调。复调一词本身是个音乐术语，巴赫金用以分析陀思妥耶夫斯基的小说。他在《陀思妥耶夫斯基诗学问题》一书中提出"复调小说"这个概念。他认为"有着众多的各自独立而不相融合的声音和意识，由具有充分价值的不同声音组成真正的复调——这确实是陀思妥耶夫斯基长篇小说的基本特点"。巴赫金以一种超语言观看待声音与复调，复调本身也是一种隐喻的说法，因而"复调"可指多个声音形成复调，也可指叙述声音本身是多声部的。

一说到复调，我们定能想到福克纳的《喧哗与骚动》，此小说不愧是一部经典之作，作品以康普生家族的班吉、昆丁、杰生和迪尔西的叙述结构全篇。四个叙述者都讲到了家庭中的一位重要成员——凯蒂，关于凯蒂的故事可以在他们的讲述中相互印证与补充。这四个叙述者通过叙述声音构建与展示了自己，叙述声音彼此独立，相互平等，以四个乐章构成交响乐结构，在形成复调的同时揭示了美国南方种植园文化的痼疾和人性的美丑。

在由复调叙述声音构成的小说中，每一个叙述者既是叙述内容的主体，又会成为他人叙述的对象。不同叙述者的叙述内容相互印证、相互参照，角度不一致，叙述声音也就不一样。作为人物的叙述者共同参与了整个故事的发展过程，因而他们那彼此关联、相互影响的叙述声音会在作品中形成混响，构成立体化的听觉空间，而读者站在不同的角度聆听则可以获得不同的感受。这样的作品给读者带来全新的阅读体验。在中国当代文坛，也有不少作家尝试过写复调小说。比如作家李锐在《无风之树》中一共设定了十三个叙述者，十三位叙述者发出的叙述声音也构成复调。莫言也是位勇于创新的作家，他的《檀香刑》就是一部声音小说，此作通篇洋溢着显性的声音叙事——猫腔，又暗中勾连着多样的隐性叙述声音。从"媚娘浪语""赵甲狂言""小甲傻话"等章节标题中，读者很容易发现此小说由多个叙述者共同讲述,塑造了人物叙述者的形象,形成多声部的叙述情境,展现同一个故事被不同表达后的多重艺术效果。除此之外,他发表在20世纪80年代末的《天堂蒜薹之歌》也是一首多声部的复调之歌。

由多个叙述者共同讲述一个故事的作品看似很现代,其实此技法古已有之。清代著名的剧作家和戏曲理论家李渔,也可堪称杰出短篇小说家,他的作品就以诗文对照的方式展示声音的复调,如《无声戏》。第一回《丑郎君怕娇偏得艳》开篇诗云与说书人解释的话语构成复调,强调了"红颜薄命"这一观点。而在此之后,说书人又讲述了一个不是"红颜薄命"而是"命中该有"的故事:所谓的错配不过是命中注定的姻缘,也许对那三位如花似玉的女性而言可能有些红颜薄命的味道,但是对于男主人公"阙不全"而言则是该有的福报。李渔以这种"丑男娶美妻"的故事对现实人们心中的"才子佳人"模式进行反向揶揄。因而在这样的作品中诗歌中的叙述声音与说书人的叙述声音形成复调,共同完成对作者写作意图的表达。当然这种复调形式与我们现在常见的当代小说中的复调模式还是有一些差别。但是有一点必须明确,在构成复调的这几种声音之间存在多种可能的关系,或者是正向烘托,汇成同一种声音;或者是反方向消解,试图取代,最终以其震撼力的大小而确定在读者心中的地位,获得读者的信赖。

语言文字表达的多义性和文学创作过程中作者(隐含的作者)、叙述者之间也会存在各种观点的交汇,同时社会文化习俗作为一种集体无意识也必然进入文本,因而对于单一的叙述声音本身而言,其内部的多元素之间也构成复调。《了不起的盖茨比》中人物叙述者尼克在结尾处那段著名的阐释性、评价性沉思,尤其最后一句话"于是我们奋力向前划,逆流向上的小舟,不停地倒退,进入过去"是明显的叙述声音,显然这声音同时是隐含的作者发出的,费伦认为"这是一处非常有意识的面具叙述,隐含的作者带上了人物的面具"。[①]我们知道菲茨杰拉德成名于美国的"爵士乐时代",物欲泛滥,声色犬马在他的生活与创作中留下了浓重的一笔。这个故事讲述"美国梦"本身的虚幻与虚伪必然造成的"美国悲剧"。作者看到了狂欢喧闹的表面掩盖不住那个时代心灵的空虚与精神的贫瘠,所以他让尼克观察与讲述盖茨比的故事,同时传递他的声音。在叙述声音中有对"物欲横流、精神空虚"的美国社会的揭露,但同时也有对盖茨比的赞扬之声,也有对"美国梦"的深入思考,所有的这些声音必然在文本中形成复调。

总之,多个叙述声音形成复调会给读者多重听觉享受。对于优秀的文学作品而言,只要读者细心倾听,也可在一个叙述声音之中听出多个声部。

### 三、感知的差异：叙述声音的可靠性与不可靠性

叙述声音的可靠与否在很大程度上的确依赖于读者的感知,因为声音需要读者的倾听,但同时我们还需明白叙述首先来自作者与叙述者,因而可靠的源头还是在于作者与叙述者之间的关系,而读者的感知只是使得这一现象得以呈现与明晰。

在探讨叙述声音的可靠性之前,我们先来了解一下西方文论中一个重要的关键词"不可靠叙述"。"不可靠叙述"(Unreliable Narration)是一种较常见的叙事现象,作为叙述技巧,它存在于各种类型的叙事作品中。自韦恩·布斯提出这一概念并对其进行理论总结以来,它日益成为叙事学研究的热点话题之一。目前不可靠叙述研究存在以"修辞派"与"认知派"为代表的两种范式。持前一种研究方法的学者以布斯和美国叙述学家詹姆斯·费伦为主要代表,后一种以以色列叙事学家塔玛·雅各比和德国叙事学家安斯加·纽宁为代表。结合众多学者对不可靠、不可靠叙述与不可靠叙述者的研究,我们发现叙述者的可靠性与其叙述声音的可靠性有关。同样叙述声音的可靠与否就是在可靠或不可靠的叙述过程中传递出来的。因而我们如今分析叙述声音的可靠性问题也可以结合费伦的"三条轴线""六种类型"②,以及雅各比以读者为中心的五种机制③,展开对文本的具体分析。

在有史传传统的中国叙事文学中,作者为了使其作品达到"文以载道"、劝谏世人的目的,经常会在其中设置一个权威叙述者:君子、太史公等,让他来传递作者本身拥有或者支持的观点与态度。因为这种叙述者的身份与地位会让读者相信故事是真实的,声音是有可靠性的。例如《谢小娥传》"君子曰"的结尾,使得这声音无形中具有"至理名言""真知灼见"的派头,具有一定的权威性和不可撼动性(鲁晓鹏 98)。随着文学的虚构性增强,以及读者阅读能力的提高,人们发现不可靠叙述的叙述声音在文学作品中十分普遍,不仅在虚构性的叙述作品中,而且在非虚构的如自传等纪实类的作品中也很常见。有一些不可靠叙述是叙述者刻意为

之,有一些则是无意造成。根据费伦等人的研究,绝对的可靠叙述其实是不存在的,"误报""误解""误评""不充分报道""不充分读解""不充分评价"六种类型几乎把所有的文本一网打尽,即便是权威的叙述者也不一定发出可靠的叙述声音。更微妙的是可靠与不可靠除了依赖叙述过程之外,还取决于读者的感知。我们似乎可以做出这样的推断:《谢小娥传》的作者想通过"君子"给读者传递与强化叙述声音的"可靠性",但能否达到这种效果最终取决于读者根据自身认知做出的判断。因而读者在判断叙述声音是否可靠的过程中也起着关键性的作用。即使是对于同一个人物,读者也可以给予不同的判断。如詹姆斯的《螺丝在拧紧》里的家庭女教师可以被看作一个可靠的叙述者,在讲述两个中了邪的儿童的故事;但是她也可以被看作一个不可靠的精神错乱的叙述者,在无意识地述说她自己的幻觉(凯南 185)。因而,叙述声音的可靠与不可靠也是一个相对的概念,与可靠和不可靠叙述一样。这种相对性指的是不同声音之间可靠与不可靠的区分,也指叙述声音在产生过程中的相对性,即在一部作品中叙述声音会时而可靠,时而不可靠。

费伦所提的叙述者在"事实/事件"轴上的不可靠性主要表现为对事实和事件的"不充分报道"和"误报",叙述者由于种种原因隐瞒或歪曲了事情的真相。"知识/感知"轴上的不可靠性主要表现为叙述者因为智力、年龄等原因知之不多而造成的"误读"与"不充分读解"。而"伦理/评价"轴上的不可靠性主要表现为叙述者道德立场和价值判断与隐含作者的立场发生很大偏移。我们常见的大量文本都存在不可靠叙述声音,如鲁迅的《伤逝》《狂人日记》、爱伦坡的《黑猫》、福克纳的《喧哗与骚动》、托尔斯泰的《克莱采奏鸣曲》等。而不可靠的原因各异,有的是从"事实/事件"轴,有的是从"知识/感知"轴,有的是从"伦理/评价"轴上分析得出,有的三者兼具。

借助费伦的观点,我们可以轻松地捕捉纳博科夫小说《洛丽塔》中不可靠的叙述声音。首先,《洛丽塔》有两个叙述者:作为编辑的小约翰·雷博士和故事的主人公亨伯特·亨伯特先生。两人在"事实/事件"轴上都是不可靠的。雷博士在序言中对这个故事的来历语焉不详,欲言又止,而亨伯特也曾自称他尽量隐瞒了一些事实,以免对他人造成伤害。两人都刻意隐瞒着什么,也许是不为人知的小秘密,不得而知。但可以说得通的解释就是,亨伯特只是一个虚构的人物,而且亨伯特有意隐瞒他的道德瑕疵。其次,作为叙述者的亨伯特患有精神疾病,并多次入院治疗,在写自白书的时候也因精神病患的干扰而无法正常感知与表达。因而他的叙述声音也在"知识/感知"轴上的呈现为不可靠。再次，叙述声音在"伦理/评价"轴上也是不可靠的。亨伯特是多莉(即洛丽塔)的继父，有着明显的恋童癖，他病态地迷恋洛丽塔。洛丽塔的形象都是在他的表述中建构出来的，但是又前后矛盾。而且在亨伯特的叙述中洛丽塔在其母亲眼中的形象迥异于在他心中的感觉。整个故事都是亨伯特的回忆，充斥着强烈的主观感觉，具有明显的不确定性和前后矛盾之处。特别是叙述者作为有着特殊癖好的杀人犯，他的身份很容易让读者怀疑其叙述声音的可靠性，而且在叙述的过程中他对自己独特的癖好非但没有丝毫的害羞，反而津津乐道，一味地强调对洛丽塔的爱。他对于未成年养女的伤害没有过任何的忏悔，反而污蔑对方引诱。显然这种爱是"不伦之恋"，不可能与道德无关。而且它也只是亨伯特的一厢情愿，他对洛丽塔的爱显然是他对少年时期的早夭恋人阿娜贝尔爱的延续。洛丽塔会长大，她的离开是迟早的事，而亨伯特的爱却是要"囚禁"她。种种这一切都极易引起读者的反感，并加深了读者对这一叙述者以及其叙述声音不可靠的判断。

另外，还有一点需明确，叙述声音的不可靠不等于被叙述故事的不可信，不可靠是就叙述者与隐含作者的距离而言，以二者是否存在价值观等方面的偏离来做判断。而不可信是仅从现实的真实性的角度去考量叙述内容，与现实(逻辑)相符则是可信的。因而不可靠叙述声音所讲述的故事并不一定是不可信的。因为现实生活往往比小说更精彩，小说中不可靠叙述声音所传递的内容只是现实社会的冰山一角。而叙述声音可靠所讲述的也不一定是可信的，如《鲁滨孙漂流记》。关于这一种认识，赵毅衡教授在《广义叙述学》中有过分析，他强调"叙述者的不可靠是叙述的一种形式特征，是表达方式的问题"(225)。

总之，结合不可靠叙述理论观点对文本进行细读，我们常常会发现不可靠的叙述声音以及叙述声音的不可靠之处，同时在不可靠叙述声音之中往往也会保留着可靠的叙述声音，也许这就是叙述文本的迷人之处。

综上所述，不同文本中的叙述声音呈现出复杂多样的形态，有着可以与自然声音相比拟的特性。人类语音最初是对自然之声的回应与摹仿(Schafer 40—41)。从自然声响到文本声音，从口头流传到诉诸笔端，文学作品的叙述声音经历了由实到虚的转变过程。因而我们可以理解为什么喻体是声音，而不是其他了。鉴于人类思维的隐喻性与感知的同一性，我们可以在相对的意义上归纳出叙述声音的特性。语言表述的多义性必然造成文本声音的丰富性,叙述声音的特征都是相对而言的,它缘于作者的遣词造句,也取决于读者对有形与无形的感知。叙述声音的"多与寡""强与弱""可靠与不可靠"固然都会影响叙事的效果,但是并不能以其判断得出哪种形态是最佳的叙述声音,只有适合的才是最好的。

## 注解【Notes】

① 参见詹姆斯·费伦:《可靠、不可靠与不充分叙述》,王浩译,《第五届叙事学国际会议暨第七届全国叙事学研讨会会议宣读论文集》,2015 年 11 月,第 8 页。

② 参见詹姆斯·费伦:《威茅斯经验:同故事叙述、不可靠性、伦理与〈人约黄昏时〉》,戴维·赫尔曼主编,《新叙事学》,马海良译,北京:北京大学出版社,2002 年,第 42 页。

③ 参见塔玛·雅各比:《作者的修辞、叙述者的(不)可靠性,相异的解读:托尔斯泰的〈克莱采奏鸣曲〉》,詹姆斯·费伦等主编,《当代叙事理论指南》,申丹等译,北京:北京大学出版社,2007 年,第 105—106 页。

## 引用文献【Works Cited】

Schafer, R. Murray. *The Soundscape: Our Sonic Environment and the Tuning of the World*. New York: Knopf, 1977.

Shen, Dan. "Covert Progression behind Plot Development: Katherine Mansfield's 'The Fly'." *Poetics Today* 34.1 – 2 (2013): 147 – 175.

傅修延:《为什么麦克卢汉说中国人是听觉人——中国文化的听觉传统及其对叙事的影响》,《文学评论》,2016 年第 1 期,第 135—144 页。

傅修延、刘碧珍:《论叙述声音》,《江西师范大学学报》(哲学社会科学版),2017 年第 3 期,第 110—119 页。

里蒙·凯南:《叙事虚构作品》,姚锦清译,北京:三联书店,1989 年。

刘知几:《史通笺注》,贵阳:贵州人民出版社,1985 年。

鲁晓鹏:《从史实性到虚构性:中国叙事诗学》,王玮译,北京:北京大学出版社,2012 年。

乔治·莱考夫、马克·约翰逊:《我们赖以生存的隐喻》,何文忠译,杭州:浙江大学出版社,2015 年。

申丹:《反战主题背后的履职重要性——比尔斯〈空中骑士〉一文的双重叙事运动》,《北京大学学报》,2015 年第 5 期,第 165—173 页。

赵毅衡:《广义叙述学》,成都:四川大学出版社,2013 年。

W. C. 布斯:《小说修辞学》,华明、胡苏晓、周宪译,北京:北京大学出版社,1986 年。

**基金项目**：本文系国家社会科学基金一般项目"后人类语境下的叙述声音研究"（18BWW012）、江西省社科"十三五"规划课题"虚构文本中的人物听觉叙事研究"（17WX03）的阶段性研究成果。

**作者简介**：刘碧珍，文学博士，江西师范大学教育学院副教授，江西省哲学社会科学重点研究基地江西师范大学叙事学研究中心成员，研究方向为叙事学。

# 叙事文本解读

# 《简·爱》中男权牢笼下的女性意识

赵胜杰

**内容提要：**本文发现，夏洛蒂·勃朗特以男性笔名柯勒·贝尔发表的经典作品《简·爱》中存在双重叙事动力：显性情节与隐性叙事进程。在显性情节发展过程中，众所周知，作者塑造了一个自尊自强、独立自主且敢于追求自由和平等以及冲破世俗牢笼束缚的新女性，由此表达不畏男权压制的主题意义。然而，在隐性叙事进程中，通过一系列对简自我成长产生影响的男性形象，作者塑造了一个受男权左右的女性形象，揭示出作者对维多利亚时期这种独立女性形象的质疑以及对父权制思想的默认。

**关键词：**《简·爱》；显性情节；隐性进程；女性意识；男权

## 引言

1847 年，英国女作家夏洛蒂·勃朗特（Charlotte Brontë）以男性笔名柯勒·贝尔（Currer Bell）发表《简·爱》（*Jane Eyre*）。这部经典作品不仅被认为是一部具有很强自传色彩的小说，同时也被视为女主人公简的成长小说。身为孤儿，简的成长并非一蹴而就，而是经历了一个破茧成蝶、不断抗争的蜕变过程。简对一切扼杀或压制其自我成长的因素所展开的种种反抗使得该小说被贴上了"反抗小说"（protest novel）的标签（Shapiro 683）。小说中，简的成长主要经历了五个阶段：幼年在盖茨海德府的生活，在洛伍德寄宿学校的求学生活，在罗切斯特先生的桑菲尔德府做家庭女教师的生活，在沼泽山庄的流浪生活，重返桑菲尔德府与罗切斯特先生团圆。我们知道,简长相平平,罗切斯特先生曾用修女来形容她的外表。不难发现,就外貌而言,简与上流社会的英格拉姆小姐相比没有任何优势。最后,简却与罗切斯特先生幸福地生活在一起,过上了王子与公主般幸福的生活。因此,《简·爱》一书也被视为灰姑娘与王子童话故事的"现实版"。简最终获得的幸福不是从天而降,而是靠自己努力争取而来的,她的坚强、独立、自尊和自立以及敢于追求自由和平等的反抗精神给读者留下了深刻印象。在维多利亚时期这一大英帝国的黄金时代,虽然英国工业革命达到鼎盛时期,而且英国的经济文化也达到全盛时期,但是女性的地位却极其低下,女性的形象局限于"家中的天使",她们从事最多的工作是管理家务。然后,简冲破父权制世俗传统的束缚,成为家庭女教师,从家中走入社会,成为与众不同的独立新女性。这一情节叙事可谓构成了该小说的显性情节。但是,令人惊讶的是,通过深挖文本,本文发现,小说中还并行着一股叙事暗流,这股叙事暗流便构成了该小说的隐性进程(covert progression)。关于隐性进程的重要性,申丹教授指出:"如果我们忽略隐性进程,我们可能对小说的主题、人物和叙事美学价值仅能获得片面(在补充的情况中)甚或歪曲(在颠覆的情况中)的认识"(2013:172)。鉴于此,本文将依据简成长的五个阶段深入分析其中的显性情节和隐性进程,以丰富对人物塑造和主题意义的既定认知。

## 一、《简·爱》的显性情节

小说开篇前四章主要围绕简幼年在盖茨海德府的生活展开。在盖茨海德府,简更多地呈现给读者的是一位无依无靠柔弱小姑娘的形象。我们知道,在维多利亚时期,资本主义在英国已达到巅峰。在这样一个被金钱统治的社会中,孤苦伶仃的简自然是周围人厌弃的对象。小说中,简常常被其舅妈里德太太及其身边的仆人视为寄生虫,还常常遭受来自仆人贝茜和阿博特的斥责。尽管有一次简因被里德太太剥夺孩子应该享有的快乐权利而质问舅妈,但却遭到舅妈无情的斥责和惩罚。除了经常被里德太太辱骂之外,简还常常遭受表哥约翰的辱骂和殴打。约翰对简的辱骂和惩罚像家常便饭一样频繁,"他欺侮我,惩罚我;不是一周两三次,也不是一天一两次,而是随时随地"(9)。①然而,最让简忍无可忍的事情终于爆发了。被舅妈斥责之后,简独自来到一间小早餐室,小心翼翼地躲在红色羊毛窗帘后面的窗台上看书,可是,不幸的是,她还是被伊丽莎发现了。出于"对约翰的习惯性顺从"(9),简按照约翰的要求站到靠近门的地方,但是,她的逆来顺受换来的却是被表哥约翰狠狠地用书砸破了头。此时,简终于向约翰发起反击,怒斥道:"你这个邪恶残忍的家伙,简直就是个杀人犯,奴隶主,暴君!"(10)骄傲蛮横的表哥约翰恼羞成怒,继续殴打柔弱的简,最后简与约翰斯打在一起。在那样一个男权至上的时期,简最后没有选择继续忍受来自表哥的羞辱和殴打而是选择以恶制恶,这让读者见证了简从柔弱无助的小女孩成长为敢于向强权说"不"并保护自己的坚强女孩。

在洛伍德寄宿学校,简遇到了她人生中的好朋友海伦和她的好老师谭波儿小姐。最初与海伦相识时,简被海伦埋头读书的样子所吸引,以至于看得出了神。可以说,海伦点燃了简对知识的渴望。在一场海伦与谭波儿小姐的聊天对话中,简更是感受到海伦的博学,她们谈论着简从未听说过的事情。简与海伦以及谭波儿小姐之间的认同让简对知识充满向往和敬意,使简从懵懂无知的小女孩成长为拥有知识的独立女性。然而,谭波儿小姐离去后,简的心境发生了变化,她对洛伍德学校毫无留恋之情。这时,简的内心深处对自由的渴望占据主导,她的好奇心迫使她去了解外面的世界,因此,简决定改变自己目前单调乏味的生活,她内心深处渴望一份新工作:"……至少赐给我一份新的工作吧!"(114)为了实现这一无意识欲望,简没有坐等好运从天而降,而是付诸实际行动,在报纸上刊登求职广告,渴望寻求一份家庭女教师的工作。由此不难看到,简以自己的实际行动勇敢地追求自由。幸运的是,简的努力尝试得到了回报,她成功地获得在桑菲尔德府做家庭女教师的工作。

在桑菲尔德府,简遇到了罗切斯特先生。在与罗切斯特相处交往的过程中,简渐渐地赢得了罗切斯特的信任。罗切斯特不仅向简倾诉内心不堪的秘密,而且还向简求婚,希望简做他的妻子。作为一名家庭女教师,简非常渴望一种平等的关系。得知罗切斯特即将与英格拉姆小姐结婚时,简表达了自己内心真实的声音:

> 我和你一样有灵魂,——有一样多的感情。如果上帝赋予我一些美貌和许多财富,我一定要使你难以离开我,就像现在我难以离开你。我不再用世俗老套的东西跟你说话,也不用我的肉体跟你说话;——是我的灵魂在向你的灵魂说话;就好像我们都已离开了人世,俩人一同站在上帝面前一样,彼此平等,——就像我们现在!(343)

这段话淋漓尽致地体现出简追求灵魂平等的婚姻观。虽然罗切斯特是简的主人，尽管两者在财富、社会身份和年龄上存在巨大差异，但简却渴望与罗切斯特在精神层面上平等相处。简拒绝被世俗的传统婚姻观所束缚，渴望的是灵魂之间的平等对话与一份纯粹的感情，而不是被美貌和财富所牵绊的感情。这里，读者再次感受到简在情感面前表现出的极强的自尊心以及对崇高的精神之爱的渴望。同时，读者也不难感受到简对超越性别、财富、美貌等的平等关系的强烈期盼。婚礼中断后，简得知罗切斯特已婚时，尽管深爱罗切斯特，但不管他怎么祈求简留下来，简还是毅然决然地选择离开，甚至都没有听从来自良心和理智的声音："我自己的良心和理智也起来反对我了，指责我拒绝他是罪过"（429）。与此同时，简内心的感情（Feeling）也在发狂地叫喊道："哦，答应他吧！想想他的痛苦，想想他的危险处境——想想他一人留下后的境况……"（429）值得敬畏的是，在私欲与道德之间，简没有选择做罗切斯特的情人，而是坚持自己的原则，做出了正确的伦理选择，这无疑表明简是一位坚守信念、自尊自强而又勇敢的新女性。

离开桑菲尔德府之后，简露宿荒野，开启了漫无目的的流浪之旅。经过四天的流浪生活，简被沼泽山庄收留。在沼泽山庄期间，为了能够独立，简欣然接受了表兄圣约翰帮她找的那份卑微的工作，即在莫尔顿学校担任乡村女教师。尽管这份工作刚开始时并没有让简享受到多少愉悦，但是，简还是认真地履行工作职责。对简而言，这份让她获得独立的工作远比做罗切斯特的情妇要好得多。发现圣约翰、黛安娜和玛丽三人是她的亲人时，简狂喜不已。对于孤苦伶仃的简而言，"这可真是一个了不起的重大发现啊！这真是一笔财富！——一笔心灵的财富！——一个纯洁、温暖的爱的宝藏。这是一种辉煌、生动、令人狂喜的幸福——不像那沉重的黄金礼物"（522）。让圣约翰诧异的是，简对于得到的一大笔遗产表现得一脸严肃，而在得知自己不再孤苦伶仃一个人时却激动不已。在那样一个金钱至上的时代，简没有随波逐流被金钱主宰，她做了一个让所有人都敬佩不已的决定：将财产与圣约翰、黛安娜和玛丽均分，使"每人各得一份财产"（527）。尽管简很珍惜与表兄之间的友谊，但还是拒绝了他的请求：做他的妻子，跟随他一起去印度传教。简深知圣约翰是个"好人"，但却不会是一个"好丈夫"。拒绝走入没有爱的婚姻后，简听从自己内心的声音，从圣约翰身边逃离，勇敢地奔向她的真命天子罗切斯特。

最后，简来到芬丁庄园，见到了她曾经的主人罗切斯特。此时，桑菲尔德府被毁,罗切斯特不像之前那么富有,而且还在那场大火中失明了,而简却因继承叔叔的五千英镑遗产变成了一个有钱人。然而,简毅然决定留在罗切斯特身边做他的妻子陪伴他。对此,就连罗切斯特本人也产生疑问:"可是,既然你有钱了,简,不用说,你现在一定有朋友,他们会关心你,不会让你献身给我这样一个瞎眼的残疾人吧?"(591—592)简斩钉截铁地回复道,"我对你说过,我不但有钱,先生,还是个独立自主的人。我自己的事由我自己做主"(592)。面对现在身患残疾的罗切斯特,简没有选择抛弃,而且愿意留下来陪伴他,"我要跟你做伴——给你念书,陪你散步,坐在你身边,侍候你,做你的眼睛和双手"(592)。简心甘情愿陪伴罗切斯特,这可谓是最长情的告白了。自然,符合读者阅读期待的是,简和罗切斯特过上了公主和王子般的幸福生活。

显而易见,显性情节中,作者塑造了一个追求自由和平等、敢爱敢恨、自立自强、自尊自爱、勇于与传统习俗抗争的新女性形象,揭示出女性只有通过接受教育获得经济上的独立才可以冲破男权社会牢笼的束缚。最为可贵的是在金钱主宰一切的维多利亚时期简对灵魂平等之爱的追求。不容否认,在那样一个男权至上的时代,简大胆冲破男权思想牢笼的束缚和敢于追求真爱的行为远远超越了时代的束缚,因此,她也成为当代女性学习效仿的正面典范。

## 二、《简·爱》的隐性进程

2012年,在《外国文学评论》上发表的《叙事动力被忽略的另一面》一文中,申丹教授首次在国内提出隐性进程这一新的理论概念。2013年,申丹教授在《今日诗学》(*Poetics Today*)发表《情节发展背后的隐性进程》("Covert Progression behind Plot Development")一文,在国际上首次提出并界定了"隐性进程"这一概念。2019年,申丹教授在发表于《外国文学》上的《西方文论关键词:隐性进程》一文中明确指出:"隐性进程"指涉"一股自始至终在情节发展背后运行的强有力的叙事暗流"(82)。不同于显性情节,隐性进程是与情节发展并行的一股叙事动力。作为一种独立的叙事运动,隐性进程与情节发展存在多种互动关系:"或者在相互对照中互为补充,或者截然对立、互为颠覆"(申丹 2019:82)。因此,忽略隐性进程而片面地依据情节发展对主题意义、人物塑造和形式技巧加以解读无疑会产生误解和误读。接下来,本文将依据简成长的五个阶段,详尽地分析隐藏在显性情节背后的叙事暗流——隐性进程。

在盖茨海德府期间,前文已指出,简频繁地挨打受骂。一天,因口头顶撞舅妈里德太太并因与表哥约翰对打,简被关进了恐怖的红房子。可是,不管简如何痛哭哀求、如何挣扎,里德太太始终都没有让人将简从阴森而恐怖的红房子里释放出来,最后,简失去知觉才使这场噩梦般的风波过去。简从昏迷中清醒后,她发现自己靠在一个陌生人身上,经过仔细打量,发现这个陌生人正是药剂师劳埃德先生。劳埃德先生不仅给予简宽慰和安全感,而且还试图帮助改变简的处境。当简向劳埃德先生袒露自己的内心想法:"要是我有别的什么地方去,我会很高兴离开这儿。不过在我成年以前,我是决不会离开盖茨海德府的"(29)。为了帮简完成心愿——换换空气和环境,在得知简没有什么其他亲戚后,劳埃德先生建议简去学校:"那你愿意去学校吗?"(29)年幼的简尚不清楚学校是什么,但是,简知道至少"学校会是一次彻底的改变:它意味着一次长途旅行,完全脱离盖茨海德府,进入一种全新的生活"(30)。经过一番细想,简回答说:"我当然愿意去学校"(30)。试想一下,如果没有劳埃德先生的提议,简接下来在盖茨海德府的生活会是什么样子? 或许,简的生活还像之前一样每天挨打受骂,永远享受不到知识和教育带给她的启蒙和心智的成长。或许,长大后,简会像伊丽莎和乔治安娜一样变得极其自我。显然,这样的简是令读者不敢想象的。无疑,正是在象征着男权社会缩影的劳埃德先生的帮助下,简才踏上寻求独立自我的成长之旅。

在洛伍德寄宿学校,简一待就是八年,六年作为学生,两年作为老师。在谭波儿小姐的影响下,较为和谐的思想和较有节制的感情在简的内心扎了根,而且简也变成了一个循规蹈矩、安分守己的人,但是,随着谭波儿小姐的离去,简不再是原先的自己了。对自由和改变的渴望让简渴望寻求一份新工作。我们知道,谭波儿小姐最终因结婚离开了寄宿学校,谭波儿小姐的丈夫是"一位牧师,一位很好的人,几乎可以说配得上有这样一位妻子"(112)。婚后,谭波儿小姐与她的丈夫搬到了一个遥远的郡,从此,简便失去了亦师亦友的谭波儿小姐。对于谭波儿小姐的离去,简感慨道:"可是命运化身为内史密斯牧师,插身到我和谭波儿小姐的中间"(113)。可见,在简看来,内史密斯牧师就像命运之神将谭波儿小姐和简分开,然而,对于内史密斯牧师的介入,简却无能为力。在他们举行婚礼后不久,简只能眼睁睁地看着谭波儿小姐穿着旅行服跨进驿站马车消失在山冈的那一边。就像劳埃德先生一样，代表命运的内史密斯牧师无疑也是男权社会的缩影。对于象征男权社会的内史密斯牧师的出现，作者用英文单词"destiny"来形容，而 destiny 一词指的是注定会发生且无法改变或逃避的归宿，显然，这表明此时已成长为知识女性的简仍然无法脱离男权社会的左右，同时，在一定程度上，这也体现出作者勃朗特对男权主宰思想的默认。

在桑菲尔德府期间，在简与罗切斯特先生的婚礼上，牧师伍德先生解释完婚姻的意义后，宣读道："我要求并责令你们两人——因为在可怕的审判日，当心中的所有秘密都被揭开时，你们终归要回答的——如果你们当中哪一个知道存在某些阻碍，使你们不能合法地结为夫妻，务必现在就说出"（391）。当牧师屏息片刻继续进行下去要问罗切斯特先生是否愿意娶简做正式的妻子时，旁边一个声音清晰地说道："婚礼不能进行，我宣布存在着障碍"（391）。接着，这个陌生的声音又补充道，"婚礼应该完全中止，我能够证明我的申述属实，这件婚姻有着不可逾越的障碍"（391）。这个陌生的声音来自律师布里格斯先生，他是由简的叔叔爱先生委托梅森请来帮助把简从这桩欺诈的婚事中解救出来。尽管简对婚礼不能正常进行感到痛苦不堪，但是正是由于布里格斯先生的及时出现才使得简避免陷入这样一桩不道德的婚姻之中，使简避免成为这场不道德婚姻的施害者与受害者。换言之，简的叔叔挽救了简在读者心目中的完美形象，没有让简成为伤害他人、介入他人婚姻的不道德者，也没有让罗切斯特先生成为重婚者。在面对个人私欲和伦理道德选择之间，简毅然做出了正确的伦理选择，那便是，离开罗切斯特先生，拒绝成为他的情人。毫无疑问，这使得简成为备受读者欣赏与赞美的自尊自爱的女性形象。如果叔叔爱先生没有委托律师，很可能简与罗切斯特先生的婚礼会如期顺利举行，自然，简不仅成为这场婚姻的受害者，同时也沦为破坏他人婚姻的不道德者。显而易见，如果没有来自象征父权社会的叔叔爱先生和律师布里格斯先生的帮助，简的自我成长之路很可能止步于此，简也不可能成为众多读者心目中的理想女性形象。

在沼泽山庄，表兄圣约翰一心想着要把自己的毅力和热情奉献给他热衷的宗教事业，他甚至把自己的这种意志强加到简身上。为了实现这一宏大目标，圣约翰让简放弃学习德语，要求简与他一起学习印度斯坦语。由于圣约翰不是一个可以被轻易拒绝的人，简最后同意了他的要求。圣约翰对简的期望很高，当简达到他的期望时，他就以自己的方式对简大加赞许。圣约翰对简的影响力可具体通过下面一段引文见出：

> 渐渐地，他对我有了某种左右我的影响力，使我的头脑失去了自由；他的赞扬和关注比他的冷漠更能来缚人。他在我旁边时，我就不能自由自在地谈笑，因为一种讨厌的摆脱不开的本能提醒我，谈笑风生（至少在我）是他所不喜欢的。我完全意识到，只有严肃认真的态度和一本正经的工作才合他的心意；只要有他在场，你就别想想点别的，做点别的。我觉得自己仿佛已被一种把人冻僵的魔力所控制。他说"去"，我就去，他说"来"，我就来，他说"做这个"，我就做这个。但是我一点也不喜欢这种奴隶状态，有好多次，我真希望他继续像以前那样忽视我。（540）

面对表兄圣约翰的强制，尽管简意识到自己一点都不喜欢被圣约翰奴役的状态，但是，只要圣约翰在场，简下意识地都会去迎合和取悦表兄所代表的男权思想，不敢拒绝表兄的男权意志。可以说，此时的简几乎沦为表兄男权意志的奴隶。后来，表兄圣约翰想让简做他的妻子跟随他一起去印度传教。简深知表兄并不爱她，所以，对于表兄让简做他的妻子这一提议，简是彻底排斥的。"不嫁给他，决不会使我感到伤心，可要是让他如愿以偿——冷静地把他的计划付诸实施——履行结婚仪礼，这我能受得了吗？……不，这样的殉道是极其荒诞的，我决不愿意接受"（549）。在圣约翰的一再要求下，简同意陪同圣约翰去传教，但是前提条件是以他妹妹的身份，但是，对于这一答复，圣约翰一点都不满意。圣约翰想让简嫁给他，进而成为他的一部分："你必须成为我的一部分"（553）。在圣约翰前往印度的前一天晚上，当圣约翰把手放在简的头上时，简"心中涌起了对圣约翰的敬仰之情……我真想不再和他进行抗争——而是顺着他的意志的洪流，冲进他生活的深渊，淹没我自己的一切"（568）。在圣约翰的触摸下，简瞬间忘记了拒绝。当圣约翰问道："现在可以决定了吗？"（568）简答道："只要我确信是上帝的意旨要我嫁给你，我此时此刻能立誓嫁给你——不管以后会怎么样！"（569）然而，就在此时，简听到了罗切斯特呼喊她的声音："简！简！简！"（570）简喊道："我来了！"（570）最后，简终于从圣约翰的身边逃离，勇敢地去追求她的真命天子罗切斯特先生。如果没有这样一个来自罗切斯特的"超自然的声音"，毋庸置疑，简就沦为了圣约翰男权意志的牺牲品，成为没有自由意志的奴隶。然而，对于一个没有自由意志的人，何谈独立自主？简又如何实现自我成长的蜕变？

最后一部分讲述了简与罗切斯特在芬丁庄园大团圆的故事。我们知道,简因从她的叔叔约翰·爱那里继承了一大笔遗产而跻身于上流阶层,成了一个有钱人,可是,此时,罗切斯特的庄园被毁,眼睛瞎了,一只臂膀被烧残。尽管如此,简毅然决定留在罗切斯特身边,甘愿做他的眼睛和双手,陪伴他度过余生。叔叔留给简的丰厚遗产让她与罗切斯特过上了公主与王子般的幸福生活,某种程度上而言,简最终得来的幸福是建立在叔叔留给她的一大笔遗产的基础之上。不难得出结论,即使是简这样一位追求独立自主、自尊自爱的维多利亚知识女性最后也难逃以叔叔为代表的男权社会的庇佑。最后,简甘愿做罗切斯特的眼睛和双手,这一方面体现了简对罗切斯特圣母般的爱,另一方面,也是简试图取悦以罗切斯特为代表的男权社会的表现。

综上可见,在隐性进程中,以劳埃德先生、内史密斯牧师、律师布里格斯先生、罗切斯特先生和叔叔约翰·爱为缩影的男权社会帮助简完成了独立女性的自我成长之路。试想,如果没有这些男性形象的出现,简不可能成长为拥有知识的独立新女性,很可能沦为破坏他人婚姻的第三者或者男权意志的奴隶。毋庸置疑,简的自我成长和完美蜕变离不开这些男权社会缩影人物的影响,这暗含了勃朗特对维多利亚时期简这种新女性形象的质疑以及对维多利亚男权思想的认同。

## 结语

综上所述,在显性情节中,勃朗特塑造了一个独立自主、自尊自爱、勇于反抗和敢于追求自由和平等的新女性形象,表达了不畏男权压制的主题意义;但是,在隐性进程中,作者却揭示了一个依赖于男权社会的女性形象,凸显的是对维多利亚时期这种独立女性形象的质疑以及对男权意识的默认。对比发现,《简·爱》中一明一暗的双重叙事进程塑造了截然相反的女性形象,甚至表达出截然相对的主题意义。正如申丹教授所指出的:与显性情节相对,隐性进程"表达截然相对甚或截然相反的主题意义、人物形象和审美价值"(2015:411)。与此同时,通过剖析隐性叙事进程,读者自然可以很好地理解为什么以理查德·蔡斯(Richard Chase)为首的评论家"指责夏洛蒂·勃朗特懦弱"(转引自 Shapiro 682)。因此,在解读经典文学作品时,读者应摆脱对具体作家既定成见的束缚,不要被表面的显性情节蒙蔽,而要试图挖掘隐含在显性情节背后的隐性进程,只有这样,读者才能全方位地洞察作者表达的丰富主题、人物塑造的复杂性以及作品的审美价值。

叙事研究　第3辑

## 注解【Note】

① 文中引自 *Jane Eyre* 的译文,均只标注页码。

## 引用文献【Works Cited】

Brontë, Charlotte. *Jane Eyre*. Beijing: Foreign Languages Press, 2007.

Shapiro, Arnold. "In Defense of Jane Eyre." *Studies in English Literature, 1500 - 1900* 8.4 (1968): 681 - 698.

Shen, Dan. "Covert Progression behind Plot Development: Katherine Mansfield's 'The Fly'." *Poetics Today* 34. 1 - 2 (2013): 147 - 175.

Shen, Dan. "Dual Textual Dynamics and Dual Readerly Dynamics: Double Narrative Movements in Mansfield's 'Psychology'." *Style* 49. 4 (2015): 411 - 438.

申丹:《隐性进程》,《外国文学》,2019 年第 1 期,第 81—96 页。

**基金项目**：本文系作者主持的国家社科青年项目"朱利安·巴恩斯小说的人文主义思想研究"(19CWW013)的阶段性研究成果。

**作者简介**：赵胜杰,山西大学外国语学院副教授,硕士生导师,博士,主要研究方向为英美小说和叙事学。

# 从 episches Theater 的译法看布莱希特戏剧的特点

江澜

**内容提要：** 从术语 episches Theater 的译名之争——包括"叙事剧"与"史诗剧"之争和"叙事剧"与"叙述剧"之争——可以看出，布莱希特的叙事剧具有一些重要的艺术特点。形式上，其文体不是诗，而是散文，即使其中的诗或歌的部分，采用的格律也不是史诗格，而是押尾韵；具有独特的叙事性，如后现代的解构主义色彩、陌生化和历史化。内容上，戏剧事件具有事件性；主角不是史诗里的英雄或帝王将相，而是平民百姓。此外，从词源探究来看，术语 episch 的确切含义是"叙事的"。因此，布莱希特的术语 episches Theater 理应译为"叙事剧"。

**关键词：** 叙事剧；叙述性；事件性；陌生化效果

## 一、引言

在 20 世纪 20 年代，德国戏剧家布莱希特（Bertolt Brecht）与皮斯卡托（Erwin Friedrich Maximilian Piscator）开始试验新的戏剧形式，如皮斯卡托的政治剧，用来回应那个时代的政治氛围。1924 年，著有《政治剧》（*Das Politische Theatre*, 1929）的皮斯卡托创造了术语 episches Theater（叙事剧）。这个术语可以追溯到哈代（Thomas Hardy）的剧作《王朝》（*The Dynasts*, 1904）的副标题。不过，首次出现的术语 epic-drama 仅仅强调剧作的篇幅和历史主题，并没有"叙事剧"的含义。真正为这个新概念打上烙印的是布莱希特：他不仅写了第一部叙事剧《兵就是兵》（*Mann Ist*

Mann，1926），而且还探索叙事剧的理论，如《关于叙事剧困境的思考》
（*Betrachtung über die Schwierigkeiten des epischen Theaters*，1927 年 11 月
27 日）、《论非亚里士多德式戏剧理论》（*Über eine nichtaristotelische
Dramatik*，1933—1941）、《关于叙事剧的舞台构造与音乐》（*Über
Bühnenbau und Musik des epischen Theaters*，1935—1942）和《戏剧小工具
篇》（*Kleines Organon für das Theater*，1948）（Brecht 1967b：131—133、
139、227—336、437—497、657—708）。

迄今为止，术语 episches Theater 的汉译尚未确定。就德语中性名词
Theater 而言，除了台湾学者马森错误地理解为可数名词，因而把这个术语
译为"史诗剧场"以外，其他汉语学者都理解为不可数名词，意为"戏剧"，
与中性名词 Drama（古希腊语 δρᾶμα 或 dráma）同义。所以学界的争论聚
焦于形容词 episch。主要存在三种译法："叙事剧"（属于此列的还有不够
简洁的叙事诗体戏剧和叙事体戏剧）、"史诗剧"和"叙述剧"（属于此列的
还有不够简洁的叙述体戏剧和叙述性戏剧）（卢炜 3—4、182；冉东平
195）。因此，本文将从这个术语的汉译争议谈起，试图在译名辨析中管窥
这个剧种的重要艺术特点，从而明辨出其正确的译法。

## 二、叙事剧与史诗剧之争

先考察"叙事剧"与"史诗剧"之争吧。

在术语 episches Theater 的翻译实践中，译为"史诗剧"的人较多。其
中，最早译为"史诗剧"的人是著名戏剧家黄佐临。后来，较多学者沿用这
个译法，如张黎、丁扬忠等译的《陌生化与中国戏剧》（*Verfremdung und
Chinesische Theater*）和陈永国译的《布莱希特与方法》（*Brecht and
Method*）（卢炜 3—4）。

不过，也有些学者支持"叙事剧"的译法。譬如，在主持"大百科全书
外国文学卷"时，冯至早就建议把 episches Theater 译为"叙事剧"（余匡复
2002：69—70）。又如，在翻译布莱希特写的短论《论叙事剧》（*Das
epische Theater*，约 1936）时，刘小枫也直接把这个术语译为"叙事剧"。

"叙事剧"一词远不只是一个自身矛盾的词，因为人们总是根据亚里士多德
所举的例子来把一个故事的叙事的和戏剧的两种讲述形式看作互相截然不相干
的东西。其实，这两种讲述形式的区别不在于戏剧的形式是以活生生的人来表

演,叙事的形式是通过书本来表现。(刘小枫 390;Brecht 1967b:263)

形成鲜明对比的是,"史诗剧"的译者大多是戏剧界的人士,而"叙事剧"的译者虽然不属于戏剧界,但却非常有影响力。那么,孰对孰错?

首先,从文体的角度看,布莱希特的 episches Theater 的主要形式是散文,而不是诗。即使在布莱希特的戏剧中存在诗歌的形式,"为了从诗的形式中汲取完整的陌生化效果,演员要善于在排练中首先把诗的内容用通俗的散文再现出来,并且在某种情况下同时采用适合诗的动作"(布莱希特 2015:35),包括诗和歌,这个剧种的诗或歌的部分采用的格律也不是史诗格,而是现代的比较自由的尾韵。譬如,在《第三帝国的恐惧与灾难》(*Furcht und Elend des dritten Reiches*,1935—1938)中,诗或歌的部分押的尾韵多元化,形如 aabccb 和 ababaac(Brecht 1967a:1076、1099)。又如,民间戏剧《潘第拉先生和他的男仆马狄》(*Herr Puntila und sein Knecht Matti*,1940)的开场白采用了形式为 aabb 的尾韵:

> Wir zeigen nämlich heute abend hier
> Euch ein gewisses vorzeitliches Tier
> Estatium possessor, auf deutsch Gutsbesitzer genannt
> Welches Tier, als sehr verfressen und ganz unnützlich bekannt ...
> 因为我们今晚在这里
> 向你展现某只古老的动物
> 财产持有人,德语称作地主
> 那只动物以很贪吃、完全无用出名……(Brecht 1967a:1611;中文为笔者自译)

在这个具有叙事功能的开场白里,一位表演挤奶员的女演员向观众讲解演出的意图。不过,采用的格律不是属于叙事诗的史诗(Epos)或英雄诗(Heldengedicht)应该采用的史诗格或英雄格,即扬抑抑格六拍诗行(dactylus hexameter),"理论上由六个长短短音步组成"(艾伦等 557—558)。因此,从格律的角度看,布莱希特的叙事剧并不是所谓的史诗,甚至不是诗。可见,"史诗剧"与"叙事诗体戏剧"(卢炜 3)的译法并不准确。

第二,从人物的角度看,在布莱希特的 episches Theater 中,主角并不是英雄或帝王将相,如索福克勒斯《俄狄浦斯王》(*Οἰδίπους τύραννος*)中的忒拜国王俄狄浦斯(罗念生 2005:343—387),而是平凡的小人物,如《大胆妈妈和她的孩子们》(*Mutter Courage und ihre Kinder*,1939)中作为唯利是图的随军商贩和深爱子女的母亲的大胆妈妈安娜·菲尔琳。这个传统可以追溯到启蒙运动时期莱辛(Gotthold Ephraim Lessing)的市民剧(74)。

而史诗又称英雄诗，书写英雄或帝王将相的故事，如《荷马史诗》中希腊军队的统帅阿伽门农和智勇双全的英雄奥德修斯。可见，把术语 episches Theater 译为"史诗剧"或"英雄诗剧"肯定不妥。换言之，把这个术语译为"叙事剧"更好。

第三，从词源的角度看，在术语 episches Theater 的这两种译法中，"叙事剧"更加切合布莱希特戏剧的艺术特点，而"史诗剧"容易引起误解。

在词源探究以前，先纠正一个质疑"史诗剧"的错误认识：布莱希特的文学术语 episches Theater 译成"史诗剧"是不妥的，因为无论在内容上，还是在形式上，episches Theater 都与 Epos"毫无关系"（余匡复 2002：68,70）。客观来讲，虽然质疑者的观点正确，但是其理由值得商榷。首先，爱尔兰的泰特娄（Antony Tatlow）虽然是研究布莱希特的专家，但不是布莱希特本人。从人的认知有限的角度看，泰特娄的意见只是一家之言，而且是私下表达的，并不代表一定正确。也就是说，这个例证不具有学术的严谨性。更重要的是，质疑者的词义辨析囿于德语，并没有进行深入的词源探究，因而产生 episches Theater 与 Epos"毫无关系"的严重误解。

更重要的是，德语词义辨析并不能证明把 episches Theater 译为"史诗剧"欠妥。一方面，在德语中，与形容词 episch 对应的是阴性名词 Epik。而文学术语 Epik 同 Dramatik（戏剧文学）与 Lyrik（抒情文学、抒情诗）相对应，指"叙事文学"，既包括诗体的，如叙事诗或者史诗，又包括散文的，如小说。另一方面，中性名词 Epos 属于文学术语 Epik，指诗体叙事文学，如叙事诗（Verserzählung，字面意思"诗体叙事"）或者史诗（Heldengedicht，字面意思"英雄诗"）。可见，像形容词 episch 一样，术语 Epik 与 Epos 都具有双重的含义："叙事诗"与"史诗"。

在词义辨析无法确定准确译法的情况下，只有借助于词源探究。第一，episch 派生于拉丁语 epicus，有两个相关的义项：叙事的（诗或歌）；英雄的（诗或歌；格律）。其中，英雄的诗就是常说的"史诗"，属于记事叙事诗（江澜 2019b：13）。第二，德语 Epos 与拉丁语 epos 同形。而拉丁语 epos 有两个相关的义项：叙事诗（carmen epicum）；英雄诗（carmen heroum）（Georges 2017：543—544）。再往前追溯，epicus 源于希腊语 επικός，意为"叙事的"（episch）或"英雄的"（heroisch），常与"诗"（poeta）连用。而 epos 源于希腊语 ἔπος，意为"英雄诗"或"叙事诗"（Georges

2019：1878、1883）。可见，从词源来看，德语形容词 episch 与名词 Epos 密切相关。

既然 episch 与 Epos 关系密切，那么，如何译 episches Theater 更好？要回答这个问题，还得借助于词源探究。"ἔπος 最初的意思是吟唱者的词语（尤其词语的声音）"，并不是"史学"或"历史"意义上的"史诗"。就荷马的用法而言，ἔπος 有义项："叙述""歌"或者"歌咏"；（说话的）"内容、事情"或者"故事"。也就是说，ἔπος 既强调叙述的行为，又强调叙事的内容，即"事"，因此，译作"叙事诗"比较恰当，更少误解（刘小枫 2008：31）。以此类推，把 episches Theater 译为"叙事剧"肯定比译为"史诗剧"更好。

鉴于上述的三个理由，布莱希特的术语 episches Theater 的正确译法不是"史诗剧"，而是"叙事剧"。

### 三、叙事剧与叙述剧之争

在"叙事剧"与"叙述剧"之争中，"叙事剧"的支持者是前述的冯至和刘小枫，而"叙述剧"的译者是冯至的学生余匡复，见《德国文学史》与《布莱希特论》。那么，在这场争论中，孰对孰错？要回答这个问题，同样要搞清楚叙事剧与叙述剧的本质区别。

从字面来看，术语 episches Theater 的译名之争（"叙事剧"或"叙述剧"）就像术语 narratologie 的译名之争（"叙事学"或"叙述学"）一样（江澜 2019a：47—52）。从"叙述剧"与"叙事剧"的一字之差可以看出，译者对布莱希特的这个术语的叙述性（Narrativität）与事件性（Ereignishaftigkeit）的看法不同。

### （一）叙述性

从西方戏剧发展史来看，布莱希特本人把新剧种 episches Theater 称为非亚里士多德式戏剧。其实，这是值得商榷的。因为，从叙事学的角度看，在亚里士多德式（aristotelisch）戏剧与这个新剧种之间，还存在一个独立的剧种：阅读剧（真正意义上的叙述剧）。因此，要理解布莱希特的叙事剧特点，先得比较史上的这三个独立的剧种。

首先，比较布莱希特的叙事剧与亚里士多德式戏剧。那么，什么是亚里士多德式戏剧呢？布莱希特本人在《移情论批判》(*Kritik der Einfühlung*)的第一部分《亚里士多德〈诗学〉批判》(*Kritik der "Poetik" des Aristoteles*)里给出了答案："亚里士多德式戏剧是指各种符合亚里士多德在《诗学》一书中对悲剧所下定义的戏剧"(刘小枫 2006：387；Brecht 1967b：240)。依据亚里士多德在《诗学》(περὶποιητικῆς)第六章里给出的定义，"悲剧是对于一个严肃、完整、有一定长度的行动的摹仿，……摹仿的方式是借人物的动作来表达，而不是采用叙述法"。由于布莱希特不仅写悲剧，还写喜剧，布莱希特对亚里士多德式戏剧的界定的眼界就显得比较窄。其实，在罗念生所译的《喜剧论纲》(*Tractatus Coislinianus*)中也有类似的定义："喜剧是一个可笑的、有缺点的、有相当长度的行动的摹仿……借人物的动作(来直接表达)，而不采用叙述(来传达)"(2004：36、397)。布莱希特之所以把亚里士多德式戏剧局限于《诗学》定义的悲剧(τραγῳδία，今译"肃剧")，而忽略《喜剧论纲》中对喜剧(κωμῳδία，今译"谐剧")的定义，可能是因为以前《喜剧论纲》的署名作者是佚名。然而，最近的研究表明，《喜剧论纲》的作者同样是亚里士多德(江澜 2019a：1)。不管《喜剧论纲》的作者是不是亚里士多德，从定义来看，两者的句式相同。更重要的是，古典戏剧，无论是悲剧还是喜剧，都有一个显著的共同特征：情节——即行动的摹仿——的传达方式不是叙述，而是人物的动作，即舞台上的表演，因而亚里士多德式戏剧具有表演性(Performativität)，属于舞台剧。

为了区别于亚里士多德式戏剧，布莱希特把自己的叙事剧称作"非亚里士多德式(nichtaristotelisch)戏剧"。这种称法值得商榷。首先，亚里士多德式戏剧与布莱希特的叙事剧的本质区别不仅在于叙述——因为布莱希特的叙事剧的传达方式强调叙述，但并不摈弃行动的摹仿或人物的动作，还在于移情——"凡是用来引导移情的戏剧"就是亚里士多德式戏剧(刘小枫 2006：387；Brecht 1967b：240)，而布莱希特的叙事剧是从移情中抽离出来的戏剧。

更重要的是，从叙事学的角度看，布莱希特把叙事剧称为非亚里士多德式戏剧，犯了非此即彼的严重逻辑错误。在西方戏剧的发展史中，还存在第三个剧种：塞内加式戏剧。从现存史料来看，由于"情节可以在舞台上演出，也可以通过叙述"，像古罗马繁盛时期的戏剧理论家贺拉斯在《诗艺》(*Ars Poetica*)里指出的一样(亚里士多德、贺拉斯 2000：146)，古罗马衰微时期的剧作家塞内加第一个把叙述性(episch)凌驾于戏剧性(dramatisch)之上，写叙述情节的剧本。譬如，在《疯狂的海格立斯》

(*Hercules Furens*)中,"无论是人物独白还是合唱歌词都比较冗长,总量也比较大,约占全剧三分之二的篇幅,戏剧行动比较薄弱,行动速度,甚至行动本身,似乎并没有引起剧作家的注意"(塞内加 2015:7、9—18)。因此,尽管塞内加式戏剧和亚里士多德式戏剧一样属于移情的古典戏剧,有别于布莱希特的叙事剧,可是,塞内加的剧本没有演出的证据,一直被视为阅读剧。19 世纪,批评家首先提出塞内加的剧本不是为舞台写的。后来,詹金斯(R. Jenkyns)在《罗马的遗产》(*The Legacy of Rome*)中明确指出,塞内加创作悲剧的目的就是供人们朗诵,甚至是个人阅读,而不是供在剧场中表演的(转引自江澜 2019a:384)。

不难发现,亚里士多德式戏剧与塞内加式戏剧处于两个极端:前者处于表演性的极端,后者处于叙述性的极端,可谓真正的叙述剧(另文专述)。而布莱希特的叙事剧则处于两者的中间,兼具表演性与叙述性。

布莱希特的叙事剧产生,有两个重要的条件:理论条件和技术条件。其中,理论条件就是戏剧性与叙事性不仅并不相互排斥,而且相互渗透:首先,在叙事作品(epische Werken)中存在着"戏剧性元素"(das Dramatische),即叙事作品(如史诗)戏剧化,如《荷马史诗》和中世纪诗人的史诗;在戏剧作品(dramatische Werken)中早就存在着"叙事性元素"(das Epische),即剧作的叙事化,如歌德的《浮士德》(*Faust*)和拜伦的戏剧《曼弗雷德》(*Manfred*),就像布莱希特在《论叙事剧》中明确地指出的一样(刘小枫 2006:390;Brecht 1967b:263)。其中,《浮士德》写老浮士德的知识悲剧、爱情悲剧、权力与政治悲剧、艺术理想和社会理想,与发展小说或教育小说相似。因此,布莱希特指出,从文体的角度来看,叙事剧并不是什么新鲜事物。

更重要的是,技术发展为叙事剧的产生创造了条件。塞内加式戏剧之所以沦为阅读剧,就是因为剧作者过于强调叙事性,使得叙述的情节不再适宜舞台演出,即不具有表演性。然而,布莱希特运用现代舞台技术,包括影片和图片的投影、同步舞台和各种各样的能产生舞台效果的机械装置(在这方面,布莱特希大胆地称皮斯卡托是"伟大的叙事剧建筑师"),使得塞内加式戏剧原本不可表演的一些元素具有表演的可能性。像布莱希特在《论叙事剧》中指出的一样,"由于技术上的巨大成就,舞台已完全能够将叙述成分插入到戏剧表演中"(刘小枫 2006:391;Brecht 1967b:263—264)。

于是,"舞台开始讲述"。时而,叙述者面向观众叙述;时而,演员退出角色,与观众进行叙事交流;时而,现代舞台技术向观众提供相关信息。由此产生了剧场维度的解构:一个维度是虚构的,即舞台表演的戏剧时间、戏剧地点、戏剧人物(表演的角色)和戏剧事件(故事),另一个维度则是真实的,即人物(包括观众、演员和叙述者)正在(时间)剧场(空间)进行叙事交流(事件)。可见,在布莱希特的叙事剧中,时间、空间和情节并不唯一,也不一致。这就是说,叙事剧解构了亚里士多德式戏剧的三一律。这种具有后现代解构主义色彩的舞台讲述有三种常见的做法:

第一,在结构方面,布莱希特的叙事剧具有后现代的解构主义色彩。首先,强调无中心、碎片化等元素。布莱希特解构亚里士多德式戏剧的完整性,放弃其有头有尾的中心事件,即"情节的高度集中,单个部分之间互相依赖的因素",因为布莱希特高度认同叙事文学家(Epiker)都柏林(Alfred Döblin)的精当看法:"叙事剧可以用剪刀剪成单个,而却依然充分保持其生命力"(刘小枫 2006:390—391;Brecht 1967b:263)。因此,在布莱希特戏剧中,不再有"戏剧情节曲线",也没有全剧性的戏剧高潮。其次,布莱希特解构亚里士多德式戏剧的"幕",取而代之的是结构相对独立、关系松散的"场"。也就是说,布莱希特的戏剧不分幕,只分场。譬如,在布莱希特的《第三帝国的恐惧与灾难》中,24 场戏都具有独立性:"布莱希特实际上用 24 个短剧从各个侧面描写了希特勒(Adolf Hitler)统治时期的社会面貌及各阶层人民的心理状态"(余匡复 1991:717;Brecht 1967a:1073—1193)。可见,在布莱希特的叙事剧中,人的世界(即戏剧空间)不是像在亚里士多德戏剧中一样被展示出来,而是独立存在。

第二,作为角色(剧中人物)与观众之间的中介,叙事者在场,或者与表演的角色同一,或者是歌手或合唱队。

由于去掉"第四堵墙"(即面向观众的敞口,用帷幕将舞台与观众席隔开的立面),角色(即戏剧表演的人物)可以与观众直接交流(依据叙事学,属于叙事交流的范畴),即在表演过程中演员暂时退出表演的角色,面向观众叙述或评论,或叙述自己的身世,如布莱希特的《四川好人》(*Der gute Mensch von Sezuan*,1930—1942)开场的卖水人老王,或交代事情原委,如布莱希特的《高加索灰阑记》(*Der kaukasische Kreidekreis*,1944)中的歌手蔡德斯。

作为叙事者,歌手或合唱队可以叙述和评论。譬如,在《高加索灰阑记》第一场中,歌手属于专职的叙事者,既交代了故事情节,如源于中国的传说《灰阑记》,即元代李行道的杂剧《包待制智勘灰阑记》;又进行了主观评价,如"新旧智慧完美结合在一起","原本是两个故事"。又如,在《高加索灰阑记》第三场中,歌手与乐师之间的六次对话属于叙事者之间的交流,加深了戏剧的表现力度,丰富了艺术的内涵(Brecht 1967a:2007、2026、2033、2035—2038、2040)。再如,《三毛钱歌剧》(*Die Dreigroschenoper*,1928)采用叙说与演唱夹杂的方法(Brecht 1967a:393—497)。

可见,在叙事剧中,叙事者有着鲜明的主体意识。无论是叙事还是评价,叙事者都必须选择立场(Standpunkt)。立场的选择是戏剧艺术的一个主要部分(另一个主要部分是观察),而且必须在"剧院以外"进行,正如布莱希特在《戏剧小工具篇》第56篇里所表明的一样(布莱希特 1990:29)。所谓"剧院以外"就是指与戏剧事件和人物有关的社会客观发展现状。也就是说,剧院以外的社会存在决定叙事者选择的立场(即思想)。在布莱希特的叙事剧中,叙事者选择进步的或者批判的立场,那是为了推动观众去改变。像人性的改变一样,社会的改变是一种解放行为,科学时代的戏剧要介绍的正是解放的快乐(Brecht 1967b:687)。

第三,布莱希特在《论叙事剧》中指出,"舞台开始讲述","不仅舞台的背景要对舞台上发生的事变表态,舞台上的巨幅字幕唤起了对另一处地点发生的另一些变化的回忆,用幻灯文字来证实或反驳演员的言论,把抽象的交谈通过数字变得可感并易于了解,对于有形象的、但还不能把握意义的变化过程可使用数字和语句"(刘小枫 2006:391;Brecht 1967b:264)。因此,通过现代科学技术和舞台构造,可以使戏剧情节跳跃,场景相互独立或穿插,如标牌、投影和(舞台)灯光。譬如,让明亮的灯光(不只是在舞台上)充满剧院或剧场和把灯光设备放在舞台上可以鼓励观众理解这个作品只是替代真实的一个作品。

布莱希特的舞台讲述是一种全新的风格,一种纯粹讲述的风格,正如他在《首要原则》里阐述的一样(布莱希特 2015:117)。

纯粹的舞台讲述采用陌生化(Verfremdung)的手法。在布莱希特的叙事剧中,德语 Verfremdung 具有两层含义:异化和陌生化。尽管在布莱希特戏剧中存在异化的现象,譬如,在布莱希特的喜剧《兵就是兵》中那个不会说"不"的普通人阴差阳错地异化成杀人机器(机枪手),像《兵就是兵》的副标题《1925 年基尔科亚的包装工盖伊变成兵营》(*Die Verwandlung des Packers Galy Gay in den Militärbaracken von Kilkoa im Jahre Neunzehnhundertfünfundzwanzig*)所揭示的一样(Brecht 1967a:297—

391），可是，更加值得关注的是另一个含义：陌生化。1916年俄国形式主义者什克洛夫斯基（Šklovskij）最早提出这个概念 ост ранение（疏离或陌生化）。陌生化效果（Verfremdungseffekt）——英译 estrangement effect（间离效果）或 alienation effect（疏离效果）——虽然不是布莱希特发明的，但是被布莱希特打上了深刻的烙印，使之成为叙事剧的重要特征。

为了获得陌生化效果，布莱希特对演员提出了两点要求（卢炜 183）：

第一，演员与角色的间离。布莱希特告诫演员："永远不要忘记，也永远不许忘记，他不是被表演的人物，而是表演者"，因为表演者与表演的人物的见解和感情不是一致的。这就是说，演员出现的身份不是"朗读者"，而是"读者"，怀有"惊异者和反对者的态度"；演员与角色的共鸣只能存在于排练中，绝不能存在于正式的舞台演出中，因为"成功的演出是那种排练的踪迹被抹去的演出"（詹姆逊 15）。更确切地说，演员不完全转变为剧中的角色。"服务于不完全转变的表演方法，把被表演的人物的言行陌生化"，有三种辅助手段："采用第三人称"；"采用过去时"；"兼读表演指示和说明"（布莱希特 2015：32—34）。

第二，演员与观众的间离。由于"讲述者不再需要第四堵墙"（刘小枫 2006：391），布莱希特主张必须去掉"第四堵墙"。"在废除了第四堵墙的情况下，原则上允许演员直接面向观众"。在这种情况下，布莱希特对演员提出严格的要求："演员上台以后，在他所表演的一切重要段落里，还要使人能发现、辨认和推测出他没有表演的东西。这就是说，他的表演应该尽量让观众看到抉择，他的表演能让人推测出其他可能性，却只表演一种可能的变体"。譬如，演员说"我一定要同你算账"，而不说"我宽恕你"。在这种新的表演风格中，很明显的是角色们都在挑选高于另一个表演的表演。这种做法的技术表达方式的公式是"不是/而是"（nicht/sondern）。可见，这种表演暗含演员的抉择。抉择源于判断，而一切对话、动作都是判断的结果。反之亦然，"一切对话、动作都意味着判断"。因此，"角色是受控制和检验的"（布莱希特 2015：31—33）。

在这里，间离（Trennung）就是内在的距离（Distanz），即暗含的距离，并促使距离的产生（distanzieren）。审美的间离意味着把相互叠加或处于同一个视觉范围中的不同因素（如语言、音乐和布景）根本分开与隔离，反对不同因素的融合（Verschmelzung），反对"整体的艺术作品"（Gesamtkunstwerk）。这种叙事并不具有同一性，更确切地说，是异质的。异质的叙事充满矛盾。异质叙事的矛盾被重构，被展示，被表演，被接受，并产生新的姿态（Gestus 或 Haltung，表达动作的"姿势"或立场的"态度"）。也就是说，在不和谐的审美中产生同一的新姿态。这种新姿态是一种社会的比喻，是一套新的政治学。这就是叙事剧的陌生化效果或间离效果的机制（詹姆逊 1998：82 以下）。

至于制造陌生化效果的真实目的，布莱希特在写于 1940 年的《简述产生陌生化效果的表演艺术新技巧》（*Short Description of a New Technique of Acting which Produces an Alienation Effect*，1951 年版）一文中已经表明：对于采取社会批判的立场的演员而言，"陌生化效果的目的，在于把事件里的一切社会性动作陌生化。社会性动作指的是，人们在一个特定的时代里相互间社会关系的哑剧式的和动作的表达方式"，因为"陌生化效果所追求的唯一目的，是把世界表现为可以改变的"；对于观众而言，"这种陌生化效果的目的，在于赋予观众以探讨的、批判的态度，来对待所表演的事件"（布莱希特 2015：30、36—37）。从接受美学的角度看，"观众的批判态度"是一种"彻底的艺术态度"。布莱希特想用陌生化的手段使得观众拥有客观的姿态，即保持理智，独立地思考与判断，不参与移情体验，不产生与演员的共鸣，即"他哭我也哭，他笑我也笑"，而是与演员保持距离，行为举止完全独立于演员的表演，可以做到"我对哭者笑，我对笑者哭"（刘小枫 2006：391—392；Brecht 1967b：265）。总之，布莱希特采用陌生化的方法，就是要迫使观众远离传统的舞台错觉（Illusionsbühne）与表象真实（Scheinrealität），让观众反思舞台表演，认清真正的冲突，并推动观众去改善社会。

综上所述，叙述性无疑是布莱希特的叙事剧的形式特征。但是，布莱希特的叙事剧不只是一种新形式："新内容和戏剧的新目的迫使他改革传统的形式，创立新形式"（余匡复 2002：67—70），而是一个新剧种，像张黎认为的一样。忽视内容、偏于艺术形式的误解很容易脱离布莱希特创立这个新剧种的初衷（魏勒特 1984：4）。尽管这个新的剧种彰显剧本的叙事性，可还是要让剧本适合舞台演出。布莱希特的剧本是为剧院或剧团（如柏林人民剧院）写的。由此可见，布莱希特并不是要让叙事性与戏剧性对立起来，而是要把叙述性与戏剧性统一起来。布莱希特并不打算改变剧本的用途，无意于把演出的剧本变成阅读的剧本。布莱希特要改变的是故事呈现的方式，即从借人物的动作来（直接）表达（即表演故事）到可以采用叙述来传达（即讲述故事），更确切地说，在故事的表演中加入叙事。从这个意义上讲，布莱希特只是想要彰显戏剧中的叙事性，其目的仅仅是使得自己的叙事剧有别于亚里士多德式的戏剧传统而已,像布莱希特在《论非亚里士多德式戏剧理论》中自称的"非亚里士多德式戏剧"(Brecht 1967b:227—336)一样。尽管叙事性的彰显注定会在客观上弱化戏剧性,可布莱希特绝对没有消灭戏剧性的意图。从这个意义上讲,把布莱希特的 episches Theater 译为"叙述剧"实在欠妥。

## (二)事件性

如上所述,叙事剧、亚里士多德式戏剧和塞内加式戏剧,在作为形式的叙述性方面具有显著的差异性,不过,在作为内容的事件方面却存在一个显著的共性:事件性。

细想起来,叙事剧与叙述剧在内容方面的异议其实就是一个字:事,即通常所说的"事情",叙事学上称之为"事件"。在《叙述学:叙述理论导论》(*Narratology: Introduction to the Theory of Narrative*,2003)中,荷兰叙事学家巴尔(Mieke Bal)把事件界定为"过程"(249),更确切地说,是"由行动者所引起或经历的从一种状况到另一种状况的转变"(219)。而德国叙事学家施密德(Wolf Schmid)在《叙事学元素》(*Elemente der Narratologie*)中进一步把叙事定义为"状况变化的描述"。可见,"状况变化"正是描述的对象,也就是叙述的对象。而变化正是布莱希特的教育的侧重点,正如詹姆逊(Fredric Jameson)所说的一样:"与变化并驾齐驱,赶上变化,综合各种变化倾向,使其向量在你自己的方向发生曲折变化"(34)。

只不过叙述对象并不包括所有的状况变化,而是在文学作品中不可忽视、满足一些特殊条件的那些状况变化,即事件。"事件是状况的变化,以现实性与结局性为前提"(Schmid 2014:15)。首先,现实性就是事实性,在虚构世界的框架里,愿望、想象或梦想的各种变化不构成事件,但是愿望、想象或梦想本身可以是事件。譬如,在布莱希特依据盖伊(John Gay)的《叫花子之歌》(*The Beggar's Opera*)写的讽刺歌剧《三毛钱歌剧》中,乞丐头皮丘姆起初是心中对强盗头麦基不满,这种想象的起诉后来变成了真正的起诉——书面的起诉(詹姆逊 32)。也就是说,起诉的想象本身是事件,后来又成为现实的事件。其次,构成事件的那些变化不是表示开始的动词,即不仅有开端,不是意动,也不仅是试图,也不是持续的,不仅处于执行的状态,而且还是有结局性的,即在文本各自叙述的世界里都会到达一个结局(详见下述的结果性)。

在事件的定义的基础上,施密德定义了"事件性":事件性是事件的具有分层级的性质(Schmid 2014:15)。作为"分级性概念"(张新军 2011:88),事件性有强弱之分。而这种区分则取决于符合施密德述及的准则的程度。

其中,判定事件性的第一个基本准则是重要性。一方面,叙述的那些状况变化必须具有重要性,而不重要或无意义的那些状况变化不具有事件性。另一方面,重要性是相对的。从具有政治性的布莱希特叙事剧来看,表现的内容是重要的社会冲突,包括战争、革命、经济与社会不公。以《大胆妈妈和她的孩子们》为例。在大的社会背景中,正如副标题《三十年战争编年史》(*Eine Chronik aus dem Dreißigjährigen Krieg*)表明的一样,三十年战争(1618—1648)是具有重要性的大事件。与此相比,大胆妈妈的家庭悲剧——即断送了她的大儿艾利夫、小儿施韦泽尔卡斯和哑巴女儿卡特琳的性命——则是相对次要的事件。不过,就大胆妈妈的小家而言,失去三个孩子又远比没有发财重要得多。可悲的是,社会在变,家庭也发生重大变故,唯有大胆妈妈不变:执迷不悟。在第12场,大胆妈妈站在被射杀的女儿卡特琳面前,为她唱一首摇篮曲,只当她在睡觉。最后,大胆妈妈把埋葬女儿的钱交给了站在周围的农民们,然后无动于衷地说:"我得重新做生意。"这句话表明,即使面对孩子的死亡,大胆妈妈仍然是一名女商人,而且不会改变(Brecht 1967a:1436—1437)。

不可预测性是判定事件性的另一个基本准则。在叙述的世界里,叙述的内容不一定要违反规约与越雷池,但一定要违反读者的期待。譬如,在布莱希特的《兵就是兵》中,那个不会说"不"的普通人阴差阳错地成了杀人如麻的机枪手。这是读者起初没有预料到的。

除了上述的两个基本准则,还有三个判定事件性的重要准则:结果性、不可逆性与不可重复性。其中,结果性就是相关的行为主体思想与行动要有结果。即使是采用缺乏结果性的开放式结尾,解释者也可以从开放式结尾的潜力(Potentialis)得出现实(Realis),赋予状态变化以故事本身并没有塑造的结局性(Resultativität)与结果性(Konsekutivität)(Schmid 2014:17—18)。譬如,在寓言剧(Parabelstück)《四川好人》里,布莱希特探讨了一个重大问题:在私有制社会里是否存在好人? 或者好人在私有制社会里是否生存? 虽然剧本采用了开放式结尾,把问题留给观众去思考。不过,答案是不言而喻的:妓女沈黛留宿三位神仙,那就是神仙眼里的好人。她是世人眼里的好人,因为她拿神仙赏赐的钱开烟店救济大批乞丐,向亲戚借贷救失业的飞行员。可是,由于当好人的缘故,她陷入了财务困境。为了摆脱现实的困境,她不得不化装为无情的表哥瑞达(Brecht 1967a: 1487—1607)。这表明,在私有制社会里,好人无法长久生存。由此可以推断布莱希特的写作意图:只有改变私有制社会,好人才能长久存在。

不可逆性指思想与行动的决定不可反转(Schmid 2014: 18—19)。譬如,在布莱希特的《高加索灰阑记》中女仆(女挤奶员)格鲁雪牺牲自我,救护总督焦尔吉与总督夫人娜泰拉的儿子米歇尔,这个充满爱的决定和格鲁雪对这个男孩的真正的爱都是不可逆的。正因为这种爱,在上半部戏中她才愿意与装病逃兵役的农民结婚,并声称这个男孩是自己的儿子,在下半部戏中她才能在争夺男孩时取胜,尽管对手是男孩的生母娜泰拉(Brecht 1967a: 1999—2105)。

不可重复性则要求叙述不同性质的变化。譬如,在布莱希特的舞台剧《伽利略传》(*Leben des Galilei*,1938—1939 年第一稿)中伽利略的研究发现证实了哥白尼的日心说,首先不被世俗人理解,从帕多瓦到佛罗伦萨,接着在罗马大教堂虽然被理解,但是接踵而至的是教会的威胁。这种威胁使得伽利略不得不沉默八年。直到一位科学家当上了新教皇,伽利略才重启研究。不过,由于日心说否定了上帝的存在,从而也动摇了教会的统治,伽利略遭到了教会的审判,不得不公开收回他的学说。然而,即使遭遇软禁的厄运,伽利略也并没有真正屈服。伽利略偷偷写出了不朽的科学名著《对话录》(*Discorsi* 或 *Dialogue*),由他的学生携带出境,传播到全世界(Brecht 1967a: 1229—1345)。总之,伽利略遭遇的每一次挫折都充满了变化,他的对策也各不相同。否则,叙述就缺乏事件性(Schmid 2014: 19)。

从施密德的定义与阐释不难看出,事件或多或少都会具有事件性。状态变化或多或少都明显地出现在文本中,客观存在,而事件性则基于依赖于解释的归因判定。对于面对状态变化的主体(包括主人公、叙事者、虚构读者、作者、抽象读者与具体读者)而言,状态变化的事件性会截然不同。

此外,值得一提的是,巴尔在《导言》中把确定事件性的规则称作"事件的逻辑"(2003: 5)。在叙述中,事件的逻辑分为两种:时间关联与非时间关联。时间关联包含时间的次序与因果的次序。其中,叙述性的最小定义只需涉及时间的次序。对于布莱希特的叙事剧而言,舞台叙事不可避免地与时间发生关联。时间关联使得布莱希特戏剧的历史化(historisieren)成为可

能。在布莱希特看来,历史化是一个重要的陌生化技巧:

> 演员必须把事件当成历史事件来表演。历史事件是只出现一次的、暂时的、同特定的时代相联系的事件。人物的举止行为在这里不是单纯人性的、一成不变的,它具有特定的特殊性,它具有被历史过程所超越和可以超越的因素,它是屈服于从下一时代的立场出发所做的批判的。不断的发展能够使我们对前人的举止行为越来越感到陌生。
>
> 演员应该采取历史学家对待过去事物和举止行为的那种距离,来对待目前的事件和举止行为。他要使我们对这些事件和人物感到陌生。(2015:36—37)

布莱希特运用历史化的手法,把历史事件与相似的时事联系起来。譬如,在《大胆妈妈与她的孩子们》中,布莱希特运用历史的语境,即作为史事的三十年战争,评论当时的社会或政治问题,即作为时事的希特勒发动的二战。

而非时间关联的原则是等值或等价。在叙事文本里,尤其是在具有"装饰性"结构的叙事文本里,可观察到的是在"故事"与"话语"层面上理据(Motive)的形式等值与主题等值(Schmid 2014:9—11)。譬如,在布莱希特的叙事剧《潘第拉先生和他的男仆马狄》里,主人公潘第拉具有双重人格:在清醒状态下是个无人性、唯利是图的剥削者;在醉酒状态下又是个充满同情心的热心肠,同共产党员差不多。在这个民间剧本(Volksstück)里,与人性的好坏(主题等值)关联的不是编年的时间,而是清醒或者醉酒的状态(理据的等值)。更确切地说,就芬兰地主潘第拉的人性而言,他清醒时与剥削者等同,醉酒时与好人等同(Brecht 1967a:1609—1717)。

综上所述,在布莱希特的叙事剧中,事件和事件性都是不可或缺的一部分。在汉语学界,即使是"叙事剧"译法的质疑者,也不否认布莱希特的叙事剧的事件性。譬如,"史诗剧"的译者张黎虽然认为,"叙事剧"的译法尚未能充分表达布莱希特在选择题材与表现思想内容方面的广度与深度的要求,但是坦承:"这个译法对于理解布莱希特戏剧的艺术特点,无疑是有帮助的"(夏波 2016:2)。因此,把布莱希特的 episches Theater 译为"叙事剧"比较妥当。

## 四、结语

总之,布莱希特的叙事剧隶属于虚构的叙事文学作品,既有别于史诗剧,也有别于叙述剧。

　　首先,与史诗剧相比,叙事剧有三点不同:文体是散文,而不是诗,即使里面存在诗歌成分,也没有使用史诗格律,因而不是史诗;写的人物不是英雄或帝王将相,而是普通的小人物;从词源探究来看,episch 的确切含义是"叙事的",而不是"史诗的"。

　　第二,布莱希特的叙事剧有别于亚里士多德的表演剧和塞内加的叙述剧。在布莱希特的叙事剧中,事件具有双重的意义:既是叙述的,又是表演的,即经过排练的故事。从这个意义上讲,事件是联结叙述与表演的纽带。所以,把 episches Theater 译为"叙事剧"更好。

　　此外,20 世纪 50 年代,布莱希特发现,术语"叙事剧""太形式化""不够充分",所以改用术语"辩证剧"( dialektisches Theater )。依据《辩证戏剧理论》( *Die dialektische Dramatik*, 1931 )和《剧场的辩证法》( *Die Dialektik auf dem Theater*,1951—1956),辩证剧具有辩证的思维,既指内容,又指形式。在内容方面,布莱希特剧本的辩证性在于,剧中的人或事既是发展变化的,又是对立统一的。在形式方面,布莱希特剧本的辩证性在于,情节的传达方式虽然强调叙述性,但是并不完全放弃戏剧性(戏剧冲突的表演性),作者追求的戏剧效果虽然是陌生化,但是并不完全摈弃移情(Brecht 1967b:211—225、867—941)。

　　可见,术语 episches Theater 聚焦于形式与内容的辩证关系,用事件(内容)把文学的戏剧形式与叙事形式——即戏剧文学与叙事文学两个文类——有机地结合为一个新的整体,因而应该译为"叙事剧",正如应该把术语 narratology 译为"叙事学"一样(江澜 2019a:47—52)。

### 引用文献【Works Cited】

Brecht, Bertolt. *Gesammelte Werke in 20 Bänden*, Bd. 1‐5. Frankfurt a. M.: Suhrkamp, 1967a.

———. *Gesammelte Werke in 20 Bänden*, Bd. 16‐17. Frankfurt a. M.: Suhrkamp, 1967b.

Georges, Heinrich. *Der Neue Georges Ausführliches Handwörterbuch Deutsch-Lateinisch*. Darmstadt: Wissenschaftlich Buchgesellschaft, 2017.

———. Der Neue *Georges Ausführliches Handwörterbuch Lateinisch-Deutsch*. Darmstadt: Wissenschaftlich Buchgesellschaft, 2019.

Schmid, Wolf. *Elemente der Narratologie. 3. verbesserte und überarbeitete Aufl*. Berlin/ Boston: Walter de Gruyter, 2014.

艾伦、格里诺等编:《拉丁语语法新编》,顾枝鹰、杨志城等译,上海:华东师范大学出版社,2017 年。

巴尔:《叙述学:叙事理论导论》(第二版),谭君强译,北京:中国社会科学出版社,2003 年。

布莱希特:《布莱希特论戏剧》,北京:中国戏剧出版社,1990 年。

——:《陌生化与中国戏剧》,张黎、丁扬忠等译,北京:北京大学出版社,2015 年。

江澜:《古罗马戏剧史》,上海:华东师范大学出版社,2019a 年。

——:《古罗马诗歌史》,上海:华东师范大学出版社,2019b 年。

——:《论术语 narratology 的统译:叙事学》,《广东外语外贸大学学报》,2019 年第 1 期,第 47—52 页。

莱辛:《汉堡剧评》,张黎译,上海:上海译文出版社,1998 年。

刘小枫选编:《德国诗学文选》(下卷),上海:华东师范大学出版社,2006 年。

——:《古典诗文绎读·西学卷·古代编》(上),邱立波、李世祥等译,北京:华夏出版社,2008 年。

卢炜:《从辩证到综合——布莱希特与中国新时期戏剧》,杭州:浙江大学出版社,2007 年。

罗念生:《罗念生全集》(第一卷),罗锦麟主编,上海:上海人民出版社,2004 年。

——:《罗念生全集》(第二卷),罗锦鳞主编,上海:上海人民出版社,2005 年。

冉东平:《西方现代戏剧叙事转型研究》,北京:北京大学出版社,2017 年。

塞内加:《古罗马戏剧全集·塞内加》,王焕生译,长春:吉林出版集团,2019 年。

魏勒特:《关于布莱希特史诗剧的理论问题》,张黎编选,《布莱希特研究》,北京:中国社会科学出版社,1984 年。

夏波:《试论"叙述体戏剧"及其审美构成原则》,《戏剧》,2014 年第 1 期,第 5—17 页。

亚里士多德、贺拉斯:《诗学·诗艺》(合订本),罗念生、杨周翰译,北京:人民文学出版社,2000 年(1962 年)。

余匡复:《德国文学史》,上海:上海外语教育出版社,1991 年。

——:《布莱希特论》,上海:上海外语教育出版社,2002 年。

詹姆逊:《布莱希特与方法》,陈永国译,北京:中国社会科学院出版社,1998 年。

张新军:《可能世界叙事学》,苏州:苏州大学出版社,2011 年。

**作者简介:** 江澜,硕士,广东外语外贸大学助理研究员。

# 论《蒋兴哥重会珍珠衫》的情节特点及其结构

叙事研究 第3辑

王世海

**内容提要：**《蒋兴哥重会珍珠衫》的情节主要围绕着婚姻性关系展开，较为丰富地展现了婚内性关系和婚外性关系的矛盾冲突，同时叙述了性关系解除的四种方式。依据格雷马斯提出的四个情态谓词"欲""应""知""能"来考察，蒋文情节中的主要人物在行为上主要表现出了"欲"和"应"的矛盾冲突，并且呈现出了四种类型。由此，婚姻性关系的离合变化构成了蒋文情节的横向发展，主要人物四个情态谓词的冲突变化，构成了蒋文情节的纵向发展，并最终完成了以婚姻性关系为主题的社会模型构建。

**关键词：**《蒋兴哥重会珍珠衫》；婚姻性关系；格雷马斯；情态谓词；社会模型

《蒋兴哥重会珍珠衫》（以下简称蒋文）（冯梦龙 1—29），作为冯梦龙编选《喻世明言》的第一篇，历来受到学者重视，它出色的结构艺术，也已得到诸多阐述。周五纯《谈〈蒋兴哥重会珍珠衫〉的结构艺术》即指出，蒋文属于复归式爱情，即从原先相爱到分裂，然后又融合（40—43）。张永芳《试论〈蒋兴哥重会珍珠衫〉的思想和艺术成就》指出，"奇"和"巧"是蒋文情节结构两个突出特点，整体故事更多依靠思想的新颖和情节的曲折来表现（38—41）。总体来说，他们已关注到了蒋文情节结构的一些特点，但对情节之间的相互关系、结构的内在逻辑，以及人物与结构之间的互动关系，还缺乏较为充分的论述。

## 一、《蒋兴哥重会珍珠衫》的情节叙述

一般认为,蒋文叙述的情节,或是围绕珍珠衫展开,或者围绕蒋兴哥与王三巧之间的爱情故事展开,但我们认为,蒋文叙述的情节应该是围绕婚姻性关系展开。蒋兴哥和王三巧首先结成婚内性关系,后王三巧与陈商通奸,构成了婚外性关系,便与原有的婚内性关系形成矛盾,致使蒋兴哥坚决休弃了王三巧。随后,王三巧改嫁给吴知县,与吴知县结成再婚性关系。陈商本与平氏结为婚内性关系,后与王三巧通奸,构成了婚外性关系。接着陈商死,其与平氏的婚内性关系自动解除,平氏后来与蒋兴哥结成了再婚性关系。最后吴知县得知蒋兴哥与王三巧的故事后,主动撤销了与王三巧的婚内性关系,促成了王三巧与蒋兴哥重新结成了复婚性关系。于是,蒋兴哥与平氏、王三巧都结成了婚内性关系,形成了一夫二妇格局,但在中国传统文化中这并不构成矛盾,平氏和王三巧按婚娶先后顺序,被分成了正、偏房,实现了并存。我们用一张简图把这些变化呈现出来,具体如图1:

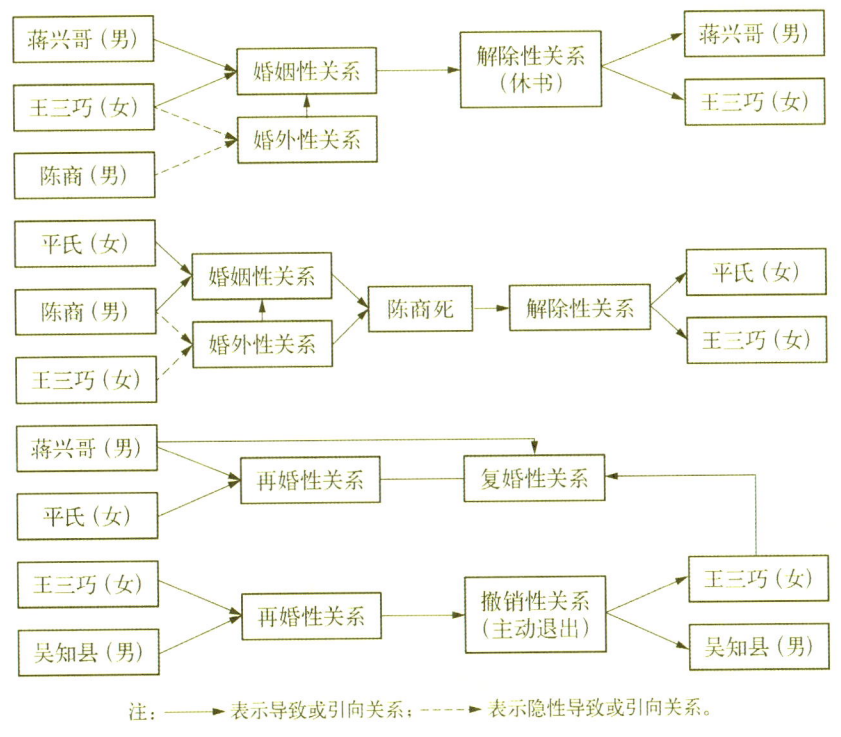

注:———→ 表示导致或引向关系;----→ 表示隐性导致或引向关系。

**图1　蒋文婚姻性关系变化图**

　　由上可见,蒋文主要叙写了婚内性关系的离合变化,其中尤以婚内性关系与婚外性关系的矛盾冲突为主要对象。依蒋文所述,当婚内性关系受到婚外性关系的挑战和威胁时,当事者或者如平氏那样,采取隐忍的态度,或者如蒋兴哥那样,坚决休弃了与他人发生性关系的一方。当然,当事者即使采用隐忍的方式,也不代表内心就能完全接受,平氏私自藏匿王三巧送给陈商的定情物——珍珠衫即可表明,从人的本心来说,任何人都无法接受婚姻的一方对情感和婚姻的背叛。同时我们也看到,蒋兴哥在休弃王三巧时表现出了诸多犹豫。如蒋兴哥得知丑事快走到家门时,心里却是在埋怨自己,说"只为我贪着蝇头微利,撇他少年守寡,弄出这场丑来,如今悔之何及"(冯梦龙 17)。这即表明,王三巧的出轨行为虽在道德和法律上得不到支持,但从人的本欲来说,这个行为又具有一定的合理性。应该说,就是因为这个本欲,才使得王三巧没有固守住自己的礼法底线,而在得知与她暗通款曲的不是薛婆时仍与之私会,而薛婆的利诱欺骗之所以成功,其根源也在于此。如此看来,从人的本欲来讲,婚内性关系和婚外性关系是同等的,都是满足人的本欲的一种方式,但从人的本心及社会伦理来说,婚内性关系和婚外性关系又是截然对立的,如水火般不能相容。这种相等又对立的关系,我们可以借鉴法国结构主义学者格雷马斯提出的性关系矩阵模型来进行说明。他在《符号学约束规则之戏法》(与弗朗索瓦·拉斯提耶合写)中,依从传统法国社会情况,将社会中的性关系分出了四种类型,分别是婚内性关系≈夫妻之爱,被排斥性关系≈乱伦、同性恋,非婚性关系≈男性通奸,"正常"性关系≈女性通奸,并依据社会文化对四种性关系的态度提出了一个性关系的社会模型(2005a:148—149),如图2所示:

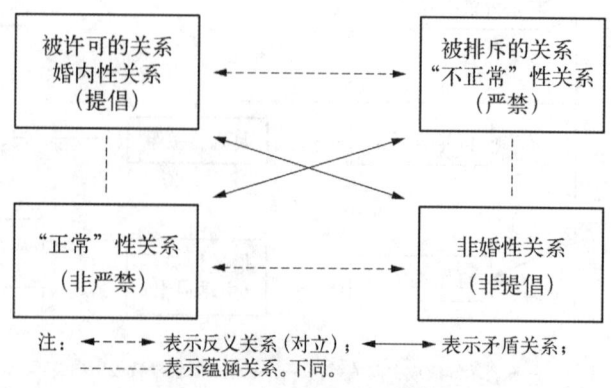

图 2　格雷马斯性关系社会模型

　　总体来说,这个模型比较好地揭示出了各种性关系之间的关系,也能较为清晰地展示出社会文化对各种性关系的总体态度。但就不同性关系的内涵来说,不同的社会文化应该有不同的认定。依中国传统文化的情况来说,通过明媒正娶结成的婚内性关系是正常合法的,社会普遍提倡;已婚人士与他人发生性关系属于婚外性关系,因这种性关系并未明显触犯法律,社会可以接受但不提倡;跨辈分之间的性关系,在中国文化里被视为乱伦,受到社会的整体排斥或禁止,不可接受;而同性恋关系不管男性同恋还是女性同恋,社会并不普遍排斥,当属于非禁止性关系。那么,中国社会文化中的性关系矩阵模型应该如图3所示:

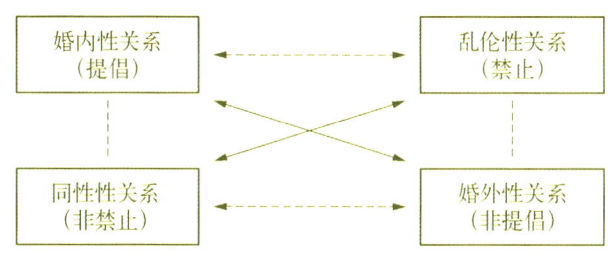

**图3　中国文化性关系矩阵模型**

　　由上可知,婚内性关系与婚外性关系之间的关系更准确的表达,应是矛盾、非对立、非蕴涵。蒋兴哥与王三巧之所以最后能复婚,并得到社会大众的认可,除去他们之间存有的深厚情意外,应该说更重要的是王三巧先前没有与他人建立乱伦性关系,而之所以蒋兴哥一定要休弃王三巧,显然不是基于人的本欲,而是基于他的情感和社会礼法,因为人的本欲的满足还可以采用其他很多方式,包括与同性建立性关系。可见,正是蒋文有意回避了乱伦性关系和同性性关系的叙述,才使得这样的情节叙述合情合理。

　　其次,蒋文还主要叙述了婚内性关系的诸多解除方式。依蒋文所述,婚内性关系的解除方式大体有三种,一是婚内的一方被另一方休弃,蒋兴哥与王三巧的状况如是;二是婚内的一方故去,陈商与平氏的状况如是;三是婚内的一方主动放弃,吴知县与王三巧的状况如是。其实文中还叙述了一种方式,即王三巧被休弃后的自杀行为,只不过这种方式未能实现。我们根据婚内性关系中的双方对解除性关系的意愿和其行为对性关系的影响等因素,分出"积极""消极"二种,来对解除性关系行为的总体效应进行描述,可以看出这四种方式基本构成了一个性关系解除的矩阵模型,与前面的性关系矩阵模型刚好形成互补。具体来说,休弃方式是靠婚内关系的一方对婚内性关系进行强行拆分,明确了婚内性关系的破裂,是一种最积极的方式;一方故去的方式是完全靠自然力或外力实现,不能反映出婚内性关系双方意志,是一种最消极的方式;一方主动放弃方式,也是一种消极方式,但与前者不同,它是一方主动放弃自己的权益而去满足或成全另一方的欲求,或被视为"义举"①,便与休弃方式构成了矛盾关系,与故去方式构成了蕴涵关系;自杀方式是通过自己主动结束自己生命的方式来实现,有了"刚烈"的道德属性,即文中所说——"全我的廉耻",应属于一种积极的方式,但与其他方式不同,主动结束生命的一方是破坏婚内性关系的施事者,本应受到道德法律的制裁,且其行为更多出于被迫,所以可与故去的方式构成矛盾关系,与主动放弃的方式构成对立关系,同时也就与休弃的方式构成了蕴涵关系。这样,性关系解除矩阵模型便可如图4所示:

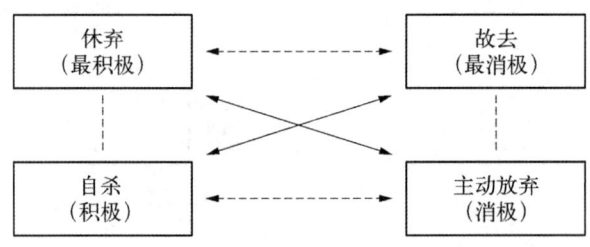

**图4　蒋文性关系解除矩阵模型**

## 二、《蒋兴哥重会珍珠衫》的人物情态分析

情节的主要承担者,自然是故事中的人物②,而人物在故事中的具体表现,则是行为。一个人的行为,根据格雷马斯的说法,可以用四个情态谓词来进行描述,一是"欲"(vouloir),二是"应"(savoir),三是"知"(pouvoir),四是"能"(faire)。"欲"表示个体主观想要做某事;"应"表示从社会道德的角度来说,个体应该去做某事;"知"表示个体是否有能力去做某事;"能"表示个体具体去做了某事(格雷马斯 2005a:165—192;2005b:66—93)。这四个情态相互作用,相互制约,共同决定了一个人的具体行为。同时,一个行为必然会涉及一个施事者、一个受事者,还会牵涉到事件的第三方——社会大众,且在多数情况下,社会大众的反应会对主体行为的"欲""应"产生直接的影响和制约,甚至成为"应"的主要来源。我们根据这些要素进行分析,便可以清晰地描画出情节中人物行为

的内在状态及其变化缘由,从而深入揭示出情节发展的内在动力。

依照文中叙述,蒋兴哥与王三巧是娃娃亲,长大后二人外貌端好,又情投意合,顺利结为夫妻。文中称:"蒋兴哥人才本自齐整,又娶得这房美色的浑家,分明是一对玉人,良工琢就,男欢女爱,比别个夫妻更胜十分"(冯梦龙 3)。这说明,二人完全具备了"知",从各自内心来说都"欲",从他人和社会礼俗来说也"应",所以成就了这段美满婚姻,即"能"。此外,文中还提及一首《西江月》言道:"那羡妆奁富盛,难求丽色娇妻。今宵云雨足欢娱,来日人称恭喜"(冯梦龙 3)。这说明,这个婚姻还得到了众人的赞赏和羡慕。其后,蒋兴哥外出到广东做买卖,留王三巧独守空闺。几个月后,王三巧碰巧被到此地做买卖的陈商看到。陈商起了欲念,想"通个情款","若得谋他一宿,就消花这些本钱,也不枉为人在世"(冯梦龙 6)。此时,陈商对这种婚外性关系仅是"欲",没考虑"应"不"应",只是苦于没"知"。所以他花重金求薛婆帮忙。薛婆通过慢功夫一点一点攻破王三巧道德礼法防线,最终诱骗王三巧与陈商合了欢。此时,陈商对婚外性关系不仅有"欲",而且由"知"成"能",而王三巧则经历了一番"欲"和"应"的冲突。对于这个冲突,格雷马斯在"应做"模态中做了说明[3],但在主体态度方面,王三巧应该是经历了"应不做"(拒绝)——"不应做"(勉强)——"不应不做"(默许)——"应做"(提倡)的整个过程。最后文中叙述道:"三巧儿到此,也顾不得许多了,两个又狂荡起来,直到五更鼓绝,天色将明,两个兀自不舍"(冯梦龙 17)。显然,如果王三巧内在没这个"欲",附着在她身上的道德的"应"便不会被破除,也不会有这么多的犹豫。对于这样的行为,社会大众给予了强烈谴责,即蒋文中入话所言——"人心或可昧,天道不差移。我不淫人妇,人不淫我妻"(冯梦龙 1)。

虽说这个"欲"来自每个人的生理本能,人人具有,但毕竟这种行为越出了社会礼法道德所许可的范围(非"应"),蒋兴哥自然不能接受,直接休弃了王三巧。但是,他没有当面直陈王三巧的过错,也没有公开这件事,而是写下休书把王三巧送回本家,又将王三巧原来嫁妆及所用之物全部送还给她。这一方面反映出了蒋兴哥的人品修养,另一方面则主要表达出二人内心仍存有的深厚情意,以及社会大众对他形成的道德压力,即文中所述他"回到下处,想了又恼,恼了又想,恨不得学个缩地法儿"(冯梦龙 17)。这即说明,蒋兴哥即使拥有了道德法律赋予他的权利("应"),也具备这样做的能力("知"),但是否去做,如何去做,还主要取决于自身的"欲"。或者说,"应"只决定着他行为的主要方向,而自我心思的"欲"则决定了他行为的具体形式和过程。王三巧则因着自身的本欲超出了"应"的范围——与他人通奸,在接下来的行为中,既失去了"应"也失去了"知",只能被动地接受这一切。这也说明,当一个人的行为失去了"应"和"知"后,自我任何的"欲"都不会再起作用。但当婚内性关系解除后,不管是蒋兴哥还是王三巧,自然都恢复了自由身,在"应"的范畴内不再受到限制。

发生婚外性关系的另一方——陈商,外出行商意外死了,这省去了很多情节上的周折,一定程度上对王三巧也是个好事,因为她不用再去挂念这份情、这份罪了,同时也让平氏恢复了自由身。文中继而安排了两段婚姻,一是吴知县娶了王三巧为妾,二是蒋兴哥娶了平氏为妻。这两桩婚事大体看来合情合理合法,但内部每个人的具体情况又各有差别。吴知县只想找个美妾("欲"),听说王三巧大有颜色,便央媒人说成此事。王三巧此时心态虽没有说,但前面自杀时其母所言,也大体能代表她的心思("欲"),即"少不得别选良姻,图个下半世受用"(冯梦龙 21)。由此可见,他们二人结为婚姻,在"欲"上是各有所图。这与前期王三巧和蒋兴哥的结合便有了很大差别。而蒋兴哥与平氏的成婚情况与吴、王二人大体相同,蒋兴哥对平氏的"欲"也是端贤美貌,而平氏对兴哥的"欲"也是"身有所托"。可见,虽说每个人在行为中都应具有"欲""应""知""能"四个要素,但具体的意涵却随着不同人、不同时期、不同处境的变化而变化。正是因为这些变化,便使得同样的行为造成的结果会大相径庭。这种差异,在吴知县处理王三巧与蒋兴哥之间的情感纠葛上便显现了出来。蒋兴哥被他人诬陷告上官府,官府的知县刚好是吴知县。吴知县在家审阅卷宗时,碰巧被王三巧看到。王三巧遂念起往日情意,谎称与蒋兴哥是亲兄妹,定要吴知县解救蒋兴哥。而当吴知县得知二人原有情事后,他主动撤销了与王三巧的婚姻关系,让王三巧与蒋兴哥得以复婚。这的确反映出了吴知县的仁德,并得到了社会大众的赞赏,但从另一方面来说,正是吴知县对王三巧存有的"欲"太过单纯,只是本有的性欲,王三巧对吴知县也只存有托养之欲,才使得他们二人的婚内性关系如此脆弱。而另一方面,正是因为蒋兴哥与王三巧之间存有发自本心的爱,彼此之间有深厚的情意,所以二人才历经诸多离合坎坷,仍能最终走到一起。社会大众对这样的婚姻也给予了赞赏,称"珠还合浦重生采,剑合丰城倍有神"(冯梦龙 29)。由此来看,"应"虽然对个人的"欲"和"知"具有较强的支配力,但是具体行为人的"欲"才是决定这个行为真假和实效的主要因素。

根据以上分析,我们用一张简图把蒋文主要行为人的四个模态谓词的关系以及社会大众的评价全然呈现出来,如图 5 所示:

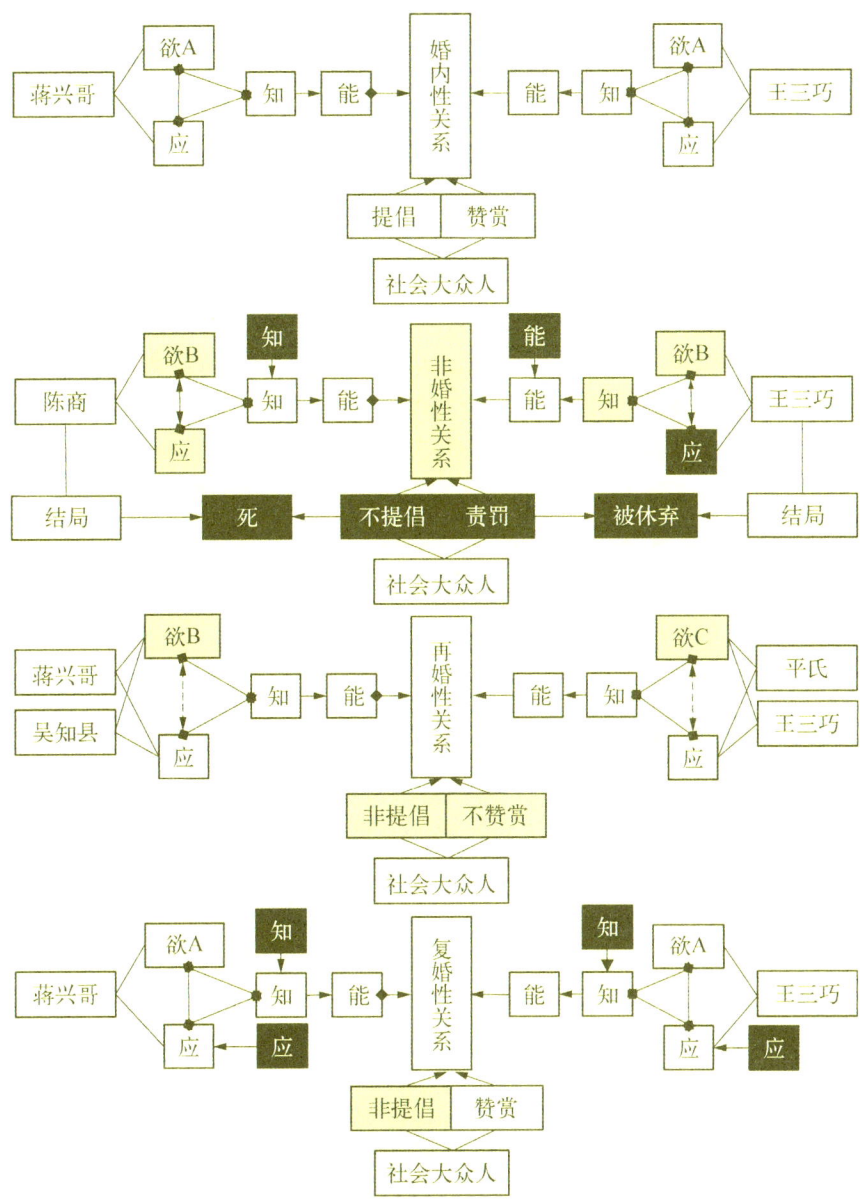

注：1. 因"欲"有不同内涵，遂分类标出："欲 A"表示不仅有本欲，还包含情爱之欲和深重情意；"欲 B"表示只有本欲；"欲 C"表示只有托养之欲。

2. 方框内无色底表示正向积极趋向；灰色底表示次正面或次消极趋向；黑色底表示负面消极趋向。

3. ◆—◆表示互相支撑关系；←—→表示互相矛盾关系；←—→表示互相不干涉关系。

**图 5　蒋文主要人物模态谓词关系及社会评价图**

　　由上可见,"欲"和"应",以及与"知""能"之间的矛盾冲突,实际决定着这个人的具体行为,也决定着情节叙述的具体内容和方向,而"欲"和"应"的矛盾冲突则构成了情节人物的主要矛盾,成为推动情节发展的主要动力。根据"欲"内涵的多重性,"欲"和"应"之间的矛盾关系还大体表现出四种类型。第一种是"欲"与"应"的相合相应,此时"欲"不仅包含着本欲的意涵,而且包含着情爱之欲、深厚情意,与"应"的要求相适应,且正向超出了"应"所规定的范围,这种行为受到提倡和赞赏。第二种是"欲"与"应"的冲突,此时"欲"主要表现为本欲,且越过了"应"所能许可的范围,行为受到谴责和惩罚,"应"通过法律、道德及社会评价等迫使"欲"回归本位。第三种是"欲"和"应"的互不干涉,此时"欲"或单纯表现为本欲,或单纯表现为求生之欲,只达到了"应"所许可的最基本的要求,行为不受限制但得不到提倡和赞赏。第四种是"欲"和"应"的一方缺失,要么有"欲"无"应",要么有"应"无"欲",此时则需要外力来补足,或者主体的性质发生改变,使其获得"欲"和"应"的具足以及响应,此种行为不提倡但成功后能得到赞赏。[④]

## 三、《蒋兴哥重会珍珠衫》的情节结构

　　由上看来,我们对蒋文结构的认识,应该分出两层,一层是外在情节的时间结构,写出了婚姻性关系的发展变化,表现为故事情节的线性发展,二层是情节中各个人物行为中"欲""应""知""能"四个情态谓词的组合结构以及社会大众的评价态度。又或者说,外在情节的时间结构主要规定了蒋文的横向发展,情节人物的情态组合结构主要规定了蒋文的纵向发展。

　　具体来说,入话主要写了社会大众的道德判断,即"我不淫人妇,人不淫我妻"。随后正文开始叙述蒋兴哥与王三巧二人情投意合,具备充分的"欲""应""知""能"情态,结成了完满婚姻,并得到社会大众的赞赏和羡慕。这是第一部分,写完婚内性关系的建立。接着蒋兴哥外出,陈商遇见王三巧并喜欢上她("欲"),花重金求薛婆帮忙("知")。王三巧在薛婆的蛊惑、诱骗下(非"应"),与陈商通奸并相爱("知"且"能")。这是第二部分,写完婚外性关系的建立。随后陈商外出偶遇蒋兴哥,蒋兴哥得知二人事,回家后便休弃了王三巧,使自身和王三巧重获自由身。这是第三部

分,写完婚内性关系的解除。至此,蒋文写完了婚内性关系的建立、异变和解除过程,可视为蒋文的上半部。接下来蒋文叙述到陈商行商途中被劫后大病而死,平氏安葬完陈商也获得自由身,出于托养之欲转嫁给蒋兴哥("欲""应""知""能"),同时王三巧也因托养之欲("应""知")转嫁给吴知县("欲""应""知""能")。这是第四部分,写完新的婚内性关系即再婚的建立。最后蒋兴哥偶遭命案,因王三巧求情("欲")被吴知县解救,吴知县得知蒋兴哥和王三巧诸事,主动撤销了与王三巧的婚内性关系("欲""知""能"),成全了蒋兴哥和王三巧("欲""应""知"),使其重新结为婚内性关系。这是第五部分,写完"破镜重圆"的复婚故事。这第四、五部分可视为蒋文的下半部,于此便完成了情节叙述的一个圆。我们用图示把蒋文情节结构中纵横两个向度的发展呈现出来,具体如图6:

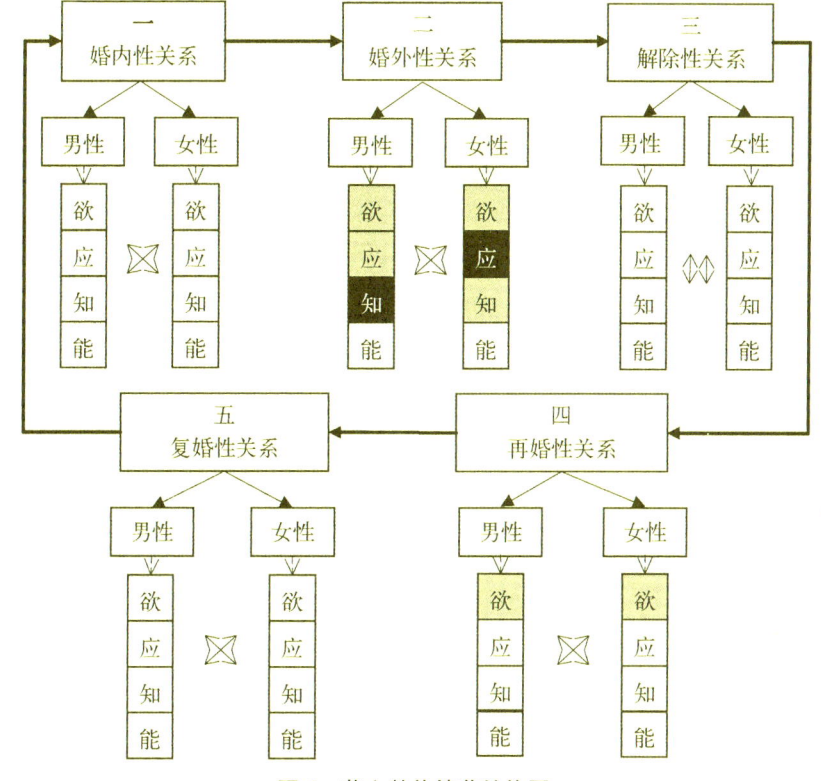

**图6 蒋文整体情节结构图**

进一步来看,蒋文以婚姻性关系的矛盾离合为中心,还基本完成了以婚姻性关系为主题的社会模型构建:婚内性关系(正婚、再婚、复婚)与婚外性关系构成矛盾关系,婚内性关系与解除性关系1(休弃或自杀)构成对立关系,解除性关系1与解除性关系2(死亡或主动放弃)构成矛盾关系,解除性关系2与婚外性关系构成对立关系,具体如图7所示:

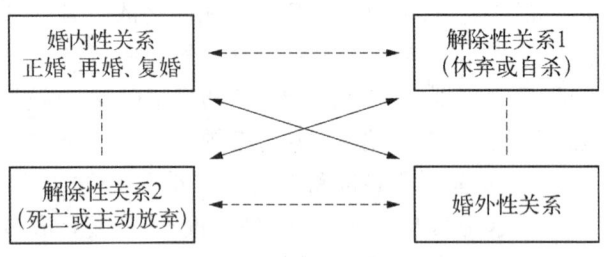

图7　蒋文性关系模型图

依据此模型,情节的横向发展大致可有两种常见的模式,其一是先出现婚内性关系情节,然后由婚内性关系导向它的矛盾关系一方——婚外性关系,接着由婚外性关系导向它的对立关系一方——解除性关系2,最后由解除性关系2导向它的蕴涵关系一方——婚内性关系,完成一个情节闭合圈的叙述;其二是先出现婚内性关系情节,然后由婚内性关系导向它的矛盾关系一方——婚外性关系,接着由婚外性关系导向它的蕴涵关系一方——解除性关系1,最后由解除性关系1导向它的对立关系一方——婚内性关系,完成一个情节闭合圈的叙述。蒋文的情节叙述便包含了这两种基本模式:首先蒋兴哥与王三巧结成婚内性关系,然后王三巧与陈商发生婚外性关系,接着陈商死而其后王三巧的后夫又主动放弃了与之结成的婚内性关系,最后蒋兴哥与王三巧重新结成婚内性关系,完成了第一种模式的情节叙述;蒋兴哥与王三巧成婚,然后王三巧与陈商发生婚外性关系,接着蒋兴哥休弃了王三巧而王三巧去自杀(未遂),最后蒋兴哥重新与王三巧结成婚内性关系,完成了第二种模式的情节叙述。可见,蒋文内不仅包含了矛盾关系的情节,还包含了对立关系、蕴涵关系的情节,而且各种情节及各种关系又相互交织在一起,真正做到了奇诡巧妙,引人入胜,称其为经典应不为过。

注解【Notes】

① 这种认识在文中已有表现。文中不仅直接称吴知县此举是"厚德",而且专门补叙了一段,言"此人向来艰子,后行取到吏部,在北京纳宠,连生三子,科第不绝,人都

说阴德之报。这是后话”,足可见对他的赞赏之情。见冯梦龙编:《喻世明言》,第28 页。

② 此处所讲“人物”,不限于人类,而是充当故事角色的任何一个主体。

③ 格雷马斯指出,在“应做”模态中,主体应大体经历抗拒——发呆——被动——服从四种主体态度。见 A.J.格雷马斯:《论意义——符号学论文集》(下册),第89—90 页。

④ 从以上分析其实可以清楚地看到,中国传统文化及社会对男女在性关系上的要求是不同的,总体而言是对男性更为宽容,对女性更为严酷;同时,传统文化及社会整体来说对性关系还是保持着某种开放、公平和宽容,如蒋兴哥对王三巧出轨一事感到很愧疚,王三巧被休弃后便恢复了自由身,以及王三巧和平氏只为托养之欲而成婚等。最后,传统文化及社会在性关系中主要强调了“应”,即礼法道德的权威性,而对个人本有的“欲”则缺乏应有的重视和鼓励。此不多论。

### 引用文献【Works Cited】

冯梦龙编:《蒋兴哥重会珍珠衫》,《喻世明言》(第一卷),上海古籍出版社,2012 年。

A.J.格雷马斯:《论意义——符号学论文集》(上册),吴泓缈、冯学俊译,南昌:百花文艺出版社,2005a 年。

——:《论意义——符号学论文集》(下册),吴泓缈、冯学俊译,南昌:百花文艺出版社,2005b 年。

周五纯:《谈〈蒋兴哥重会珍珠衫〉的结构艺术》,《文史知识》,1986 年第 4 期,第40—43 页。

张永芳:《试论〈蒋兴哥重会珍珠衫〉的思想和艺术成就》,《辽宁大学学报》,1987 年第 2 期,第38—41 页。

**作者简介**:王世海,文学博士,厦门大学嘉庚学院副教授,研究方向为中国古代文论、美学、哲学,兼及大众文化批评。

# 从可能世界理论看虚构叙事的伦理价值

## ——以伊恩·麦克尤恩的小说《赎罪》为例

姜燕燕

**内容提要：** 文学艺术虚构与现实世界间的关系是关涉虚构叙事存在的合法性及价值的最基本问题，可能世界理论为这一问题的探讨提供了一种新的角度。本文尝试用可能世界理论来解释虚构叙事，讨论虚构叙事所指涉的虚构世界和实在世界之间的关系。本文认为，虚构世界与实在世界间存在"跨世界通达"，这种通达关系导致虚构世界的构建必然卷入伦理价值。本文以可能世界理论分析伊恩·麦克尤恩的小说《赎罪》，通过文本中对于虚构与现实间关系的揭示来看虚构叙事的伦理价值。

**关键词：** 可能世界；虚构世界；实在世界；通达；伦理价值；《赎罪》

文学艺术虚构与实在世界间的关系是叙事研究不得不面对的最基本的问题，两者间的关联从根本上决定了虚构叙事存在的合法性及其价值。对这一问题的探讨，过往主要有以下几种思路：

一是模仿论及其各种变体。这种思路将虚构客体阐释为实在世界实体的表征（如文艺作品反映社会现实），或认为虚构特例表征现实普遍类型（如"典型人物"和"典型环境"），或者预设虚构特例先在于表征行为（如经典叙事学中对于"故事"和"话语"进行的区分）。这种思路预设了实在世界之于虚构世界的优先性，也预设了模仿对象先在于模仿行为。

二是认为艺术是艺术家心灵想象的结果，表现论及精神分析批评都遵循此种思路。精神分析批评认为，艺术表现人在实在世界中被压制的欲望，实在世界在艺术中只能扭曲地存在。而艺术家为何要以此种而非彼种方式来进行想象和虚构(或扭曲),这一问题并未得到解答。

三是形式论,强调文艺"指向自身",也就是与实在世界没有关系,如雅各布森认为艺术只是"诗性"(自指性)功能成为主导的文本,也就是说艺术的倾向就是离开实在世界。这实际上是回避了问题,因为艺术的发生和接受都只能在实在世界中进行。

就本文关注的虚构叙事问题来说,可能世界理论提供了一种新的思路来看待虚构性问题,从可能世界的角度理解虚构世界与实在世界的关系,将有助于理解与叙事理论密不可分的虚构性问题,并在此基础上探讨虚构叙事之合法性及其价值。

## 一、可能世界理论与虚构叙事

"可能世界"(possible worlds)思想是由莱布尼茨(Gottfried Leibniz)在 1710 年的著作《神正论》(*The Theodicy*)中提出的,这一思想的提出试图解答神学中的一个伦理困境,即上帝所创造的世界为何充满灾难和痛苦。莱布尼茨认为,上帝给人们的实在世界,是所有可能世界中最合适的(转引自赵毅衡 2013:178)。这意味着,在上帝心目中有无穷尽的、未实现的可能世界的想法,只有给予人们的这个世界被选择并得到事例化(instantiation),它理所当然是所有可能世界中最好的那个世界。与此同时,其他可能世界虽然没有被实在化,但也有其存在的可能性。因此,可能世界是世界的各种可能的存在方式,而现实世界则是世界的实际的存在方式。可能世界并非实体,而是思维的产物,其根本就在于我们能够想象另外一个世界作为真实世界的替代版本,并可以在某些方面与真实世界相背离。

可能世界理论模型可以描述为一个世界系统,其中,实在世界是这个系统的中心,它为众多的可能世界所包围,也就是说,实在世界只是众多可能世界中的一个而已。不难发现,"可能世界"的思想和人类的叙事行为都是在实在世界之外构建一个可替代性的世界,这是可能世界理论与叙事理论的沟通基础。

亚里士多德在《诗学》中说:"显而易见,诗人的职责不在于描述已发生的事,而在于描述可能发生的事,即按照可然律或必然律可能发生的事"(28)。以可能世界理论的角度来看,虚构叙事提供了一个个生动、丰富的可能世界图景,虚构世界是对未能实在化的可能世界的指涉,这一世界在本体论上不完整,因为对可能世界的指涉作为一种符号再现,必定是片面化的,只能终止在一个文本的有限边界之内。

如前所述,在可能世界理论模型中,实在世界只是众多可能世界中的一个,即"我们居住的世界"或者"我们的经验共享的世界"。正如艾柯所指出的,说某物存在,是根据我们共享的世界图景而存在于现实中(转引自张新军 2011:507)。这样,实在世界实际上可被看作一个文化建构。如何认证这个实在世界,论者的标准各有不同,涉及更为复杂和艰深的话题,此处不展开,但不论用何种方式,试图认证的是同一个实在世界,即众多可能世界中唯一被实在化的那个,它可以用指示符号说明,即"此世界",在这里"此"的指示并非时空距离问题,而是我们的意识存身之处,亦即意识的对象。

从可能世界理论的角度看虚构世界与实在世界,可以发现,在可能世界模型里不再预设实在世界的优先地位,特别是在指涉的真实性问题上,虚构世界具有同实在世界同样的地位。虚构世界的指涉基础并非如模仿论及其各种变体所主张的那样存在于实在世界,而是存在于可能世界,其真实性是相对于可能世界而言。小说中的人物是非实在的个体,存在于一个可能世界中,拥有一些具体的属性,对其的描述和指涉为真是指它在小说所投射的虚构世界里为真,其真值标准是相对于可能世界而言。这样,"虚构文本具有自己的本体论,必须得到尊重"(张新军 49)。虚构世界的本体论地位与实在世界有实质上的差异,但二者的真实性应当是一样的。

不能通过诉诸文本外的实在世界而对虚构文本中的虚构世界进行虚假或真实认定,但与此同时,也不应当将虚构世界与实在世界完全割裂,特别是将其与实在世界中的文化历史因素与社会文化规约完全割裂,这就涉及跨世界通达的问题。

可能世界作为思维的产物,是对于实在世界中的经验与事态的反应。之所以设定可能世界,实际上是为了解释作为"此世界"的实在世界中发生的事情,或者预期当下事态的未来走向及可能的结果。帕斯卡有句名言:"倘若克里奥帕特拉的鼻子稍短一些,整个世界的面貌也许会是另外一个样子"(转引自张新军 65)。从 20 世纪 60 年代开始,西方历史学家写作"假定(What if)历史",如"假定美国没有独立(历史会如何)?"。对这些未能实在化的可能世界的思考,会揭示历史发展中的一些重要因素,为我们认识当下的实在世界提供重要的参考（赵毅衡 2013：181）。对于可能世界的指涉行为，来源于实在世界，也发生在实在世界之中。同时，可能世界要得到人们接受和有效的理解，必须遵循实在世界中一定的认知规律和文化规约。因此，虚构世界中就或多或少要有一些与实在世界相重叠或有关联的因素。艾柯认为："没有什么虚构世界可以是完全自主的，因为不可能要它列举一个最大化的和一致的事态，通过无中生有地规定它的整个的个体及其属性"（转引自张新军 63）。也就是说，从生成和接受两方面来看，虚构世界都与实在世界存在一定的通达关系（accessibility），又称"跨世界同一性"（transworld identity）。

对虚构世界的生成而言，实在世界的素材可以被改造转移到虚构世界，即两个世界中的人与物等因素应当存在对应，赵毅衡教授认为，此种对应不需要完整（187）。如小说《变形记》中，主人公突然变为甲虫的过程在实在世界中无对应，但其变形后首先担心上班迟到和向经理请假的事，却有实在世界中的对应。此外，对可能世界的指涉，也携带着来自实在世界的规约。就虚构世界的接受而言，它被解释社群（共享一定的文化规约）认为符合（或部分符合）实在世界的情形，以解释社群共享的文化规约为脚本，虚构世界中与实在世界的背离或对应中缺失的部分也能够得到理解和填补，解释社群由此获得一个具有连贯性和意义的虚构世界。

通达关系是跨世界的，对于虚构叙事文本来说，虚构世界的指涉基础在于可能世界，而通向实在世界，也就是说，通过对于可能世界的指涉和描述，目的是向实在世界获取某种效果。

虚构世界和实在世界间的跨世界通达，使得虚构叙事与经验实在之间形成了一种循环互动的关系：实在世界为虚构世界提供它所能表征的事态，并制约着人们对虚构世界的认知，而虚构世界记录和结构着人们在实在世界中的经验，并向其外部的实在世界增加了具有实在化潜力的可能事态，从而也在改变和塑造着实在世界。由此，虚构叙事就获得了其存在的合法性和价值意义。

跨世界的通达不仅指虚构世界与实在世界之间在经验上的相似关系，更是一种结构上的一致。海德格尔认为，"意义就其本质而言是相交共生的，是主客体的契合，世界万物只有为我所用才有意义"（转引自赵毅衡 2017：186）。对于可能世界的想象与指涉，和人们对于实在世界的认识活动，二者在结构上一致，即都要将世界秩序化，为的是在此过程中实现某种意义，由此，主体才能在意义活动中实现自己的存在。伦理道德显然是这种秩序化和意义活动的重要方式之一。人们如何去想象和指涉一个可能世界，以及人们对于虚构叙事中指涉的可能世界的态度与评判，都与人们认识和看待实在世界的方式和准则密切相关，伦理道德价值是这些方式和准则中重要的一种。

正是基于可能世界和实在世界之间在结构层面上的这种通达关系，我们才能够理解为什么虚构叙事的生成和接受都会卷入伦理道德的价值和准则。例如，作为一个虚构叙事文本，福楼拜的《包法利夫人》指涉的是一个可能世界，这一世界就其本体论地位而言，与小说读者所共同认识和认可的实在世界有着本质上的差别。但小说中叙述的（并未"实在"发生的）人物与事件在现实中却引起了极大的争议与批评，甚至导致作者本人被（现实中的）法庭提起诉讼，原因就在于，文本对于可能世界的指涉（如隐藏直接的叙述者评论）所体现的伦理道德准则，和当时的读者普遍接受的伦理道德准则之间并不一致，因此才有"亵渎宗教""有伤风化"的指控。虽然双方的伦理道德准则不一致，但双方都试图通过秩序化的方式寻求和实现意义的做法是一致的。否则不仅围绕这部小说产生的争议和诉讼不会发生，甚至虚构叙事的产生和接受都不会发生。同样的道理，作者希望在作品中实现某个伦理道德主题，读者希望从作品中得到伦理道德上的启示和教益，希望一个虚构的故事能够满足自己的伦理道德诉求，都是基于可能世界与实在世界之间的这种结构上的通达，而其根源又在于主体性只能在意义活动中被建构起来。

## 二、小说《赎罪》中的虚构与现实

《赎罪》（*Atonement*）是英国作家伊恩·麦克尤恩发表于 2001 年的小说，小说对于虚构的意义及其与现实的关系做出了富有意义的探讨。《赎罪》的第一部至第三部讲述了女孩布里奥妮因为幻想和偏见所犯下的过失及其灾难性的后果，以及她为了这一过失而赎罪的努力。但在小说的第四部分《1999 年，伦敦》当中，以第一人称叙事的布里奥妮非常突兀地宣布，前面三个部分实际上是自己创作的小说，也就是说，前三部分讲述的故事仅仅是叙述者布里奥妮关于这个故事的六部手稿中的一部，而布里奥妮正是要凭借叙述并未发生之事来弥补自己当年所真实犯下的过失，亦即以虚构叙事来赎现实世界中的罪。如果以可能世界理论来看待小说《赎罪》中的文本虚构世界和文本实在世界间的关系,可以发现,这种关系清楚地显示了基于跨世界通达的基础上,虚构叙事所彰显的伦理价值意义,这是本文选择这部小说来进行分析的原因。

Ulf Teleman 认为,"正如文本世界总是嵌套在它的建立者(通过理解他所生产或阐释的文本)的真实世界(即最高的可能世界)里,一个文本世界可以嵌套在另一个文本世界里直到系统达到最高等级:被看作真实的那个世界"(转引自张新军 56)。这种看法近于叙事理论中叙事分层的观点,上一叙述层为下一叙述层提供叙述者。如果以可能世界的规则来看,一个虚构叙事的文本提供的虚构世界是对一个可能世界的表征,表征的来源存在于被看作实在的那个世界,虚构世界的创造者存在于其上一级的、被视为实在的那个世界,在无数未实在化的可能世界中选择了一个来进行表征,而在文本提供的虚构世界中存在的人物,他们有自己的所思所想,也能够叙述出新的故事,这些行为都是在无数可能世界中选择了一个来进行表征,他们由此成为下一层虚构世界的创造者,依据文本的复杂程度,这样的嵌套层次可以一直延续下去。"上层"和"下层"只是就不同层级的虚构世界之间的相对关系而言,并非固定的,低层虚构世界总是寄生于它所嵌入的上层虚构世界,上层虚构世界为下层虚构世界提供了创造者和素材。此外,如同本文在前面所讨论过的那样,从可能世界的理论角度来看,实在世界的认证包含着认识标准和角度的问题,同时其作为指示符号的对象,呈现在意识当中。

以这样的观点来看待虚构叙事文本,可以将文本内部不同的叙述层视为对不同层级的虚构世界,下一层级的虚构世界的成立有赖于一个前提,即它上一层级的虚构世界被视为实在化了的世界,因为唯有如此才能给它提供一个表征的来源。二者之间的关系类似于前一部分所讨论的实在世界与虚构世界的关系,如下图所示:

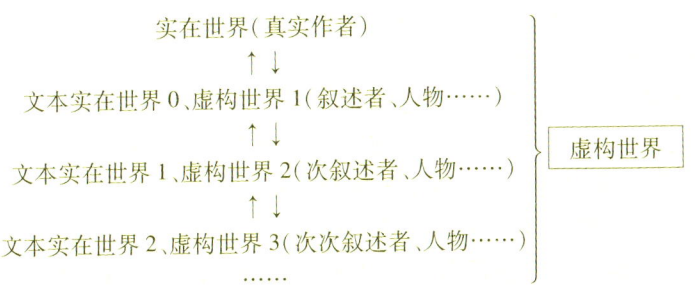

虚构叙事文本正是以这样的方式建构着自己的实在世界,没有这种对文本内部实在世界的指认,虚构就无法进行。为了表述的方便,本文将相较于下一层级虚构世界而言被视为实在的世界称为文本实在世界。

以此为依据,在小说《赎罪》这样一个叙事文本内部,我们可以区分出这样几个世界:

世界1:叙述者布里奥妮所处的世界,由小说的第四部分《1999年,伦敦》所表征出来的世界,在这个世界中,布里奥妮是一位77岁的作家,她的姐姐塞西莉娅死于战争时期的大轰炸,姐姐的恋人罗比在敦刻尔克撤退中死去,强奸案的真凶马歇尔娶了受害者罗拉。爱情被拆散,诬告无法得到洗清,真凶永远逍遥法外,而布里奥妮则认为:"有情人生生不息。只要我最后一稿的打印孤本留存于世,那么我纯洁率性而有奇缘的姐妹和她的医生王子定会相亲相爱,直到地老天荒"(麦克尤恩 326)。

世界2:布里奥妮想象和叙述出来的世界,由小说的前三个部分所表征出来的世界。在这个世界中,少女时代的布里奥妮因为自己过于敏感和神经质的想象,以及对于成人世界和情感的无知,错误地指认罗比为强奸犯,导致其被捕入狱,被迫与塞西莉娅分离。战争爆发后,罗比为了洗脱囚犯身份上了战场,经历了敦刻尔克撤退的残酷煎熬,塞西莉娅成了护士。布里奥妮意识到自己的错误,找到姐姐表示要提供证词为罗比洗清罪名,她在伦敦见到了姐姐和罗比,并决心以自己的行为赎罪。

其中,对于世界2而言,世界1是文本实在世界,即在叙事文本内部被认证为实在,它为世界2的指涉和表征提供来源。这部小说的特殊之处在于,世界1是在小说的最后才被揭示出来的,这就导致对文本实在世界的指认会随之发生变化,这种变化导致世界2的伦理意义发生变化。

如前所述,虚构叙事的指涉基础在可能世界,其在本体论地位上与实在世界有着质的区别,但其真实性与实在世界是同等的。在虚构文本中,虚构世界要求被指认为真实的,唯其如此,虚构才能够进行下去,并被理解和接受。另一方面,虚构叙事对于可能世界的选择和指涉卷入了特定的标准,这种选择和指涉往往是一种伦理行为,这使得虚构叙事对可能世界的指涉能够对实在世界产生影响。

就小说《赎罪》来看,前三个部分的叙事共同呈现出一个虚构世界,在这个世界里,布里奥妮由于耽于想象和敏感幼稚而犯下错误,罗比和塞西莉娅的被迫分离以及罗比在战场上的不幸遭遇都是这一错误的严重后果。布里奥妮长大后意识到了自己的错误,她向重逢后的罗比和塞西莉娅保证,自己将重新提供证词帮助罗比洗清罪名,以此赎罪。在这个世界里,布里奥妮所犯的罪与自己少年时热衷的虚构想象有关,正如她自己所言:"在故事里你真正可以做到随心所欲了:想要什么,写下来就是了,整个世界就属于你的了"(麦克尤恩 33)。"人们怎么能通过虫子的眼睛就认定自己读懂了这个世界了呢?并不是所有事情都有原因的。如果硬要反其道而行,那只能是对这个庸碌世界自行运转的一种干涉,甚至还有可能带来不幸"(麦克尤恩 132)。在第一部第十三章一开头,出现了一个明显的预叙:"再过半个小时,布里奥妮就将犯下罪行了。""她那时本可以走进屋子,依偎在妈妈身边,把这一天发生的事都讲给妈妈听。如果这样做了,后来也就不会铸下了大错。很多事也不会发生,什么也不会发生"(麦克尤恩 143)。预叙中实际上蕴含着对自己行为的否定性评价。在这个虚构世界中,随着主人公对于自己错误(耽于想象、也是虚构)的认识和反省以及实际行动,错误造成的伤害有希望被弥补,赎罪的努力得到认可,善与恶、对与错的伦理秩序得到了确认。

在小说的第四个部分出现之前,这个世界非常容易被认证为处于文本中的虚构世界层级中的最高处,即文本实在世界,但在小说的第四个部分出现了另外一个虚构世界,即前文说到的世界 1,不难看出,世界 1 推翻了世界 2,这里所说的推翻,并非单纯指两个世界在事实意义上的不一致,而是世界 1 的出现,揭示了世界 2 实际上仅仅是世界 1 的虚构产物,因为对世界 2 的指涉行为是来自世界 1,世界 1 才是文本实在世界,而世界 2,实际上是这一实在世界外的可能世界中被指涉和表征出来的那一个,这样一来,小说的伦理意义就发生了变化。

首先,世界 2 和文本实在世界中发生的事不一致,这显示布里奥妮在自己创作的小说中省略和改变了文本实在世界中发生的事,对于罗比在战争中的死亡避而不谈,并虚构了罗比与塞西莉娅的重逢,也就是世界 2 在对可能世界进行指涉和表征时,做出了选择和修改,作为虚构叙事,这一指涉的对象是可能世界,但指涉行为本身是文本实在世界发出的,这一行为实际上是文本实在世界中的布里奥妮对于自己错误造成的严重后果的一种回避和遮掩,她的虚构叙事由此承担了伦理道德的选择。布里奥妮希望通过指涉一个可能世界,来弥补自己在实在世界中犯下的错误,通过创造一个虚构世界来赎其所处的实在世界中的罪,这实际上是赋予了虚构叙事一种伦理意义,她自己对于这种伦理意义坚信不疑:"我深深觉得,让我小说中的有情人最终团团圆圆,生生不息,绝不是怯弱或逃避,而是最后的一大善行,是对以往和绝望的抗衡。我给了他们幸福,但我不是私心作祟,要让他们宽恕我。不是这样的,还不至于如此呢。假如我能在生日宴会上对他们施以魔法……罗比和塞西莉娅依然活着,依然相爱,依然肩并肩地坐在藏书室里,对着《阿拉贝拉的磨难》微笑吗?——这不是不可能的"(麦克尤恩 327)。但这一企图之所以显得可疑,就在于,虚构叙事的指涉基础在可能世界而非实在世界,世界 2 对可能世界的指涉本身即卷入了伦理,在对可能世界进行符号再现的过程中,对情节的选择和推进的动力来自布里奥妮的道德选择,她逃避和掩盖自己的错误在自己所处现实中造成的严重后果,因此也就无从赎现实当中的罪。文本实在世界由此推翻了世界 2 对赎罪的认可。

当我们进一步考查小说《赎罪》中提供的这个具有层级系统的虚构世界与文本之外的实在世界的关系时,会发现对于虚构叙事行为本身价值和意义的思考是这部小说关心的问题。小说文本中的文本实在世界(世界 1)及其中的人物叙述者通过虚构叙事所创造出来的世界 2 之间的关系,正是对小说虚构世界和文本之外的实在世界之间关系的隐喻。

莱布尼茨最早提出"可能世界"思想,是为了回答这样一个问题:为何全知全能的上帝为人类创造的世界,竟充满如此多难以理喻的灾难和痛苦?莱布尼茨认为,万能的上帝也是至善的,肯定会给人一个相比之下最好的世界。也就是说,既然实在化的"此世界"有各种缺陷,那么其他种种可能世界中,也免不了这些缺陷。所以,上帝所选择的实在世界,就是所有可能世界中最合适的。这种论辩本身包含着这样一种认识:主体面对各种可能进行选择,必须依据一定的理由作为标准,选择的行为隐含了特定的价值理念。

就虚构叙事而言,作者和叙述者面临在不同的可能世界中进行选择,指涉一个可能世界,就是选择叙述什么和如何叙述。正向我们在小说《赎罪》中所看到的那样,虚构叙事对可能世界的指涉本身就蕴含着特定的伦理道德准则和选择,它由此承载了伦理层面的价值,并将以此对实在世界产生影响。

## 三、结论

可能世界理论为我们重新界定虚构与实在的关系提供了一种新的思

路,在确认虚构世界的真值标准时,也赋予了虚构叙事以合法性。虚构世界的建立和接受都以其与实在世界间的跨世界通达关系为基础,这也决定了对虚构世界的指涉必然蕴含着特定的伦理道德选择,这就是虚构叙事的伦理价值所在。小说《赎罪》中两个世界间的复杂关系隐喻了虚构世界与实在世界的关系,并揭示了虚构叙事本身作为对可能世界的指涉和表征,必然承载伦理价值。

**引用文献【Works Cited】**

伊恩·麦克尤恩:《赎罪》,郭国良译,上海:上海译文出版社,2013年。

张新军:《可能世界叙事学》,苏州:苏州大学出版社,2011年。

赵毅衡:《广义叙述学》,成都:四川大学出版社,2013年。

——:《哲学符号学:意义世界的形成》,成都:四川大学出版社,2017年。

**作者简介:** 姜燕燕,云南大学滇池学院人文学院中文系副教授。

# 征 稿 启 事

　　《叙事研究》是中国中外文艺理论学会叙事学分会会刊,编辑部设在江西师范大学叙事学研究中心。《叙事研究》包括六个板块:海外来稿、西方叙事理论研究、中国叙事理论研究、叙事作品研究、跨学科叙事学研究、书评与会议简报。竭诚欢迎叙事学界的广大同仁向本刊投稿!

　　本刊实行专家匿名审稿制。来稿请按照本刊稿件格式要求排版,寄至江西师范大学叙事学研究中心《叙事研究》编辑部(江西省南昌市紫阳大道江西师范大学瑶湖校区外国语学院,邮编330022),或通过电子邮箱(xushiyj@163.com)投稿。勿寄个人,以免贻误。来稿不退,请作者自留底稿。审稿周期为4个月。

## 稿件格式要求

### 一、来稿文本构成部分

　　(1)标题;(2)内容提要;(3)关键词;(4)正文;(5)注解(如有);(6)引用文献;(7)基金项目信息(省级或省级以上项目的名称和编号)(如有);(8)作者简介(姓名、单位、学位或职称、研究方向、联系方式),各项按顺序编排。论文的篇幅为10 000字左右,不超过15 000字。

### 二、编辑体例

　　标题用三号字;摘要、关键词、引用文献用10号字;正文统一使用Word文档,通栏、宋体、五号字著录;摘要、关键词、正文、引用文献内出现的英文及阿拉伯数字全部使用Times New Roman字体;中文字与字之间、字与标点之间不空格。

## 三、注释和引文规范

本刊实行基于 MLA 格式的注释和引文规范,同时参考了国家有关部门制定的通用规范,现将注释体例说明如下:

### (一)文内夹注

1. 凡在正文中直接引述他人观点和语句,均须使用与论文末尾的引用文献条目相对应的文内夹注。

2. 文内夹注采用圆括号内注释形式,由著者姓名和引用文献来源页码构成,中间空一格,英文文献只出现著者姓氏,基本形式为:(著者 引用页码)。例如:(申丹 115);(Phelan 36)。

3. 如著者为二人,著者姓名间以顿号分开,英文著者姓氏间使用"and";如著者为二人以上,可写出第一著者姓名,在后面加"等"字省略其他著者,英文著者姓氏后加"et al.";这两点也适用于译者。

4. 引用同一著者的多部作品时,则在著者姓名后提供相关作品的年份以及引用页码,同一著者同一年份的不同作品需在年份后使用小写字母进行区分,与"引用文献"中相应文献年份数字后的小写字母对应。例如:(傅修延 2015a:244);(傅修延 2015b:59);(Barthes 1981a:7);(Barthes 1981b:2)。

5. 如果句中已提及著者姓名,则后面的引文只括注页码。涉及同一著者的不同作品时,需在页码前加上年份,以示区分。

6. 如果引文在引用材料中本身就是引用材料,需要在引文后的括号中首先注明"转引自"或者"qtd. in"。

7. 引文超过 5 行时,则整段引用。需要另起一行,自页边空白整体缩进 2 字符,不用引号,末尾添加引用来源。

8. 首次提及外国人名及作品名时,除提供汉语译名外,应括注原语名。之后可以省略原语名,以汉语译名代指。

### (二)注解(Notes)

"注解"为内容性注释,目的在于向读者提供必要的解释与评论,而不是列举引文出处。"注解"采用尾注,使用圈码,全文连续编号。

**（三）引用文献（Works Cited）**

包括引用中文文献格式和引用外文文献格式。排序为先外文文献，后中文文献；外文文献按姓氏字母排序，中文文献按拼音排序。

1. 引用中文文献

1）普通图书（包括专著、教材等）、论文集、学位论文、参考工具书等

主要责任者：文献题名，其他责任者（如译者），出版地：出版者，出版年，起止页码（整体引用可不注）。

**示例：**

傅修延：《中国叙事学》，北京：北京大学出版社，2015年。

胡兆量等：《中国文化地理概述》，北京：北京大学出版社，2001年。

申丹、王丽亚：《西方叙事学——经典与后经典》，北京：北京大学出版社，2010年。

苏珊·S.兰瑟：《虚构的权威——女性作家与叙述声音》，黄必康译，北京：北京大学出版社，2002年。

唐伟胜主编：《叙事理论与批评的纵深之路——第四届叙事学国际会议暨第六届全国叙事学研讨会论文集》，上海：上海外语教育出版社，2015年。

张寅德编选：《叙事学研究》，北京：中国社会科学出版社，1989年。

2）期刊文章

主要责任者：文献题名，刊名，年，卷（期），起止页码。

**示例：**

程锡麟：《试论布思的〈小说修辞学〉》，《外国文学评论》，1997年第4期，第16—24页。

3）析出文献

析出文献主要责任者：析出文献题名，论文集主要责任者，（会议）论文集题名，出版地：出版者，出版年，析出文献起止页码。

**示例：**

麦·布鲁特勃莱、詹·麦克法兰：《现代主义的称谓和性质》，袁可嘉等编选，《现代主义文学研究》，北京：中国社会科学出版社，1989年，第211页。

4）报纸文章

主要责任者：文章题名，报纸名，年—月—日（版次）。

**示例：**

叶廷芳：《卡夫卡与尼采》，《中华读书报》，2001年2月14日，第017版。

2. 引用外文文献

1) 普通图书(包括专著、教材等)、论文集、学位论文、参考工具书等

主要责任者.文献题名.其他责任者(如译者).出版地：出版者.出版年.起止页码(整体引用可不注)。

示例：

Gilman Sander, et al. *Hysteria Beyond Freud.* Betkeley：U of California P, 1993.

Herman, David. *Narrative Theory and the Cognitive Sciences.* Stanford：CSLI, 2003.

Mills, Sara, and Lynn Pearce. *Feminist Readings/Feminists Reading.* Hemel Hempstead：Harvester Wheatsheaf, 1989.

Propp, Vladimir. *The Morphology of the Folktale.* Trans. Laurence Scott. Rev. Ed. Louis A. Wagner：U of Texas P, 1968.

Roemer, Danielle M., and Cristina Bacchilega, eds. *Angela Carter and the Fairy Tale.* Detroit：Wayne State UP, 1998.

2) 期刊文章

主要责任者.文献题名.刊名及卷期(年)：起止页码.

示例：

Chatman, Seymour. "What Can We Learn from Contextualist Narratology?" *Poetics Today* 11.2 (1990)：309‒328.

3) 析出文献

析出文献主要责任者.析出文献题名.(会议)论文集题名.论文集主要责任者.出版地：出版者,出版年.析出文献起止页码.

示例：

Betts, Christopher. "Introduction." In *Charles Perrault: The Complete Fairy Tales.* Trans. Christopher Betts. Oxford：Oxford UP, 2010. 1‒10.

Oats, Joyce Carol. "In Olden Times, When Wishing Was Having：Classic and Contemporary Fairy Tales." In *Mirror, Mirror on the Wall: Women Writers Explore Their Favourite Fairy Tales.* Ed. Kate Bernheimer. New York：Anchor-Doubleday, 1998. 2247‒2272.

3. 补充说明

1) 引用同一著者的多部作品,著者名字用三根虚线(英文)或破折号(中文)代替。例如：

Warhol, Robyn R. *Gendered Interventions: Narrative Discourse in the Victorian Novel*. New Brunswick：Rutgers UP, 1989.

- - -. "Toward a Theory of the Engaging Narrator." *PMLA* 101 (1986)：811–818.

傅修延：《论音景》,《外国文学研究》,2015a 年第 5 期,第 59—69 页。

——:《中国叙事学》,北京：北京大学出版社,2015b 年。

2) 引用网上资源时,应在引用文献中标注网上资源的主要责任者(如无作者,则不注明)、资源题名、其他主要责任者(如编者。如无编者,则不注明)、电子版版权信息(日期、版权人或组织)、网址、引用时间。

**示例:**

Victorian Women Writers Project. Ed. Perry Willet. June 1998. Indiana U. 26 June 1998 〈http://www. indiana. edu/~letrs/wwwp/〉(Accessed Aug. 25, 2020).

3) 在引用文献中,大学的出版社 University Press 统一简写成 UP,University 简写成 U。

4) 以上投稿格式要求中没有包括在内的情况请按照 MLA 格式统一规范。

《叙事研究》编辑部